CB143364

FLORES PARTIDAS

FLORES PARTIDAS

Tradução
Carolina Caires Coelho

KARIN SLAUGHTER
AUTORA BEST-SELLER DO *THE NEW YORK TIMES*

Harper Collins
Rio de Janeiro, 2017

Título original: Pretty Girls

Copyright © Karin Slaughter, 2015
All rights reserved.

Direitos de edição da obra em língua portuguesa no Brasil adquiridos pela Casa dos Livros Editora LTDA. Todos os direitos reservados. Nenhuma parte desta obra pode ser apropriada e estocada em sistema de banco de dados ou processo similar, em qualquer forma ou meio, seja eletrônico, de fotocópia, gravação etc., sem a permissão do detentor do copyright.
Esta é uma obra de ficção. Os nomes, personagens e incidentes nele retratados são frutos da imaginação da autora. Qualquer semelhança com pessoas reais, vivas ou não, eventos ou locais é uma coincidência.

Contatos:
Rua da Quitanda, 86, sala 218 – Centro – 20091-005
Rio de Janeiro – RJ – Brasil
Tel.: (21) 3175-1030

CIP-Brasil. Catalogação na Publicação
Sindicato Nacional dos Editores de Livros, RJ

S641f

Slaughter, Karin, 1971-
Flores partidas / Karin Slaughter; tradução Carolina Caires Coelho. – [2. ed.] – Rio de Janeiro: HarperCollins, 2017.
400 p.; 23 cm.

Tradução de: Pretty girls
ISBN 9788595081628

1. Ficção americana. I. Coelho, Carolina Caires. II. Título.

17-42788 CDD: 813
CDU: 821.111(73)-3

Para Debra

Uma mulher especialmente bela é uma fonte de terror.

— Carl Jung

i

Assim que você desapareceu, sua mãe me alertou que descobrir exatamente o que tinha acontecido seria pior do que nunca saber. Discutíamos muito por isso porque discutir era a única coisa que nos mantinha unidos naquela época.

— Saber os detalhes não vai facilitar as coisas — disse ela. — Os detalhes vão acabar com você.

Eu era um homem descrente. Precisava de fatos. Contra minha vontade, minha mente não parava de elaborar hipóteses. Raptada. Estuprada. Maculada.

Rebelde.

Essa foi a teoria do delegado, ou, pelo menos, sua desculpa quando exigimos respostas que ele não podia dar. Sua mãe e eu sempre ficávamos muito satisfeitos, em segredo, com o fato de você ser tão determinada e intensa em relação a suas causas. Quando você foi embora, entendemos que essas eram as qualidades que definem os homens como espertos e ambiciosos e as mulheres como um problema.

"Moças fogem o tempo todo." O delegado não deu atenção à situação, como se você fosse uma garota qualquer, como se uma semana fosse se passar — ou um mês, talvez um ano — e você fosse voltar para nossa vida pedindo desculpa meio sem convicção, dizendo ter fugido com um rapaz ou viajado com um amigo para o exterior.

Você tinha dezenove anos. Legalmente, não nos pertencia mais. Você era dona do próprio nariz. Era do mundo.

Ainda assim, organizamos equipes de buscas. Ligamos para hospitais, delegacias e abrigos para moradores de rua. Fomos a prédios abandonados e a casas incendiadas na parte perigosa da cidade. Contratamos um detetive particular, que levou embora metade de nossas economias, e também um vidente, que levou a maior parte do restante. Apelamos à imprensa, apesar de ela ter perdido interesse por não haver detalhes cabeludos que pudessem ser divulgados com emoção.

O que sabíamos era que você tinha estado num bar. Não havia bebido mais do que o normal. Você tinha dito a seus amigos que não estava se sentindo bem e que caminharia até em casa, e foi a última vez que alguém afirmou ter visto você.

Ao longo dos anos, houve muitas confissões falsas. Sádicos discutiam o mistério de seu desaparecimento. Davam detalhes que não podiam ser provados, pistas que não podiam ser seguidas. Pelo menos, foram honestos quando desmascarados. Os videntes sempre me acusaram de não procurar o suficiente.

Porque nunca parei de procurar.

Compreendo por que sua mãe desistiu. Ou, pelo menos, teve que parecer haver desistido. Ela teve que reconstruir uma vida — se não fosse para si mesma, para o que havia sobrado da família. Sua irmã menor ainda morava conosco. Ela era calada, furtiva e andava com o tipo de garotas que a convenciam a fazer coisas impróprias, como entrar em um bar para ouvir música e nunca mais voltar para casa.

No dia em que assinamos os papéis do divórcio, sua mãe me disse que a única esperança que ainda tinha era de um dia encontrarmos seu corpo. Ela se apegou a isso, à ideia de que um dia, por fim, colocaríamos você no local de seu descanso final.

Eu disse que poderíamos encontrá-la em Chicago, Santa Fé ou Portland, ou em uma comunidade artística à qual você poderia ter ido por sempre ter sido um espírito livre.

Sua mãe não se surpreendeu ao me ouvir dizer isso. Era uma época em que a esperança ainda existia entre nós, de modo que, às vezes, ela ia dormir com pesar e, outras vezes, voltava de uma loja trazendo uma camisa, blusa ou uns jeans que lhe daria quando você voltasse para nós.

Eu me lembro claramente do dia em que perdi a esperança. Estava trabalhando no consultório do veterinário no centro da cidade. Alguém levou um cachorro abandonado. O animal estava numa situação deplorável, obviamente tinha sofrido. Era um labrador amarelo, apesar de o pelo estar acinzentado de sujeira.

Havia arame farpado em suas costas. Havia partes de seu corpo em carne viva por ele ter se coçado ou lambido muito ou feito coisas que os cães tentam fazer para se acalmar quando são abandonados.

Passei um tempo com ele para que percebesse que estava seguro. Deixei que lambesse as costas da minha mão. Deixei que se acostumasse com meu cheiro. Quando ele se acalmou, comecei a examiná-lo. Era um cachorro velho, mas, até pouco tempo, seus dentes tinham sido bem cuidados. Uma cicatriz de cirurgia indicava que, em algum momento, uma pata ferida tinha sido tratada com cuidado, algo que deveria ter custado caro. O evidente sofrimento pelo qual o animal passara ainda não havia se fixado em sua memória muscular. Sempre que eu encostava em seu rosto, o peso da cabeça caía na palma de minha mão.

Olhei nos olhos sofridos do cachorro, e minha mente foi tomada por detalhes da vida da pobre criatura. Eu não tinha como saber a verdade, mas meu coração entendia o que tinha acontecido: ele não fora abandonado. Escapara da coleira. Os donos tinham ido às compras ou saído de férias e, de alguma forma — seja um portão deixado aberto por acidente, uma cerca pulada ou uma porta que uma faxineira bem-intencionada tinha esquecido aberta —, aquela linda criatura foi para a rua sem saber por onde seguir para voltar para casa.

E um grupo de crianças ou um monstro aterrorizante ou uma combinação de todos eles havia encontrado o cachorro e o transformado de um animal adorado em uma fera assombrada.

Como meu pai, dediquei a vida a tratar de animais, mas foi a primeira vez que estabeleci a ligação entre as coisas terríveis que as pessoas fazem com os animais e as coisas ainda piores que fazem com outros seres humanos.

Aquilo mostrava como uma corrente machucava a carne, como chutes e socos feriam. Aquela era a maneira como um ser humano ficava quando partia para um mundo que não o valorizava, não o amava, não queria que ele voltasse para casa.

Sua mãe estava certa.

Os detalhes acabaram comigo.

CAPÍTULO 1

O RESTAURANTE NO CENTRO DE Atlanta estava vazio, exceto por um empresário sentado a uma mesa de canto e um garçom que parecia acreditar ter dominado a arte do flerte. A correria antes do jantar enfim começava a diminuir. Ouvia-se o barulho de talheres e de pratos vindo da cozinha. O chef berrava. Um garçom abafava uma risada. A televisão acima do bar oferecia um ritmo constante de notícias ruins.

Claire Scott tentava ignorar o barulho infindável sentada ao bar, bebendo a segunda dose de club soda. Paul estava dez minutos atrasado. Ele nunca se atrasava. Normalmente, chegava dez minutos antes. Era uma das coisas sobre as quais ela brincava, mas que precisava que ele fizesse.

— Mais um?

— Claro.

Claire deu um sorriso educado para o garçom. Ele estava tentando envolvê-la em uma conversa desde que ela se sentara. Ele era jovem e bonito, o que deveria ter sido lisonjeiro, mas isso só fazia com que ela se sentisse velha — não por ela ter uma idade avançada, mas por ter notado que, quanto mais se aproximava dos quarenta, mais se irritava com as pessoas de vinte e poucos. Elas sempre a faziam pensar em frases que começavam com "Quando eu tinha sua idade".

— Terceiro. — A voz dele tinha um tom de provocação quando ele voltou a encher o copo. — Você está indo com tudo.

— Estou?

Ele piscou para ela.

— Avise se precisar de uma carona para casa.

Claire riu porque era mais fácil do que pedir para ele afastar os cabelos dos olhos e voltar para a faculdade. Voltou a checar a hora no relógio. Paul estava doze minutos atrasado. Ela começou a pensar em tragédias: acidente de carro, atropelado por um ônibus, atingido pela fuselagem de um avião caindo do céu, raptado por um maluco.

A porta da frente se abriu, mas era um grupo de pessoas, não Paul. Todas usavam roupas formais de trabalho, como funcionários de prédios da região que queriam tomar alguma coisa antes de ir para casa, nos bairros residenciais ou no porão da casa dos pais.

— Tem acompanhado? — O garçom indicou a televisão com a cabeça.

— Não muito — respondeu Claire, apesar de acompanhar a história, sim.

Não havia como ligar a TV e não ouvir notícias a respeito da garota desaparecida. Dezesseis anos. Branca. Classe média. Muito bonita. Parecia que ninguém se incomodava muito quando uma mulher feia desaparecia.

— Trágico — disse ele. — Ela é tão bonita.

Claire olhou o telefone de novo. Paul já estava treze minutos atrasado. Justo naquele dia! Ele era arquiteto, não um neurocirurgião. Não havia uma emergência que o impedisse de parar dois segundos para enviar uma mensagem de texto ou fazer um telefonema.

Ela começou a girar a aliança de casamento no dedo, um hábito de quando estava nervosa que ela não sabia que tinha até Paul dizer. Eles estavam discutindo a respeito de algo que parecera excessivamente importante para Claire na época, mas de que ela não se lembrava mais, tampouco do assunto ou de quando a discussão ocorrera. Na semana anterior? No mês anterior? Fazia 18 anos que ela conhecia Paul, quase todos eles de casamento. Não havia muitos assuntos sobre os quais ainda discutiam sem convicção.

— Tem certeza de que não está interessada em algo mais forte?

O garçom segurava uma garrafa de vodca Stoli, mas deixou claro o que queria dizer.

Claire forçou outra risada. Durante toda a vida, viu homens como ele. Altos, morenos e bonitos, com olhos brilhantes e lábios que se mexiam com suavidade. Aos doze anos, ela teria escrito o nome dele no livro de matemática. Aos dezesseis, teria permitido que ele enfiasse a mão por dentro de sua blusa. Aos vinte anos, teria deixado que ele enfiasse a mão onde quisesse. E agora, aos 38, só queria que ele fosse embora.

— Não, obrigada — disse ela. — Meu advogado me aconselhou a não beber, a menos que eu passe a noite toda em casa.

Ele abriu um sorriso que indicava não ter compreendido a piada muito bem.

— Malvadinha. Gostei.

— Você deveria ter me visto com a tornozeleira eletrônica. — Ela piscou para ele. — Ao estilo *Orange Is The New Black.*

A porta se abriu. Paul. Claire sentiu uma onda de alívio quando ele caminhou em sua direção.

— Você está atrasado — disse.

Paul beijou o rosto dela.

— Desculpe. Não tenho o que dizer. Deveria ter ligado. Ou enviado uma mensagem.

— É, deveria.

Ele disse ao garçom:

— Glenfiddich, puro.

Claire observou o rapaz servir o uísque de Paul com um profissionalismo que não tinha visto até então. A aliança de casamento, os desvios delicados e a rejeição clara tinham sido obstáculos pequenos em comparação ao grande *não* de outro homem beijando seu rosto.

— Senhor.

Ele colocou a bebida na frente de Paul e foi ao outro lado do bar.

Claire falou mais baixo.

— Ele me ofereceu uma carona para casa.

Paul olhou o homem pela primeira vez desde que entrara no lugar.

— Devo dar um soco no nariz dele?

— Deve.

— Você vai me levar ao hospital quando ele me bater?

— Vou.

Paul sorriu, mas só porque ela também estava sorrindo.

— E aí, como é estar livre?

Claire olhou o tornozelo nu, meio que esperando ver um hematoma ou uma marca onde o aparelho grande e preto havia ficado. Seis meses tinham se passado desde a última vez que ela saíra de saia em público, o mesmo tempo que passou usando o aparelho de monitoramento exigido pela justiça.

— É ter liberdade.

Ele alinhou o canudo ao lado da bebida dela, deixando-o paralelo ao guardanapo.

— Você é constantemente monitorada pelo telefone ou pelo GPS do carro.

— Não posso ir para a cadeia sempre que largar o telefone ou sair do carro.

Paul a ignorou, apesar de ela ter achado um bom argumento.

— E o toque de recolher?

— Foi suspenso. Desde que eu me mantenha longe de problemas no próximo ano, meu registro vai ficar limpo e será como se nada tivesse acontecido.

— Mágica.

—Está mais para coisa de advogado caro.

Ele sorriu.

— É mais barato do que aquela pulseira da Cartier que você queria.

— Não se acrescentarmos os brincos.

Eles não deveriam brincar com isso, mas a alternativa era levar a sério. Ela disse:

— É esquisito. Sei que a tornozeleira não está mais lá, mas ainda a sinto.

— Teoria de detecção de sinal. — Ele endireitou o canudo de novo. — Seus sistemas perceptivos tendem a levá-la à sensação de que a tornozeleira ainda toca sua pele. As pessoas têm essa sensação mais frequentemente com os telefones. Elas os sentem vibrar quando não estão vibrando.

Foi o que ela ganhou por se casar com um *geek*.

Paul olhou para a televisão.

— Você acha que eles vão encontrá-la?

Claire não respondeu.

Voltou-se para a bebida na mão de Paul.

Nunca gostou de uísque, mas quando lhe disseram que não podia beber, ela sentiu vontade de passar uma semana enchendo a cara.

Naquela tarde, em uma procura desesperada por algo a dizer, Claire falou à psiquiatra determinada pela justiça que detestava receber ordens.

— E alguém gosta, por acaso? — perguntou a mulher ensebada, meio incrédula.

Claire sentiu o rosto arder, mas sabia que não deveria dizer que era ruim nisso, que havia feito terapia, por indicação da justiça, exatamente devido àquele motivo.

Ela não daria à mulher a satisfação de uma descoberta. Além disso, Claire havia percebido aquilo assim que foi algemada.

— Idiota — murmurou baixo quando a policial a levou até a parte de trás da viatura.

— Isso vai entrar no relatório — disse a mulher.

Só havia mulheres naquele dia, policiais femininas de vários tamanhos e tipos com cintos de couro grossos nas cinturas rechonchudas portando todos os tipos de equipamentos letais. Claire acreditava que as coisas teriam transcorrido bem melhor se pelo menos uma delas fosse homem, mas infelizmente não foi o caso. Era ali que o feminismo a havia atingido; trancada em um camburão nojento com o vestido de tenista levantado até as coxas.

Na prisão, a aliança de casamento, o relógio e os cadarços dos tênis de Claire foram retirados por uma mulher grande com uma verruga entre as sobrancelhas peludas, cuja aparência, de modo geral, fazia Claire pensar em uma maria-fedida. Não havia pelo na verruga, e Claire queria perguntar por que ela se dava ao trabalho de tirar os pelos da verruga, mas não das sobrancelhas, mas era tarde demais porque outra mulher, alta e magricela como um louva-a-deus, já estava levando Claire para a sala ao lado.

A coleta de impressões digitais não era como na TV. Em vez de tinta, Claire teve que pressionar os dedos em uma placa de vidro suja de modo que as marcas fossem digitalizadas para um computador. Suas impressões, ao que parecia, não eram muito claras. Ela precisou tentar várias vezes.

— Que bom que não roubei um banco — comentou Claire, e então acrescentou, para mostrar que era uma piada: — Ha-ha.

— Pressione de modo homogêneo — disse a policial louva-a-deus, mastigando as asas de uma mosca.

A foto de Claire foi tirada diante de um fundo branco com uma régua que claramente estava torta mais de dois centímetros. Ela se perguntou em voz alta porque não pediram para que segurasse uma placa com nome e número de detenta.

— Template de Photoshop — respondeu a louva-a-deus num tom entediado que indicava que a pergunta não era inédita.

Foi a única foto que Claire tirou sem que ninguém lhe pedisse para sorrir.

E então uma terceira policial que, por sua vez, tinha nariz de pato, levou Claire para a cela onde, surpreendentemente, ela não era a única mulher com roupa de tenista.

— Por que foi presa? — perguntou a outra detenta vestida como tenista.

Ela parecia durona e barra-pesada, e era óbvio que tinha sido presa jogando com bolas de outro tipo.

— Assassinato — disse Claire, porque já tinha decidido que não levaria aquilo a sério.

— Ei. — Paul havia terminado seu uísque e fez um sinal para que o garçom voltasse a encher o copo. — O que está pensando aí?

— Estou pensando que, se você está pedindo outra bebida, seu dia provavelmente foi pior do que o meu.

Paul raramente bebia. Era algo que tinham em comum. Nenhum dos dois gostava de se sentir fora de controle, o que havia feito da cadeia uma coisa muito inconveniente, ha-ha.

Ela perguntou:

— Está tudo bem?

— Agora está. — Ele acariciou as costas dela. — O que a psicóloga disse?

Claire esperou até o garçom se afastar.

— Ela disse que não estou sendo sincera com minhas emoções.

— Não é bem o que você costuma fazer.

Eles trocaram um sorriso. Outra velha discussão que não valia mais a pena.

— Não gosto de ser analisada — disse Claire, e perguntou, imaginando sua analista dando de ombros de modo exagerado: — E quem diabos gosta?

— Sabe o que pensei hoje? — Paul pegou a mão dela. A palma dele era áspera. Ele passara o fim de semana todo trabalhando na oficina. — Estava pensando no quanto amo você.

— É engraçado um marido dizer isso à esposa.

— Mas é verdade. — Paul levou a mão dela aos próprios lábios. — Não imagino como seria minha vida sem você.

— Mais organizada — falou ela, porque era Paul quem sempre recolhia sapatos espalhados e diversas peças de roupa que deviam estar no cesto de roupa suja, mas que de algum modo acabavam no chão do banheiro.

Ele disse:

— Sei que as coisas estão difíceis agora. Principalmente com...

Ele apontou com a cabeça para a televisão, que mostrava uma nova foto da garota desaparecida de dezesseis anos.

Claire olhou a foto. A menina era mesmo bonita. Atlética e magra, com cabelos escuros e ondulados.

— Só quero que saiba que sempre estarei por perto para ajudar — continuou ele. — Não importa o que aconteça.

Claire sentiu a garganta começar a apertar. Às vezes, ela não dava o valor que ele merecia. Era o que acontecia em casamentos muito longos. Mas sabia que o amava. Precisava dele. Ele era a âncora que a impedia de ficar à deriva.

— Você sabe que é a única mulher que amei.

Ela tocou no nome de sua antecessora na faculdade.

— Ava Guilford ficaria chocada se ouvisse isso.

— Não brinque. Estou falando sério.

Ele se debruçou tanto que sua testa quase tocou a dela.

— Você é o amor da minha vida, Claire Scott. Você é tudo para mim.

— Mesmo com minha ficha criminal?

Ele a beijou. Beijou de verdade. Ele estava com gosto de uísque e um toque de menta, e ela sentiu uma onda de prazer quando os dedos dele acariciaram a parte interna de sua coxa.

Quando pararam para respirar, ela disse:

— Vamos para casa.

Paul terminou a bebida num só gole. Jogou uma nota no balcão. Sua mão permaneceu nas costas de Claire quando saíram do restaurante. Uma rajada de vento ergueu a barra da saia dela. Paul esfregou os braços da esposa para mantê-la aquecida. Estava tão perto dela que Claire sentia a respiração dele em seu pescoço.

— Onde o carro está estacionado?

— No estacionamento — disse ela.

— Deixei na rua. — Ele entregou suas chaves para ela. — Leve meu carro.

— Vamos juntos.

— Vamos aqui.

Ele a puxou para uma viela e a encostou na parede.

Claire abriu a boca para perguntar o que tinha dado nele, mas Paul logo começou a beijá-la. Escorregou a mão por baixo da saia. Claire se assustou; não tanto por ele deixá-la sem ação, mas porque a viela não estava escura e a rua não estava vazia. Ela via homens de terno passando, virando o pescoço, observando a cena até não poderem mais. Era assim que as pessoas iam parar na internet.

— Paul.

Ela apoiou a mão no peito dele, tentando entender o que havia acontecido com seu marido tranquilo, que achava ousado transar no quarto de hóspedes.

— As pessoas estão olhando.

— Vamos mais para o fundo.

Ele a segurou pela mão, levando-a mais para dentro.

Claire pisou num monte de bitucas de cigarro ao segui-lo. A viela tinha formato de *T*, unindo-se à outra rua, na qual havia restaurantes e lojas. Não era uma situação muito melhor. Ela imaginou vendedores de rua com cigarros na boca e iPhones nas mãos. Mesmo sem espectadores, havia muitos motivos pelos quais não deveria fazer aquilo.

Mas ninguém gostava de receber ordens.

Paul a puxou para um canto. Claire teve um momento para analisar o ambiente ao redor antes de suas costas serem pressionadas contra a parede. Ele a beijou de novo.

Levou as mãos à bunda dela. Ele queria tanto aquilo que ela começou a querer também. Claire fechou os olhos e se permitiu ceder. Os beijos ficaram mais intensos. Ele puxou a calcinha para baixo. Ela o ajudou, estremecendo por causa do frio e do perigo, e estava tão pronta que já não se importava.

— Claire... — sussurrou ele no ouvido dela. — Diga que você quer.

— Eu quero.

— De novo.

— Eu quero.

De repente, ele a virou. O rosto de Claire raspou na parede. Ele a pressionava contra a parede. Ela pressionava o corpo contra o dele. Ele gemeu, acreditando que ela estava excitada, mas na verdade ela mal conseguia respirar.

— Paul...

— Não se mexa.

Claire entendeu as palavras, mas seu cérebro demorou muitos segundos para processar o fato de elas não terem sido ditas pelo marido.

— Vire-se.

Paul começou a se virar.

— Não você, idiota.

Ela. Ele se referia a ela. Claire não conseguia se mexer. Suas pernas tremiam. Ela mal se mantinha de pé.

— Eu mandei virar, porra.

As mãos de Paul seguraram os braços de Claire com delicadeza. Ela teve dificuldade para se virar.

Havia um homem de pé logo atrás de Paul. Usava uma blusa preta com zíper e um capuz que deixava à mostra o pescoço grosso e tatuado. Uma cascavel sinistra passava por cima do pomo de adão e mostrava as presas num sorriso assustador.

— Mãos para cima.

A boca da serpente se mexeu quando o homem falou.

— Não queremos confusão.

As mãos de Paul estavam erguidas. O corpo, inerte. Claire olhou para ele, que assentiu uma vez, indicando que tudo ficaria bem, sendo que estava claro que não ficaria.

— Minha carteira está no bolso de trás.

O homem pegou a carteira com uma das mãos. Claire deduziu que ele segurava uma arma com a outra. Conseguia até imaginar: uma arma preta e reluzente pressionando as costas de Paul.

— Toma.

Paul tirou a aliança de casamento, o anel de formatura e o relógio. Patek Philippe. Ela havia comprado de presente cinco anos antes. Suas iniciais estavam na parte de trás.

— Claire... — A voz de Paul estava esganiçada. — Dê a ele sua carteira.

Claire olhou para o marido. Sentiu o pulsar insistente da artéria carótida no pescoço. Paul estava com uma arma nas costas. Eles estavam sendo roubados. Era o que estava acontecendo. Era de verdade. Aquilo estava acontecendo.

Ela olhou para a própria mão e a moveu devagar porque estava em choque e assustada por não saber o que fazer. Ainda segurava as chaves de Paul. Não as havia soltado. Como poderia fazer sexo com as chaves na mão?

— Claire — repetiu Paul —, dê sua carteira.

Ela soltou as chaves dentro da bolsa. Pegou a carteira e a entregou ao homem.

Ele a enfiou no bolso e estendeu a mão de novo.

— Telefone.

Claire pegou o iPhone. Todos os seus contatos. As fotos das férias dos últimos anos. St. Martin. Londres. Paris. Munique.

— A aliança também.

O homem passou os olhos pelo beco. Claire fez o mesmo. Não havia ninguém. Até mesmo as ruas laterais estavam vazias. Suas costas ainda estavam coladas na parede. A esquina que levava à rua principal ficava próxima. Havia pessoas na rua. Muitas.

O homem leu seus pensamentos.

— Não seja idiota. Tire a aliança.

Claire tirou a aliança. Podia perdê-la. Eles tinham seguro. Nem era a aliança original. Eles a tinham escolhido anos antes quando Paul enfim terminou o estágio e passou no Exame da Ordem.

— Brincos — disse o homem. — Vamos, vagabunda, mexa-se.

Claire tocou a orelha. As mãos começaram a tremer.

Ela não lembrava se tinha colocado os brincos de diamante naquela manhã, mas naquele momento se viu de pé na frente da caixa de joias.

Era sua vida passando diante de seus olhos — lembranças vagas das coisas?

— Depressa.

O homem abanou a mão livre para apressá-la.

Claire tocou a parte de trás dos brincos. Um tremor deixou seus dedos inúteis. Ela se viu na Tiffany escolhendo os brincos. Aniversário de 32 anos. Paul olhando para ela com cara de "Acredita que estamos fazendo isso?" enquanto a vendedora os levava de volta para a sala secreta onde as compras caras eram feitas.

Claire soltou os brincos na mão aberta do homem. Ela tremia. Seu coração batia forte.

— Pronto — disse Paul, se virando.

Estava de costas para Claire. Bloqueando-a. Protegendo-a. Ainda mantinha as mãos ao alto.

— Você já pegou tudo.

Claire viu o homem por cima do ombro de Paul. Ele não estava segurando uma arma. Segurava uma faca. Uma faca comprida e afiada com lâmina serrilhada e ponta curvada que parecia o tipo de faca que um caçador usaria para atacar um animal.

— Não tem mais nada — avisou Paul. — Vá embora.

O homem não foi embora. Observava Claire como se tivesse encontrado algo mais caro para roubar do que os brincos de 36 mil dólares. Ele abriu um sorriso. Um dos dentes da frente era de ouro. Ela percebeu que a tatuagem de cascavel tinha uma presa dourada também. E também percebeu que não se tratava de um simples roubo. Paul também percebeu. Ele disse:

— Tenho dinheiro.

— Não brinca.

O punho do homem bateu no peito de Paul. Claire sentiu o impacto no próprio peito, os ombros dele tocando sua clavícula. A cabeça dele batendo na sua. A nuca colada à parede.

Claire se sentiu atordoada por um momento. Viu estrelas, sentiu o gosto de sangue. Piscou. Olhou para baixo. Paul se remexia no chão.

— Paul...

Ela se abaixou, mas sentiu uma dor lancinante no couro cabeludo.

O homem a agarrara pelos cabelos. Ele a arrastou pela viela.

Claire tropeçou. Ralou o joelho no asfalto. O homem continuou andando, quase correndo. Ela precisou se curvar para diminuir um pouco da dor. Um dos saltos se quebrou. Ela tentou olhar para trás. Paul segurava o braço como se estivesse tendo um ataque cardíaco.

— Não — sussurrou ela, no mesmo momento em que se perguntou por que não estava gritando. — Não-não-não.

O homem a puxou para a frente. Claire ouviu o próprio gemido. Os pulmões ardiam. Ele a levava em direção à rua lateral.

Havia ali uma van preta que ela não havia notado antes. Claire fincou as unhas no punho dele. Ele puxou a cabeça dela. A dor era muito forte, mas não era nada em comparação ao terror. Ela queria gritar. Precisava gritar. Mas a garganta estava fechada, sabendo o que viria em seguida. Ele a levaria para aquela van. Para um lugar escondido. Algum lugar terrível do qual talvez ela nunca mais saísse.

— Não... — implorou ela. — Por favor... não... não...

O homem soltou Claire, mas não porque ela pediu. Ele se virou com a faca à frente. Paul estava de pé. Corria em direção ao homem. Soltou um grito gutural ao se lançar no ar.

Tudo aconteceu muito rápido. Rápido demais. O tempo não passou em câmera lenta, por isso Claire não testemunhou cada milésimo de segundo da luta do marido.

Paul teria sido capaz de vencer aquele homem numa esteira ou resolvendo uma equação antes que ele tivesse terminado de apontar o lápis, mas o oponente tinha uma vantagem sobre Paul Scott que ninguém ensinava na escola: brigar com faca.

Ouviu-se um assovio quando a lâmina cortou o ar. Claire esperou mais sons: um tapa repentino quando a ponta curva da faca rasgasse a pele de Paul. Um som de corte quando a lâmina serrada passasse pelas costelas. Um rasgo quando a faca separasse tendão e cartilagem. Paul levou as mãos à barriga. Dava para ver o cabo da faca entre os dedos. Ele se afastou e encostou na parede, boca aberta, olhos arregalados de um modo quase cômico. Usava um terno azul-marinho Tom Ford apertado demais na altura dos ombros. Claire havia pensado em mandar afrouxá-lo, mas já era tarde, porque o blazer estava ensopado de sangue.

Paul olhou as próprias mãos. A lâmina havia penetrado até o fim, quase com a mesma distância entre o umbigo e o coração. A camisa azul estava encharcada de sangue. Ele parecia chocado. Os dois estavam chocados. Era para terem jantado mais cedo naquela noite, para comemorar o sucesso de Claire no sistema criminal, não para morrerem ensanguentados em uma viela fria e úmida.

Ela ouviu passos. O Homem Cobra estava fugindo, com as alianças e as joias tilintando nos bolsos.

— Socorro — disse Claire, mas foi um sussurro, tão baixo que ela mal ouviu o som da própria voz. — So-socorro — gaguejou.

Mas quem poderia ajudá-los? Era sempre Paul quem buscava ajuda. Era sempre ele quem cuidava de tudo.

Até aquele momento.

Paul escorregou pela parede e caiu com força no chão. Claire se ajoelhou ao lado dele. Mexeu as mãos à frente do corpo, mas não sabia onde tocá-lo. Dezoito anos amando Paul. Dezoito anos dividindo a cama com ele. Ela havia pressionado a mão contra a testa do marido para ver se estava febril, secado seu rosto quando ele estava doente, beijado seus lábios, as pálpebras, até lhe dado um tapa uma vez por raiva, mas naquele momento ela não sabia onde tocá-lo.

— Claire.

A voz de Paul. Ela conhecia a voz dele. Claire envolveu o corpo do marido com braços e pernas. Puxou-o para junto de seu peito. Pressionou os lábios na lateral da cabeça dele. Sentiu o calor se esvaindo do corpo.

— Paul, por favor. Fique bem. Você precisa ficar bem.

— Estou bem — disse Paul, e parecia ser a verdade, até não ser mais.

O tremor começou nas pernas e ganhou força ao atingir o resto do corpo. Os dentes bateram. As pálpebras tremeram.

Ele disse:

— Amo você.

— Por favor — sussurrou ela, escondendo o rosto no pescoço dele. Sentiu o cheiro da loção pós-barba. Sentiu um pedaço áspero de pele, que ele havia se esquecido de barbear de manhã. Em todas as partes em que ela o tocava, a pele estava muito, muito fria.

— Por favor, não me deixe, Paul. Por favor.

— Não vou — prometeu ele.

Mas deixou.

CAPÍTULO 2

LYDIA DELGADO OBSERVOU o mar de líderes de torcida adolescentes no chão do ginásio e agradeceu a Deus em silêncio por sua filha não ser uma delas. Não que tivesse alguma coisa contra líderes de torcida. Tinha 41 anos. Sua época de odiar líderes de torcida já tinha passado. Detestava apenas as mães delas.

— Lydia Delgado!

Mindy Parker sempre cumprimentava todo mundo com nome e sobrenome, com uma entonação de triunfo no fim: veja como sou esperta por saber o nome completo de todo mundo!

— Mindy Parker — disse Lydia, com o tom de voz várias oitavas mais baixo.

Não conseguia controlar. Sempre tinha sido do contra.

— Primeiro jogo da temporada! Acho que nossas meninas têm uma chance este ano.

— Com certeza — concordou Lydia, apesar de todo mundo saber que seria um massacre.

Mindy alongou a perna esquerda, levantou os braços e se esticou em direção aos dedos dos pés.

— Preciso pegar a permissão assinada de Dee.

Lydia se calou antes de perguntar qual permissão.

— Entrego para você amanhã.

— Perfeito! — disse Mindy de um modo meio exagerado ao terminar o alongamento.

Com os lábios contraídos e a mandíbula um tanto projetada para a frente, ela lembrava a Lydia um buldogue francês frustrado.

— Você sabe que não queremos que Dee se sinta deixada de lado. Sentimos muito orgulho de nossos alunos que têm bolsas de estudo.

— Obrigada, Mindy. — Lydia abriu um sorriso. — É triste que ela tenha precisado ser inteligente para entrar na Westerly em vez de ter muito dinheiro.

Mindy também abriu um sorriso.

— Certo, supimpa. Vou procurar aquela autorização pela manhã.

Ela apertou o ombro de Lydia e caminhou em direção à poltrona, para perto das outras mães. Ou Mães, como Lydia pensava nelas, porque se esforçava muito para não usar mais a expressão *filhas da mãe*.

Lydia procurou a filha na quadra de basquete. Teve um momento de pânico que quase fez seu coração parar, mas então viu Dee de pé no canto. Conversava com Bella Wilson, sua melhor amiga, enquanto elas batiam a bola e trocavam passes. Aquela jovem era mesmo sua filha? Dois segundos antes, Lydia estava trocando suas fraldas, e, num piscar de olhos, Dee completou dezessete anos. Partiria para a faculdade em menos de dez meses. Para o horror de Lydia, ela já tinha começado a fazer as malas. A mala no armário de Dee estava tão cheia que o zíper não fechava.

Lydia controlou as lágrimas porque não era normal uma mulher adulta chorar por causa de uma mala. Então, pensou na autorização que Dee não havia mencionado. A equipe provavelmente iria a um jantar especial que Dee temia que a mãe não pudesse bancar. A filha não compreendia que eles não eram pobres. Sim, tinham passado por momentos difíceis quando Lydia tentou fazer o negócio de banho e tosa deslanchar, mas eram de classe média, o que era mais do que a maioria das pessoas podia dizer que eram.

Porém, não eram os riquinhos da escola. A maioria dos pais da Westerly Academy podia desembolsar com facilidade trinta mil dólares por ano para manter os filhos em uma escola particular. Podiam esquiar em Tahoe no Natal ou alugar aviões particulares para ir ao Caribe, mas, apesar de Lydia nunca oferecer a mesma coisa a Dee, podia pagar para que a filha fosse ao Chops e pedisse a merda de um filé.

Ela, claro, encontraria um modo menos hostil de mostrar isso à filha.

Lydia enfiou a mão na bolsa e tirou dali um saco de batatas fritas. O sal e a gordura ofereciam uma onda instantânea de conforto, como deixar alguns comprimidos de Frontal derreter embaixo da língua. Ao vestir a calça de moletom naquela manhã, ela dissera a si mesma que iria para a academia e de fato passou *perto* da academia, mas só porque havia um Starbucks no estacionamento. O dia de Ação de Graças se aproximava. O tempo estava muito frio. Lydia havia tirado uma rara folga do trabalho. Merecia começar o dia com um *latte* de caramelo. E precisava da cafeína.

Havia muitas coisas a resolver antes do jogo de Dee. Mercado, pet shop, farmácia, banco, voltar para casa a fim de deixar todas as compras, sair antes do meio-dia para ir ao cabeleireiro, porque não ia só cortar os cabelos, pois Lydia era velha e tinha que passar pelo tedioso processo de pintar os cabelos grisalhos para que não ficasse parecendo uma prima pobre da Cruela de Vil. Sem falar dos outros pelos que requeriam atenção.

Lydia levou os dedos ao lábio superior. O sal das batatas fritas fez sua pele arder.

— Jesus — murmurou ela, porque tinha se esquecido de que depilara o buço e que a depiladora usara um adstringente novo que irritara sua pele; assim, em vez de ficar com poucos pelos no buço, ficou com um bigodão vermelho.

Imaginava Mindy Parker comentando com as outras Mães:

— Lydia Delgado! Irritação no bigode!

Lydia enfiou mais um bocado de batatas fritas na boca. Mastigou fazendo barulho, sem se preocupar com as migalhas na camisa. Sem se preocupar com o risco de as Mães a verem comendo carboidrato. Antigamente ela se esforçava mais. Antes de completar quarenta anos.

A dieta do suco. O jejum do suco. A dieta sem suco. A dieta das frutas. A dieta do ovo. Curvas. Treino pesado. Treino intervalado. Treino leve. A dieta de South Beach. A dieta Atkins. A dieta paleolítica. Aulas de jazz. No armário de Lydia, havia um monte de fracassos do eBay: sapatos para zumba, tênis para corrida, botas para trilhas, címbalos para dança do ventre, uma calcinha que nunca foi usada para uma aula de *pole dance* que uma de suas clientes lhe vendeu.

Lydia sabia que estava acima do peso, mas era gorda? Ou será que só era gorda para o padrão da Westerly? A única coisa de que tinha certeza era que não era magra. Exceto por um breve período no fim da adolescência, aos vinte e poucos, ela lutou contra o peso a vida toda.

Era a verdade obscura por trás do ódio pelas Mães: ela não as suportava porque não podia ser como elas. Gostava de batatas fritas. Adorava pão. Dava a vida por um bom cupcake — ou três. Não tinha tempo de malhar com um personal nem de fazer pilates. Tinha um negócio para gerenciar. Era mãe solteira. Tinha um namorado que às vezes precisava de atenção. Além disso, trabalhava com animais. Era difícil ser glamorosa depois de esvaziar as glândulas anais de um *dachshund*.

Os dedos de Lydia tocaram o fundo do saco de batatas vazio. Ela se sentiu péssima. Não queria ter comido as batatas fritas. Após o primeiro punhado, nem sequer sentia mais o gosto.

Atrás dela, as Mães comemoravam. Uma das meninas fazia uma série de flexões no chão. O movimento era fluido, perfeito e muito impressionante até a garota levantar as mãos no fim e Lydia perceber que não se tratava de uma líder de torcida, mas da mãe de uma líder de torcida.

— Penelope Ward! — gritou Mindy Parker. — Muito bem, garota!

Lydia resmungou ao procurar alguma outra coisa para comer dentro da bolsa.

Penelope estava indo até ela. Lydia tirou as migalhas da camisa e tentou pensar em algo para dizer que não estivesse carregado de impropérios.

Felizmente, Penelope foi interrompida pelo técnico Henley.

Lydia suspirou aliviada. Pegou o telefone da bolsa. Havia dezesseis e-mails de avisos da escola, a maioria sobre um surto de piolho que estava causando caos nas classes do ensino fundamental. Enquanto Lydia lia as postagens, uma nova mensagem apareceu, um pedido urgente de um diretor explicando que de fato não havia como descobrir quem dera início à pandemia de piolhos e pedindo que os pais, por favor, parassem de perguntar de qual criança era a culpa.

Lydia deletou todas elas. Respondeu a algumas mensagens de clientes que queriam marcar um horário. Checou a caixa de spam para ter certeza de que a autorização de Dee não havia passado batida sem querer. Não. Enviou um e-mail à garota que havia contratado para ajudar com a papelada e pediu que enviasse seu cartão de ponto, o que parecia algo simples de lembrar porque era por meio dele que ela recebia seu pagamento, mas a criança tinha sido mimada por uma mãe superprotetora e nem sequer amarrava os sapatos se não houvesse um bilhete preso nos tênis, com um sorrisinho e a frase: AMARRE OS TÊNIS. COM AMOR, MAMÃE. PS.: MUITO ORGULHO DE VOCÊ!

Isso era pouco generoso de sua parte, já que Lydia recorria aos Post-its na criação da filha. Em sua defesa, ela podia dizer que exagerava nos cuidados para ter certeza de que Dee sabia cuidar de si mesma. APRENDA A LEVAR O LIXO PARA FORA OU VOU TE MATAR. TE AMO, MAMÃE. Teria ajudado se tivessem dito que incentivar a independência dessa forma podia trazer problemas, como encontrar uma mala abarrotada no armário da filha quando ainda faltavam dez meses para ela ir para a faculdade. Lydia jogou o telefone na bolsa de novo. Observou Dee passar a bola para Rebecca Thistlewaite, uma inglesa pálida que não acertava uma cesta nem se fosse lançada com bola e tudo. Lydia sorriu diante da generosidade da filha. Na idade dela, Lydia liderava uma banda rebelde de meninas e ameaçava largar os estudos. Dee fazia parte do grupo de discussões da escola. Era voluntária na YMCA. Tinha uma natureza doce, generosa e era muito esperta. Sua capacidade de entender detalhes era impressionante, senão altamente irritante em discussões. Mesmo à tenra idade, Dee tinha uma forte habilidade de reagir a tudo o que ouvia — principalmente vindo de Lydia. Era por isso que Dee era chamada de Dee, e não pelo belo nome que Lydia registrara na certidão de nascimento.

— Deedus Cristo! — gritava, quando bebê, sua filhinha querida, dando chutes e pontapés no cadeirão. — Deedus Cristo! Deedus Cristo!

Pensando no passado, Lydia via que tinha sido um erro mostrar que era engraçado.

— Lydia?

Penelope Ward levantou o dedo, como se pedisse para Lydia esperar. Na mesma hora, Lydia olhou para as portas. Então ouviu as Mães fofocando atrás dela e percebeu que estava presa.

Penelope era uma espécie de celebridade na Westerly. Seu marido era advogado, o que era comum para um pai de aluno do colégio, mas também era um senador que havia acabado de informar que se candidataria ao Congresso. De todos os pais da escola, Branch Ward deveria ser o mais bonito, mas isso se devia em grande parte ao fato de ele ter menos de sessenta anos e ainda conseguir ver os próprios pés.

Penelope era a esposa de político perfeita. Em todas as campanhas do marido, era vista olhando-o com olhos apaixonados, como um *border collie* fiel. Ela era atraente, mas não a ponto de ser uma distração. Era magra, mas não anoréxica. Desistira da sociedade em um importante escritório de advocacia para dar à luz cinco filhos bonitos e arianos. Era presidente da Organização de Pais e Docentes da Westerly, o que era uma maneira pretensiosa e desnecessária de dizer Associação de Pais e Mestres. Dirigia a organização com mão de ferro. Todos os seus avisos eram feitos com perfeição, concisos e focados a ponto de até mesmo as menos capacitadas entenderem. Ela também costumava ser direta no que dizia.

— Certo, meninas — dizia ela, batendo palmas. As Mães adoravam bater palmas. — Refrescos! Lembrancinhas! Balões! Enfeites de mesa! Talheres!

— Lydia, achei você — disse Penelope, flexionando joelhos e cotovelos ao subir correndo a arquibancada e se sentar ao lado de Lydia. — Nham! — exclamou, apontando o saco vazio de batatas fritas. — Quem me dera comer isso!

— Aposto que eu faria você comer!

— Ah, Lydia, adoro seu senso de humor ácido.

Penelope virou o corpo em direção a Lydia, estabelecendo contato visual como um gato persa tenso.

— Não sei como você consegue. Você tem um negócio próprio. Cuida de casa. Criou uma filha incrível. — Ela levou a mão ao peito. — Você é minha heroína.

Lydia sentiu os dentes rangerem.

— E a Dee é uma menina tão bem-sucedida. — A voz de Penelope baixou um tom. — Ela fez o ensino fundamental com aquela garota desaparecida, não?

— Não sei — mentiu Lydia.

Anna Kilpatrick era apenas um ano mais nova do que Dee. As duas fizeram educação física juntas, apesar de seus círculos sociais não se misturarem.

— Que tragédia — comentou Penelope.

— Vão encontrá-la. Faz só uma semana.

— Mas o que pode acontecer em uma semana? — Penelope estremeceu de modo forçado. — Não consigo nem imaginar.

— Então, não imagine.

— Que conselho maravilhoso — disse ela, parecendo aliviada e mandona ao mesmo tempo. — Onde está o Rick? Precisamos dele aqui. Ele é nossa dose de testosterona.

— Está no estacionamento.

Lydia não fazia ideia de onde Rick estava. Os dois tinham brigado feio de manhã. Ela tinha certeza absoluta de que ele nunca mais queria vê-la.

Não, errado. Rick apareceria por Dee, mas provavelmente se sentaria do outro lado do ginásio por causa de Lydia.

— Rebote! Rebote! — gritou Penelope, apesar de as meninas ainda estarem se aquecendo. — Deus, não tinha reparado antes, mas a Dee é sua cara.

Lydia abriu um sorriso. Não era a primeira vez que alguém apontava a semelhança. Dee tinha a pele muito clara de Lydia e os mesmos olhos azuis. O mesmo formato do rosto. O sorriso também era igual. As duas eram loiras naturais, uma vantagem em relação a todas as outras loiras do ginásio. O corpo em forma de ampulheta de Dee dava sinais do que poderia acontecer no futuro se ela passasse o tempo todo sentada de moletom e comendo batatas fritas. Na idade dela, Lydia era igualmente bonita e magra. Infelizmente, foi preciso um monte de cocaína para isso.

— Então. — Penelope bateu as mãos nas coxas ao se virar para Lydia. — Queria saber se você pode me ajudar.

— Claro — falou Lydia, com ênfase, para mostrar que estava disposta.

Penelope envolvia as pessoas daquele modo. Não dava ordens; dizia precisar de ajuda.

— É sobre o Festival Internacional do mês que vem.

— Festival Internacional? — perguntou Lydia, como se nunca tivesse ouvido falar do evento de arrecadação de fundos que durava um fim de semana todo, no qual os homens e as mulheres mais brancos de North Atlanta se reuniam ao redor de mesas com tortinhas e bolinhos feitos pelas babás dos filhos.

— Reenviarei todos os e-mails — disse Penelope. — Fiquei pensando se você poderia trazer uns pratos espanhóis. *Arros negre. Tortilla de patates. Cucifritos.*

Ela pronunciava as palavras com um sotaque espanhol confiante, provavelmente aprendido com o rapaz que limpava sua piscina.

— Meu marido e eu comemos *escalivada* quando fomos à Catalunha ano passado. Delícia.

Fazia quatro anos que Lydia esperava para dizer:

— Não sou espanhola.

— É mesmo? — Penelope não se deixou abater. — *Tacos*, então. *Burritos*. Talvez um pouco de *arroz con pollo* ou *barbacoa*?

— Também não sou do *Mérrico*.

— Ah, bem... Claro que Rick não é seu marido, mas pensei que, como seu sobrenome é Delgado, o pai de Dee...

— Penelope, você acha que a Dee tem cara de hispânica?

Sua risada estridente teria quebrado uma vidraça.

— Como assim? "Cara de hispânica"? Você é muito engraçada, Lydia.

Lydia também ria, mas por um motivo totalmente diferente.

— Minha nossa!

Penelope cuidadosamente secou lágrimas invisíveis nos olhos.

— Mas diga, qual é a história?

— História?

— Ah, vai. Você é sempre tão reservada a respeito do pai da Dee. E de si mesma. Não sabemos quase nada a seu respeito. — Ela estava se aproximando demais. — Desembuche. Não conto para ninguém.

Lydia passou um rápido demonstrativo de prós e contras na mente: o pró da ascendência indeterminada de Dee deixando as Mães mortas de ansiedade sempre que dissessem algo minimamente racista *versus* o contra por ter que participar do evento beneficente da Organização de Pais e Docentes. Era uma decisão difícil. O racismo delas era lendário.

— Vamos — disse Penelope, percebendo a fraqueza.

— Bem...

Lydia respirou fundo ao se preparar para contar a história de sua vida. Ela colocaria uma verdade, tiraria uma mentira, embelezaria ali e remexeria tudo.

— Sou de Athens, Geórgia.

Apesar de meu bigode à la mariachi *ter enganado você.*

— O pai de Dee, Lloyd, era de South Dakota.

Ou South Mississippi, mas Dakota parece menos tosco.

— Ele foi adotado pelo padrasto.

Que só se casou com a mãe dele para que ela não fosse forçada a testemunhar contra ele.

— O pai de Lloyd morreu.

Na prisão.

— Lloyd estava indo para o México para contar aos avós.

Para pegar vinte quilos de cocaína.

— O carro dele colidiu com um caminhão.

Foi encontrado morto em uma parada de caminhões depois de tentar cheirar meio tijolo de cocaína.

— Aconteceu depressa.

Ele morreu engasgado no próprio vômito.

— Dee não o conheceu.

E esse foi o maior presente que dei à minha filha.

— Fim.

— Lydia. — Penelope estava tampando a boca com a mão. — Eu não sabia.

Lydia ficou tentando imaginar quanto tempo a história demoraria para se espalhar. *Lydia Delgado! Viúva da tragédia!*

— E a mãe de Lloyd?

— Câncer.

Levou um tiro no rosto, desferido pelo cafetão.

— Não sobrou ninguém daquele lado.

Que não esteja preso.

— Coitados. — Penelope pôs a mão sobre o peito. — Dee nunca disse nada.

— Ela sabe todos os detalhes.

Exceto as partes que causariam pesadelos.

Penelope olhou para a quadra de basquete.

— Não é à toa que você é tão protetora. Ela é tudo o que sobrou do pai.

— Verdade.

A menos que você conte a herpes.

— Eu estava grávida da Dee quando ele morreu.

Fazendo desintoxicação porque eu sabia que a tirariam de mim se encontrassem drogas em meu corpo.

— Tive a sorte de tê-la.

Dee salvou minha vida.

— Ah, querida.

Penelope segurou a mão de Lydia, que desanimou ao perceber que tudo tinha sido em vão. A história obviamente havia emocionado Penelope, ou pelo menos despertado interesse, mas ela havia ido até ali com uma tarefa a ser delegada, e faria isso.

— Mas ainda é parte da história de Dee, certo? Famílias são famílias, mesmo assim. Trinta e um alunos desta escola são adotados, e têm seu lugar!

Lydia precisou de um milésimo de segundo para entender a frase.

— Trinta e um? Exatamente trinta e um?

— Pois é. — Penelope deixou claro seu choque. — Os gêmeos Harris acabaram de entrar na pré-escola. São piolhentos, se o boato for verdade.

Lydia abriu a boca e voltou a fechá-la.

— Então. — Penelope abriu outro sorriso ao se levantar. — Me passe as receitas primeiro, está bem? Sei que você gosta que a Dee realize projetos que exigem habilidades especiais. Você tem muita sorte. Mãe e filha cozinhando juntas. Superdivertido!

Lydia mordeu a língua. A única coisa que ela e Dee faziam juntas na cozinha era discutir para decidir quando um vidro de maionese estava vazio o bastante para ser descartado.

— Obrigada por se oferecer como voluntária! — concluiu Penelope, que deixou a arquibancada depressa, pressionando os braços com vigor olímpico.

Lydia tentou imaginar quanto tempo levaria para Penelope contar às outras Mães sobre a morte trágica de Lloyd Delgado. Seu pai sempre dizia que o preço de ouvir uma fofoca era ver outra pessoa fofocando a seu respeito. Ela queria que ele ainda estivesse vivo para lhe contar sobre as Mães. Ele teria se mijado de rir.

O técnico Henley apitou, indicando que as garotas deveriam terminar o aquecimento. As palavras "projetos que exigem habilidades especiais" não saíam da cabeça de Lydia. Então ali estava a confirmação de que as Mães tinham notado.

Lydia não se sentia mal por ter feito a filha ter uma aula básica de manutenção automotiva para aprender a trocar um pneu. Também não se arrependia de ter obrigado Dee a se matricular num curso de autodefesa no verão, ainda que tivesse que perder o treino de basquete. Nem por ter insistido para que ela praticasse gritar quando estivesse com medo, porque a filha costumava ficar paralisada quando se assustava, e ficar em silêncio era a pior atitude diante de um homem que pretendia fazer algum mal.

Lydia apostava que, naquele momento, a mãe de Anna Kilpatrick estaria arrependida por não ter ensinado a filha a trocar um pneu. O carro da garota foi encontrado no estacionamento do shopping com um prego no pneu da frente. Não demorou muito para concluírem que a pessoa que havia espetado o prego foi a mesma que a tinha sequestrado.

O técnico Henley apitou duas vezes rapidamente para fazer a equipe se mexer. As Westerly Women se reuniram e formaram um semicírculo. As Mães batiam os pés nas arquibancadas, tentando aumentar a animação para um jogo que se desenrolaria com o mesmo drama doloroso de um enterro. O time adversário nem sequer se deu ao trabalho de se aquecer. A jogadora mais baixa deles media um metro e oitenta e tinha mãos do tamanho de bandejas.

As portas do ginásio se abriram. Lydia viu Rick observar a plateia. Ele a viu. Em seguida, olhou para a arquibancada vazia do lado adversário. Ela prendeu a respiração enquanto ele pensava. Então, voltou a respirar ao vê-lo caminhando em sua direção. Rick subiu a arquibancada lentamente. As pessoas que trabalhavam para se sustentar não subiam as arquibancadas correndo. Ele se sentou ao lado de Lydia soltando um gemido.

— Oi — disse.

Rick pegou o saco vazio de batatas fritas, jogou a cabeça para trás e deixou as migalhas caírem na boca. A maior parte escorreu para dentro da camisa, pela gola.

Lydia riu porque era difícil odiar alguém que ria. Ele lhe lançou um olhar sério. Sabia como ela agia.

Rick Butler era bem diferente dos outros pais da Westerly. Primeiro, era um trabalhador braçal. Era mecânico num posto de gasolina e ainda abastecia para alguns dos clientes idosos. Os músculos dos braços e do peito eram trabalhados pelo esforço que ele fazia empilhando pneus. O rabo de cavalo que descia pelas costas se devia ao fato de ele não dar ouvido às duas mulheres de sua vida, que queriam que ele cortasse o cabelo. Dependendo do humor do dia, ele era caipira ou hippie. Amar as duas facetas era a maior surpresa da vida de Lydia Delgado.

Ele devolveu o saco vazio. Havia pedacinhos de batata na barba.

— Belo bigode.

Ela levou os dedos à região acima dos lábios.

— Ainda estamos brigados?

— Você ainda está brava?

— Minha intuição diz que sim — admitiu ela. — Mas detesto quando ficamos bravos um com o outro. Parece que meu mundo inteiro vira de cabeça para baixo.

O sinal tocou. Os dois se retraíram quando o jogo começou, rezando para que a humilhação fosse breve. Por milagre, o Westerly Women saiu na frente.

Por um milagre ainda maior, Dee conduziu a bola pela quadra.

— Vai, Delgado! — gritou Rick.

Dee obviamente viu a sombra enorme de três garotas gigantescas atrás dela. Não tinha para quem passar a bola. Sem olhar, lançou-a em direção à cesta e a viu bater na tabela e cair na arquibancada vazia do outro lado do ginásio.

Lydia sentiu o dedo mínimo de Rick tocar seu dedo mínimo.

Ele perguntou:

— Quando ela ficou tão incrível?

— Cereal matinal.

Lydia mal pronunciou a palavra. Seu coração sempre se inflava quando via como Rick amava sua filha. Só por isso, ela perdoava o rabo de cavalo.

— Me desculpe por ser uma chata nos últimos tempos. — Ela se corrigiu. — Ou melhor, nos últimos dez anos.

— Tenho certeza de que você era chata antes disso.

— Eu era bem mais divertida.

Ele ergueu uma das sobrancelhas. Eles tinham se conhecido numa reunião do Programa Doze Passos há treze anos. Nenhum dos dois era muito divertido.

— Eu era mais magra — disse ela.

— Claro, é o que importa. — Rick continuou olhando para o jogo. — O que deu em você, amor? Toda vez que abro a boca agora, você ladra como um cão raivoso.

— Não fica feliz por não estarmos morando juntos?

— Vamos brigar por isso de novo?

Lydia quase começou a brigar. As palavras "mas por que precisamos morar juntos sendo que somos vizinhos?" estavam na ponta da língua.

Ele percebeu o esforço.

— Bom perceber que você consegue fechar a boca quando quer.

Rick assoviou quando Dee tentou acertar uma cesta de três pontos. A bola não entrou, mas mesmo assim ele fez sinal de positivo quando ela o olhou.

Lydia sentiu vontade de dizer que Dee não se importaria nem um pouco com a aprovação dele se morassem juntos, mas decidiu deixar isso para a próxima vez que começassem a gritar um com o outro.

Rick suspirou quando o time adversário pegou a bola.

— Ai, Deus, agora vai.

Uma garota com mãos gigantes bloqueava Dee. Nem sequer teve a decência de erguer os braços.

Rick voltou a se sentar na arquibancada. Apoiou as botas no banco à frente. Havia manchas de óleo no couro marrom rachado. A calça jeans tinha manchas de gordura. Ele exalava um cheiro de fumaça de motor. Tinha olhos gentis. Amava a filha dela. Amava até esquilos. Já tinha lido todos os livros de Danielle Steele porque ficou viciado na reabilitação. Não se importava com o fato de a maioria das roupas de Lydia viverem cobertas de pelos de cachorro nem de o único arrependimento dela em relação a sua vida sexual vir do fato de ela não poder transar usando uma burca.

— O que preciso fazer? — perguntou ela.

— Diga o que está rolando nessa sua cabeça maluca.

— Eu contaria, mas teria que matar você.

Ele pensou por um momento.

— Beleza, só não estrague meu rosto.

Lydia olhou para o placar. Dez a zero. Piscou. Doze a zero.

— É que... — Ela não sabia como dizer o que precisava dizer. — É só o passado voltando.

— Parece letra de música *country*. — Ele a olhou nos olhos. — Anna Kilpatrick.

Lydia mordeu o lábio. Não era uma pergunta. Ele estava respondendo. Tinha visto todos os recortes de jornal que ela havia guardado a respeito do desaparecimento de Anna Kilpatrick, o modo como os olhos dela se enchiam de lágrimas sempre que os pais da garota apareciam no noticiário.

— Soube que a polícia encontrou uma pista nova — comentou ele.

— A única coisa que eles podem fazer agora é torcer para encontrar o corpo.

— Pode ser que ela esteja viva.

— O otimismo nunca morre em seu coração.

— Isso é de alguma outra música?

— Do meu pai.

Ele sorriu. Ela adorava o modo com que as linhas de expressão ao redor dos olhos dele apareciam.

— Amor, sei que pedi para você ficar longe das notícias, mas acho que precisa saber de uma coisa.

Rick não estava mais sorrindo. Ela sentiu o coração apertado no peito.

— Ela morreu? — Lydia levou a mão ao pescoço. — Encontraram Anna?

— Não, eu teria contado logo de cara. Você sabe.

Ela sabia, mas seu coração continuava aos pulos.

— Vi na página policial hoje. — Rick estava visivelmente relutante, mas continuou. — Aconteceu há três dias. Paul Scott, arquiteto, casado com Claire Scott. Eles estavam no centro da cidade. Foram assaltados. Paul levou uma facada. Morreu antes de chegar ao hospital. O enterro é amanhã.

As Mães começaram a comemorar de novo, batendo palmas. Dee tinha marcado outra cesta. Lydia observou a filha correr pela quadra. A garota das mãos enormes pegou a bola. Dee não desistiu. Correu atrás dela. Era destemida. Era destemida em todos os aspectos de sua vida. E como não seria? Ninguém nunca a havia derrubado. A vida não havia tido a chance de feri-la. Nunca havia perdido ninguém. Nunca soube o que era a dor de não ter alguém a quem amava.

— Vai dizer alguma coisa? — perguntou Rick.

Lydia tinha muito a dizer, mas não deixaria Rick ver aquele seu lado; aquele lado irado e brutal que ela havia anestesiado com cocaína e, quando a cocaína era demais, empurrava com comida.

— Liddie?

Ela balançou a cabeça. Lágrimas escorreram pelo rosto.

— Só espero que ele tenha sofrido.

ii

É SEU ANIVERSÁRIO HOJE, o quarto que passo sem você. Como sempre, tiro um tempo para ver nossas fotos de família e deixar as lembranças me tomarem. Só me dou esse prazer uma vez por ano, porque me entregar a todas essas lembranças preciosas é o que me faz atravessar os incontáveis e intermináveis dias sem você.

Minha foto preferida é de seu primeiro aniversário. Sua mãe e eu estávamos muito mais animados do que você, apesar de você ser, de modo geral, um bebê feliz. Para você, esse aniversário foi só mais um dia. Nada especial além do bolo, que você logo destruiu com as mãos. Havia só nós dois na lista de convidados. Sua mãe disse que era besteira organizar publicamente um evento do qual você nunca se lembraria. Concordei de pronto, porque eu era egoísta e porque me sentia mais feliz quando tinha minhas meninas só para mim.

Marquei o tempo enquanto as lembranças vinham. Duas horas. Nada mais. Nada menos. Então, com cuidado, recoloquei as fotografias na caixa, fechei a tampa e as deixei na estante para o próximo ano.

Em seguida, como de rotina, caminhei até a delegacia. Ele parou de retornar meus telefonemas há muito tempo. Vi o medo nos olhos dele quando me viu pelo vidro.

Eu o desafio. Sou seu fracasso. Sou o chute ridículo no saco que não aceita a verdade, que sua filha foi embora.

No primeiro aniversário sem você, fui à delegacia e calmamente pedi para ler todos os arquivos relacionados a seu caso. Ele se recusou. Ameacei ligar para o jornal. Ele disse que eu podia fazer isso. Fui até o telefone público na recepção. Inseri uma moeda. Ele se aproximou, desligou o telefone e me pediu para acompanhá-lo de volta à sala. A encenação se repetiu todos os anos até que, enfim, este ano, ele desistiu sem se esforçar. Um delegado me levou para uma pequena sala de interrogatório onde dispuseram cópias de todos os arquivos relacionados à investigação. Ele me ofereceu um copo de água, mas apontei minha lancheira e a garrafa térmica e disse que não precisava.

Não existe narrativa clara em um relatório da polícia. Seu arquivo não tem começo, nem meio, nem fim. Há resumos de declarações de testemunhas (e a maioria dos nomes foi riscada), depoimentos que foram investigados e confirmados (todo mundo mente até certo ponto quando interrogado pela polícia) e observações de entrevistas com uma lista de suspeitos (sim, os nomes estão riscados, como os outros).

Dois tipos de mapas foram pregados juntos, um mostrando o centro da cidade e o outro mostrando o *campus*, de modo que seus últimos passos possam ser acompanhados pela cidade.

Também há fotografias: seu quarto na faculdade com suas roupas preferidas jogadas, produtos de higiene misteriosamente desaparecidos, livros abandonados, relatórios inacabados, uma bicicleta desaparecida (que depois foi encontrada).

A primeira folha de papel do arquivo é a mesma folha que vi no seu primeiro aniversário sem você, depois no segundo, no terceiro e hoje, no quarto.

Caso pendente até que se encontrem maiores pistas.

Sua mãe teria usado uma caneta vermelha para corrigir a palavra "maiores" para MAIS, mas sinto um prazer covarde por saber que, desde a primeira página, eles estão errados.

O tempo estava assim na segunda-feira, 4 de março de 1991:

A máxima era de 10 °C. A mínima era de 3 °C. Não havia nuvens no céu. Sem chuva. O ponto de condensação era 1 °C. Os ventos vinham do nordeste a 26 quilômetros por hora. Havia 12 horas e 23 minutos de luz do dia.

Estes foram alguns dos assuntos nos noticiários naquela semana:

O julgamento de Pamela Smart começou.

Rodney King foi espancado por membros da Polícia de Los Angeles.

Um avião da United Airlines caiu perto de Colorado Springs.

O presidente Bush declarou o fim da guerra do Iraque.

Você desapareceu.

Estas são as explicações do delegado sobre por que você nos deixou:

Você estava brava porque não a deixamos morar fora do *campus*.

Você ficou furiosa porque não a deixamos dirigir até Atlanta para ir a um show.

Você tinha brigado com sua irmã por causa da procedência de um chapéu de palha.

Você tinha parado de falar com sua avó porque ela insinuou que você tinha engordado.

O delegado não tem filhos. Ele não entende que esses estados emocionais exacerbados são apenas resultado do fato de você ser uma jovem de dezenove anos. Essas discussões eram conflitos tão pequenos no ecossistema da família que no começo da investigação não mencionamos nenhuma delas.

E isso, na opinião dele, significava que estávamos tentando esconder alguma coisa.

Na verdade, não foi sua estreia na delegacia. Você já tinha sido presa duas vezes. Na primeira, foi pega em um laboratório da faculdade protestando contra transgênicos. Na segunda, você foi pega fumando maconha nos fundos da Wuxtry, a loja de discos onde sua amiga Sally trabalhava.

Aqui estão as famosas pistas que o delegado menciona para sustentar a teoria dele de que você fugiu:

Sua escova de dentes e a de cabelos desapareceram (ou talvez você as tivesse deixado sem querer no banheiro comunitário).

Uma pequena sacola de viagem de couro desapareceu do armário de sua colega de quarto (ou talvez ela a tivesse deixado com uma amiga no recesso de primavera).

Algumas de suas roupas pareciam ter desaparecido (ou alguém as tenha pegado emprestadas sem sua permissão).

O pior foi que você deixou uma carta de amor inacabada na mesa — "Beijo você em Paris... seguro sua mão em Roma".

Aquilo, segundo o delegado, era prova de que você pretendia partir.

Aquilo, segundo sua irmã, era prova de que você estava escrevendo uma resenha sobre a música "Justify my love", da Madonna.

Havia um garoto, ainda que o pai de qualquer adolescente possa dizer que sempre tem um garoto. Ele tinha cabelos desgrenhados, enrolava os próprios cigarros e falava sobre seus sentimentos mais do que o necessário. Você estava interessada nele, o que significava que vocês dois ainda não namoravam. Andavam trocando bilhetes. Há registros de telefonemas feitos tarde da noite. Fitas com músicas cheias de significado. Vocês dois eram muito jovens. Era o começo de algo que poderia levar a tudo ou a nada. Para responder à pergunta óbvia, o garoto estava acampando com a família quando você foi levada. Ele tinha um álibi perfeito. Um guarda do parque o viu com a família. O homem tinha ido ao acampamento para avisar que um coiote fora visto na região. Ele se sentou com a família diante da fogueira e conversou sobre futebol americano com o pai, porque o garoto não gostava.

A contribuição do guarda para o caso não parou aí. Ele deu ao delegado uma possível explicação, uma que o delegado apresentou, mais tarde, como fato.

Naquela mesma semana, o guarda havia visto um bando de delinquentes acampando na mata. Eles estavam percorrendo a propriedade havia algum tempo. Usavam roupas escuras. Preparavam refeições numa fogueira. Atravessavam ruas de terra com as mãos para trás e a cabeça baixa. Havia drogas no meio, porque com tipos assim sempre havia drogas envolvidas. Algumas pessoas os chamavam de bando. Outras diziam que eram moradores de rua. Muitas diziam que eram fugitivos. A maioria os considerava um inconveniente. Você, minha querida, disse a muitos de seus amigos que eles eram livres, e por isso o delegado disse que, na ausência de outras pistas, você simplesmente havia fugido para se unir a eles.

Você trabalhava como voluntária num abrigo para sem-teto, bebia, apesar de ser menor de idade, e foi pega fumando maconha, então tudo fazia sentido.

Quando a teoria da fuga se fixou na cabeça do delegado, o grupo de delinquentes, o bando, os livres — seja lá como eram chamados —, já tinha partido. Eles acabaram sendo localizados na Carolina do Norte, drogados e dispersos demais para dizer quem estava com eles.

"Ela parece bem familiar", um dos poucos membros originais restantes escrevera no relatório. "Mas todo mundo tem olhos, nariz e dentes, então isso não quer dizer que todo mundo é familiar?"

Motivos pelos quais sabemos que você foi sequestrada:

Você estava brava com sua mãe, mas ainda assim foi para casa no dia anterior e conversou com ela na cozinha enquanto lavava roupas.

Você estava furiosa com sua irmã, mas ainda assim deixou que ela pegasse seu lenço amarelo emprestado.

Você não gostava de sua avó, mas ainda assim deixou um cartão para ser postado na semana seguinte, porque seria aniversário dela.

Ainda que não seja totalmente impossível você ter fugido para a mata a fim de se unir a um grupo de vagabundos sem eira nem beira, é totalmente impossível você ter feito isso sem nos contar.

Aqui estão as coisas que sabemos que você fez no dia em que foi levada:

Às sete e meia da segunda, quatro de março, você encontrou alguns amigos do abrigo e foi à Hot Corner para doar comida e cobertores. Às 9h48, Carleen Loper, a recepcionista do Lipscomb Hall, estava trabalhando e registrou seu retorno ao quarto. Sua colega de quarto, Nancy Griggs, partiu para a aula de artesanato às 10h15. Disse que você estava cansada e tinha voltado a dormir. Seu professor de inglês lembra de tê-la visto na aula dele na hora do almoço. Ele lhe deu algumas sugestões para um trabalho. Lembra-se de terem tido uma discussão acalorada. (Mais tarde, foi descartado como suspeito porque naquela noite estava lecionando num ponto oposto ao *campus*.)

Perto de treze horas, você foi ao Tate Student Center, onde comeu um queijo-quente e uma salada, que dividiu com Veronica Voorhees.

A próxima parte é menos específica, mas, com base nas entrevistas, o delegado encarregado formulou uma lista de suas possíveis atividades. Em algum momento, você passou no escritório da The Red & Black para entregar sua matéria sobre a tentativa da Universidade da Geórgia de privatizar o serviço de alimentação. Você voltou ao centro estudantil e jogou bilhar com um garoto chamado Ezekiel Mann. Sentou-se para conversar no sofá da recepção com outro garoto chamado David Conford. Ele disse ter ouvido dizer que Michael Stipe, o vocalista do REM, se apresentaria no Manhattan Cafe naquela noite. Amigos que estavam próximos dizem que Conford a chamou para ir com ele, mas ele insiste em dizer que não a convidou para um encontro.

"Éramos só amigos", disse ele no interrogatório. O delegado que o interrogou fez uma anotação dizendo que era óbvio o desejo do garoto de ser mais do que amigo. (Testemunhas afirmam que Mann e Conford estavam no centro estudantil naquela noite.)

Perto das quatro e meia da tarde, você saiu do Tate. Caminhou até sua casa, deixou a bicicleta do lado de fora do centro estudantil, provavelmente porque estava esfriando e você não queria congelar descendo a Baxter Hill. (Duas semanas depois, sua bicicleta foi encontrada acorrentada na frente do centro.)

De acordo com a recepcionista, antes das cinco da tarde você voltou ao quarto. Sua colega Nancy se lembra de sua animação quando você contou que Michael Stipe iria a Manhattan. Vocês duas decidiram que reuniriam um grupo para ir mais tarde. Todos eram menores de idade, mas você conhecia John MacCallister, um morador da região que trabalhava na recepção da casa de shows, pois vocês estudaram juntos no ensino médio. Nancy ligou para vários amigos. Vocês combinaram de se encontrar às nove e meia da noite.

Como seu professor de física havia marcado uma prova para antes do recesso de primavera, você e Nancy foram à biblioteca North a fim de estudar. Perto das oito e meia da noite, vocês duas foram vistas no Taco Stand, um restaurante perto da entrada do *campus*. As duas levaram a comida de volta a Lipscomb Hall. Vocês entraram pela porta dos fundos, que estava aberta, por isso a recepcionista da noite, uma mulher chamada Beth Tindall, não registrou sua chegada.

No andar de cima, você e Nancy tomaram banho e se vestiram para sair. Você colocou um mocassim, um jeans preto, uma camisa masculina branca de botão e um colete com bordados prateados e dourados. Usava pulseiras prateadas e um pingente de sua irmã. Mais tarde, Nancy não lembrou se você tinha ou não trazido de volta do banheiro o cesto de metal onde guardava seus produtos de higiene (eles não foram encontrados no quarto). Nancy disse em uma de suas declarações que itens deixados no banheiro costumavam ser roubados ou descartados.

Às nove e meia, você encontrou seus amigos no Manhattan Cafe, onde soube que a história do show de Michael Stipe era mentira. Alguém comentou que a banda faria uma turnê na Ásia. Outra pessoa disse que eles estavam na Califórnia. A sensação de decepção foi geral, mas todos concordaram em ficar para beber alguma coisa. Era noite de segunda-feira. Todo mundo, menos você, tinha aulas no dia seguinte, um fato que posteriormente te prejudicou, porque Nancy pensou que você tivesse ido para casa terminar de lavar roupas e nós pensamos que você estava na escola.

A primeira rodada foi de Pabst Blue Ribbon, que o Manhattan serviu por um dólar cada. Mais tarde, você foi vista com um Moscow Mule, um coquetel vendido por quatro dólares e cinquenta, no qual havia vodca, ginger ale Blenheim e limão. Nancy Griggs disse que um homem deve ter comprado a bebida, porque todas as garotas pediam uma bebida cara quando um homem estava pagando.

Uma música de que você gostava começou a tocar. Você começou a dançar. Alguém disse que a música era do C+C Music Factory. Outras pessoas disseram que era de Lisa Lisa. De qualquer modo, seu entusiasmo foi contagiante. Em pouco tempo, a pequena pista de dança foi tomada.

Naquela noite, você aparentemente não deu atenção a nenhum garoto em especial. Todos os seus amigos contaram ao delegado que você dançou porque adorava dançar, não porque estava tentando atrair homens. (Então, você não estava provocando ninguém, apesar de o delegado ter tentado criar essa parte da história.)

Exatamente às 22h38, você disse a Nancy que estava com dor de cabeça e que voltaria para o dormitório. Ela sabe que foi nesse horário porque olhou no relógio. Pediu para você ficar até as onze, quando vocês poderiam voltar juntas. Você disse que não podia esperar tanto e pediu para que ela fizesse silêncio quando chegasse.

O delegado deve ter perguntado a Nancy sobre seu nível de embriaguez, porque ele escreveu nas anotações que ela disse que você não demonstrava estar muito embriagada, mas que não parava de bocejar e parecia distraída. A última frase na declaração que Nancy assinou é: "Depois das 22h38, não voltei a vê-la."

Ninguém mais viu você depois disso. Pelo menos, ninguém que não quisesse feri-la.

A última frase de Nancy está na última página do arquivo. Não tem nada mais que saibamos. Como o delegado pode dizer, não temos mais nada.

Tem uma coisa que o delegado não sabe e em que sua mãe se recusa a acreditar: eu me lembro de ter olhado no relógio naquela noite. Foi alguns minutos depois, quase onze horas, provavelmente a hora em que você foi sequestrada. Estávamos jantando no Harry Bissett's Grill, na Broad Street, a quase cinco quarteirões de Manhattan. Sua mãe estava no andar de cima, no banheiro. O garçom se ofereceu para trazer a conta. Olhei o relógio — foi quando vi que horas eram. Sua irmã menor estava em casa estudando com uma amiga, mas já tinha idade suficiente para ir para a cama sozinha, então decidi pedir a sobremesa preferida de sua mãe.

Eu me lembro de vê-la voltando pela escada. Não controlei o sorriso, porque sua mãe estava especialmente bela naquela noite. Os cabelos estavam presos. Ela usava um vestido branco de algodão que marcava o quadril. A pele brilhava. Havia tanta vida em seus olhos! Quando ela sorriu, senti como se uma explosão tivesse acontecido em meu coração. Não teria como amá-la mais do que a amei naquele momento: minha esposa, minha amiga, a mulher que havia me dado filhas tão gentis, atenciosas e lindas.

Ela se sentou à minha frente. Segurei suas mãos.

— Por que está sorrindo? — perguntou ela.

Beijei a parte interna de seus punhos e respondi o que, naquele momento, senti ser a mais pura verdade:

— Porque tudo está perfeito.

E aqui está o que sei que sou: um tolo.

CAPÍTULO 3

ELA HAVIA ACABADO DE enterrar o marido.

Claire não parava de repetir as palavras na mente, como se estivesse narrando uma história, e não vivendo o fato em sua vida, de verdade.

Claire Scott havia acabado de enterrar o marido.

Havia mais, porque o velório tinha sido longo, com muitas partes emocionantes de que Claire se lembrava com olhos frios de narradora.

O caixão era cinza-escuro, e uma camada de lírios brancos cobria a tampa fechada. O cheiro de terra molhada era pungente enquanto a máquina depositava o corpo na cova. Os joelhos de Claire fraquejaram. Sua mãe acariciou suas costas. Ofereceu-lhe o braço. Claire negou, balançando a cabeça. Pensou em coisas fortes: ferro. Aço. Paul. Só quando entraram na limusine preta Claire compreendeu realmente que nunca mais voltaria a ver o marido.

Estava indo para casa — de volta para a casa dele, a casa que tinham dividido. As pessoas a encontrariam ali, estacionariam o carro no meio-fio sinuoso e encheriam a rua. Fariam brindes. Contariam histórias. No testamento, Paul pedira um velório, mas Claire se apegou demais à derivação da palavra para dizê-la. Ela perguntava a si mesma: será que Paul, como uma vela, vai se acender? Ou será que a referência era às velas de um barco?

Claire sentia que o segundo sentido era mais condizente. A calma havia sido perturbada. Ela estava à deriva em águas turbulentas. Nadando contra o pesar. Afogando-se em pêsames.

Havia recebido muitos telefonemas, cartões, flores e avisos de doações feitos em nome de Paul. Arquitetura para a Humanidade. Habitat para a

Humanidade. Sociedade Americana de Câncer, embora Paul não tivesse morrido de câncer.

Havia uma instituição de caridade para vítimas de assassinato? Sem dúvida, era algo que Claire deveria pesquisar. Seria tarde demais? Quatro dias tinham se passado desde aquela noite horrorosa. O velório havia terminado. Pessoas a quem ela não via nem de quem tinha notícias havia anos tinham enviado condolências. Diziam que pensavam nela, que Paul era um bom homem, que estavam ali para apoiá-la.

Claire assentia quando diziam isso — na delegacia, no hospital, na funerária, no cemitério —, apesar de não saber bem onde estavam.

— Como você está? — perguntavam. — Como está se sentindo?

Desencarnada.

Era a melhor maneira de descrever seus sentimentos. Ela havia checado a definição no iPad na noite anterior para ter certeza de que estava dizendo a coisa certa. Existir sem um corpo, ou separada dele.

Sem qualquer fonte física clara.

Mais uma vez, a segunda definição se encaixava melhor, porque Paul era sua fonte física. Ele dava peso a sua vida, a prendia ao mundo quando a tendência natural dela sempre foi sobrevoar tudo, como se as coisas estivessem acontecendo com outra pessoa.

Ela tinha sentido esse intenso desencarne nos últimos quatro dias, desde o momento em que o Homem Cobra deu a ordem para que se virassem. E depois vieram a polícia, o legista, perguntando se ela queria ver o corpo pela última vez, e Claire empalidecendo ao ouvir a palavra *corpo*, chorando como uma criança porque passou todos os segundos desde que tiraram Paul de seus braços tentando tirar da mente a imagem do marido sem vida, assassinado.

Claire Scott queria ver o marido de novo.

Ela não queria ver o *corpo* dele.

Olhou pela janela. Eles avançavam lentamente no trânsito intenso de Atlanta. O cortejo fúnebre tinha sido interrompido dois semáforos antes. Só a limusine delas permanecera à frente. Ali não era a região interiorana, onde os desconhecidos respeitosamente abriam caminho na rua para deixar os pesarosos passarem. Ignoravam os policiais que seguiam de moto na frente. Ignoravam as bandeiras amarelas que as pessoas tinham amarrado em seus carros. Ignoravam todo mundo, menos Claire, que tinha a impressão de que o mundo olhava para a traseira do carro na tentativa de ver sua dor.

Ela teve dificuldade para se lembrar da última vez que tinha andado de limusine. Certamente, fazia décadas desde que tinha andado de carro com a mãe e a avó juntas pela última vez. O último passeio de limusine deve ter sido uma ida ao aeroporto com Paul. A locadora de carros havia lhes dado um *upgrade* do sedan de sempre.

— Vamos ao baile? — perguntou Paul na ocasião.

Estavam a caminho de Munique para participar de uma conferência de arquitetura. Paul havia feito uma reserva no Kempinski. Por seis dias muito felizes, Claire nadou na piscina, recebeu massagens corporais e faciais, pediu serviço de quarto e fez compras ao lado de esposas ricas do leste, cujos maridos estavam na Alemanha para fazer tratamentos de saúde. Paul a encontrava à noite para jantarem ou passearam por Maximilianstrasse.

Se ela pensasse bastante, poderia lembrar a sensação de segurar a mãos dele enquanto passavam pelas janelas arqueadas de todas as lojas fechadas.

Ela nunca mais seguraria a mão dele. Nunca mais rolaria na cama e repousaria a cabeça no peito dele. Nunca mais o veria descer a escada para tomar café da manhã com aqueles shorts horrorosos de tecido aveludado que ela detestava. Nunca mais passaria os sábados no sofá com Paul, lendo enquanto ele assistia a jogos de futebol, nem iria a nenhum jantar da empresa, nem a nenhuma degustação de vinho ou torneio de golfe, e ainda que fosse, para que iria se Paul não estaria lá para rir de tudo?

Claire abriu a boca para puxar o ar. Tinha a sensação de que estava se sufocando na limusine fechada. Abriu a janela e puxou o ar frio várias vezes.

— Chegaremos logo — disse a mãe.

Ela estava sentada na frente de Claire. Segurava as garrafas de bebida no console lateral porque o som do vidro tilintando era irritante como unhas numa lousa.

Ginny, a avó, abotoou o casaco, mas não disse nada sobre o frio.

Claire fechou a janela. Estava suando. Parecia que os pulmões tremiam. Não pensava em mais nada para dizer além de poucas palavras. Haveria mais de cem pessoas na casa. O sócio de Paul na empresa, Adam Quinn, havia transformado a lista de convidados do velório em um evento corporativo para Quinn + Scott. Um congressista norte-americano; vários líderes da indústria e suas esposas lindíssimas; alguns gerentes de fundos de cobertura, banqueiros, donos de restaurantes e empreiteiros; e inúmeros fanfarrões que Claire nunca tinha visto na vida e, francamente, nunca quis ver, logo entrariam na casa.

Na casa deles.

Eles moravam em Dunwoody, um bairro residencial perto de Atlanta. Havia uma leve ladeira na propriedade; no topo, houvera uma casinha e um quintal com um balanço de ferro que as escavadeiras tinham destruído no primeiro dia de construção. Paul havia planejado a casa desde as fundações. Sabia onde ficavam cada prego e cada parafuso. Sabia dizer aonde cada fio levava e o que controlava.

A contribuição de Claire à infraestrutura tinha sido dar a Paul uma impressora de etiquetas, porque ele adorava dar nome a tudo. No modem, estava escrito MODEM; no roteador, ROTEADOR. A torneira tinha uma etiqueta enorme. Todo equipamento tinha uma etiqueta com a data de instalação. Havia listas plastificadas para tudo, desde adaptar os esguichos do jardim para o inverno até consertar o sistema de ar condicionado, que mais parecia um painel de controle da NASA.

Cuidar da casa era, indiscutivelmente, trabalhoso. Todo mês de janeiro, Paul entregava a Claire uma lista de prestadores de serviço para que ela agendasse as visitas anuais de manutenção do gerador, das unidades geotérmicas, das portas da garagem, dos canos de cobre, do forro de compostagem, do sistema de irrigação, do poço do sistema de irrigação, da iluminação externa, do elevador, do equipamento da academia, da piscina e do sistema de segurança.

E eram apenas as tarefas de que ela se lembrava de primeira. Faltavam menos de dois meses para janeiro. Para quem ela tinha que ligar? Claire sempre jogava fora a lista quando o último prestador de serviços vinha. Será que Paul tinha o arquivo em algum lugar? Ela saberia como encontrá-lo?

Suas mãos começaram a tremer. Os olhos ficaram marejados. Ela estava se sentindo sobrecarregada com todas as coisas que não sabia que precisava fazer.

Sua mãe chamou:

— Claire?

Claire enxugou as lágrimas. Tentou se acalmar. Janeiro seria no ano seguinte. O velório era naquele momento. Claire não teria que aprender a fazer uma reunião. O bufê tinha chegado uma hora atrás. O vinho e os destilados tinham sido entregues pela manhã. Enquanto Claire se vestia para o velório, os jardineiros estavam no quintal com os equipamentos. A piscina tinha sido limpa na noite anterior enquanto as mesas e cadeiras eram descarregadas. Havia dois bartenders e seis garçons. Bolinhos de ervilha com camarão. Chips de abobrinha e milho. Bifes temperados com coentro. Risoto de beterraba com Burgundy. Frango com molho de limão e pepinos fatiados. Rolinhos de linguiça com mostarda, sobre o qual Claire sempre fazia piada, mas que eram sempre a primeira coisa a acabar no bufê, porque todo mundo adorava cachorros-quentes pequenininhos.

Ela sentiu o estômago revirar ao pensar em toda aquela comida. Olhou para as garrafas de bebida na limusine. A mão da mãe estava pousada levemente sobre as tampas. A aliança de safira tinha sido um presente do segundo marido, um homem carinhoso que morrera discretamente de um ataque cardíaco dois dias depois de se aposentar como dentista. Helen Reid tinha 62 anos, mas parecia mais da idade de Claire do que de sua própria. Helen dizia que a pele boa se devia aos quarenta anos em que trabalhou como bibliotecária, o que a deixara longe do sol. O fato de sempre acharem que eram irmãs foi péssimo na juventude de Claire.

— Quer uma bebida? — perguntou Helen.

Claire pensou em dizer não, mas respondeu:

— Quero.

Helen pegou o uísque.

— Ginny?

A avó de Claire sorriu.

— Não, obrigada, querida.

Helen serviu uma dose generosa. A mão de Claire tremeu quando ela pegou o copo. Tomara um Diazepam de manhã, mas achou que não tinha funcionado, então tomou um Tramal que havia sobrado de um tratamento de canal. Provavelmente não deveria ingerir álcool após ter tomado os remédios, mas Claire não deveria ter feito um monte de coisas naquela semana.

Tomou a bebida. Lembrou-se de Paul bebendo uísque no restaurante quatro dias antes. Fez uma careta quando o líquido chegou ao estômago e deixou sua garganta ardendo.

— Minha nossa! — Ginny deu tapinhas nas costas de Claire. — Você está bem, querida?

Claire fez uma careta ao engolir em seco. Sentiu uma dor aguda no rosto. O ponto que fora esfregado no muro da viela estava machucado. Todo mundo pensou que o ferimento tinha sido feito durante o assalto, não antes.

Ginny disse:

— Quando você era pequena, eu dava uísque e açúcar para curar sua tosse. Você lembra?

— Sim, eu me lembro.

Ela sorriu para Claire com afeto genuíno, o que era algo a que Claire não se acostumava. No ano anterior, a velha tinha sido diagnosticada com algo chamado demência senil, o que significava que ela se esquecera de todos os erros e obsessões neuróticas que fizeram dela uma bruxa nas primeiras oito décadas de sua vida. A transformação havia deixado todo mundo atento. Eles sempre esperavam que a velha Ginny renascesse como uma fênix e ateasse fogo em tudo de novo.

Helen disse a Claire:

— Foi gentil sua equipe de tênis ter aparecido.

— Foi.

Claire ficou chocada por eles terem aparecido. Na última vez que os vira, ela estava sendo levada na traseira de uma viatura.

— Eles estavam vestidos de modo impecável — comentou Ginny. — Você tem ótimos amigos.

— Obrigada — respondeu Claire, apesar de não saber se eles tinham ido ao velório de Paul por ainda serem seus amigos ou porque não dispensavam um evento social daqueles.

O comportamento deles no cemitério não deixou a verdade clara. Beijaram e abraçaram Claire, disseram sentir muito e se afastaram enquanto ela cumprimentava outros conhecidos pesarosos. Ela não os ouvia, mas sabia o que estavam fazendo: notando o que todo mundo vestia, fofocando sobre quem estava dormindo com quem e quem tinha descoberto, e quanto o divórcio custaria.

Claire se viu tendo praticamente uma experiência extracorpórea, na qual ela flutuou como um fantasma sobre eles e os ouviu sussurrar.

— Fiquei sabendo que o Paul andava bebendo. Por que estavam naquela viela? O que achavam que aconteceria naquela parte da cidade?

Claire fora amiga daquelas garotas maldosas desde sempre. Era bela o suficiente para ser a líder, mas nunca tivera o tipo de lealdade destemida necessária para comandar um bando de raposas. Então, era a mais quieta, que ria de todas as piadas, andava atrás delas no shopping, sentava-se encolhida no banco de trás do carro, e nunca... de maneira alguma, contava que transava com os namorados delas.

Ginny perguntou:

— Com qual delas você foi presa por agressão física?

Claire balançou a cabeça para esclarecer.

— Ela não estava lá. E não foi agressão, foi conduta desordeira. É uma distinção legal importante.

Ginny sorriu com simpatia.

— Bem, tenho certeza de que ela enviará um cartão. Todo mundo amava o Paul.

Claire e a mãe se entreolharam.

Ginny detestava Paul. E detestava Claire com Paul ainda mais. Ginny enviuvara cedo e criara o pai de Claire num lar pobre pagando as contas com um emprego de secretária. Falava de suas lutas com muito orgulho. As roupas de marca de Claire, além das joias, das casas grandes, dos carros caros e das férias luxuosas, eram uma afronta pessoal a uma mulher que havia sobrevivido à Grande Depressão, a uma guerra civil, à morte de um marido, à perda de dois filhos e a inúmeras outras dificuldades.

Claire se lembrava com clareza da vez que foi visitar a avó usando Louboutins.

— Sapatos vermelhos são para crianças pequenas e prostitutas — dissera Ginny.

Depois, quando Claire contou a Paul sobre a conversa, ele disse, brincando:

— É assustador o fato de eu não ligar para ambas as possibilidades?

Claire colocou a taça vazia no apoio. Olhou pela janela. Sentia-se tão deslocada no tempo e no espaço que por um momento não reconheceu o cenário. E então percebeu que elas estavam quase em casa.

Casa.

Parecia que a palavra não se encaixava mais. O que era a casa sem Paul? Naquela noite, ao voltar da delegacia, a casa parecera grande demais de repente, vazia demais, só para uma pessoa.

Paul queria mais. Ele havia falado sobre filhos no segundo encontro e no terceiro e em inúmeros encontros depois. Havia contado a Claire sobre seus pais, que eram incríveis, que ele havia ficado arrasado quando morreram. Paul tinha dezesseis anos quando os Scott morreram em um acidente de carro durante uma nevasca horrorosa. Ele era filho único. O único parente que restou foi um tio que morreu quando Paul estava na Auburn.

Seu marido tinha deixado claro que queria uma família grande. Queria muitos e muitos filhos para que ele se protegesse contra a perda, e Claire havia tentado ter filhos até por fim concordar em consultar um especialista em fertilidade, que havia informado que ela não podia ter filhos porque usava DIU e estava tomando anticoncepcional.

Claro, Claire não havia dividido essa informação com Paul. Dissera ao marido que o médico havia diagnosticado algo chamado "útero inóspito", o que era verdade, porque o que era mais inóspito do que um limpador de canos enfiado no útero?

— Estamos quase chegando — disse Helen. Ela esticou o braço e tocou o joelho de Claire. — Vamos lá, querida.

Claire pegou a mão da mãe. As duas estavam chorando. Uma desviou o olhar sem perceber que a outra chorava.

— É bom você ter um túmulo para visitar.

Ginny olhava pela janela com um sorriso agradável. Não dava para saber onde sua mente estava.

— Quando seu pai morreu, eu me lembro de ter ficado diante do túmulo dele pensando: "Aqui é onde posso deixar minha dor." Não foi imediato, claro, mas eu tinha para onde ir, e sempre que visitava o cemitério, eu sentia, ao voltar para o carro, que um pouquinho do pesar havia desaparecido.

Helen tirou um fiapo de sua saia.

Claire tentou se lembrar de coisas boas a respeito do pai. Ela estava na faculdade quando Helen ligou para dizer que ele havia morrido. No fim da vida, o pai foi um homem muito triste e pobre. Ninguém se surpreendeu quando ele cometeu suicídio.

Ginny perguntou:

— Qual é mesmo o nome da garota desaparecida?

— Anna Kilpatrick.

A limusine diminuiu a velocidade ao virar na rua. Helen se ajeitou no banco para olhar pelo vidro da frente.

— O portão deveria estar aberto?

— Acho que o pessoal do bufê...

Claire não terminou a frase. Havia três viaturas da polícia estacionadas atrás da van do bufê.

— Ai, Deus. O que é agora?

Uma policial fez um gesto para que a limusine estacionasse na frente da casa.

Helen se virou para Claire.

— Você fez alguma coisa?

— O quê?

Claire não acreditou na pergunta, mas então pensou no Diazepam, no Tramal e no uísque e no advogado sem coração que dissera que a língua grande dela a colocaria em apuros um dia, e Claire respondera que esse dia já tinha chegado e passado, caso contrário, ela não precisaria de um advogado.

Será que ele realmente faria um exame para detectar drogas em seu corpo no dia do enterro do marido?

— Pelo amor de Deus. — Helen deslizou em direção à porta. — Claire, faça alguma coisa com essa cara. Você parece superculpada.

— Eu não fiz nada — disse Claire, ressuscitando um tom de resmungo que ela não usava desde a oitava série.

— Vou cuidar disso.

Helen abriu a porta.

— Algum problema, policial? — perguntou, usando a voz de bibliotecária, baixa, tensa e extremamente irritada.

A policial ergueu a mão.

— A senhora precisa se afastar.

— Isto é propriedade particular. Conheço meus direitos.

— Sinto muito.

Claire se posicionou na frente da mãe. Não era à toa que ela tinha problemas com autoridades.

— Sou Claire Scott. Esta é minha casa.

— Posso ver sua identidade?

Helen bateu o pé.

— Ah, pelo amor de Deus. Vocês estão mesmo aqui com três viaturas para prender minha filha no dia em que ela enterrou o marido? — Ela apontou para Claire. — Ela tem cara de criminosa, por acaso?

— Mãe, está tudo bem.

Claire não lembrou a mãe de que, teoricamente, ela *era* uma criminosa. Devido à liberdade condicional, a polícia podia invadir o quanto quisesse. Ela abriu a bolsa para procurar a carteira. E então lembrou que o Homem Cobra a havia levado. Claire viu a tatuagem de novo, a presa de ouro. A pele do Homem Cobra era pálida, um detalhe que havia assustado Claire quando ela contou ao delegado. Era racista supor que pessoas brancas e ricas só eram roubadas por negros ou por membros hispânicos de gangues, ou será que Claire tinha ouvido muito rap na aula de spinning? Era a mesma ideia que a fizera pensar em uma arma preta e reluzente quando, na verdade, o homem segurava uma faca contra as costas de Paul. Uma faca que nem sequer parecia de verdade, mas que havia matado seu marido.

A terra começou a tremer. Claire sentiu as vibrações subindo dos pés para as pernas.

— Claire? — perguntou Helen.

Alguns anos antes, eles estavam em Napa quando um terremoto aconteceu. Claire foi atirada da cama, e Paul foi lançado em cima dela. Eles pegaram os sapatos e outras poucas coisas enquanto corriam por canos de água rompidos e janelas estilhaçadas.

— Modo de reforço para evacuação insuficiente — dissera Paul, no meio da rua lotada e toda destruída, de cueca e camiseta. — Um prédio mais novo teria equipamento de isolamento, ou um sistema resistente a abalos que pudesse conter esse efeito de destruição.

Ouvi-lo falar sobre os efeitos sísmicos foi a única coisa que a acalmou.

— Claire?

Claire abriu os olhos. Olhou para a mãe, tentando entender por que estavam tão próximas.

— Você desmaiou.

— Não desmaiei — retrucou Claire, embora as evidências indicassem o contrário.

Ela estava deitada de costas na entrada para carros de sua casa. A policial estava de pé ao lado dela. Claire tentou em vão pensar no inseto que a mulher lembrava, mas sinceramente ela parecia apenas cansada de tanto trabalhar.

— Senhora, fique aqui — falou a policial. — Uma ambulância virá em dez minutos.

Claire tentou afastar da mente a imagem dos paramédicos que tinham entrado no beco, segurando uma maca, e passado menos de um minuto examinando Paul até balançarem a cabeça de modo negativo.

Será que alguém tinha dito "Ele morreu" ou foi Claire que dissera essas palavras? Ouvira essas palavras. Sentira essas palavras. Vira o marido passar de homem a corpo.

Claire perguntou à mãe:

— Pode me ajudar a me levantar?

— Senhora, não se sente — disse a policial.

Helen a ajudou a se sentar.

— Você ouviu o que a policial disse?

— Foi você quem me ajudou a me sentar.

— Não isso. Alguém tentou roubar a casa.

— Roubar a casa? — repetiu Claire, porque não fazia sentido. — Por quê?

— Imagino que quisessem roubar coisas. — O tom de Helen era impaciente, mas Claire percebeu que ela estava assustada com a notícia. — Os funcionários do bufê entraram e encontraram os larápios.

Larápios. A palavra parecia antiquada dita pela mãe.

— Aconteceu uma briga — continuou a mãe. — O bartender ficou gravemente ferido.

— O Tim? — perguntou Claire, porque acreditava que saber os detalhes pudesse fazê-la entender o que de fato havia acontecido.

Helen balançou a cabeça.

— Não sei o nome dele.

Claire olhou para a casa. Sentia-se sem corpo de novo, indo e vindo diante da ausência de Paul. Então pensou no Homem Cobra e voltou ao presente.

Claire perguntou à policial:

— Havia mais de um bandido?

Ela respondeu:

— Havia três homens negros, de estatura mediana, de vinte e poucos anos. Todos usavam máscaras e luvas.

Helen nunca confiara muito em policiais.

— Com essa descrição, tenho certeza de que os encontrarão logo, logo.

— Mãe.

Claire chamou a atenção da mãe, porque dizer aquilo não ajudava.

— Eles estavam num carro antigo de quatro portas, prateado. — A policial pegou o cassetete que levava no cinto, provavelmente porque ansiava por usá-lo. — Recebemos uma denúncia sobre o veículo.

Então, Claire disse:

— Não posso ficar sentada na calçada assim.

Helen segurou seu braço e a ajudou a se levantar. O que Paul faria se estivesse ali? Assumiria o controle. Claire não conseguiria fazer isso. Mal se mantinha de pé.

— Os ladrões levaram alguma coisa?

— Achamos que não, senhora — respondeu a policial. — Mas precisamos que confira com os detetives, dentro da casa.

Ela apontou na direção de um grupo de homens de pé perto da entrada. Todos usavam *trench coats*. Um deles até segurava um charuto entre os dentes.

— Eles vão dar a você uma lista para elaborar um inventário. Você precisará de um relatório detalhado para a seguradora.

Claire se sentiu tão assustada que quase riu. Era como se tivesse pedido uma lista de obras do Instituto Smithsonian.

— Vou receber convidados. Preciso providenciar a preparação das mesas. O bufê...

— Senhora — interrompeu a policial —, não podemos deixar que entrem na casa antes de analisarmos a cena do crime.

Claire levou a mão à boca para se controlar e não pedir à policial que parasse de chamá-la de "senhora".

— Senhora? — disse a policial.

Claire tirou a mão da boca. Havia um carro parado ao lado da casa. Uma Mercedes cinza. Com faróis acesos. Com uma bandeira amarela de funeral pendurada na janela. Outra Mercedes parou atrás. O cortejo fúnebre havia chegado. O que ela faria? Cair no chão de novo parecia a solução mais simples. E depois?

Ambulância. Hospital. Sedativos. Em algum momento, eles a mandariam para casa. Por fim, ela se veria parada no mesmo lugar de novo com os detetives, a lista, a seguradora e todas essas porcarias. Era culpa de Paul. Ele deveria estar ali. Deveria estar cuidando de tudo aquilo. Era o trabalho dele.

Claire Scott estava furiosa com o marido falecido por não estar ali para resolver os problemas.

— Querida? — chamou Helen.

— Estou bem.

Claire havia percebido, muito tempo antes, que se mentisse com convicção era possível enganar a si mesma. Só precisava criar uma lista de afazeres. É o que Paul teria feito. Ele sempre dizia que não havia nada que uma lista não resolvesse. Se dominasse os detalhes, dominaria o problema.

— Vou acompanhar os detetives dentro da casa. Vamos precisar cancelar a recepção.

Ela se virou para o motorista da limusine, que estava parado ao lado, discretamente.

— Pode levar minha avó de volta à casa dela, por favor?

E à policial:

— Por favor, cancele a ambulância. Estou bem. Há mais de cem pessoas chegando. Se não quiser que elas entrem na casa, vai precisar colocar alguém na porta para impedi-las.

— Pode deixar. — A policial parecia feliz por se livrar delas. Praticamente desceu a rua correndo.

Claire sentiu um pouco do mal-estar passar. Olhou para a mãe.

— Não sei se consigo fazer isso.

— Você já está fazendo.

Helen enroscou o braço no de Claire e caminhou com ela em direção aos homens que vestiam sobretudo.

— Você machucou a cabeça quando desmaiou?

— Não.

Claire levou a mão à nuca. Os hematomas adquiridos no beco ainda estavam doloridos. Mais um galo não faria diferença.

— Eu já tinha desmaiado antes?

— Não que eu saiba. Deveria tentar desmaiar na grama da próxima vez. Pensei que tivesse aberto a cuca.

Ela apertou o braço da mãe.

— Você não precisa ficar aqui.

— Não vou embora enquanto não tiver certeza de que você está bem.

Claire contraiu os lábios. Houve uma época em que a mãe era incapaz de estar presente para qualquer coisa que fosse.

— Olhe, eu sei como a senhora se sente em relação à polícia, mas precisa se acalmar.

— Safados — murmurou Helen, a palavra que ela usava para policiais incompetentes. — Sabe, acabei de me dar conta que sou a única pessoa de nossa família que não foi presa.

— Sra. Scott?

Um dos policiais de sobretudo se aproximou com a insígnia na mão. Ele fedia à fumaça de charuto, pois não bastava usar um sobretudo para ser um clichê.

— Sou o capitão Mayhew, da Delegacia de Dunwoody.

— Capitão? — perguntou Claire.

O homem com quem ela havia conversado depois do assassinato de Paul era só um detetive. Será que um assalto era mais importante do que um assassinato, ou será que os assassinatos eram tão comuns em Atlanta que eram relegados aos detetives?

— Sinto muitíssimo por sua perda.

Mayhew jogou a insígnia no bolso do sobretudo. Seu bigode era farto e desgrenhado. Pelos saíam pelas narinas.

— O deputado me pediu para cuidar desse caso pessoalmente.

Claire sabia quem era o deputado. Johnny Jackson tinha sido o benfeitor de Paul quase desde o começo, oferecendo-lhe contratos do governo que deveriam ter sido designados a arquitetos mais experientes. O investimento foi premiado ao longo dos anos. Sempre que Quinn + Scott recebiam um trabalho novo do governo, a fatura do Amex de Paul vinha cheia de contas de aviões alugados nos quais ele nunca voava e de hotéis cinco estrelas nos quais nunca se hospedava.

Ela respirou fundo e disse:

— Sinto muito, capitão. Estou me sentindo meio confusa. Pode começar do começo, por favor, e contar o que aconteceu?

— Sim, imagino que, com o velório e tudo, esta seja a última coisa com que queira lidar no momento. Como eu disse, aceite minhas condolências. — Mayhew respirou fundo, sua respiração bem mais tensa. — Temos um resumo, mas ainda estamos descobrindo alguns detalhes. Você não é a primeira pessoa no condado a passar por isso. Desconfiamos de que se trate de uma gangue de jovens que leem o obituário, descobrem quando os velórios vão acontecer, procuram a casa no Google Earth e decidem se vale a pena roubá-la.

— Santo Deus — disse Helen —, isso é absurdo.

Mayhew pareceu igualmente revoltado.

— Achamos que os assaltantes tiveram só um ou dois minutos até a van do bufê chegar. Eles viram o vidro quebrado pela porta lateral. — Ele apontou o vidro, ainda espalhado nos degraus. — O bartender entrou, o que provavelmente não foi uma boa ideia. Ele apanhou, mas impediu o bando de depenar sua casa.

Claire olhou para a casa de novo. Paul desenhava variações da planta desde a faculdade de arquitetura. A única coisa que mudava era a quantia de dinheiro que podiam gastar. Nenhum dos dois era rico. O pai de Claire era professor universitário. Os de Paul tinham uma fazenda. Ele adorava ter dinheiro porque se sentia seguro. Claire adorava ter dinheiro porque quando você paga por algo, ninguém pode tirá-lo de você.

Será que ela não tinha pagado uma quantia suficiente por Paul? Será que não tinha trabalhado o suficiente, amado o suficiente, estado presente o suficiente? Foi por isso que o perdeu?

— Sra. Scott?

— Sinto muito.

Claire não sabia por que ficava se desculpando. Paul teria se importado mais com aquilo. Teria ficado revoltado com a violação. A janela fora quebrada! Os ladrões pegaram suas coisas! Um dos funcionários foi atacado! Claire teria ficado ao lado dele, igualmente revoltada, mas sem Paul ela mal conseguia se mexer.

— Sabe nos dizer se o funcionário está bem? — perguntou Helen. — Tim, certo?

— Isso, Tim.

Mayhew assentiu e deu de ombros ao mesmo tempo.

— A maioria dos ferimentos é superficial. Eles o levaram ao hospital para dar pontos.

Claire sentiu parte do terror penetrar seu corpo. Tim trabalhava para eles havia anos. Tinha um filho autista e uma ex-mulher que estava tentado reconquistar, e agora estava sendo costurado no hospital por causa de algo terrível que havia acontecido dentro da casa dela.

— Mas vocês ainda precisam que Claire entre na casa para ver se os ladrões levaram alguma coisa? — indagou Helen.

— Sim, vamos precisar. Sei que o momento é péssimo, mas o que precisamos da sra. Scott no momento é saber onde fica o controle das câmeras de segurança. — Ele apontou o globo preto no canto da casa. — Temos certeza de que a entrada deles foi registrada.

— Vou levar vocês até lá.

Claire não se mexeu. Todos a olhavam, esperando. Ela precisava fazer outra coisa. Várias outras coisas.

A lista. Ela sentiu o cérebro se acender como uma lâmpada.

Claire se virou para a mãe.

— Pode pedir ao pessoal do bufê para doar a comida ao abrigo? E diga ao Tim que pagaremos a conta do hospital. Tenho certeza de que nosso seguro cobre.

Onde estava a papelada? Claire nem sabia quem era o corretor de seguros deles.

— Sra. Scott?

Havia outro homem de pé ao lado do capitão Mayhew. Ele era alguns centímetros mais alto e se vestia um pouco melhor do que o resto do grupo. Seu sobretudo era mais bonito, o terno era mais bem cortado, e o rosto estava bem barbeado.

Sua atitude tranquila deveria ter acalmado Claire, mas algo nele parecia muito estranho, principalmente porque ele estava com um olho roxo.

— A patroa não gosta quando respondo — disse o homem, rindo, em referência ao hematoma.

— Violência doméstica é muito engraçado — falou Helen. Ela percebeu o olhar assustado de Claire. — Estarei na cozinha, se precisar de mim.

O homem de olho roxo tentou de novo:

— Desculpe, sra. Scott. Meu nome é Fred Nolan. Podemos conversar enquanto me mostra o sistema de segurança?

Ele estava tão perto que Claire sentiu a necessidade de se afastar.

— Por aqui.

Ela começou a caminhar em direção à garagem.

— Espere. — Nolan pousou a mão no braço dela. Com o polegar, pressionou a parte interna e macia de seu punho. — O quadro de controle do sistema de segurança fica na garagem?

Claire nunca antes havia sentido uma repulsa tão instantânea e visceral em relação a outro ser humano. Ela olhou para a mão dele, desejando que a pele congelasse.

Nolan entendeu e soltou o braço dela.

— Como disse, é por aqui.

Claire se conteve para não estremecer enquanto caminhava. Mayhew ia ao lado. Nolan a seguia de perto. Perto demais. O homem não era só esquisito; era assustador. Mais parecia um mafioso do que um policial, mas estava na cara que era bom no que fazia. Claire não havia feito nada criminoso — pelo menos, não nos últimos tempos, mas ele a fez se sentir culpada mesmo assim.

— Normalmente, todo o equipamento de segurança fica na parte principal da casa — disse Nolan.

— Fascinante — murmurou Claire.

Sentia uma dor de cabeça se instalando. Talvez o roubo tivesse sido um presente de Deus. Em vez de passar as próximas horas fazendo sala para os amigos de Paul, passaria meia hora com aquele idiota até expulsar todo mundo da casa e tomar um pouco de Diazepam para dormir.

Por razões complicadas que Paul tentou explicar, todos os equipamentos de segurança estavam na garagem, uma estrutura de dois andares à parte, mas no mesmo estilo da casa. O escritório de Paul no andar de cima tinha uma cozinha pequena, dois armários grandes e um banheiro com chuveiro. Eles brincavam dizendo que o lugar era melhor do que um hotel se ela um dia decidisse expulsá-lo de casa.

— Sra. Scott, pode me responder por que o alarme não estava ligado? — quis saber Mayhew.

Ele havia sacado um caderno e uma caneta. Mantinha as costas curvadas, como se alguém tivesse lhe pedido que interpretasse um personagem de um romance de Raymond Chandler.

— Sempre deixo o alarme desligado para o pessoal do bufê entrar — contou Claire. — O portão estava fechado.

Ele mexeu o bigode.

— O pessoal do bufê tem o código do portão?

— E uma chave da casa.

— Alguém mais tem a chave?

A pergunta pareceu estranha, ou talvez ela estivesse incomodada pelo modo como Fred Nolan ainda fungava em seu cangote.

— Por que os ladrões quebrariam o vidro da porta se tivessem uma chave?

Mayhew olhou para a frente.

— É só uma pergunta de rotina. Vamos ter que conversar com todos que têm acesso à casa.

Claire sentiu um formigamento no pescoço. Começava a se sentir pressionada de novo. Esse era o tipo de coisa que Paul saberia. Disse:

— O pessoal da limpeza, nosso caseiro, o assistente de Paul, seu sócio, minha mãe. Posso passar os nomes e os telefones.

— Sua mãe — disse Nolan. — Ela é bem direta.

Claire inseriu o código no teclado ao lado da garagem.

A porta pesada de madeira subiu em silêncio. Ela observou os homens olharem para o forro brilhoso e os armários. O chão tinha revestimento azul e branco de borracha. Havia um gancho para tudo: ferramentas, extensões, raquetes de tênis, tacos de golfe, bolas de basquete, óculos, sapatos. A bancada de Paul tomava um lado da sala. Ele tinha um local para carregar os equipamentos, um frigobar, uma TV de tela plana e ar-condicionado para os dias quentes.

E também estavam ali a BMW de Claire e o Porsche Carrera e o Tesla Model S de Paul.

— Caramba.

O tom de Nolan era de surpresa. Claire já tinha visto homens se encantarem mais com a garagem de Paul do que com mulheres.

— É por aqui.

Claire digitou o código de quatro dígitos em outro teclado e desceu a escada até o porão. Ela adorava o fato de Paul amar aquela garagem. Ele passava horas ali cuidando de suas maquetes. Claire costumava brincar dizendo que o único motivo pelo qual ele as construía em casa, e não no trabalho, era porque ali ele podia limpar a própria sujeira.

— Organizado até demais — comentou Nolan, como se lesse a mente dela.

— Tive sorte — disse Claire.

O leve transtorno obsessivo-compulsivo de Paul nunca tinha atrapalhado a vida deles nem o levava a fazer coisas esquisitas, como tocar uma maçaneta doze vezes. Na verdade, suas compulsões se manifestavam em atos que qualquer esposa gostaria: ele baixava a tampa do vaso sanitário, dobrava todas as roupas, limpava a cozinha toda noite.

No fim da escada, Claire digitou mais um código de quatro dígitos no teclado da porta. A trava se abriu.

— Nunca tinha visto um porão como este embaixo de uma garagem — comentou Mayhew.

— Meio que faz lembrar *O Silêncio dos Inocentes* — disse Nolan.

Claire acendeu a luz, e a pequena sala de concreto apareceu. Paul havia projetado o lugar para servir de abrigo no caso de um tornado. Nas estantes, estavam alimentos e equipamentos. Havia uma TV pequena, um rádio, alguns sacos de dormir e muita *junk food*, porque Claire dissera a Paul que, se um apocalipse acontecesse, ela precisaria de muito chocolate e Cheetos.

Achou bom ainda estar vestindo o casaco. A temperatura ali era mantida baixa por causa de todos os computadores. Tudo era controlado a partir daquele lugar, não só as câmeras de segurança, mas também todos os sistemas audiovisuais, a automação para as persianas e tudo o que fazia a casa funcionar como se fosse encantada. Havia componentes com luzes brilhantes e uma mesa pequena com quatro monitores de tela plana montados em estantes articuladas.

Nolan perguntou:

— Seu marido trabalha para a Agência de Segurança Nacional sem ninguém saber?

— É.

Claire estava cansada das perguntas dele, que eram ainda mais inconvenientes com aquele sotaque sem graça da região centro-oeste. O melhor a fazer seria dar o que eles queriam para que fossem logo embora.

Ela abriu uma gaveta da mesa e encontrou uma lista plastificada que explicava o mecanismo de acionamento das câmeras de segurança. Paul tentara lhe ensinar os passos, mas os olhos de Claire olhavam sem enxergar e ela temeu ter um ataque.

Ela tocou uma tecla e inseriu o código de acesso do sistema.

— Muitas senhas para lembrar.

Nolan estava recostado no ombro dela para olhar a tela.

Claire se afastou do homem irritante e entregou as orientações a Mayhew.

— Você vai precisar assumir a partir de agora.

— Todas as suas casas são assim? — perguntou Nolan.

— Só temos uma casa.

— "Só" — disse Nolan, rindo.

Claire chegara ao limite.

— Meu marido morreu e agora minha casa foi invadida. O senhor acha graça nessa situação?

— Nossa! — Nolan ergueu as mãos como se ela tivesse tentado ferir seus olhos. — Não se ofenda, moça.

O bigode de Mayhew se mexeu de novo.

— Seria difícil ofender alguém se você calasse a merda da sua boca.

Claire lançou um olhar furioso a Nolan e se virou de costas. Sabia calar um homem. Ele não foi embora, mas deu alguns passos atrás para indicar que tinha entendido a mensagem.

Ela observou os monitores enquanto Mayhew acompanhava a lista de orientações de Paul. As telas eram divididas de modo que cada uma mostrava quatro ângulos diferentes das dezesseis câmeras. Todas as entradas, todas as janelas, a área da piscina e várias partes da frente eram monitoradas. Claire viu que os funcionários estavam na garagem revirando a caminhonete deles. O Ford prata de Helen estava estacionado na frente da garagem. Ela conversava com um dos detetives do lado de fora. Mantinha as mãos na cintura. Claire ficou feliz por não haver nenhum som.

Mayhew folheou as páginas de seu caderno.

— Certo. Temos um horário aproximado da invasão com base na hora em que os funcionários ligaram para a polícia.

Ele apertou alguns números e Helen desapareceu do monitor.

A van do bufê fez uma curva fechada e entrou na garagem. Mayhew voltou a gravação até encontrar o que queria. Três homens no fim da calçada. Eles estavam afastados o bastante para não serem vistos, só a sombra, um borrão ameaçador seguindo em direção à casa.

Claire sentiu todos os pelos de sua nuca se arrepiarem. Aquilo realmente tinha acontecido em sua casa.

Ela observou o horário no vídeo. Enquanto os ladrões passavam pela entrada da garagem, Claire estava perto da pequena capela do cemitério querendo entender por que não tinha morrido naquela viela com o marido.

— Pronto — disse Mayhew.

Claire sentiu uma dor aguda no peito ao ver os borrões se tornarem homens. Ver aquilo tornava tudo real, algo com que tinha que lidar. Foi como disseram: três negros com máscaras de esqui e luvas correram pela entrada. Estavam todos vestidos de preto, desde a camiseta justa até os tênis. Olharam para a direita e para a esquerda em movimentos coordenados. Um deles segurava um pé de cabra. Outro, uma arma.

— Parecem bem profissionais, na minha opinião — disse Nolan.

— Não é o primeiro crime deles — concordou Mayhew.

Claire analisou os homens caminhando com confiança em direção à porta dos fundos. Paul tinha encomendado todas as portas e janelas da Bélgica. Eram de mogno sólido com travas em quatro pontos que foram facilmente abertas quando um pé de cabra quebrou o vidro e um dos ladrões enfiou a mão pela janela e as girou. Sua boca ficou seca. Ela sentiu lágrimas encherem os olhos. Era sua casa. A porta de sua casa, a mesma porta que ela usava inúmeras vezes todos os dias. A mesma porta pela qual Paul entrava quando chegava do trabalho.

Pela qual costumava entrar.

— Estarei no andar de cima, se precisarem de mim — disse ela.

Claire subiu a escada. Secou os olhos. Abriu a boca. Forçou-se a puxar o ar, a soltá-lo, a controlar a histeria que tomava seu interior.

A escada de Paul. A bancada de Paul. Os carros de Paul.

Ela entrou na garagem. Seguiu em direção à escada dos fundos e subiu o mais rápido que seus saltos permitiram. Não percebeu para onde ia até que se viu no escritório de Paul.

Ali estava o sofá onde ele cochilava. Ali estava a poltrona na qual se sentava para ler ou ver TV. Ali estava o quadro que ela havia lhe dado no terceiro aniversário de casamento. Ali estava a mesa de desenho dele. E a escrivaninha, que ele havia projetado para que tudo ficasse perfeito. O mata-borrão estava novinho. O escaninho abrigava papéis muito bem organizados com a caligrafia angular dele. Ali estava o computador. Seu conjunto de canetas. Em um porta-retratos havia uma foto de Claire de muitos anos antes, ela não sabia quantos. Paul a tirara com uma Nikon que era de sua mãe.

Claire pegou a foto. Estavam num jogo de futebol. A jaqueta de Paul cobria seus ombros. Ela se lembrava de ter pensado que era muito quente, muito aconchegante. A câmera a capturara rindo, com a boca aberta, a cabeça jogada para trás. Em êxtase, despudoradamente feliz.

Os dois tinham estudado na Universidade Auburn, no Alabama. Para Paul, ali havia um dos melhores cursos de arquitetura do país; para Claire, era longe o suficiente da casa dos pais. O fato de ela ter se casado com um cara que havia crescido a menos de 35 quilômetros da casa onde ela havia sido criada era uma prova de que, não importa o quanto a gente fuja, sempre acabamos voltando para o lugar de onde saímos.

Paul era muito diferente comparado aos outros rapazes que Claire tinha namorado na faculdade. Ele era muito determinado em relação ao que queria fazer e aonde queria chegar. Seu curso foi custeado por uma bolsa integral, e a especialização foi paga com o dinheiro que ele herdou quando os pais morreram. Entre uma apólice de seguro de vida de baixo valor, os lucros com a venda da fazenda e o acordo com a empresa de transportes dona do caminhão que matou os Scott, havia dinheiro mais do que suficiente para o curso e as despesas com moradia.

Ainda assim, Paul trabalhou durante todo o tempo que passou estudando. Ele havia sido criado em uma fazenda, onde tinha que realizar tarefas ao amanhecer. No nono ano, ganhou uma bolsa de estudos para um colégio interno militar no sudeste do Alabama. Com isso, a rotina se estabeleceu em sua mente. Ele não suportava ficar ocioso. Um dos trabalhos que teve na faculdade foi na Tiger Rags, uma livraria na universidade. O outro era como tutor no laboratório de informática.

Claire estudou História da Arte. Nunca tinha sido boa em matemática. Ou pelo menos nunca tinha tentado ser, o que era a mesma coisa. Ela se lembrava muito bem da primeira vez que se sentou com Paul e mostrou um de seus trabalhos.

— Todo mundo sabe que você é linda — disse ele —, mas ninguém sabe que é inteligente.

Inteligente.

Qualquer um podia ser esperto. Era preciso ser especial para ser inteligente.

Claire recolocou a foto no lugar. Sentou-se à mesa de Paul. Apoiou os braços onde os dele ficavam. Fechou os olhos e tentou sentir seu cheiro. Respirou fundo até os pulmões doerem, então, soltou o ar devagar. Já tinha quase quarenta anos. Não tinha filhos. O marido tinha morrido. Suas melhores amigas deveriam estar bebendo margaritas no bar no fim da rua e fofocando sobre como ela parecera mal no velório.

Claire balançou a cabeça. Tinha o resto da vida para pensar em solidão. O que precisava naquele momento era sobreviver àquele dia. Ou, pelo menos, à próxima hora.

Pegou o telefone e ligou para o celular de Adam Quinn. Paul conhecia Adam havia mais tempo do que conhecia Claire. Eles tinham sido colegas de quarto no primeiro ano na Auburn. Os dois se formaram juntos. Adam fora o padrinho de casamento deles. Mais importante ainda, Adam e Paul contavam com as mesmas pessoas para cuidar de suas vidas.

Ele atendeu ao primeiro toque.

— Claire? Você está bem? A polícia não nos deixou entrar.

— Fomos roubados. Não roubados, não levaram nada. É só um inconveniente. Estou bem.

Ela estava bem? Só então, tendo algo concreto para fazer, sentiu-se bem.

— Olhe, desculpe incomodar, mas você sabe quem é nosso corretor de seguros?

— Ah, sim. Sei.

Ele parecia confuso, provavelmente porque era a última pergunta que esperava que Claire fizesse no momento.

— O nome dela é Pia Lorite. — Ele soletrou o sobrenome. — Posso enviar as informações por mensagem.

— Estou sem celular — disse Claire. — O Homem Cobra o levou. Ou melhor, o cara que...

— Enviarei por e-mail.

Claire estava prestes a dizer que também não podia acessar os e-mails, mas então se lembrou do iPad. Era um modelo antigo. Paul sempre ameaçava trocá-lo por um laptop, mas ela sempre dizia que estava bom daquela maneira, e ela provavelmente o levaria consigo dali a trinta e poucos anos, quando fosse para uma casa de repouso.

— Claire?

A voz de Adam ficou abafada. Ela imaginou que ele tivesse entrando em outra sala. Quantos telefonemas eles tinham trocado nos quais Adam havia ido para outra sala? Uma meia dúzia, talvez. Isso era tão tolo. Tão idiota.

Ele disse:

— Olhe, sinto muito.

— Obrigada.

Ela se sentiu chorosa de novo, e detestava isso, porque Adam era a última pessoa diante de quem deveria chorar.

— Quero que saiba que se precisar de alguma coisa...

Ele parou de falar.

Ela ouviu algo sendo arranhado e imaginou que ele estivesse passando os dedos no rosto. Adam era um daqueles homens que sempre mantinha a barba por fazer, mesmo depois de se barbear. Claire nunca tinha achado homens peludos muito atraentes, mas ainda assim ela tinha dormido com Adam.

Ela nem sequer podia se consolar dizendo que fora muito tempo antes.

— Claire?

— Estou aqui.

— Sinto muito por falar nisso, mas Paul deve ter um arquivo no computador com os trabalhos em andamento. Pode enviá-lo por e-mail para mim? Odeio ter que pedir, mas temos uma apresentação muito importante na segunda logo cedo e eu demoraria horas para refazer o trabalho dele.

— Tudo bem. Entendo.

Ela enfiou a mão embaixo da mesa de Paul e puxou o teclado.

— Enviarei pelo e-mail dele.

— Você tem a senha dele?

— Tenho. Ele confiava em mim.

Claire sabia que tanto ela quanto Adam sabiam que Paul não deveria confiar. Que erro idiota e sem sentido.

— Você vai recebê-lo em poucos minutos — disse ela.

Claire desligou o telefone. Pensou nas horas que havia passado com Adam Quinn. Horas que deveria ter passado com o marido. Horas que ela faria qualquer coisa para ter de volta.

Não havia como voltar. Ela tinha que continuar seguindo em frente.

Na tela do iMac de Paul havia um campo azul com a barra de tarefas embaixo. Ao lado dos ícones com os aplicativos, havia três pastas: "Trabalho", "Pessoal" e "Casa". Ela clicou em "Casa" e logo encontrou a lista de afazeres de janeiro. Também viu um arquivo intitulado "Seguro", em que havia não só o nome da corretora como também um PDF com descrições, fotografias e números de série de tudo da casa. Claire mandou as 508 páginas para a impressora.

Em seguida, ela abriu a pasta "Trabalho". Era bem mais complicada e confusa. Não havia uma pasta de trabalhos em andamento, só uma lista comprida de arquivos com números em vez de nomes. Claire imaginou que fossem números de projeto, mas não tinha certeza. Clicou no campo da data para listá-los cronologicamente. Havia quinze arquivos recentes nos quais ele vinha trabalhando nas duas últimas semanas. O último fora aberto um dia antes de Paul morrer.

Claire clicou no arquivo. Esperava encontrar um esquema de trabalho, mas a única coisa que aconteceu foi que o pequeno ícone do iMovie começou a pular na barra de ferramentas.

— Ah — disse ela, porque a princípio não entendeu o que estava vendo.

Então, sorriu pela primeira vez desde que o Homem Cobra pediu para eles não se mexerem.

Paul andava vendo pornografia no computador.

Mas não qualquer pornografia.

Coisas ousadas.

Uma jovem com um top de couro presa por uma corrente, de costas para uma parede de concreto. Usava uma coleira cheia de pontas. Os braços e as pernas estavam abertos, exibindo a genitália através da roupa íntima de couro sem forro. Ela emitia sons agudos e temerosos que mais pareciam gemidos de desejo dos anos 1970 do que gritinhos de medo dos dias de hoje.

Claire olhou a porta do escritório de Paul. Desligou o som, mas deixou o filme rodar.

A mulher estava numa sala imunda, e Claire ficou ainda mais chocada por aquilo ter despertado o interesse de Paul. Ela era jovem, mas não muito. Os cabelos pretos eram curtos. O rímel escuro contornava seus olhos. O batom vermelho-escuro deixava os lábios maiores do que eram. Os seios eram pequenos, mas ela tinha pernas lindas. Paul sempre gostou das pernas de Claire, mesmo quando ela usava uma tornozeleira eletrônica.

Na verdade, ele adorava a tornozeleira, e isso foi a coisa mais ousada que ela percebeu no marido até ele agir de modo inexplicavelmente bruto com ela na viela.

E até aquele momento, claro, porque aquele filme revelava mais.

De repente, a cabeça de um homem apareceu na tela. Ele usava uma máscara de esqui de couro com zíperes abertos na boca e nos olhos. Ele sorriu para a câmera. Havia algo perturbador no modo como os lábios vermelhos dele destacavam os dentes de metal do zíper, mas Claire duvidava que Paul tivesse olhado para o homem.

O vídeo perdeu o foco, mas o retomou. O sorriso desapareceu. E então o homem começou a caminhar em direção à moça. Claire viu o pênis ereto contido pela cueca de couro justa. Ele segurava um facão. A lâmina comprida brilhava sob a luz do teto. O homem parou a poucos metros da mulher.

O facão subiu.

Claire se assustou.

O facão desceu no pescoço da mulher.

Claire se assustou de novo.

O homem puxou a lâmina. O sangue se espalhou por todos os lados — nas paredes, no homem e na câmera.

Claire se debruçou, sem desviar o olhar.

Aquilo era de verdade? Como poderia ser?

O corpo da mulher convulsionou, braços e pernas presos pelas correntes, a cabeça em movimento. O sangue escorria do peito, empoçando-se aos pés.

O homem começou a transar com ela.

— Sra. Scott?

Claire deu um pulo tão forte que a cadeira bateu na parede.

— A senhora está aí em cima? — Fred Nolan estava subindo a escada.

Claire bateu a mão no teclado, procurando uma maneira de interromper o filme.

— Olá? — Os passos de Nolan se aproximavam. — Sra. Scott?

Ela pressionou a tecla *Control* e furiosamente apertou o Q para fechar o programa. Mensagens de erro começaram a aparecer. Claire pegou o mouse e clicou em cada uma delas. A bolinha na cor do arco-íris começou a rodar.

— Merda! — disse ela.

— Sra. Scott? — Fred Nolan estava parado à porta. — Aconteceu alguma coisa?

Claire olhou para o computador de novo. Santo Deus. A tela estava vazia. Ela se controlou para que a voz não tremesse.

— O que foi?

— Só queria me desculpar pelo que disse antes.

Claire achou melhor não falar nada.

Nolan olhou ao redor.

— Belo escritório.

Ela tentava não piscar porque todas as vezes que seus olhos se fechavam, ela via a mulher. O homem. O sangue.

— Bem... — Ele enfiou as mãos nos bolsos. — Queria que soubesse que conversei com o detetive Rayman sobre o caso de seu marido.

Ela precisou pigarrear algumas vezes até dizer:

— O quê?

— O detetive Rayman, da Polícia de Atlanta. Conversou com ele na noite em que seu marido foi morto...

Ela prendeu a respiração, tentando se acalmar.

— Sim.

— Quero que saiba que analisamos todas as ligações possíveis, e parece que não existe relação nenhuma entre o que aconteceu com seu marido e o que aconteceu hoje.

Claire assentiu. Sentiu uma pontada de dor na mandíbula por ter cerrado os dentes.

Nolan observou o escritório lentamente.

— Seu marido era um cara organizado. — Claire não respondeu. — Meio controlador?

Ela deu de ombros, apesar de Paul nunca ter tentado controlá-la. Exceto quando encostou o rosto dela em uma parede na rua.

Nolan apontou a trava digital na porta.

— Isso é segurança pesada.

Ela repetiu as palavras que Paul sempre dizia.

— Não ajuda muito se você não ligar o alarme.

Nolan abriu seu sorriso desconcertante. Não estava perto dela, mas era como se estivesse.

— Vamos precisar mandar uma equipe para cá, de qualquer modo.

Ela sentiu o coração parar de bater. O computador. Os arquivos. O filme.

— Não precisa.

— Melhor prevenir do que remediar.

Claire tentou pensar em uma boa desculpa para contradizê-lo.

— As câmeras de segurança mostraram os homens entrando na garagem?

— Não dá para ter certeza.

Ela adotou uma versão fraca da voz de bibliotecária de sua mãe.

— Pensei que dezesseis câmeras bastassem. — Nolan deu de ombros. Ele estava sorrindo de novo. — Sem falar do meio milhão de dólares em automóveis estacionados na garagem.

Ele continuou sorrindo, e Claire notou que estava falando demais. Suas mãos suavam. Ela segurou os braços da cadeira.

— Tem alguma coisa aqui em cima que não quer que vejamos? — perguntou Nolan.

Claire se forçou a não olhar o computador. Olhou para os lábios dele e tentou não pensar nos lábios vermelhos e molhados atrás da máscara.

— Estou curioso, sra. Scott. Seu marido disse alguma coisa à senhora antes de ser morto? — indagou ele.

Ela se lembrava da viela, da aspereza da parede, da ardência quando seu rosto foi esfregado. Será que Paul gostava daquele tipo de coisa? Era por isso que ele estava assistindo àquele filme no computador?

— Sra. Scott? — Nolan interpretou o silêncio dela com embaraço. — Não se preocupe. O detetive Rayman me disse por que a senhora e seu marido estavam naquela viela. Não estou julgando. Só estou curioso para saber o que seu marido disse.

Ela pigarreou de novo.

— Ele prometeu que não morreria.

— Mais alguma coisa?

— Já contei tudo isso ao detetive Rayman.

— Sim, mas isso foi há alguns dias. Às vezes, é preciso um tempo para acionar a memória. — Ele pressionou um pouco mais. — O sono costuma ajudar. Já lidei com muitas vítimas de crimes violentos. Há uma onda de adrenalina que as toma nos piores momentos, e então elas têm que contar tudo para pessoas como eu. Depois vão para casa, ficam sozinhas e começam a sofrer porque a adrenalina passou e não tem mais nada ameaçador, em seguida dormem profundamente e de repente acordam desesperadas porque se lembraram de alguma coisa.

Claire engoliu em seco de novo. Ele estava descrevendo com perfeição a primeira noite dela sozinha, mas a única revelação que lhe ocorrera quando acordou com os lençóis molhados de suor era que Paul não estava ali para confortá-la.

Confortar.

Como era possível que o homem que via aquelas coisas horrendas fosse o mesmo homem gentil que a tinha confortado por dezoito anos?

— Então, lembrou-se de alguma coisa? — perguntou Nolan. — Não precisa ser algo que pareça útil. Só um comentário qualquer, algo incomum que tenha feito. Antes ou depois do ataque. Qualquer coisa em que consiga pensar. Talvez nem mesmo algo que ele tenha dito, mas um comportamento.

Claire levou a mão à coxa. Quase sentia a pele arranhada por onde Paul passara a mão. Ele nunca a havia marcado daquele modo antes. Será que ele sempre quis aquilo? Será que vinha se controlando por todos aqueles anos?

— O comportamento de modo geral — disse Nolan. — Qualquer coisa que ele tenha dito.

— Ele ficou em estado de choque. Nós dois ficamos. — Claire uniu as mãos sobre a mesa para não começar a mexê-las. — Isso se chama Complexo do Dono do Universo. — Ela parecia Paul falando, e na verdade a frase tinha sido dita pelo marido. — É quando as pessoas pensam que o status e o dinheiro as protegem de uma tragédia.

— Acha que é verdade? — perguntou Nolan. — Parece que a senhora viu mais tragédias do que a maioria das pessoas.

— Que belo trabalho investigativo de sua parte. — Claire se forçou a permanecer no presente. — O senhor é detetive? Porque, quando o encontrei na entrada, o senhor não disse o que era nem me mostrou suas credenciais.

— Tem razão.

Ele não disse o que era, então ela pediu:

— Gostaria de ver sua identificação.

Ao que parecia, Nolan não se abalou. Enfiou a mão no bolso do casaco ao caminhar em direção a ela. Sua carteira era simples, sem zíper. Não havia ali um distintivo de detetive, mas dois cartões plastificados dentro de compartimentos de plástico. Tudo no cartão de cima estava em dourado — as palavras "Agência Federal de Investigação", o símbolo da Justiça e a águia. O cartão de baixo fora impresso em tinta azul e mostrava a foto colorida de Fred Nolan e seu nome e revelava que ele era um agente especial do escritório de Atlanta na West Peachtree. O FBI. O que o FBI estava fazendo ali?

Ela pensou no arquivo no computador de Paul. Será que o FBI havia registrado o download? Será que Fred Nolan estava ali por que Paul havia encontrado algo que não deveria ter visto? O que Claire vira poderia não ser real. Era um filme armado para satisfazer um fetiche doentio. Um fetiche doentio que, ao que parecia, seu marido havia encontrado sem querer ou que escondera dela nos últimos dezoito anos.

— Satisfeita?

Nolan ainda mostrava a identificação. Ainda sorria. Ainda agia como se aquela fosse uma conversa qualquer.

Claire olhou a identificação de novo. Nolan tinha menos cabelos grisalhos na fotografia.

— O FBI costuma investigar roubos frustrados?

— Estou nesse campo há tempo suficiente para saber que nada é rotina. — Ele fechou a carteira. — O bando que entrou em sua casa atravessou limites de condados. Estamos ajudando a coordenar as forças policiais.

— Isso não é trabalho para a Agência de Investigação da Geórgia?

— A senhora entende sobre a hierarquia da lei.

Claire precisava pôr fim àquilo antes que entregasse tudo.

— Acabei de perceber que o senhor não responde às minhas perguntas, agente Nolan, então talvez eu deva parar de responder às suas.

Nolan riu.

— Esqueci que a senhora já teve experiência com o sistema judiciário.

— Gostaria que fosse embora agora.

— Claro. — Ele apontou a porta. — Aberta ou fechada?

Ela não respondeu, e ele fechou a porta ao sair.

Claire correu para o banheiro e vomitou.

CAPÍTULO 4

Lydia tentou se concentrar na estrada enquanto levava a filha a um jogo. Já havia sobrevivido a 24 horas desde que soubera da morte de Paul Scott. A ressaca emocional depois do susto foi terrível. Durante todo o dia, ela se sentiu chorosa e exausta. Sua cabeça latejava cada vez que o coração batia. O café que tomou para acabar com a dor de cabeça a deixou inquieta. Odiava a sensação de estar embriagada e odiava ainda mais o fato de ter acordado naquela manhã pensando que uma carreira de cocaína a acalmaria.

Ela não abriria mão de dezessete anos e meio de sobriedade por aquele idiota. Seria capaz de se jogar de uma ponte antes de fazer algo tão imbecil.

Mas isso não a impediu de se odiar por ter pensado em se drogar. E não a impediu de chorar como um bebê na noite anterior. Lydia chorou nos braços de Rick por mais de uma hora. Ele foi muito gentil com ela, acariciando seus cabelos e dizendo que tinha todo o direito de ficar chateada. Em vez de fazê-la falar ou de levá-la a uma reunião, ele decidiu colocar um disco de John Coltrane para tocar e fritou uns pedaços de frango. O frango estava bom.

A companhia estava melhor. Eles começaram a debater qual era o melhor solo de Coltrane, "Crescent" ou "Blue in Green", e bem no meio Dee saiu do quarto e deu a Lydia o melhor presente que uma filha adolescente pode dar à mãe: concordou com ela. A cordialidade durou pouco.

Dee no momento estava encolhida no banco do passageiro da minivan no que Lydia acreditava ser sua Postura de Telefone (no carro). Os tênis descansavam no painel. Os cotovelos e os braços se apoiavam no assento como as patas de um canguru. Ela segurava o iPhone a cinco centímetros do nariz. O cinto de segurança provavelmente a decapitaria se ocorresse um acidente.

"KCT!", digitaria Dee enquanto elas esperassem pela ambulância. "100kbça num acid. de carro!"

Lydia pensou em todas as vezes que sua mãe havia lhe dito para se sentar com a coluna ereta, não se curvar, segurar o livro longe do rosto, para passar hidratante, usar sutiã para dormir, sempre encolher a barriga e nunca pegar carona, e sentiu vontade de se bater por não seguir todos os conselhos idiotas que a mãe havia lhe dado.

A chuva começou a bater no para-brisa. Lydia acionou os limpadores. A borracha das palhetas percorreu o vidro. Rick tinha lhe dito, na semana anterior, para passar na oficina e trocá-la. Disse que o tempo ia ficar ruim, e Lydia riu porque ninguém conseguia prever o tempo.

O metal riscou o vidro quando a tira de borracha saiu voando.

— Por que não pediu ao Rick para trocar isso? — resmungou Dee.

— Ele disse que estava muito ocupado.

Dee a olhou de soslaio.

Lydia ligou o rádio, que era seu modo de acabar com barulhos esquisitos do carro antes de namorar um mecânico. Remexeu-se no banco, tentando ficar confortável. O cinto de segurança pressionava sua barriga com insistência. Os pneus de gordura a faziam lembrar dos pacotes de biscoito. Naquela manhã, Rick havia sugerido que ela fosse a uma reunião. Lydia concordou e disse que era boa ideia, mas acabou indo à Waffle House para comer.

Disse a si mesma que não estava preparada para contar o que estava sentindo porque não teve tempo de processar a morte de Paul Scott. E então lembrou a si mesma que um de seus maiores talentos era ser muito, muito boa em negar. Manter o hábito de gastar trezentos dólares por dia com cocaína exigia um certo nível de autoengano. E também havia a visão limitada de que ela não tinha culpa das consequências de seus atos.

Os viciados sempre acham que a culpa é de outra pessoa.

Para Lydia, durante um tempo, Paul Scott tinha sido o culpado. Seu ponto mais sensível. Seu mantra. "Se Paul não tivesse feito o que fez..." vinha antes de todas as desculpas.

E então Dee nasceu, e Lydia endireitou a vida e conheceu Rick, e Paul Scott foi empurrado para o fundo de suas lembranças, assim como ela havia empurrado todas as coisas ruins que aconteceram no período que ela chamou de Os Anos Ruins. Como nas muitas vezes que ela se viu presa. Ou quando acordou com dois caras estranhos em um motel de beira de estrada e se convenceu de que trocar sexo por drogas não era a mesma coisa que trocar por dinheiro.

Na Waffle House naquela manhã, ela quase ignorou o telefonema de Rick.

— Está com vontade de cheirar? — perguntou ele.

— Não — disse ela, porque o desejo já tinha sido atenuado por uma pilha de waffles. — Estou com vontade de desenterrar o corpo de Paul e matá-lo de novo.

Na última vez que Lydia viu Paul Scott, ela estava praticamente enlouquecendo de abstinência. Estavam dentro do Miata idiota dele, que ele limpava todo fim de semana com fraldas de pano e uma escova de dentes. Estava escuro; era quase meia-noite. No rádio, tocava Hall & Oates. "Private Eyes". Paul cantava junto. Sua voz era péssima, mas naquele momento qualquer barulho a teria irritado. Ele parecia sentir o desconforto dela. Sorriu para Lydia. Inclinou-se para a frente e abaixou o volume. Então apoiou a mão no joelho dela.

— Mãe?

Lydia olhou para a filha. Ela fingiu estar surpresa.

— Desculpa. Você é a Dee? Não reconheci você sem um telefone na frente da cara.

Dee revirou os olhos.

— Você não vai ao meu jogo porque somos um lixo, não é? Não é porque ainda está brava por causa da autorização.

Lydia se sentiu péssima ao ver que a filha podia estar pensando aquilo.

— Querida, tem tudo a ver com seu péssimo desempenho. É doloroso demais assistir.

— Está bem, se você acha mesmo.

— Certeza. Você é terrível.

— Pergunta respondida — disse Dee. — Mas, já que estamos sendo muito sinceras, tenho mais uma coisa para dizer.

Lydia não conseguiria lidar com mais uma notícia ruim. Olhou a estrada, pensando: *grávida, bomba em biologia, dívida em jogos, vício em metanfetamina, herpes genital.*

— Não quero mais ser médica — continuou ela.

Lydia sentiu um certo desânimo. Os médicos ganhavam dinheiro. Tinham estabilidade. Tinham plano de previdência e seguro-saúde.

— Você não tem que decidir nada agora.

— Meio que preciso, sim, por causa da graduação. — Dee enfiou o telefone no bolso. Aquilo era sério. — Não quero que você surte nem nada...

Lydia começou a surtar. *Pastora de ovelhas, fazendeira, atriz, dançarina de boate.*

— Estava pensando em ser veterinária.

Lydia começou a chorar.

— *Deedusss* Cristo! — murmurou Dee.

Lydia olhou pela janela. Passara o dia todo controlando as lágrimas, mas dessa vez não estava triste.

— Meu pai era veterinário. Eu queria ser veterinária, mas...

Ela se calou, porque era o que se fazia ao dizer à filha que uma prisão por porte de drogas impedia a pessoa de trabalhar em todos os estados.

— Estou orgulhosa, Dee. Você será uma ótima veterinária. Você leva muito jeito com os animais.

— Obrigada. — Dee esperou Lydia assoar o nariz. — Além disso, quando for para a faculdade, quero começar a usar meu nome verdadeiro.

Lydia já esperava isso, mas ainda assim se sentiu triste. Dee estava recomeçando. Queria um novo nome também. Ela disse:

— Usei o nome "Pimenta" até mudar de escola.

— Pimenta? — Dee riu. — Ardida?

— Não. Meu pai disse que foi minha avó. Na primeira vez que ela cuidou de mim, ela disse: "Essa criança é uma pimenta." — Lydia percebeu que isso exigia mais explicação, então acrescentou: — Eu era difícil quando criança.

— Uau, você mudou muito.

Lydia cutucou suas costelas.

— Julia começou a me chamar de Pimenta.

— Sua irmã?

Dee baixou a cabeça. Sua voz estava um tanto apreensiva.

— Podemos falar sobre ela — sugeriu Lydia, forçando um sorriso, porque conversar sobre Julia era sempre difícil. — Você quer saber alguma coisa?

Era claro que Dee queria saber mais do que Lydia podia contar, mas perguntou:

— Você acha que vão encontrá-la?

— Não sei, querida. Faz muito tempo. — Lydia apoiou a cabeça na mão. — Não havia exame de DNA na época, nem noticiários 24 horas, nem internet. Uma das coisas que eles nunca encontraram foi o pager dela.

— O que é um pager?

— É meio que um aparelho para enviar mensagem de texto, mas você tem que deixar um número de telefone.

— Parece bobo.

— Bem... — Talvez pareça bobo para alguém que pode ter um pequeno computador com acesso ao conhecimento do mundo todo. — Você se parece com ela. Sabia?

— Julia era bonita. — Dee pareceu desconfiada. — Tipo, muito bonita.

— Você também é muito bonita, querida.

— Sei lá.

Dee pegou o telefone, terminando a conversa. E voltou à posição inicial.

Lydia observou os limpadores de para-brisa lutarem contra a chuva. Estava chorando de novo, mas não os gritos humilhantes e cheios de soluço contra os quais lutara a manhã toda. Primeiro Paul Scott, e agora Julia. Ao que parecia, aquele era o dia a ser tomado por velhas lembranças, embora ela admitisse nunca se esquecer de Julia.

Vinte e quatro anos antes, Julia Carroll era uma universitária de dezenove anos na Universidade da Geórgia. Estudava jornalismo, porque em 1991 ainda existiam carreiras de jornalista.

Julia tinha ido a um bar com um grupo de amigos. Ninguém se lembra de ter visto um homem prestando atenção a ela mais do que os outros, mas certamente deve ter havido algum, pelo menos um, porque aquela noite no bar foi a última vez que alguém disse ter visto Julia Carroll.

E nunca mais. Não encontraram o corpo dela.

Era por isso que Lydia havia criado uma filha que sabia trocar pneu em três minutos e que sabia que nunca, em hipótese alguma, deveria deixar um sequestrador levá-la a um lugar: porque Lydia havia sido testemunha do que pode acontecer com adolescentes que são criadas acreditando que a pior coisa que pode acontecer a elas é não ter um par para o baile de formatura.

— Mãe, você não virou onde deveria ter virado.

Lydia pisou no freio. Olhou no espelho retrovisor e deu a ré. Um carro desviou dela, apertando a buzina.

Dee apertou a tela do telefone.

— Você vai acabar se matando num acidente de carro e eu vou ficar órfã.

Lydia só podia culpar a si mesma por aquele tipo de hipérbole. Deu a volta na escola e estacionou numa vaga atrás da propriedade. Ao contrário do Valhalla que era o Complexo de Esportes Westerly, o ginásio atrás da escola Booker T. Washington no centro da cidade era um prédio de tijolos aparentes dos anos 1920 que mais lembrava a fábrica Triangle Shirtwaist.

Lydia passou os olhos pelo estacionamento, porque era o que sempre fazia antes de destravar as portas.

— Vou pegar uma carona com Bella. — Dee pegou a bolsa de ginástica do banco de trás. — Até a noite.

— Preciso entrar.

Dee pareceu aterrorizada com aquela ideia.

— Mãe, você disse...

— Preciso ir ao banheiro.

Dee saiu do carro.

— Você mija o tempo todo.

— Obrigada por dizer isso.

Entre as 32 horas de trabalho de parto e a aproximação da menopausa, Lydia tinha sorte por sua bexiga não estar pendurada entre os joelhos como as tetas de uma vaca.

Ela se virou para pegar a bolsa no banco de trás. Lydia ficou ali, olhando para ter certeza de que Dee entraria no prédio. E então ouviu o clique da porta do passageiro sendo aberta. Por instinto, Lydia se virou com os punhos em riste, gritando.

— Não!

— Lydia! — Penelope Ward estava com os braços à frente da cabeça. — Sou eu!

Lydia se perguntou se era tarde demais para bater nela.

— Caramba, eu não quis assustar você — disse Penelope.

— Estou bem — mentiu Lydia. Ela precisava muito ir ao banheiro. — Eu só vim deixar a Dee. Não posso conversar agora, tenho um velório para ir.

— Ah, não. De quem?

Lydia não tinha pensado no que diria.

— Uma amiga. Uma velha professora. A prof. Clavel. — Ela estava falando demais. — Só isso. Mais nada.

— Certo, mas olha só. — Penelope ainda estava na frente da porta. — Você se lembra de quando falei do Festival Internacional?

Lydia engatou a ré.

— Mande a receita que quiser e eu...

— Ótimo! Mando antes das três da tarde hoje. — Penelope era boa em determinar os próprios prazos. — Mas, olhe, você ainda tem o contato da banda? — Lydia pisou no acelerador. — Lembrei muitas coisas quando você disse que cresceu em Athens. Estudei na UGA. — Lydia deveria ter adivinhado, pela blusa de lã em tons pastel e pela boca de chupar rola. — Vi você se apresentar um zilhão de vezes. Liddie and the Spoons, não era? Deus, que época! O que aconteceu com aquelas meninas? Devem ter se casado e tido um monte de filhos, certo?

— É. — *Isso mesmo, se divorciaram quatro vezes e têm um cartão fidelidade do Centro de Saúde na carteira para fazer o décimo aborto de graça.* — Estamos velhas.

— E então... — Penelope ainda bloqueava a porta — ... você vai pedir a elas, não vai? A Dee adoraria ver a mãe no palco.

— Ah, ela ficaria superfeliz. Mando um e-mail para falarmos sobre isso, tá?

Lydia precisava sair dali mesmo que tivesse que arrancar a porta da minivan. Pisou no freio. Penelope caminhou ao lado dela.

— Preciso ir. — Lydia fez um sinal para que ela saísse da frente. — Preciso fechar a porta.

Ela pisou no acelerador.

Penelope enfim deu um passo atrás para que não fosse derrubada.

— Mal posso esperar para receber seu e-mail!

Lydia pisou no acelerador com tanta força que a minivan quase decolou. Meu Deus, aquele era o dia de seu passado ser puxado das profundezas e amontoado como um monte de esterco a seus pés. Ela adoraria promover um encontro entre Penelope Ward e a banda. Elas a comeriam viva. Quase literalmente. Da última vez que a Spoons se reuniu, duas delas terminaram no hospital com várias marcas de mordidas.

Aquela foi a causa da primeira prisão de Lydia? Com certeza, foi a primeira vez que seu pai a tirou da prisão. Sam Carroll estava aterrorizado e decepcionado. Claro, àquela altura da vida, poucas partes de seu coração não tinham sido despedaçadas. Fazia cinco anos que Julia desaparecera. Cinco anos que o pai passava noites em claro. Cinco anos de pesar. Cinco anos enchendo a cabeça com coisas terríveis que poderiam ter sido feitas à sua filha mais velha.

— Papai.

Lydia suspirou. Desejou que ele tivesse vivido o suficiente para vê-la se endireitar. Queria muito que ele tivesse conhecido Dee. Ele teria adorado o senso de humor ácido dela. E talvez, se tivesse conhecido Dee, se tivesse segurado a neta nos braços, seu coração pobre e despedaçado tivesse batido por mais alguns anos.

Lydia parou num sinal vermelho. Havia um McDonald's à direita. Ela ainda precisava ir ao banheiro, mas sabia que se entrasse pediria o cardápio inteiro. Encarou a luz até o sinal abrir. Pisou no acelerador.

Mais quinze minutos se passaram até ela entrar no Magnolia Hills Memorial Gardens. Ela tinha dito a Penelope Wards que iria a um velório, só que parecia mais estar indo a uma festa de aniversário. Sua festa de aniversário. A Lydia que não tinha mais que se preocupar com Paul Scott havia completado, oficialmente, quatro dias de vida. Deveria ter levado um chapéu.

A chuva engrossou assim que Lydia saiu da van. Abriu a parte de trás, encontrou um guarda-chuva e o abriu. A barra do vestido pingava água da chuva. Ela observou o cemitério que mais parecia um jardim com tantas magnólias, exatamente como os comerciais anunciavam. Ela tirou uma folha de papel da bolsa. Lydia adorava a internet. Podia procurar a casa das Mães no Google Earth, pesquisar quanto tinham pagado pelas roupas de marca idiotas e, mais importante para a tarefa daquele dia, podia imprimir um mapa que levasse ao túmulo de Paul Scott.

A caminhada foi mais longa do que Lydia previra, e claro que a chuva piorava conforme ela se afastava da van. Após dez minutos seguindo o que acabou se mostrando o caminho errado, Lydia percebeu que estava perdida. Pegou o telefone e jogou a informação no Google de novo. Então, tentou obter um mapa de sua localização. O ponto azul piscando indicava que ela precisava ir para o norte. Lydia se virou para o norte. Caminhou alguns metros e o ponto azul indicou que ela precisava ir para o sul.

— Minha nossa — murmurou Lydia, mas então viu uma lápide duas fileiras à frente.

SCOTT.

Paul havia passado a infância perto de Athens, mas a família de seu pai era de Atlanta. Seus pais tinham sido enterrados ao lado dos Scott de várias gerações passadas. Certa vez, ele disse a Lydia que os Scott tinham lutado dos dois lados da Guerra Civil.

Então, sua duplicidade era de família.

O túmulo de Paul tinha um marcador pequeno, que mais parecia uma estaca de se colocar numa horta. ERVILHAS. REPOLHO. IMBECIL SÁDICO.

Lydia acreditava que a lápide tinha sido encomendada. Algo grande e chamativo feito do mais fino mármore e em formato fálico, porque o fato de o cara estar morto não o fazia deixar de ser um escroto.

Na noite anterior, enquanto assistia à TV com Rick, ela se distraiu e começou a se imaginar ao lado do túmulo de Paul. Então não esperava a chuva. Em sua mente, o sol brilhava feliz no céu e pássaros pousavam em seu ombro. Da mesma maneira, nunca tinha pensado que a terra recém-escavada da Geórgia seria coberta por grama sintética. A grama falsa era o tipo de coisa que se via num campo improvisado ou no jardim de um hotel barato. Paul teria detestado, e por isso um sorriso não sumia do rosto dela.

— Certo — disse Lydia, porque não tinha ido ali para sorrir.

Respirou fundo e soltou o ar devagar. Levou a mão ao peito para acalmar o coração. E começou:

— Você estava enganado — disse ela a Paul, porque ele fora um pedante idiota que acreditava estar certo em relação a tudo. — Você disse que eu já estaria morta hoje. Disse que eu não valia nada. Disse que ninguém acreditaria em mim porque eu não era importante. — Lydia olhou para o céu escuro. Gotas de chuva batiam insistentemente no guarda-chuva. — E acreditei em você por muitos anos porque eu achava que tinha feito algo errado.

Achava, ela repetiu baixo, porque sabia que ninguém poderia puni-la com tanta severidade quanto ela se punia.

— Não menti. Não inventei. Mas me deixei pensar que você fez aquilo porque pedi. Que tinha dado os sinais errados. Que você só me atacou porque pensou que eu queria. — Lydia secou as lágrimas. Nunca em sua vida ela havia desejado as investidas de Paul. — E, então, enfim me dei conta de que o que você fez não foi minha culpa. Que você era só um desgraçado frio e psicótico, e encontrou o modo perfeito de me afastar da minha própria família. — Ela secou o nariz com as costas da mão. — E quer saber? Foda-se, Paul. Fodam-se você e seu Miata idiota, seu diploma e o dinheiro coberto de sangue do acidente de seus pais, e veja quem está de pé aqui agora, cuzão. Veja quem foi enterrado como um porco e veja quem está dançando na sua cova!

Lydia estava quase sem fôlego. Seu coração batia acelerado no peito. Sentia-se oca, mas não pelo desabafo. Deveria haver alguma outra coisa. Por muitos anos, ela havia sonhado em confrontar Paul, em derrubá-lo, em atingi-lo com socos e chutes e apunhalá-lo com uma faca enferrujada. Palavras não bastavam. Deveria haver algo mais do que só gritar para o túmulo dele. Ela olhou para o cemitério, como se uma ideia fosse lhe ocorrer de repente. A chuva caía tão forte que o ar estava tomado por uma névoa branca. O chão estava ensopado.

Lydia soltou o guarda-chuva.

O chão poderia estar mais molhado.

Sua bexiga ainda estava cheia. Nada lhe daria mais prazer do que urinar no túmulo de Paul. Ela afastou o tapete verde. Levantou o vestido e se abaixou para baixar a calcinha. E parou, porque não estava sozinha.

Lydia viu os sapatos primeiro. Louboutins pretos, de aproximadamente cinco mil dólares. Meia fina, mas quem ainda usava meia-calça? Vestido preto, provavelmente Armani ou Gaultier, de pelo menos mais seis mil. Não havia anéis nos dedos elegantes da mulher nem uma pulseira de bom gosto no pulso fino. Ela mantinha a coluna ereta e a postura muito correta, o que mostrava a Lydia que as repreensões de Helen tinham sido seguidas por pelo menos uma de suas filhas.

— Bem. — Claire cruzou os braços na altura da cintura. — Que situação.

— Pois é.

Lydia não via a irmã mais nova havia dezoito anos, mas nunca imaginaria que Claire se transformaria numa Mãe.

— Toma.

Claire abriu a bolsa *clutch* Prada de dois mil dólares e pegou um monte de lenços de papel. Jogou-os na direção de Lydia.

Não havia uma maneira graciosa de fazer aquilo. A calcinha de Lydia estava na altura dos joelhos.

— Você pode se virar? — perguntou.

— Claro. Onde estão meus modos?

Claire se virou. O vestido preto tinha sido feito sob medida. As omoplatas se destacavam. Os braços eram finos e firmes. Ela deveria fazer *cooper* com o personal toda manhã e jogar tênis toda tarde, então tomava banho de colônia ordenhada de um unicórnio mágico antes da chegada do marido toda noite.

Não que Paul Scott fosse voltar para casa.

Lydia levantou a calcinha quando ficou de pé. Assoou o nariz no lenço e o jogou na cova de Paul. Ajeitou a grama sintética com o pé como faz um gato numa caixa de areia.

— Foi divertido. — Lydia pegou o guarda-chuva para ir embora. — Não vamos repetir esse encontro nunca mais.

Claire se virou.

— Não *ouse* fugir.

— *Fugir*? — A palavra foi como um fósforo riscado num palheiro. — Você acha que estou *fugindo* de você?

— *Literalmente* impedi você de urinar no túmulo do meu marido.

Lydia não usaria mais o sentido figurado no que dissesse.

— Fique feliz por eu não ter cagado.

— Meu Deus, você é nojenta.

— E você é uma vaca idiota.

Lydia se virou e caminhou em direção à van.

— Não vá embora.

Lydia passou entre as sepulturas porque sabia que os saltos de Claire afundariam na grama molhada.

— Volte aqui.

Claire estava atrás dela. Havia tirado os sapatos.

— Lydia! Que inferno, pare!

— O que foi?

Lydia se virou tão depressa que o guarda-chuva bateu na cabeça de Claire.

— O que você quer de mim, Claire? Você fez sua escolha, você e a mamãe. Não pode esperar que eu perdoe você agora que ele morreu. Isso não muda nada.

— *Me* perdoar? — Claire estava tão revoltada que sua voz chegou a falhar. — Você acha que eu preciso de perdão?

— Eu falei que seu marido tentou me estuprar e sua reação foi dizer que eu precisava sair da porra da sua casa antes que você chamasse a polícia.

— A mamãe também não acreditou em você.

— *A mamãe também não acreditou em você* — disse Lydia, imitando-a. — A mamãe achava que você ainda era virgem na oitava série.

— Você não sabe porra nenhuma sobre mim.

— Sei que você escolheu um cara com quem estava transando há dois segundos e abandonou sua própria irmã.

— Isso foi antes ou depois de você ter roubado todo o dinheiro da minha carteira? Ou o que estava embaixo do meu colchão? Ou minha caixa de joias? Ou de ter mentido sobre ter "pegado meu carro emprestado"? Ou de ter dito que não penhorou o estetoscópio do papai, sendo que a mamãe recebeu um telefonema da loja de penhores porque reconheceram o nome dele? — Claire secou dos olhos as gotas de chuva. — Sei que foi antes de você roubar meu cartão de crédito e fazer uma dívida de treze mil. Como foi a viagem a Amsterdã, Lydia? Curtiu todos os cafés?

— Curti, sim. — Lydia ainda tinha a miniatura de uma casinha à beira do canal que a aeromoça da KLM havia lhe dado na primeira classe. — Como você se sentiu por ter dado as costas para a única irmã que sobrou?

Claire contraiu os lábios. Seus olhos brilharam de ódio.

— Meu Deus, você fica igualzinha à mamãe quando faz isso.

— Cale a boca.

— Que maduro. — Lydia percebia a imaturidade na própria voz. — Que idiota. Estamos tendo a mesma briga que tivemos dezoito anos atrás, mas desta vez estamos tomando chuva.

Claire olhou para o chão. Pela primeira vez, parecia não saber o que fazer.

— Você mentia para mim o tempo todo sobre tudo.

— Você acha que eu mentiria a respeito *daquilo*?

— Você estava muito drogada quando ele levou você para casa.

— Foi isso que o Paul disse a você? Porque ele me buscou na cadeia. Normalmente, ninguém se droga na cadeia. É meio proibido.

— Já estive presa, Lydia. Quem quer ficar doidão encontra uma maneira.

Lydia riu. Ah, claro, sua irmã mais nova e toda certinha já tinha estado na cadeia.

— Ele nem sentia atração por você — disse Claire.

Lydia observou o rosto dela. Era uma linha de raciocínio antiga, mas ela a dizia com menos convicção.

— Você duvida dele.

— Não duvido, não. — Claire afastou os cabelos molhados do rosto. — Você só está ouvindo o que quer ouvir. Como sempre.

Claire estava mentindo. Lydia sentia isso no fundo da alma. Ela estava ali, ensopada de chuva, e mentindo.

— O Paul machucou você? É por isso que está agindo assim? Você não conseguiu admitir enquanto ele estava vivo, mas agora...

— Ele não me machucou. Era um bom marido. Um bom homem. Cuidava de mim. Fazia com que eu me sentisse segura. Ele me amava.

Lydia não respondeu. Só deixou o silêncio crescer. Ainda não acreditava na irmã. Claire era tão fácil de entender quanto na infância. Havia alguma coisa perturbando sua paz, e isso claramente tinha a ver com Paul. Suas sobrancelhas estavam erguidas de um jeito esquisito, do mesmo jeito que Helen fazia quando estava triste.

Elas não se falavam havia quase duas décadas, mas Lydia sabia que confrontar Claire sempre levava a irmã a se entregar ainda mais. Tentou mudar de assunto.

— Está acompanhando esse caso de Anna Kilpatrick?

Claire rosnou, como se a resposta fosse óbvia.

— Claro que sim. A mamãe também.

— A mamãe? — Lydia ficou surpresa de verdade. — Ela disse isso?

— Não, mas eu sei que ela está acompanhando.

Claire respirou fundo e soltou o ar. Olhou para o céu. A chuva tinha passado.

— Ela tem coração, Lydia. Lidou com as coisas do jeito dela.

O papai também lidou com as coisas do jeito dele.

Lydia estava ocupada fechando o guarda-chuva. A estampa era branca com cachorros de várias raças pulando em círculos. O pai teve um guarda-chuva parecido quando ainda lecionava no curso de veterinária na UGA.

Claire disse:

— Tenho a idade da mamãe agora. — Lydia olhou para a irmã. — Trinta e oito. A mesma idade que a mãe tinha quando Julia desapareceu. E Julia teria...

— Quarenta e três.

Todos os anos, Lydia marcava o aniversário de Julia. E o de Helen. E o de Claire. E o dia em que Julia havia desaparecido.

Claire soltou o ar de novo. Lydia lutou contra a vontade de fazer a mesma coisa. Paul não tinha levado só Claire embora tantos anos antes. Ele havia tirado delas também a ligação que permite que alguém olhe nos olhos de outra pessoa e saiba exatamente o que ela está sentindo.

— Você teve filhos? — perguntou Claire.

— Não — mentiu Lydia. — Você?

— Paul queria, mas eu tinha medo de...

Ela não precisou dizer o que temia. Se planejamento familiar fosse algo que Lydia soubesse fazer aos vinte e poucos anos, de jeito nenhum teria tido Dee. Ter visto a perda de um filho destruir o casamento dos pais — não só o casamento, mas eles próprios — tinha sido aviso suficiente.

— A vó Ginny está com demência — contou Claire. — Ela esqueceu como ser má.

— Você se lembra do que ela me disse no velório do papai?

Claire balançou a cabeça, negando.

— "Você está gorda de novo. Acho que isso quer dizer que não está usando drogas."

Claire observou a forma física de Lydia, sem fazer a pergunta óbvia.

— Estou limpa há dezessete anos e meio.

— Que bom — falou Claire, com a voz embargada.

Ela estava chorando. Lydia percebeu, de repente, que apesar da roupa de grife, sua irmã parecia péssima. Ela claramente havia dormido com aquele vestido. Tinha um corte no rosto. Havia um hematoma embaixo da orelha. O nariz estava vermelho. A chuva a havia deixado ensopada. Ela tremia por causa do frio.

— Claire...

— Preciso ir. — Claire começou a caminhar em direção ao carro. — Cuide-se, Pimenta.

Ela saiu antes que Lydia pensasse num motivo para ela não ir.

iii

O DELEGADO ME PRENDEU HOJE. Ele disse que eu estava interferindo na investigação. Minha defesa — de que eu não podia interferir em algo que não existia — o deixou impassível.

Anos atrás, para ajudar a arrecadar dinheiro para o abrigo da região, eu me ofereci para ser preso, numa simulação, na feira da região. Enquanto você e sua irmã brincavam de bola (Pimenta estava de castigo por ter respondido a uma professora), todos nós, vilões, fomos mantidos em uma parte cercada da feira enquanto esperávamos nossos parceiros virem nos soltar.

Dessa vez, como mandava a brincadeira, sua mãe me soltou.

— Sam, você não pode continuar fazendo isso — disse sua mãe.

Quando está ansiosa, sua mãe gira a aliança de casamento no dedo e sempre que vejo isso sinto que ela quer tirá-la.

Já disse como amo sua mãe? Ela é a mulher mais incrível que conheço. Sua avó acreditava que ela queria dar o golpe do baú, apesar de eu não ter um tostão furado quando nos conhecemos. Tudo o que ela dizia e fazia me encantava. Adorava os livros que ela lia. Adorava o modo com que sua mente funcionava. Adorava que ela via em mim algo que eu via muito pouco. Sem ela, eu teria desistido — não de você, nunca de você, mas de mim. Acho que posso dizer isso hoje, mas eu não era um aluno muito bom. Não era inteligente o suficiente para me virar. Não me concentrava o suficiente nas aulas. Raramente passava nas provas. Não entregava os trabalhos. Estava sempre de recuperação. Não que sua avó soubesse, mas na época eu estava pensando em fazer aquilo que você foi acusada de ter feito: queria vender todos os meus pertences, pedir carona e atravessar a Califórnia para ficar com outros hippies que tinham fugido de suas vidas.

Tudo mudou quando conheci sua mãe. Ela me fez querer coisas que nunca sonhei ter: um emprego estável, um bom carro, um financiamento imobiliário, uma família. Você percebeu, há muito tempo, que puxou de mim a vontade de viajar. Quero que saiba o que acontece quando você encontra a pessoa com quem vai passar o resto da vida: aquela sensação inquietante se derrete como manteiga.

Acho que o que mais me deixa triste é que você nunca vai aprender isso sozinha. Quero que saiba que sua mãe não se esqueceu de você. Não tem uma manhã em que ela não acorde pensando em você. Ela marca seus aniversários. Todo dia quatro de março, aniversário de seu desaparecimento, ela faz o mesmo caminho que você pode ter feito quando saiu do Manhattan Cafe naquela noite. Ela deixa uma luminária acesa em seu antigo quarto. Ela se recusa a vender a casa na Boulevard, porque, apesar de dizer o contrário, ela ainda se apega à parca esperança de que um dia você possa voltar.

— Quero me sentir normal de novo — confessou ela, certa vez. — Talvez, se eu fingir que estou normal por um bom tempo, acabe acontecendo.

Sua mãe é uma das mulheres mais fortes e inteligentes que já conheci, mas perder você a dividiu em duas. A mulher vibrante, forte, esperta, obstinada com quem me casei caiu no silêncio. Ela poderia dizer que se entregou ao luto há tempo demais, deixou a autopiedade e o ódio por si mesma a arrastarem para aquele buraco negro dentro do qual ainda me enfio. Se isso aconteceu, a permanência dela ali foi temporária. De algum modo, ela deu um jeito de levantar do chão uma parte de seu velho eu. Ela me diz que a outra metade, a metade destruída e despedaçada, ainda a segue a uma distância respeitosa, pronta para dominar a situação assim que ela tropeçar.

Só com muita força de vontade ela não cai. Quando me contou que se casaria com outro homem, ela disse:

— Não posso sacrificar as duas filhas que ainda tenho por aquela que nunca mais verei.

Ela não disse que amava aquele homem. Não disse que ele lhe despertava emoções nem que precisava dele. Disse que precisava das coisas que ele podia oferecer: estabilidade, companheirismo, uma taça de vinho à noite sem a sensação aterrorizante do pesar.

Não me ressinto por esse outro homem ter tomado meu lugar. Não o odeio, porque não quero que suas irmãs o odeiem. É incrivelmente fácil para uma pessoa divorciada fazer do segundo casamento uma transição tranquila para ele ou para os filhos. Só precisa se calar e mostrar que tudo vai ficar bem.

E eu acho que vai ficar bem — pelo menos para o que restou de minha família.

Sua mãe sempre soube analisar as pessoas muito bem. O homem que ela escolheu é gentil com suas irmãs. Ele vai aos shows assustadores de Pimenta e presta atenção em Claire. Não posso invejar o fato de ele ir às reuniões de pais e professores, de entalhar abóboras e de montar árvores de Natal. Eles visitam suas irmãs uma vez por mês em Auburn (eu sei, querida, mas elas não puderam estudar na UGA porque aquela faculdade as faz pensar muito em você). Não posso julgar sua mãe por ter seguido em frente enquanto fiquei enraizado no passado. Eu a deixei viúva. Em pouco tempo, eu pediria para que ela ficasse comigo em meu túmulo.

Acho que o delegado a chamou para me tirar da cadeia porque, se dependesse de mim, eu teria ficado na cela até ele ser forçado a me denunciar ou me soltar. Eu estava tentando provar algo. Sua mãe concordava, se o que eu quisesse provar fosse que eu era um teimoso idiota. Você, mais do que ninguém, sabe que esse comentário significa que ela ainda me ama. Mas ela também já deixou claro que acabou. Não quer mais saber de minhas buscas infrutíferas, nem das investigações malucas, nem de meus encontros com desconhecidos em cantos escuros, interrogando jovens que conheciam você na época, mas que hoje estão casadas, trabalhando e tentando constituir suas famílias.

Devo culpá-la por isso? Devo culpá-la por ter desistido de minhas bobagens?

Saiba por que fui preso:

Há um homem que trabalha na Taco Stand. Hoje é o gerente, mas limpava as mesas no dia em que você desapareceu. Os homens do delegado checaram o álibi dele, mas uma de suas amigas, Kerry Lascala, me disse que em uma festa tinha ouvido esse homem falando ter visto você na rua na noite de 4 de março de 1991.

Qualquer pai iria atrás desse homem. Qualquer pai o seguiria pela rua, para mostrar a ele o que é ser perseguido por alguém mais forte e mais irado e que pretende levá-lo a um lugar mais reservado.

Parece perseguição, mas na verdade é como investigar um crime.

Sua mãe disse que o cara do Taco Stand poderia contratar um advogado. Que, quando os Huckleberries voltassem, poderiam vir com um mandado de busca. Huckleberries. Era uma das palavras inventadas por sua mãe. Ela deu ao delegado Carl Huckabee o apelido na terceira semana de investigação e, no terceiro mês, já o usava para se referir a qualquer pessoa que usasse uniforme. Você deve se lembrar do delegado daquele dia no desfile. Ele é um tipo desastrado, com um bigode que mantém aparado numa linha reta e com costeletas que ele arruma com frequência, de um modo que deixa as marcas dos dentes do pente.

Huckleberry acredita nisto: o cara da Taco estava com a avó na casa de repouso na noite em que você desapareceu. Não havia registro de visitantes na entrada. Nada. Nenhuma câmera. Nenhuma outra testemunha além da avó e de uma enfermeira que conferiu o cateter da senhora aproximadamente às onze daquela noite.

Você foi vista pela última vez às 22h38.

A enfermeira diz que o cara da Taco estava dormindo na poltrona ao lado da cama da avó quando você foi levada. Ainda assim, Kerry Lascala conta ter ouvido ele dizer algo diferente.

Sua mãe chamaria esse tipo de ideia de loucura e talvez esteja certa. Não conto mais às suas irmãs sobre as pistas que descubro. O cara da Taco, o lixeiro que foi preso por mostrar a genitália para uma aluna do ensino fundamental, o jardineiro Peeping Tom, o gerente do turno da noite do 7-Eleven que foi pego molestando a sobrinha, todos são desconhecidos para elas. Guardei no quarto minha coleção de pistas para que elas não as vejam quando me visitam. Não que me visitem muito, mas não as julgo. Elas são jovens mulheres. Estão construindo suas vidas. Claire tem aproximadamente a mesma idade que você tinha quando a perdemos. Pimenta é mais velha, mas não mais experiente. Eu a vejo cometendo muitos erros (as drogas, os namorados que não ligam para ela e que nunca estão por perto, a raiva que arde tão forte e que poderia ser usada para iluminar uma cidade inteira), mas sinto que não tenho autoridade para impedi-la. Sua mãe diz que tudo o que podemos fazer é ajudar Pimenta quando ela fracassar. Talvez ela tenha razão. E talvez esteja certa por se preocupar com esse novo homem na vida de Claire. Ele se esforça muito. Quer agradar demais. É nosso dever dizer a ela? Ou será que ela vai perceber sozinha? (Será? Ela tem o olhar observador de sua avó Ginny.)

É estranho que sua mãe e eu só nos sintamos completos quando falamos sobre as vidas de suas irmãs. Estamos machucados demais para falar das nossas. As feridas não cicatrizadas de nosso coração se abrem quando passamos muito tempo juntos. Sei que sua mãe me olha e vê as casinhas que construí, as brincadeiras que eu fazia, a lição de casa que eu ajudava você a fazer e as milhões de vezes que peguei você no colo e a girei como uma boneca. Assim como, quando olho para ela, vejo a barriga crescendo, o olhar calmo quando ela ninava você, o pânico em seus olhos quando sua febre aumentava e quando suas amídalas tiveram que ser retiradas, além da cara de vergonha que ela fazia quando percebia que você tinha mais argumentos do que ela numa discussão.

Sei que hoje sua mãe está com outro homem, que ela criou uma vida estável para minhas filhas, que ela seguiu em frente, mas quando a beijo, ela nunca resiste. E quando a abraço, ela também me abraça. E quando fazemos amor, é meu nome que ela sussurra.

Nesses momentos, podemos enfim nos lembrar de todas as coisas boas que vivemos juntos em vez de tudo o que perdemos.

CAPÍTULO 5

CLAIRE AINDA ESTAVA ENCHARCADA por causa do confronto com Lydia à beira do túmulo. Sentou-se trêmula no meio da garagem, com uma raquete de tênis quebrada na mão. Sua arma. Era a quarta raquete de tênis que ela quebrava em poucos minutos. Não havia armário, ferramenta nem carro na garagem que não tivesse sofrido um golpe de uma raquete de borda grafite. Raquetes do Torneio de 1996 de Bosworth, feitas para Claire jogar. Quatrocentos dólares cada.

Ela girou o punho, que iria precisar de gelo. A mão já apresentava um hematoma. A garganta ardia devido aos gritos. Ela olhou seu reflexo no retrovisor do Porsche de Paul. Seus cabelos molhados moldavam sua cabeça, de tão grudados. Ela usava o mesmo vestido do velório, no dia anterior. O rímel à prova d'água por fim havia cedido. O batom já tinha saído há muito tempo. A pele estava pálida.

Ela não se lembrava da última vez que tinha perdido o controle daquele jeito. Mesmo no dia em que foi para a cadeia, Claire não tinha se descontrolado tanto.

Ela fechou os olhos e respirou no silêncio da sala ampla. O motor da BMW estava esfriando. Ela ouvia os cliques. Seu coração batia seis vezes a cada clique. Ela levou a mão ao peito e se perguntou se era possível seu coração explodir.

Na noite anterior, Claire tinha ido dormir esperando ter pesadelos, mas em vez de sonhar que estava acorrentada a uma parede de concreto com o homem mascarado indo em sua direção, seu cérebro havia lhe dado algo muito pior: um destaque de seus momentos mais ternos com Paul.

Quando ela torceu o tornozelo em St. Martin e ele percorreu toda a ilha em busca de um médico. Quando ele a pegou no colo com a intenção de levá-la escada acima, mas por causa da dor nas costas acabou fazendo amor com ela no chão. Quando ela acordou de uma cirurgia no joelho e encontrou uma carinha sorridente desenhada na bandagem ao redor de sua perna. Seria possível que o homem que, quase vinte anos depois do casamento, ainda deixava bilhetes em sua xícara de café com um coração e as iniciais dos dois dentro fosse o mesmo homem que baixou aquele filme no computador?

Claire olhou a raquete quebrada. Tanto dinheiro e a triste verdade era que ela preferia uma raquete Wilson de sessenta dólares.

Na época em que ela e Paul eram estudantes, eles sempre elaboravam listas quando não sabiam o que fazer. Paul pegava uma régua e traçava uma linha vertical dividindo a página. De um lado, relacionavam os motivos pelos quais deveriam fazer uma coisa, comprar algo, experimentar algo; e, do outro, escreviam os motivos para não o fazer.

Claire se levantou. Jogou a raquete no capô do Porsche. Paul mantinha um bloco de anotações e uma caneta no balcão. Ela traçou uma linha no meio de uma página em branco. Paul teria implicado com aquela linha, que descia entortada para a esquerda. A caneta tinha saído da página, fazendo uma orelha na ponta.

Claire bateu a caneta na lateral do balcão. Olhou as duas colunas vazias. Não havia prós nem contras. Aquela lista era para perguntas e respostas.

A primeira pergunta era: Paul havia mesmo baixado aquele filme? Claire tinha que pensar que sim. Baixar filmes com vírus e *spyware* por acidente era coisa de Claire. Paul era cuidadoso demais para fazer algum download sem querer. E, no caso improvável de ele ter baixado o filme por engano, teria apagado o arquivo em vez de salvá-lo na pasta "Trabalho". E teria contado a Claire sobre isso, porque o relacionamento deles era assim.

Ou, pelo menos, era o tipo de relacionamento que ela acreditava que tinham. Ela escreveu "Acidente?" em uma coluna e "Não" na outra. Voltou a bater a caneta. Será que Paul tinha baixado o filme pelo sadomasoquismo e não tinha percebido do que se tratava?

Ela balançou a cabeça. Paul era tão certinho que enfiava a camiseta na cueca antes de dormir. Se alguém tivesse dito a ela que o marido curtia sadomasoquismo, depois de controlar o riso, ela teria pensado que Paul era o passivo. Não que ele fosse passivo na vida sexual deles. Claire era quem mais ficava parada. Mas as fantasias sexuais eram projeções de opostos. Paul estava no controle o tempo todo, então sua fantasia seria deixar outra pessoa assumir o controle. Claire certamente sonhava acordada imaginando ser amarrada e provocada por um desconhecido, mas na verdade esse tipo de coisa era aterrorizante para ela.

Além disso, alguns anos antes, quando ela leu para Paul alguns trechos de *Cinquenta tons de cinza*, os dois riram como adolescentes.

— A maior fantasia nesse livro é que ele muda por ela no fim — disse ele.

Claire nunca se considerou especialista em comportamento masculino, mas Paul tinha razão, e não só a respeito dos homens. A personalidade, a essência, das pessoas não mudava. Os valores costumavam permanecer os mesmos. Os comportamentos. A visão em relação ao mundo e suas crenças políticas. Não era preciso muito mais do que ir a uma reunião de alunos antigos de uma faculdade para confirmar a teoria.

Assim, não fazia sentido que o homem que tinha chorado quando o gato deles teve que ser sacrificado, que se recusava a ver filmes de terror, que brincava dizendo que Claire ficaria sozinha se um assassino entrasse na casa deles fosse o mesmo homem que sentia prazer sexual assistindo a atos terríveis e inenarráveis.

Claire olhou para o bloco de anotações. Escreveu: "Mais arquivos?", porque era a ideia obscura que tomava sua mente. O nome do arquivo era uma série de números, e todos os arquivos que ela vira na pasta Trabalho tinham numeração semelhante. Será que Paul tinha baixado mais filmes nojentos? Era assim que ele passava o tempo quando dizia a Claire que ficaria trabalhando até tarde no escritório?

Ela não era uma Poliana em relação a essas coisas. Sabia que os homens assistiam a pornografia. Claire não era contrária ao sexo safado de um programa da TV a cabo. A questão era que a vida sexual deles era bem comum. Eles experimentaram posições diferentes e variações de um mesmo tema, mas após dezoito anos, sabiam o que funcionava e repetiam os mesmos velhos padrões. E provavelmente por isso Claire tinha aceitado a proposta de Adam Quinn na festa de confraternização do ano anterior, na empresa.

Claire amava o marido, mas às vezes queria variedade.

Será que Paul também era assim? Ela nunca nem sequer tinha pensado na possibilidade de não ser suficiente para ele. Paul sempre foi muito meigo com ela. Era quem tomava a iniciativa de segurar a mão dela no carro. Era quem se sentava perto dela nos restaurantes e a abraçava no cinema, e observava quando ela atravessava o salão nas festas. Até mesmo na cama, sempre esperava que ela se satisfizesse primeiro. Raramente pedia sexo oral e nunca agia como um idiota em relação a isso. Quando ela tinha amigas, elas sempre provocavam Claire dizendo que Paul era muito dedicado.

Será que aquilo era só fachada? Em todos os anos aparentemente felizes de casamento, Paul desejou algo mais? E será que ele encontrava esse algo mais naquele filme nojento? Claire escreveu outra pergunta: "É de verdade?"

A produção tinha um toque amador, mas poderia ser proposital. Os computadores eram capazes de criar coisas incríveis. Se conseguiam criar um holograma do Michael Jackson que dançava no palco, poderiam dar a impressão de que uma mulher estava sendo assassinada.

Ela batia a caneta de novo. Claire observou a caneta se mover entre os dedos. A parte de cima do balcão era de bambu, e aquilo se mostrara indestrutível. Ela havia sentido vontade de fazer como a irmã e urinar em cima daquele balcão.

Lydia.

Deus, que tapa inesperado na cara foi ver a irmã após todos aqueles anos. Não contaria à mãe sobre o encontro, principalmente porque Helen já tinha muito com o que se preocupar, considerando o assassinato de Paul e o roubo. Além disso, Claire não deixou de perceber como era irônico o fato de que menos de um ano depois de romperem laços, Lydia se livrou do vício. Entre procurar Julia e pagar advogados e clínicas de reabilitação para Lydia, Sam Carroll quase foi à falência, até, por fim, se matar.

Esse pecado, por si só, poderia ter feito Claire se afastar da irmã, mas então Lydia acusou Paul de tentar estuprá-la, o que foi a gota d'água.

O Paul machucou você?, perguntou Lydia, a menos de dez metros do túmulo dele. *É por isso que está agindo assim?*

Claire sabia o que era o "assim". Era a dúvida. Estava duvidando do marido por causa do que tinha encontrado no computador dele. Sua mente havia feito a conexão entre o fato de Paul assistir à violência e o de praticá-la, o que era tolo de sua parte, já que milhões de jovens gostavam de jogos violentos, mas poucos cometiam assassinatos.

Mas Paul, certa vez, disse que não existiam coincidências.

— A Lei dos Grandes Números diz que, com um tamanho de amostragem grande o suficiente, qualquer coisa absurda pode acontecer.

Claire analisou os três itens de sua lista:

Acidente?

Mais arquivos?

É de verdade?

No momento, só uma das perguntas ousadas podia ser respondida.

Claire subiu a escada sem pensar duas vezes. Digitou a senha para entrar no escritório de Paul. O agente Nolan comentou sobre todos os códigos necessários na casa, mas Paul facilitou as coisas para Claire quando estabeleceu que todas as senhas das portas fossem variações da data do aniversário de casamento deles.

O escritório estava como no dia anterior. Claire se sentou à mesa. Hesitou ao tocar o teclado. Era como ter que escolher entre a pílula azul e a vermelha. Será que ela queria mesmo saber se havia mais arquivos? Paul estava morto. Para que saber?

Ela digitou. Precisava saber.

Claire estava com a mão surpreendentemente firme quando mexeu o mouse na área de trabalho e clicou na pasta Trabalho.

A rodinha colorida de espera girou, mas, em vez de uma lista de arquivos, uma janela branca se abriu.

CONECTAR AO GLADIATOR?

Havia um botão de SIM e outro de NÃO embaixo. Claire se perguntou por que não havia recebido o comando para fazer o login no dia anterior. Lembrava-se vagamente de ter clicado para fechar várias mensagens quando o agente Nolan subiu a escada. Ao que parecia, uma das coisas que ela tinha fechado tinha sido a conexão que levava a esse tal de Gladiator.

Ela apoiou os cotovelos na mesa e encarou as palavras. Era um sinal para que parasse? Paul havia confiado nela — totalmente, considerando os casos que ela teve, porque claro que Adam Quinn não tinha sido o primeiro. Nem o último, para ser sincera; havia um motivo para o bartender Tim estar se separando da esposa.

Ela tentou sentir a culpa aterrorizante do dia anterior, mas o remorso foi encoberto pelas imagens brutais que encontrara no computador do marido.

— Gladiator — disse Claire.

Não sabia por que a palavra parecia familiar. Mexeu o mouse e clicou na opção SIM.

A tela mudou. Uma nova mensagem apareceu: SENHA?

— Porra.

Aquilo ficaria ainda mais difícil? Ela tamborilou o dedo no mouse ao olhar a tela.

Todas as senhas do sistema eram uma combinação mnemônica de datas. Ela digitou VEOPOCP111175, que significava "Você Está Olhando Para O Computador de Paul", seguido pela data do aniversário dele.

Um triângulo preto com um ponto de exclamação no meio mostrou que a senha estava incorreta.

Claire tentou mais algumas variações, usando a data de seu aniversário, a data do casamento, a data em que se conheceram no laboratório de informática, a data em que saíram pela primeira vez — que também era o dia em que tinham feito sexo, porque Claire não dava uma de difícil quando queria alguma coisa.

Nada funcionou.

Ela olhou ao redor, imaginando que podia estar se esquecendo de alguma coisa.

"Você Está Olhando para a Poltrona em que Paul Lê", ela tentou. "Você Está Olhando Para o Sofá Onde Paul Cochila". Nada. "Você Está Olhando para o Computador com o Qual Paul se Masturba."

Claire se recostou na cadeira. Na frente da mesa de Paul, ficava o quadro que ela lhe dera no aniversário de três anos de casamento. Claire havia pintado o quadro olhando para uma foto da casa em que Paul vivera na infância. A mãe de Paul havia tirado a foto no quintal. A mesa de piquenique estava montada com decorações de aniversário. Claire não era boa em pintar rostos, por isso um pequeno borrão representava Paul sentado à mesa. Ele lhe dissera que o fazendeiro que comprou a propriedade dos Scott tinha destruído a casa e todas as estruturas ao redor. Claire não julgava o homem. A casa tinha um toque simples, com uma parede coberta por uma placa de madeira que ia de cima a baixo, e não da esquerda para a direita. O celeiro no quintal parecia a casa de *Horror em Amityville*. A construção lançava uma sombra escura sobre a mesa de piquenique e a casa antiga, e Claire teve que adivinhar as cores. Paul tinha dito que ela havia acertado as cores, apesar de ela ter certeza de que a pequena estrutura perto do poço deveria ser verde, e não preta.

Claire fez mais tentativas, falando em voz alta para inserir as primeiras letras de cada palavra na ordem correta. "Você Está Olhando para o Quadro de Claire", "Você Está Olhando para a Casa Onde Paul Cresceu", "Você Está Olhando para uma Casa Velha que Deveria Ser Verde".

Claire empurrou a bandeja do teclado. Estava mais irritada do que achara. E, ao perceber que estava brava, se deu conta de onde tinha visto a palavra Gladiator.

— Idiota — sussurrou ela.

Na lateral do balcão de Paul havia um logo enorme de metal no qual estava escrito GLADIATOR, a empresa que havia feito a peça. "Você Está Olhando para o Balcão de Paul". Claire inseriu a data de nascimento, então apertou ENTER. O drive conectou. Os arquivos de Trabalho apareceram.

A mão de Claire permaneceu firme no mouse.

Helen disse a ela, muito tempo antes, que saber a verdade nem sempre era bom. Ela estava falando sobre Julia, porque era a única coisa sobre a qual a mãe falava na época. Ela passava semanas na cama, às vezes meses, lamentando o desaparecimento sem explicação da filha mais velha. Lydia havia assumido o papel de mãe por um tempo, e, quando saiu de casa, a avó Ginny foi morar com eles e acabou com a rotina.

Será que Helen desejaria saber onde Julia estava naquele momento? Se Claire entregasse um envelope à mãe, dentro do qual estivesse a história do que havia acontecido com Julia, será que ela o abriria?

Claire abriria, com certeza absoluta.

Ela clicou no segundo arquivo na pasta Trabalho, que, de acordo com a data, Paul havia visto na mesma noite em que assistiu ao primeiro. A mesma mulher do primeiro filme estava acorrentada da mesma maneira à mesma parede. Claire observou detalhes da sala. Definitivamente, estava vendo um porão mais antigo. Não tinha nada a ver com as paredes lisas do porão dos sonhos de Paul. A parede de concreto atrás da mulher parecia úmida e suja. Havia um colchão manchado no chão de cimento batido. O lixo era de restaurantes de *fast-food*. Havia fios velhos e canos galvanizados no teto.

Claire tirou o som do mudo, mas deixou baixo. A mulher estava gemendo. Um homem apareceu em cena. Claire o reconheceu como o mesmo homem do outro filme. A mesma máscara. A mesma calça justa de couro. Ele não estava excitado ainda. Em vez de um facão, ele segurava um bastão de choque para gado. Claire esperou até que ele estivesse prestes a usá-lo, então pausou o filme. Recostou-se na cadeira. O homem estava congelado. Com o braço levantado. A mulher se encolhia. Ela sabia o que viria em seguida.

Claire fechou o filme. Voltou aos arquivos e abriu o terceiro de cima para baixo. A mesma mulher. O mesmo cenário. O mesmo homem. Claire observou as costas nuas dele. Ela não se perguntou por que estava olhando até perceber que não havia várias pintas em seu ombro esquerdo, o que significava que o homem não podia ser Paul.

O alívio foi tão grande que ela teve que fechar os olhos e respirar por alguns minutos.

Depois abriu os olhos. Fechou o filme. Os nomes dos arquivos estavam na sequência, então ela entendeu que havia mais dez vídeos da mulher em várias cenas de tortura antes das imagens da morte. De acordo com as datas, Paul os havia visto um dia antes de morrer. Cada um tinha cerca de cinco minutos, o que significava que ele havia passado quase uma hora assistindo às cenas violentas.

— Não acredito — murmurou Claire.

Ela tinha sorte quando Paul demorava mais do que dez minutos para gozar. Será que ele estava assistindo aos filmes por algum outro motivo, não só por prazer sexual?

Passou para a próxima sequência de arquivos. Só havia cinco. Paul havia assistido ao primeiro dez dias antes, o segundo, nove dias antes, e assim por diante, até a noite anterior à sua morte. Ela abriu o vídeo mais recente. Outra garota. Mais jovem. Os cabelos compridos e escuros cobriam o rosto. Claire se debruçou. A garota estava presa. Virou a cabeça para o lado. Os cabelos escorregaram do rosto e ela arregalou os olhos de medo.

Claire pausou o filme. Não queria ver o homem de novo.

Havia outra pergunta que ela deveria ter colocado na lista: *Isto é legal*?

Claro que tudo dependia de aquilo ser real ou não. Se a polícia prendesse alguém por assistir a farsas de horror, todos os cinemas dos Estados Unidos seriam investigados.

Mas e se os filmes de Paul *fossem* verdadeiros?

Agentes do FBI não apareciam em casos de roubo sem motivo. Quando Julia desapareceu, Helen e Sam fizeram um escarcéu para tentar envolver o FBI nas buscas, mas lhes explicaram que pela lei uma agência estadual tinha que pedir ajuda federal antes de os agentes federais analisarem o caso. Como o delegado acreditou que Julia tinha fugido num acesso de rebeldia, ninguém pediu ajuda de cima.

Claire abriu o navegador e acessou a página do FBI. Clicou na página de perguntas frequentes. Vasculhou entre as perguntas sobre os crimes diversos que a agência investigava até encontrar o que procurava.

Crimes cibernéticos: Na área da segurança nacional, o FBI investiga crimes envolvendo os sistemas bancário e financeiro do país. Exemplos de atos criminosos seriam usar um computador para realizar fraude ou usar a internet para transmitir material obsceno.

Claire não tinha dúvidas de que aqueles filmes eram obscenos. Talvez estivesse certa a respeito do agente Fred Nolan, no dia anterior. O FBI havia rastreado os arquivos baixados no computador de Paul. Claire tinha assistido a um caso no programa *60 Minutes* no qual um poderoso do governo disse que conectar o computador à internet era equivalente a se exibir diretamente à Agência de Segurança Nacional. Eles deveriam saber que Paul tinha assistido aos vídeos. O que significava que sabiam que Claire também os estava vendo.

— Putz!

O Mac havia acessado a internet. Ela puxou os fios presos à parte de trás do computador. Puxou tudo com tanta força que o monitor até virou. Fios finos foram puxados do plug de plástico, interrompendo a conexão à internet. Claire quase desmaiou de alívio. Seu coração batia tão forte que o sentia no pescoço.

Seu agente de liberdade condicional havia deixado claro que a mandaria de volta para a prisão por qualquer coisinha. Será que era ilegal assistir àqueles vídeos? Será que Claire tinha infringido a lei sem perceber?

Ou será que estava sendo idiota e exagerando?

Ela voltou o monitor para a posição certa. Todas as páginas da internet indicavam que ela não estava conectada. Os filmes continuavam congelados na tela. Outra mensagem de erro havia aparecido.

ALERTA! DISCO "GLADIATOR" NÃO FOI EJETADO CORRETAMENTE. ALGUNS ARQUIVOS PODEM TER SIDO PERDIDOS.

Claire olhou para todos os cabos que tinha desconectado. Não era totalmente ignorante no que se referia a computadores. Ela sabia que os arquivos de filmes eram grandes e exigiam muito espaço de armazenamento. Sabia que o símbolo de raio atrás do computador era de uma conexão Thunderbolt, que transferia dados duas vezes mais rápido do que o USB.

Ela também conhecia o marido.

Claire se ajoelhou no chão. Paul havia projetado aquela mesa de modo que todos os cabos ficassem escondidos. Tudo o que era elétrico, desde o computador até a luminária, ficava ligado a um no-break enfiado na mesa. Ela sabia que a caixa preta era o no-break porque Paul o havia etiquetado: NO-BREAK.

Puxou as gavetas e checou dentro e atrás delas.

Não parecia haver HD externo dentro da mesa. O fio de energia do no-break ficava escondido na perna direita dianteira da mesa. O plug aparecia embaixo e se ligava à tomada no chão. Não havia nada com uma etiqueta na qual se lesse GLADIATOR.

Claire empurrou a mesa. Em vez de tudo ir para trás, foi para os lados, como um cachorro animado balançando o traseiro. Havia outro cabo passando por outra perna da mesa. Era branco e fino, como o cabo Thunderbolt que ela havia arrancado de trás do computador. Aquela ponta ainda estava em cima da mesa. A outra ponta desapareceu em um buraco aberto no piso de madeira.

Ela desceu até a garagem. O balcão do Gladiator de Paul tomava uma parede inteira. Havia armários de rodinhas menores com gavetas dos dois lados com um espaço de cerca de três metros no meio. Claire abriu todos os armários. Não havia cabos soltos atrás das gavetas. Ela olhou por baixo do balcão. Claire havia entrado na garagem milhares de vezes, mas nunca tinha notado que a placa em forma de diamante atrás do balcão não era feita do mesmo material que o revestimento da parede. Ela pressionou o metal, e a folha se afundou sob sua mão. Claire se levantou. Graças à raquete de tênis, a impressora 3-D e o cortador a laser de Paul estavam destroçados em cima da superfície de bambu do balcão. Ela os jogou no chão com o braço. Apagou as luzes, inclinou-se sobre o balcão e olhou pela fresta entre o móvel e a parede. Começou do lado esquerdo, o mais distante. Quando chegou ao meio, viu uma luz verde piscando atrás do balcão.

Voltou a acender as luzes. Encontrou uma lanterna em um dos armários. O balcão era pesado demais para ser empurrado e, mesmo que não fosse, era soldado ao chão. Ela voltou a se inclinar sobre o balcão e viu que a luz verde piscante era de um HD externo grande. Nada daquilo era por acaso. Claire não conseguia pensar em nenhuma desculpa boa. Aquela estrutura tinha sido feita na casa oito anos antes, no momento da construção. Paul não havia apenas assistido àqueles filmes. Ele os tinha reunido. E feito grandes esforços para que ninguém os descobrisse.

Seus olhos ficaram marejados. Os filmes eram de verdade? Será que ela tinha provas da tortura e da morte de, talvez, dezenas de mulheres?

No dia anterior, Fred Nolan perguntou a Claire a respeito do comportamento de Paul antes de sua morte. Pela primeira vez desde o ocorrido, Claire se permitiu pensar em como foi seu próprio comportamento. Ficou chocada quando Paul a levou para a viela. Excitada quando ele deixou claro o que queria. Animada quando ele foi direto ao ponto, porque era sensual e totalmente inesperado.

E depois?

Claire sabia que tinha ficado aterrorizada ao perceber que eles estavam sendo roubados. Sentira medo antes daquilo. Quando Paul a virou e a pressionou contra a parede, ela não havia sentido um pouco de medo? Ou estaria revivendo a lembrança por causa da maneira com que ele havia separado suas pernas e prendido seus braços à parede, um modo estranhamente parecido à posição em que as jovens ficavam nos filmes?

Coitadas. Se os filmes fossem verdadeiros, então Claire devia aos familiares das garotas fazer tudo o que pudesse para que soubessem o que tinha acontecido com elas. Ou o que poderia acontecer, porque havia a pequena possibilidade de a jovem do segundo filme ainda estar viva. Claire se movimentou depressa, porque sabia que se parasse para pensar, faria a coisa errada.

Paul sempre comprava equipamentos duplicados para os computadores. Havia outro HD de vinte terabytes no porão. Claire tirou a caixa pesada da estante e subiu com ela ao escritório dele. Seguiu as instruções para ligar o drive usando o computador e conectou o cabo do Gladiator. Destacou todos os arquivos e os arrastou ao novo drive.

DESEJA COPIAR GLADIATOR PARA O LACIE 5BIG?

Claire clicou em SIM.

A bolinha colorida começou a girar enquanto o computador calculava o tempo que demoraria para transferir todos os arquivos. Cinquenta e quatro minutos.

Ela se sentou à mesa de Paul e observou a barra de progresso na tela.

Claire olhou o quadro de aniversário de novo. Pensou em Paul criança. Já tinha visto fotos — o sorriso de dentes grandes; as orelhas de abano na cabeça enorme de quando ele tinha seis ou sete anos; o modo com que tudo se harmonizou quando ele entrou na puberdade. Ele não era lindo, mas ficou bonito quando ela o convenceu a usar lentes de contato e a comprar ternos elegantes. E era engraçado. Charmoso. Era tão esperto a ponto de levá-la a acreditar que ele tinha resposta para tudo.

Se ao menos ele estivesse ali para responder às perguntas que ela tinha sobre aquilo tudo.

A visão de Claire ficou borrada. Estava chorando de novo. Continuou chorando até surgir a mensagem dizendo que todos os arquivos tinham sido copiados com sucesso.

Um armário derrubado estava bloqueando sua BMW. Ela dirigiu o Tesla de Paul porque estava escurecendo e os faróis do Porsche tinham sido quebrados.

Claire não se perguntou o que estava fazendo até estacionar na frente da delegacia de Dunwoody. O HD estava preso com o cinto de segurança no banco do passageiro. A caixa branca de alumínio pesava pelo menos dez quilos. O air bag do passageiro havia se desligado porque os sensores detectaram erroneamente a presença de uma criança pequena no banco.

Claire olhou para a delegacia, que lembrava uma loja de artigos de escritório dos anos 1950. Ela provavelmente deveria entregar aquilo a Fred Nolan, mas no dia anterior, Nolan tinha sido um idiota, e Mayhew basicamente o mandara calar a boca, então ela o entregaria ao capitão Mayhew.

Ela acreditava que ele levaria aquilo a sério? Diferentemente do que tinha acontecido com Fred Nolan, Claire não havia captado muito bem a energia do capitão Mayhew, só pensou que ele parecia um policial da região central do país. Seu bigode a havia desanimado porque o delegado Carl Huckabee, o Huckleberry original, usava um bigode com jeitão impotente, que mantinha bem aparado em linha reta, sem permitir que ele seguisse a curva natural do lábio superior.

Claire tinha treze anos quando o viu pela primeira vez. Ainda se lembrava de ter olhado para os pelos estranhos acima do lábio dele e pensado que poderiam ser falsos.

Isso não importava nem um pouco em sua situação atual, porque pelos faciais não eram um indicador universal de incompetência.

Ela olhou para o HD no banco ao lado.

Pílula vermelha/pílula azul.

Mayhew não era a preocupação ali. Era Claire. Era a reputação de Paul.

Não existia mais privacidade. Aquilo se tornaria público. As pessoas saberiam o que seu marido fazia. Talvez já soubessem.

E talvez os filmes fossem reais, o que significava que a segunda garota ainda poderia estar viva.

Claire se forçou a sair do carro. O HD pareceu mais pesado do que antes. Anoitecia depressa. Os trovões ressoavam ao longe. As luzes se acenderam quando Claire atravessou o estacionamento. O vestido que ela usara no velório tinha secado, mas estava duro e amassado. Sentia dor na mandíbula por contraí-la. Na última vez que esteve na delegacia de Dunwoody, usava um vestido de tenista e foi levada pelos fundos. Dessa vez, ela se viu numa recepção extremamente estreita com um vidro grande à prova de balas separando os visitantes da área do escritório. O recepcionista era um homem avantajado de uniforme que não olhou para a frente quando Claire entrou.

Ela colocou o HD em uma cadeira vazia. Estava na frente da janela.

O oficial corpulento desviou o olhar do computador.

— Quem você veio ver?

— O capitão Mayhew.

O nome o fez franzir o cenho na hora.

— Ele está ocupado, senhora.

Claire não esperava por aquilo.

— Preciso deixar isto para ele.

Ela apontou o HD, se perguntando se ele parecia uma bomba. A sensação, com certeza, era a de que ela carregava uma.

— Talvez eu possa deixar um bilhete explicando...

— Lee, tudo bem.

O capitão Mayhew estava de pé atrás do vidro. Ele acenou para Claire se dirigir a uma porta lateral. Ouviu-se um zunido, e a porta se abriu. Em vez de ver só Mayhew, ela encontrou Mayhew e Adam Quinn.

— Claire. — Adam parecia tenso. — Não recebi aquele e-mail.

— Desculpe. — Claire não fazia ideia do que ele estava falando. — Qual e-mail?

— O arquivo com o trabalho que estava sendo feito, do laptop de Paul.

O laptop de Paul. Só Deus sabia o que ele tinha no MacBook.

— Eu não...

— Mande-o para mim.

Adam passou por ela e saiu pela porta.

Ela ficou olhando muito tempo depois de ele se afastar. Não entendeu por que ele parecia tão irritado.

Mayhew disse a Claire:

— O cara não gosta de ficar na delegacia.

Claire controlou a primeira resposta que lhe ocorreu: *Quem gosta, porra*?

— Estamos conversando com todo mundo que tem a chave de sua casa — explicou ele.

Claire havia se esquecido de que Adam estava na lista. Ele e a esposa, Sheila, moravam a cinco ruas dali. Ele cuidava da casa quando Claire e Paul viajavam para outro país.

— O que posso fazer para ajudar, sra. Scott? — perguntou Mayhew.

— Preciso mostrar uma coisa.

Ela começou a levantar o HD.

— Pode deixar, eu pego.

Obviamente, ele não esperava que a caixa fosse tão pesada e quase a deixou cair.

— Nossa! O que é isto?

— É um HD.

Claire percebeu que estava se irritando.

— Era do meu marido. Ou melhor, o meu marido...

— Vamos à minha sala.

Claire tentou se recompor enquanto o seguia por um corredor comprido com portas fechadas dos dois lados. Reconheceu a área aberta em que os presos eram registrados. Depois de mais um corredor comprido, eles chegaram a um espaço amplo. Não havia repartições, só cinco mesas com cinco homens curvados diante de computadores. Havia dois quadros brancos na frente da sala. Todos estavam cheios de fotografias e anotações que estavam longe demais para serem lidas.

Mayhew parou na frente da porta.

— Por gentileza.

Claire se sentou. Mayhew colocou o drive na mesa e se sentou. Ela olhou para ele. Mais exatamente, ficou olhando para o bigode dele para não ter que olhá-lo nos olhos.

— Você quer alguma coisa para beber? — perguntou ele. — Água? Coca?

— Não, obrigada. — Claire não podia mais adiar aquilo. — Há filmes nesse drive de mulheres sendo torturadas e mortas.

Mayhew parou por um momento. Lentamente, ele voltou a se sentar na cadeira. Apoiou os cotovelos e uniu as mãos na barriga.

— Certo.

— Eu os encontrei no computador do meu marido. Bem, ligados ao computador do meu marido. Um HD externo que encontrei...

Ela parou para respirar. Ele não precisava saber do esforço de Paul para esconder os filmes. Só precisava saber que estavam ali. Claire apontou o HD.

— Aqui tem filmes, que meu marido viu, de duas mulheres diferentes sendo torturadas e assassinadas.

As palavras pairaram entre eles. Claire percebeu que pareciam tenebrosas.

— Sinto muito — acrescentou. — Eu os encontrei há pouco. Ainda estou...

Ela não sabia o que ainda estava. Abalada? Pesarosa? Furiosa? Aterrorizada? Sozinha?

— Só um segundo.

Mayhew pegou o telefone e digitou um ramal.

— Harve, preciso que você venha aqui.

Antes que Claire abrisse a boca de novo, outro homem entrou na sala. Era uma versão mais baixa e mais larga de Mayhew, mas com o mesmo bigode desgrenhado.

— Detetive Harvey Falke, esta é a sra. Claire Scott — anunciou Mayhew.

Harvey assentiu para Claire.

— Conecte isto para mim, por favor? — pediu Mayhew.

Harvey olhou na parte de trás do drive, então olhou na parte de trás do computador de Mayhew. Abriu uma das gavetas da mesa. Havia ali um emaranhado de cabos. Ele pegou aquele de que precisava.

Mayhew perguntou a Claire:

— Tem certeza de que não quer um pouco de água? Café?

Claire balançou a cabeça, negando. Estava com medo de que ele não a estivesse levando a sério. Talvez temia que estivesse. Eles estavam num beco sem saída. Não havia como voltar.

Harvey fez as conexões depressa. Debruçou-se por cima de Mayhew e começou a digitar no teclado.

Claire olhava ao redor. Na mesa havia retratos de Mayhew apertando a mão de oficiais da cidade. Havia também um troféu enorme da polícia. Números de diversas maratonas. Ela olhou a placa na mesa dele. Seu primeiro nome era Jacob. Capitão Jacob Mayhew.

Harvey disse:

— Pronto.

— Obrigado.

Mayhew virou o teclado quando Harvey saiu da sala. Ele endireitou o mouse e clicou em um dos arquivos.

— Vamos ver o que temos aqui.

Claire sabia o que havia. Desviou o olhar enquanto ele abria vários filmes e assistia. O som no computador estava desligado. Ela só ouvia a respiração estável do policial. Acreditava que ninguém chegava ao cargo de capitão se surpreendendo com o que a humanidade podia fazer.

Vários minutos se passaram. Por fim, Mayhew soltou o mouse. Ele se recostou na cadeira de novo. Levou a mão ao bigode.

— Bem, gostaria de poder dizer que nunca vi nada assim antes. Mas já vi muito pior, para ser sincero.

— Não acredito...

Claire não conseguia articular as coisas em que não acreditava.

— Olhe, senhora, sei que é chocante. Acredite. Na primeira vez que vi esse tipo de coisa, passei semanas sem dormir direito, apesar de saber que era falso.

Claire sentiu o coração acelerar.

— É falso?

— Bem, sim. — Ele parou no meio de uma risada. — Chama-se *snuff porn*. Não é real.

— Tem certeza?

Ele virou o monitor para que ela visse. Um dos filmes estava congelado na tela.

Ele apontou.

— Está vendo esta sombra aqui? É a ligação para o *squib*. Sabe o que é *squib*?

Claire negou com a cabeça.

— É uma coisa de Hollywood, como uma bexiga de plástico cheia de sangue falso. Eles a escondem embaixo das roupas ou a prendem nas costas da pessoa. O vilão vem e supostamente atira em você, ou, nesse caso, ataca com o facão, e outro cara fora da câmera aperta um botão e o saco explode, e o sangue sai.

Ele passou o dedo por uma sombra na lateral do corpo da mulher.

— A linha escura aqui é o fio que liga ao *squib*. Existem alguns com controle remoto, então acho que esse foi barato, mas...

— Não entendo.

— É falso. E não é nem um falso decente.

— Mas a menina...

— Sim, sei o que está pensando. Ela se parece com Anna Kilpatrick.

Claire não estava pensando nisso, mas, uma vez que ele tinha dito, a semelhança era inegável.

— Olhe — disse Mayhew. — Sei sobre seu passado. Sua irmã.

Claire sentiu um calor percorrer o corpo.

— Se eu tivesse uma irmã que tivesse desaparecido de repente, eu provavelmente tiraria as mesmas conclusões.

— Não é o que eu...

Claire parou. Precisava parecer calma.

— Isso não tem nada a ver com minha irmã.

— Você olha para essa garota do filme e pensa: cabelos castanhos, olhos castanhos, jovem e bonita. É Anna Kilpatrick.

Claire olhou a imagem congelada na tela. Como não havia notado antes? Sempre que dizia o nome da garota, a semelhança se tornava mais óbvia.

— Sra. Scott, serei sincero porque sinto muito. — Ele pousou a mão na mesa. — Sinto muito pela senhora.

Claire assentiu para que ele continuasse.

— Isso tem que ficar entre nós, sim? Não pode contar a mais ninguém. — Ela assentiu de novo. — Anna Kilpatrick. — Ele balançou a cabeça devagar. — Encontraram sangue no carro dela. Muito sangue. Sabe o que quero dizer? A quantidade de sangue que deveria estar no corpo de uma pessoa para que ela permanecesse viva.

— Ela morreu?

Claire sentiu um peso no peito. Percebeu que em algum lugar, de alguma forma, ela mantinha a esperança de que a garota estivesse viva.

— Sra. Scott, sinto muito por sua perda. E sinto muito que tenha visto esse lado de seu marido. Homens são porcos, entende? Ouça um porco que sabe o que está dizendo. — Ele tentou sorrir. — Os homens são capazes de ver umas coisas bem pesadas, mas isso não quer dizer que gostam ou que queiram fazer isso. Esse tipo de coisa está espalhada pela internet. E, se não houver crianças envolvidas, é legal. E é nojento. Mas é meio que para isso que a internet serve, certo?

— Mas...

Claire se esforçou para encontrar as palavras. Quanto mais pensava naquilo, mais a garota se parecia com Anna Kilpatrick.

— Não acha que é uma coincidência esquisita?

— Não existe isso — disse Mayhew. — Existe algo chamado Lei dos Grandes Números. Pegue uma amostra bem grande, e coisas esquisitas podem acontecer.

Claire percebeu que havia arregalado os olhos, entreaberto os lábios, chocada.

— O que foi?

Ela se esforçou para retomar uma expressão normal. Era como se ele estivesse repetindo o que Paul dizia, o que a fez se perguntar se ele tinha conhecido Paul.

— Sra. Scott?

— Desculpe.

Claire se forçou a manter a voz calma.

— É só que... o modo como disse isso. Eu não tinha pensado nisso assim, mas agora que ouvi faz sentido. — Ela precisou pigarrear para continuar. — Onde ouviu esse termo, Lei dos Grandes Números?

Ele sorriu de novo.

— Não sei. Provavelmente num biscoito da sorte.

Ela tentou se acalmar. Tinha a completa sensação de que havia alguma coisa errada. Será que Mayhew estava mentindo? Ou será que tentava protegê-la de algo mais perigoso?

— Pode me dizer por que o agente Nolan estava na minha casa ontem? — perguntou ela.

Mayhew bufou.

— Para ser sincero de novo, não faço a menor ideia. Esses caras do FBI são como moscas ao redor dos nossos casos. Assim que parece que temos algo bom, eles pegam para ficar com o crédito.

— Podem tirar um caso de vocês? Não precisam ser solicitados?

— Não. Eles simplesmente entram e assumem.

Ele desconectou o HD.

— Obrigado por trazer isto. Claro que pedirei para meus funcionários analisarem, mas, como eu disse, já vi esse tipo de coisa antes.

Claire percebeu que ele a estava dispensando. Ficou de pé.

— Obrigada.

Mayhew também se levantou.

— O melhor que pode fazer é esquecer tudo isso, está bem? Seu marido era um bom homem. Vocês tinham um casamento sólido. Quase vinte anos e ainda se amavam. É algo valioso.

Claire assentiu. Sentia-se mal de novo.

Mayhew pousou a mão no HD.

— Parece que a senhora pegou isto diretamente do computador dele.

— Desculpe?

— O drive. Estava conectado diretamente no computador dele, certo?

Claire não hesitou.

— Estava.

— Ótimo. — Mayhew apoiou a mão nas costas dela e a levou para fora da sala. — Não queremos que cópias se espalhem. Como um backup. Ou outro computador.

— Conferi. Só estava no HD.

— E o laptop dele? Quinn não disse algo sobre o laptop dele?

— Já chequei. — Ela não fazia ideia de onde o equipamento estava. — Não tem mais nada.

— Certo.

Ele levou a mão à cintura dela ao guiá-la em direção ao último corredor.

— Avise se mais alguma coisa aparecer. Ligue para mim e eu vou pessoalmente até sua casa e pego o que for.

Claire assentiu.

— Obrigada pela ajuda.

— Não por isso.

Ele a conduziu pela pequena recepção e abriu a porta de vidro.

Claire se segurou no corrimão ao descer a escada. A luz acima dela iluminou a chuva quando ela atravessou o estacionamento. Durante todo o tempo, sentiu que Mayhew a observava. Só se virou quando chegou ao Tesla.

Não havia ninguém na porta. Mayhew havia saído de lá.

Será que estava sendo paranoica? Claire não tinha mais certeza de nada.

Abriu a porta do carro. Estava prestes a entrar quando viu o bilhete no para-brisa.

Ela reconheceu a caligrafia de Adam Quinn.

Preciso muito daqueles arquivos. Por favor, não me obrigue a conseguir pelo jeito difícil. AQ.

CAPÍTULO 6

Lydia se deitou no sofá com a cabeça no colo de Rick. Dois cachorros estavam deitados no chão à frente, um gato estava enrolado ao lado e o hamster corria uma maratona na rodinha, ou o periquito no quarto de Dee raspava o bico na lateral da gaiola. Os peixes do tanque de duzentos litros estavam calmos, silenciosos.

Rick passou os dedos pelos cabelos dela, distraído. Estavam assistindo ao noticiário das dez horas porque os dois eram patéticos demais para ficarem de pé até as onze. A polícia havia liberado um retrato falado de um homem visto perto do carro abandonado de Anna Kilpatrick. O desenho era quase vago, risível. O cara era alto ou de estatura mediana. Os olhos eram azuis ou verdes. Os cabelos eram pretos ou castanhos. Não havia tatuagens nem marcas que o identificassem. Sua mãe provavelmente não o reconheceria.

O jornal passou para uma entrevista com o deputado Johnny Jackson. A família Kilpatrick era do distrito dele, então, pela lei, tinha que aproveitar ao máximo a tragédia para questões políticas. Ele falou sobre a lei e sobre a ordem por alguns segundos, mas, quando o repórter tentou especular sobre o bem-estar da garota, o homem se calou. Quem já tinha lido um suspense sabia que a possibilidade de encontrar a garota perdida diminuía a cada hora.

Lydia fechou os olhos para não ver as imagens da família Kilpatrick. A expressão deles tinha se tornado dolorosamente familiar. Ela percebeu que eles começavam, aos poucos, a aceitar que a garota não voltaria. Logo, um ano se passaria, depois mais outro, e a família viveria o aniversário de dez anos e então de duas décadas e mais.

Crianças nasceriam. Netos. Casamentos seriam feitos e desfeitos. E, atrás de cada evento, aparecia a sombra da garota de dezesseis anos, desaparecida.

De vez em quando, um alerta do Google no computador de Lydia encontrava uma matéria que mencionava o nome de Julia. Normalmente, era porque um corpo foi encontrado na área de Athens e o repórter vasculhou o arquivo em busca de casos abertos que ainda pudessem ser relevantes. Claro, o corpo nunca foi identificado como sendo de Julia Carroll. Nem de Abigail Ellis. Nem de Samantha Findlay. Nem de nenhuma das dezenas de mulheres que tinham desaparecido desde então. Havia um número tristemente enorme de ocorrências de "garota desaparecida + Universidade de Geórgia." Se "estupro" fosse acrescentado, os resultados chegavam aos milhões.

Será que Claire havia realizado as mesmas buscas? Será que sentia o mesmo tipo de náusea quando um alerta aparecia dizendo que um corpo tinha sido encontrado?

Lydia nunca pesquisava na internet informações sobre sua irmã mais nova. Se Claire tinha uma página no Facebook ou uma conta no Instagram, ela não queria ver. Tudo o que se relacionava a Claire também estava ligado a Paul. A associação era dolorosa demais para que ela recorresse ao computador. E, para ser sincera, a angústia de perder Claire era quase maior do que a de perder Julia. Independentemente do que havia acontecido com a irmã mais velha, tinha sido uma tragédia. O conflito com Claire foi uma escolha.

De Claire.

E de Helen também. Na última vez que Lydia conversou com a mãe, Helen disse:

— Não me faça escolher entre você e sua irmã.

E Lydia respondeu:

— Acho que você já escolheu.

Apesar de Lydia não ter conversado com a mãe desde então, ainda procurava notícias dela. Da última vez que checou os registros de impostos do condado de Athens-Clarke, Helen ainda morava na mesma casa na Boulevard, a oeste do *campus*. O *Banner-Herald* apresentou uma boa matéria quando Helen se aposentou da biblioteca após quarenta anos de carreira. Seus colegas tinham dito que a gramática deles nunca mais seria a mesma. O obituário do segundo marido de Helen mencionava que ela tinha três filhas, o que Lydia achou bacana até perceber que outra pessoa deveria ter escrito. Dee não era mencionada porque não sabiam que ela existia. Lydia provavelmente nunca remediaria a situação. Nunca suportaria a humilhação de ver a filha conhecer pessoas que tinham tão pouca consideração por ela.

Lydia se perguntava se a família tentava encontrá-la on-line. Duvidava de que Helen usasse o Google. Sempre foi certinha. Helen tinha muitos lados diferentes, os quais Lydia conhecera. A mãe jovem e divertida que organizava bailes e festas do pijama. A bibliotecária muito temida e organizada que humilhava os funcionários quando tentavam banir *Go Ask Alice* da biblioteca. A mulher arrasada e paralisada que bebia para dormir no meio do dia depois que a filha mais velha sumiu. Helen avisou: "Não me faça escolher", mas estava claro que ela já tinha escolhido.

Será que Lydia podia julgá-la por não acreditar no que ela disse sobre Paul? O que Claire disse no cemitério era a verdade. Lydia havia roubado a família. Mentido. Enganado. Explorado os sentimentos deles. Havia se aproveitado do medo que sentiam de perder outro filho e basicamente extorquia dinheiro para comprar drogas. Mas era essa a questão. Lydia era viciada. Todos os seus crimes foram cometidos para se drogar. E isso trazia à tona a pergunta que Helen e Claire, ao que parecia, nunca se deram ao trabalho de fazer: o que Lydia ganharia mentindo a respeito de Paul?

Eles nem sequer permitiram que ela contasse sua parte da história. Separadamente, ela tentou revelar a cada um deles sobre a carona no Miata de Paul, da música no rádio, do modo com que Paul tocou seu joelho, o que aconteceu depois, e todos tiveram a mesma reação: não quero ouvir.

— Hora de acordar.

Rick tirou o som da TV quando um comercial começou. Ele colocou os óculos e perguntou:

— Como é conhecido uma determinada semente com casca?

Lydia se deitou de costas com cuidados para não atrapalhar o gato.

— Amendoim.

— Certo.

Ele embaralhou as cartas do jogo. Eles estavam estudando para a Noite do Desafio de Pais e Mestres. Lydia tinha feito quase dois anos de faculdade. Rick, três. Eles sentiam um prazer perverso em derrotar os médicos e advogados da Westerly Chosen.

Rick perguntou:

— Quem está enterrado em um cemitério argentino com o nome de Mari Maggi?

— Eva Perón. Pergunte algo mais difícil.

Rick embaralhou as cartas de novo.

— Onde fica a montanha mais alta do mundo?

Lydia colocou as mãos sobre os olhos para se concentrar.

— Você disse a mais alta, e não a de mais alta elevação, então não pode ser o Everest.

Enquanto pensava, ela emitiu alguns ruídos que fizeram os cachorros se mexerem. O gato começou a apertar a barriga dela com a pata. Ela ouvia o relógio tiquetaqueando na cozinha.

— Pense num ukulele — disse Rick, por fim.

Ela espiou entre os dedos.

— Havaí?

— Mauna Kea.

— Você sabia a resposta?

— Vou dizer "sim" porque você não tem como saber.

Ela estendeu o braço e fingiu dar um tapa no rosto dele.

Ele mordeu a mão dela.

— Conte-me como é sua irmã.

Lydia já tinha contado que havia sido surpreendida por Claire no cemitério naquela tarde, mas não a parte em que se agachou no túmulo de Paul.

— Ela está exatamente como pensei.

— Você não pode simplesmente dizer que ela virou uma Mãe e pronto.

— Por que não?

As palavras saíram mais fortes do que Lydia pretendia. O gato percebeu a tensão e foi para o braço do sofá.

— Ela continua magra e bonita. Claro que malha o tempo todo. Sua roupa custa mais do que meu primeiro carro. Aposto que ela deixa o número da manicure na discagem rápida.

Rick olhou para ela.

— Só tem isso a dizer? Ela vai para a academia e usa roupas de marca?

— Claro que não — disse Lydia, porque Claire ainda era sua irmã. — Ela é complicada. As pessoas olham para ela e veem como ela é bonita, mas não percebem que, por trás da aparência, ela é inteligente, engraçada e...

Ela parou de falar.

Será que Claire ainda era inteligente e engraçada? Depois que Julia desapareceu e Helen saiu de cena, Lydia assumiu as responsabilidades de mãe. Era quem garantia que Claire chegaria a tempo na escola, que dava o dinheiro para o almoço e as roupas limpas. Era com ela que Claire sempre se abria. Elas foram melhores amigas até Paul forçar a separação.

Lydia disse a Rick:

— Ela é discreta. Odeia confrontos. Dá a volta no mundo para evitar uma discussão.

— Então ela é adotada?

Lydia deu um tapa no braço dele.

— Pode acreditar, ela era muito malandra. Podia dar a impressão de estar concordando com tudo, mas logo depois ela saía correndo e fazia o que bem entendia. — Lydia esperou outro comentário, mas Rick controlou a língua. Ela disse: — Antes da briga, cheguei a pensar que era a única pessoa no mundo que a compreendia de verdade.

— E hoje?

Lydia tentou lembrar exatamente o que Claire tinha dito a ela no cemitério.

— Ela disse que não sei nada sobre ela. E tem razão. Não conheço a Claire do Paul.

— Você acha que ela mudou tanto assim?

— Sei lá — disse Lydia. — Ela tinha treze anos quando Julia desapareceu. Todos lidamos com isso de um jeito próprio. Você sabe o que eu fiz e o que aconteceu com meu pai e com minha mãe. A reação de Claire foi se tornar invisível. Ela só concordava com todo mundo... pelo menos aparentemente. Nunca causou nenhum problema. Tirava notas boas. Foi cocapitã das líderes de torcida. Ela se dava bem com todas as garotas populares.

— Isso não me parece ser invisível.

— Então, não estou explicando direito. — Lydia procurou uma maneira melhor de falar. — Ela estava sempre se controlando. Era a cocapitã, não a capitã. Poderia ter namorado o astro do time, mas namorou o irmão dele. Poderia ter sido a melhor da sala, mas propositalmente entregava um trabalho atrasado ou deixava de fazer uma tarefa para ficar mais perto dos medianos. Ela saberia responder Mauna Kea, mas diria Everest porque ganhar chamaria atenção demais.

— Por quê?

— Não sei — respondeu Lydia, não porque não sabia, mas porque não sabia como explicar de modo a fazer sentido. Ninguém entendia por que alguém desejaria ficar em segundo lugar. Era antiamericano. — Ela só queria paz, acho. Ser adolescente é difícil. Julia e eu tivemos dois pais ótimos. Claire só enfrentou turbilhões.

— Então, o que ela viu em Paul? — perguntou Rick. — Ele não era um cara mediano. Pelo menos no obituário, ele aparece como um homem de muito sucesso.

Lydia tinha visto a foto no obituário de Paul. Claire havia conseguido dar pérolas ao porco.

— Ele não era assim quando a conheceu. Era um universitário cheio de si. Usava óculos fundo de garrafa e meias pretas com sandálias. Ria pelo nariz. Era muito, muito inteligente, talvez até um gênio, mas talvez fosse nota cinco, e Claire sempre foi dez.

Lydia se lembrava da primeira vez que viu Paul Scott. Não lhe saía da mente a ideia de que Claire poderia arranjar coisa muito melhor. Mas a verdade é que Claire nunca quis coisa melhor.

— Ela sempre paquerava os caras bonitos, populares, mas levava os nerds para casa, e eles praticamente morriam de gratidão — contou Lydia. — Acho que assim ela se sentia segura.

— Qual é o problema de se sentir segura?

— O problema é que o modo como Paul lhe dava segurança era afastando Claire de todo mundo. Ele era o salvador dela. Fazia com que ela pensasse que tudo de que precisava era ele. Ela parou de falar com os amigos. Parou de me ligar tanto. Não ia mais visitar nossos pais. Paul a isolou.

— Parece um relacionamento abusivo clássico.

— Até onde sei, ele nunca bateu nela nem gritou com ela. Só a *controlava*.

— Como quem controla um pássaro em uma gaiola, mas o mantém bem-cuidado?

— Mais ou menos — respondeu ela, porque era mais do que isso. — Ele era obcecado por ela. Ele a olhava pela janela quando ela estava em aula. Deixava bilhetes no carro dela. Claire chegava em casa e encontrava uma rosa na porta.

— Isso não é romântico?

— Não se a pessoa faz isso todo dia.

Rick não soube o que responder.

— Quando estavam na rua, ele sempre a tocava... Mexia nos cabelos, segurava a mão, beijava o rosto. Não era carinhoso. Era assustador.

— Bem... — disse Rick, com um tom diplomático — ... talvez ela gostasse de receber atenção. Sei lá, ela se casou com ele e permaneceu casada por quase vinte anos.

— Acho que ela cedeu, isso, sim.

— A quê?

— Ao tipo de cara errado.

— Que seria...?

— Alguém por quem ela nunca foi louca ou por quem nunca perdeu o sono nem se preocupou em ser traída. Ele era seguro porque ela nunca se entregaria totalmente a ele.

— Não sei, amor. Vinte anos é bastante tempo para aguentar alguém de quem não se gosta.

Lydia pensou em como Claire estava arrasada no cemitério. Certamente parecia estar sofrendo. Mas Claire sempre foi muito boa em se comportar exatamente como as pessoas esperavam que se comportasse — não por ser duas caras, mas para se preservar.

Ela disse:

— Quando eu era magra e bonita, caras como Paul estavam sempre por perto. Eu tirava sarro deles. Eu os provocava. Eu os usava e deixava que me usassem porque estar ao meu lado significa que eles não eram fracassados.

— Caramba, amor. Que pesado — comentou Rick.

— É a verdade. Sinto muito em ser sincera, mas as meninas não gostam de capachos. Principalmente as bonitas, porque não existe novidade. Os caras dão em cima delas o tempo todo. Não podem andar na rua nem comprar café ou ficar paradas num canto sem que um idiota venha fazer um comentário sobre a beleza delas. E as mulheres sorriem porque é mais fácil do que mandar os caras se ferrarem. E menos perigoso, porque quando um homem rejeita uma mulher, ela vai para casa e chora por alguns dias. Se uma mulher rejeita um homem, ele pode estuprá-la e matá-la.

— Espero que não esteja dando a Dee esse conselho incrível.

— Ela vai aprender sozinha dentro de pouco tempo.

Lydia ainda lembrava como as coisas eram quando ela cantava na banda. Os homens brigavam pelo privilégio de cortejá-la. Ela nunca tinha que abrir uma porta. Nunca tinha que comprar bebidas nem nada. Dizia querer alguma coisa e o que queria era colocado a sua frente antes que terminasse a frase.

— O mundo para quando uma mulher bonita quer passar — disse a Rick. — É por isso que as mulheres gastam bilhões com produtos para o rosto. Durante toda a vida, elas são o centro das atenções. As pessoas querem ficar perto delas só porque são atraentes. As piadas delas são mais engraçadas. A vida delas é melhor. E então, de repente, elas ganham bolsas embaixo dos olhos ou engordam um pouco e ninguém mais liga para elas. Deixam de existir.

— Você está colocando todas as pessoas no mesmo saco.

— No ensino médio, você viu algum cara sendo enfiado no armário? Ou já viu alguém arrancar uma bandeja da mão dele?

Rick não respondeu porque deveria ter sido o cara que aterrorizava o coitado.

— Imagine se esse cara namorasse a rainha do baile. Foi assim quando Paul começou a namorar Claire. Dava para ver o que ele estava ganhando, mas e ela?

Rick olhou para a televisão sem som enquanto pensava.

— Acho que entendo o que quer dizer, mas as pessoas são mais do que a aparência.

— Mas você só conhece uma pessoa porque gosta do que vê.

Ele sorriu para ela.

— Gosto do que vejo.

Lydia ficou pensando no queixo duplo ou triplo com o qual podia ser vista, já que estava deitada de barriga para cima, e se suas raízes brancas apareciam sob a luz da televisão.

— O que você vê?

— A mulher com quem quero ficar o resto da vida.

Rick colocou a mão na barriga dela.

— Sabe esta barriga da qual você sempre reclama? Foi onde a Dee passou os primeiros nove meses da vida dela. — Ele pressionou a mão no peito dela. — Este coração é o mais gentil e delicado que já vi. — Deixou os dedos subirem em direção ao pescoço. — E aqui é onde sua voz linda é feita. — Ele diminuiu a pressão ao tocar os lábios. — Estes são os lábios mais macios que já beijei. — Tocou os cílios. — Estes olhos veem além das besteiras que faço. — Ele afastou os cabelos. — Esta cabeça vive cheia de ideias que me surpreendem e me fazem feliz.

Lydia levou a mão dele de volta a seus seios.

— E isto?

— Me dão horas de prazer.

— Me beije antes que eu diga algo idiota.

Ele se inclinou e beijou os lábios dela. Ela apoiou a mão na nuca dele. Dee estava passando a noite na casa de Bella. O dia seguinte era domingo. Eles poderiam dormir até mais tarde. Talvez pudessem fazer duas rodadas. O telefone celular dela tocou no outro cômodo.

Rick sabia que não deveria pedir para que ela ignorasse o telefone quando Dee não estava em casa.

— Continue sem mim — disse ela. — Volto daqui a pouco.

Lydia passou pelos cães e por um monte de roupa suja ao seguir para a cozinha. Sua bolsa estava numa cadeira. Ela a vasculhou por vários segundos até encontrar o telefone no balcão. Havia uma nova mensagem de texto.

— Ela está bem?

Rick estava de pé na porta.

— Ela deve ter esquecido o livro de matemática de novo.

Lydia escorregou o polegar pela tela. Havia uma mensagem de texto de um número restrito. A mensagem indicava um endereço desconhecido em Dunwoody.

— O que foi? — perguntou Rick.

Lydia olhou o endereço, tentando entender se a mensagem tinha sido enviada por engano. Ela cuidava de um pequeno negócio. Não podia deixar o telefone desligado. A secretária eletrônica no trabalho informava seu celular. O número da loja estava na lateral da van com uma foto enorme de um labrador amarelo que a lembrava do cachorro que seu pai havia resgatado depois do desaparecimento de Julia.

— Liddie? — perguntou Rick. — Quem é?

— É a Claire — disse Lydia, porque sentia que era ela, com toda a sua alma. — Minha irmã precisa de mim.

CAPÍTULO 7

Claire se sentou em seu escritório porque não suportava ficar no de Paul. Sua mesa era uma antiga Chippendale de secretária que ela tinha pintado de amarelo-ovo. As paredes eram cinza-claro. O tapete tinha estampa de rosas amarelas. A poltrona estofada e o sofá eram de veludo lilás. Havia um candelabro simples pendurado no teto, mas Claire tinha substituído os cristais transparentes por ametistas que marcavam a parede com um prisma roxo quando o sol batia do jeito certo.

Paul nunca entrava no espaço dela. Só ficava na porta, com medo de que seu pênis caísse se ele tocasse alguma coisa em tom pastel.

Ela olhou o bilhete que Adam Quinn tinha deixado no carro.

Preciso muito daqueles arquivos. Por favor, não me obrigue a conseguir pelo jeito difícil. AQ.

Claire encarou as palavras por tempo suficiente para vê-las quando seus olhos se fechavam.

pelo jeito difícil.

Sem dúvida tratava-se de uma ameaça, o que era surpreendente, porque Adam não tinha motivos para ameaçá-la. Qual era exatamente o jeito difícil? Ele mandaria uns caras para apavorá-la? Havia alguma segunda intenção ali? Suas transas com Adam tinham sido meio intensas às vezes, mas isso se devia principalmente à natureza ilícita do envolvimento entre eles. Não havia quartos de hotéis cheios de romantismo, só rapidinhas contra a parede numa festa de Natal, uma segunda vez em um torneio de golfe e uma vez no banheiro dentro do escritório da Quinn + Scott. Para ser sincera, os telefonemas clandestinos e mensagens de texto secretas foram mais excitantes do que os atos em si.

Ainda assim, Claire se perguntou a quais arquivos Adam se referia — arquivos de trabalho ou de conteúdo pornográfico? Porque Adam e Quinn dividiram tudo, desde o quarto na faculdade até a mesma corretora de seguros. E ela acreditava fazer parte da lista de itens compartilhados, mas como saber se Paul tinha tomado conhecimento daquilo?

Mas o que Claire sabia?

Ela assistiu aos filmes de novo — todos eles. Claire ligou o laptop de Paul na garagem para não ter que ficar no escritório dele. No meio da primeira série de filmes, ela se viu meio anestesiada diante da violência. É o costume, Paul teria explicado, mas que se fodessem Paul e suas explicações idiotas.

Com o distanciamento adquirido, Claire observou que cada série de filmes contava a mesma história linear. A princípio, as garotas acorrentadas estavam totalmente vestidas. Cenas subsequentes mostravam o homem mascarado cortando aos poucos as roupas delas e revelando tops de couro e calcinha sem fundo que elas obviamente tinham sido forçadas a vestir. Às vezes, a cabeça ficava coberta por um capuz preto feito de um tecido leve que evidenciava a respiração desesperada delas. Conforme a história progredia, a violência aumentava. Havia agressões, chicotadas, cortes, queimaduras com ferro em brasa e choques.

As garotas ficavam sem máscara perto do fim. O rosto da primeira mulher foi exposto nos dois primeiros filmes até ela ser assassinada. A garota que se parecia com Anna Kilpatrick ficou encapuzada até o último filme no HD secreto de Paul.

Claire observou o rosto da garota com atenção. Não havia como saber se ela estava olhando para Anna Kilpatrick ou não. Claire até pegou uma foto da jovem no Facebook. Ela a colocou lado a lado com o vídeo e ainda não tinha certeza.

Então, apertou o PLAY e assistiu ao último filme até o fim. O som estava ligado no começo, mas Claire não aguentou ouvir os gritos. O homem entrou vestindo a mesma máscara de borracha assustadora. Segurava o facão, mas não o usou para matar a garota. Usou-o para estuprá-la.

Claire quase passou mal de novo. Precisou subir e descer a escada da garagem para recuperar o fôlego.

Era de verdade?

O capitão Mayhew disse que havia um fio que descia pela lateral do corpo da moça e controlava o fluxo de sangue falso. Claire havia encontrado uma lente de aumento em uma das gavetas de Paul. Com ela, pôde ver a lateral do corpo da moça e notou que havia pedaços soltos de pele espetados como vidro quebrado. Certamente não havia fio no chão e, se havia um operador fora de cena com um controle, o fio teria que estar ligado de alguma maneira.

Em seguida, Claire pesquisou na internet informações sobre os sacos de sangue, mas até onde sabia, todos eles eram controlados à distância. Ela fez uma busca geral por filmes de *snuff porn*, mas sentiu muito medo de clicar em qualquer um dos links. As descrições eram muito perturbadoras: cabeças decepadas ao vivo, canibalismo, necrofilia, algo chamado "estupro da morte". Ela tentou procurar na Wikipédia, mas percebeu que a maioria dos assassinatos gravados eram frenéticos e amadores, não cuidadosamente filmados e seguindo determinada progressão.

Isso, então, confirmava a ideia de Mayhew de que os filmes eram falsos? Ou significava que Paul havia encontrado o melhor do *snuff porn* assim como encontrava os melhores campos de golfe ou o melhor couro para a cadeira do escritório?

Claire não conseguia mais ver. Saiu da garagem e entrou na casa. Tomou dois comprimidos de Frontal. Manteve a cabeça embaixo da torneira da pia até a água fria entorpecer sua pele.

Se ao menos ela pudesse entorpecer o cérebro. Apesar dos comprimidos, sua mente não parava de ser tomada por conspirações. Será que aqueles filmes horrorosos eram os arquivos que Adam queria? Será que ele tinha um complô com o bigodudo capitão Mayhew? Era por isso que Adam estava na delegacia? Era por isso que Mayhew agiu de modo tão estranho no fim da reunião, perguntando se havia cópias dos filmes, sendo que havia acabado de dizer a Claire que não eram de verdade e que ela não deveria se preocupar com eles? E se de fato fossem falsos e a garota não fosse Anna Kilpatrick, mas uma atriz, e Adam estivesse na delegacia naquela noite porque tinha uma chave da casa e Mayhew soubesse sobre a Lei dos Grandes Números porque tinha assistido a um especial no *Discovery Channel* e Claire estivesse sendo uma dona de casa paranoica sem nada melhor para fazer além de arrastar na lama a reputação do homem que passou todos os momentos de sua vida tentando agradá-la?

Claire olhou o frasco laranja de comprimidos na mesa. Percocet. A tampa estava aberta porque ela já tinha tomado um. O nome de Paul estava na etiqueta. Estava escrito: TOMAR EM CASO DE DOR. Claire sem dúvida estava sentindo dor. Usou a ponta do dedo para virar o frasco.

Comprimidos amarelos se espalharam na mesa. Ela colocou outro Percocet na língua e o engoliu com um gole de vinho.

Suicídios eram hereditários. Ela havia aprendido isso durante uma aula sobre Hemingway lecionada por um antigo professor que parecia estar com o pé na cova. Ernest usou uma arma de fogo. O pai dele fez a mesma coisa. Havia uma irmã e um irmão, uma neta, talvez outros de quem Claire não se lembrava, mas sabia que todos tinham se suicidado.

Claire olhou para os Percocet espalhados pela mesa. Movimentou os comprimidos como se fossem balas.

Seu pai havia posto fim à vida com uma injeção de Nambutal, um pentobarbital usado para matar animais. Morte por insuficiência respiratória. Antes da injeção, ele engoliu um monte de barbitúricos com vodca. Aconteceu duas semanas antes do aniversário de seis anos do desaparecimento de Julia. Ele havia sofrido um derrame leve um mês antes. O bilhete de despedida foi escrito com a mão trêmula em um pedaço de papel rasgado de um caderno:

A todas as minhas meninas lindas... amo vocês do fundo do coração.

Papai

Claire se lembrava de um fim de semana que tinha passado, muito tempo antes, no apartamento em que o pai vivia sozinho. Durante o dia, Sam fez todas as coisas que pais recém-divorciados faziam com os filhos: comprou roupas para ela que ele não podia pagar, levou-a para ver o filme que a mãe a proibiu de ver e permitiu que ela comesse um monte de *junk food* a ponto de quase entrar em coma quando enfim a levou de volta ao quarto todo cor-de-rosa com lençóis cor-de-rosa decorado especialmente para ela.

Claire já tinha passado da fase cor-de-rosa. O quarto na casa em que vivia tinha as paredes de um azul bem claro com colcha multicolorida na cama e só um bicho de pelúcia, que ela mantinha na cadeira de balanço que tinha sido do pai de sua mãe.

Perto da meia-noite, os hambúrgueres e o sorvete começaram uma batalha muito intensa dentro da barriga de Claire. Ela correu para o banheiro e encontrou o pai sentado na banheira. Não estava tomando um banho. Estava de pijama e com o rosto enfiado num travesseiro. Soluçava tão descontroladamente que mal notou quando ela acendeu as luzes.

— Sinto muito, docinho.

Sua voz estava tão baixa que ela precisou se inclinar para ouvir. Estranhamente, ao se ajoelhar ao lado da banheira, Claire pensou que seria assim quando fosse dar banho em seus filhos.

— O que foi, pai? — perguntou ela.

Ele balançou a cabeça. Não olhou para Claire. Era o aniversário de Julia. Ele havia passado a manhã na delegacia, analisando o arquivo do caso, olhando as fotos de seu quarto no alojamento, seu quarto na casa, sua bicicleta, que permanecera acorrentada no centro estudantil por semanas após seu desaparecimento.

— Algumas coisas não temos como *desver*.

Todas as discussões entre seus pais envolviam Helen dizendo a ele para tentar seguir em frente de alguma forma. Entre a mãe aparentemente fria e o pai magoado, não era de assustar que, mais tarde, o terapeuta indicado a Claire pelo tribunal a acusasse de não ser sincera em relação a seus sentimentos.

O pai era extremamente sentimental. Não dava para ficar ao lado dele sem absorver parte do pesar que parecia irradiar de seu peito. Ninguém que o olhava via um ser humano completo. Os olhos estavam sempre marejados. Os lábios tremiam por causa dos pensamentos sombrios. Ele sofria com terrores noturnos que às vezes acabavam culminando em sua expulsão do condomínio. No fim, quando Claire ficava com ele — para ser sincera, quando a mãe a obrigava a ficar com ele —, ela se deitava na cama, apoiava a mão na parede fina entre os dois quartos e sentia as vibrações dos gritos do pai. Só então, ele acordava. Ela ouvia seus passos no cômodo. Claire perguntava, de seu quarto, se ele estava bem, e o pai sempre dizia que sim. Os dois sabiam que era mentira, assim como sabiam que ela não entraria ali para ver como ele estava.

Não que Claire fosse alguém sem coração. Ela já tinha ido vê-lo dezenas de vezes. Entrava correndo no quarto com o coração na boca e o via se retorcendo na cama com os lençóis enrolados no corpo. Ele sempre ficava envergonhado. Ela sempre soube que era inútil para ele, que Helen deveria estar ali, mas era por aquele motivo que Helen tinha partido.

— Saber disso faz com que eu ame menos sua mãe — disse Paul a Claire quando ela contou a ele como era a vida depois de Julia.

Paul.

Ele sempre foi o maior ídolo de Claire. Sempre ficava do lado dela. Mesmo no dia em que a tirou da cadeia e deixou claro que ela havia causado um inferno, Paul disse:

— Não se preocupe, vamos contratar um advogado.

Dezoito anos antes, Lydia disse a ela que o problema de Paul Scott era que ele não via Claire como um ser humano normal, imperfeito. Ele era cego aos erros dela. Encobria seus tropeços. Nunca a desafiava, assustava, irritava ou despertava algum sentimento intenso que fizesse valer a pena aguentar as besteiras de outra pessoa.

— Por que está dizendo tudo isso como se fosse algo ruim? — perguntou Claire na época, porque se sentia desesperadamente solitária e estava cansada de ser a garota cuja irmã tinha desaparecido, ou a garota cuja irmã era viciada, ou a garota cujo pai havia se matado, ou a garota que era bonita demais.

Queria ser algo novo — algo que ela decidisse ser. Quis ser a sra. Paul Scott. Quis um protetor. Queria ser valorizada. Queria ser esperta. Certamente não queria ninguém que passasse a impressão de que o chão poderia se abrir a qualquer momento sob seus pés. Ela já tinha vivido muito disso antes, muito obrigada.

Além disso, Lydia não tinha encontrado uma alternativa melhor. Vivia bem com a insegurança. Todas as partes de sua vida tinham a ver com ser popular. Começou a tomar comprimidos porque todas as pessoas bacanas tomavam. Começou a cheirar cocaína porque um namorado disse que todas as garotas divertidas cheiravam. Muitas vezes, Claire viu a irmã ignorar os caras bacanas e normais para se jogar em cima dos idiotas mais babacas e bonitos da sala. Quanto mais eles a ignoravam, mais ela os queria.

Por isso Claire não se surpreendeu quando, um mês depois de elas pararem de se falar, Lydia se casou com um homem chamado Lloyd Delgado. Ele era muito bonito e tinha um jeito muito largado de ser. Também era um cocainômano do Sul da Flórida com uma ficha criminal extensa. Quatro meses depois de eles se casarem, Lloyd morreu de overdose e Lydia passou a ter um guardião, indicado pela justiça, para proteger o bebê que ainda esperava.

Julia Cady Delgado nasceu oito meses depois. Durante quase um ano, elas moraram em um abrigo para sem-tetos que oferecia creche durante o dia. Então, Lydia conseguiu um emprego num pet shop para limpar as gaiolas dos animais. Em seguida, foi promovida a assistente de tosadora e pôde pagar por um quarto de hotel que alugava por semana. Dee estudava numa escola particular enquanto Lydia deixava de almoçar e, às vezes, de jantar.

Após dois anos como assistente, Lydia foi promovida a tosadora. Quase um ano depois, comprou um bom carro e alugou um apartamento de um quarto. Dali a três anos, abriu seu negócio de banho e tosa. No começo, ela ia à casa dos clientes com uma van Dodge antiga com fita vermelha prendendo os faróis. Depois, conseguiu uma van melhor e a transformou em um pet shop ambulante. Oito anos atrás, ela abriu o próprio estabelecimento. Contava com dois funcionários. Tinha um financiamento de uma pequena casa num rancho. Namorava o vizinho, um homem chamado Rick Butler que parecia uma versão mais jovem e menos sexy de Sam Shepard. Tinha vários cães e gatos. A filha frequentava a Westerly Academy com uma bolsa de estudos oferecida por um doador anônimo.

Bem, não era exatamente anônimo, porque, de acordo com a papelada que Claire havia encontrado no escritório de Paul, ele vinha usando uma empresa para financiar os trinta mil por ano que possibilitariam a Julia "Dee" Delgado estudar na Westerly Academy.

Claire havia encontrado a redação da bolsa de estudos de Dee nos mesmos arquivos em que havia outras trinta fichas de alunos de toda a região metropolitana. Claro que o concurso tinha sido acirrado, mas o trabalho de Dee era muito bom em comparação aos outros. Sua tese falava sobre como o estado da Geórgia dificultava a vida dos ex-condenados por causa de drogas. Eles não recebiam alimentos nem moradia. Não podiam votar. Enfrentavam discriminação no emprego. Não recebiam oportunidades de bolsa de estudos. Normalmente, não tinham um sistema de apoio familiar. Levando em conta que tinham cumprido a pena, pagado as multas, feito o que tinham que fazer e pagavam impostos, por que não tinham o direito à cidadania completa, como o resto de nós?

O argumento era interessante, mesmo sem o benefício das fotos que Claire mantinha na mesa a sua frente.

E, graças aos detetives particulares que Paul tinha contratado para acompanhar Lydia ao longo dos anos, havia muitas fotos entre as quais Claire podia escolher. Lydia despenteada carregando Dee em um dos braços e um saco de compras no outro. Lydia, claramente exausta, no ponto de ônibus na frente do pet shop. Lydia passeando com uma matilha de cães numa rua ladeada de árvores, com o rosto relaxado por um breve momento. Entrando na Dodge com fita vermelha nos faróis. Ao volante do Ford com o equipamento do pet shop. De pé, orgulhosa, na frente da loja nova. A foto claramente tinha sido tirada no dia da inauguração. Lydia cortava um laço amarelo com uma tesoura amarela enorme enquanto a filha e o namorado hippie observavam orgulhosos. Dee Delgado. Claire colocou as fotos em ordem. A filha de Lydia se parecia tanto com Julia que Claire ficou até sem ar.

Paul deve ter pensado a mesma coisa ao ver as fotos. Ele não conheceu Julia, mas Claire tinha três álbuns cheios de fotos da família. Ela se perguntou se valia a pena colocá-las lado a lado para comparar. E então se preocupou, pois não abria os álbuns havia anos. Se os abrisse, será que encontraria algo que mostrasse que Paul tinha olhado os álbuns?

Ela decidiu que não tinha como ele não ter olhado. Era claro que Paul tinha obsessão por Lydia. Todo mês de setembro, nos últimos dezessete anos e meio, ele contratava um detetive particular para saber dela. Usava agências diferentes a cada vez, mas todas entregaram o mesmo tipo de relatório detalhado, catalogando a vida de Lydia em minúcias. Relatórios de créditos. Averiguações. Pagamento de impostos. Mandados judiciais. Relatórios da prisão. Transcrições de testemunhos, apesar de não haver novidades na parte legal há quinze anos. Havia até uma anotação à parte detalhando os nomes e os tipos de animais que ela tinha. Claire não fazia a menor ideia de que ele vinha fazendo isso. Imaginou que Lydia também não sabia, porque não tinha a menor dúvida que ela preferiria morrer a aceitar qualquer tostão furado de Paul.

O engraçado era que, ao longo dos anos, Paul às vezes sugeria que Claire tentasse entrar em contato com Lydia. Ele dizia se entristecer por não ter ninguém da família com quem pudesse falar. Dizia que Claire estava envelhecendo e que poderia ser bom para ela curar velhas feridas. Certa vez, ele se ofereceu para procurá-la, mas Claire disse que não porque queria deixar claro para Paul que nunca perdoaria a irmã por ter mentido em relação a ele.

— Nunca permitirei que outra pessoa se coloque entre nós — disse Claire a ele, com a voz trêmula e tomada pela indignação que sentia pela acusação injusta contra o marido.

Será que Paul havia manipulado Claire em relação a Lydia da mesma maneira que a manipulou quanto às senhas de computador e contas de banco? Claire tinha acesso fácil a tudo, por isso não tinha vontade de procurar nada. Paul foi muito, muito esperto, escondendo todas as suas transgressões na cara dela.

A única pergunta era quantas outras transgressões ela encontraria. Claire olhou para as duas caixas pesadas de arquivo que havia pegado no escritório de Paul. Eram feitas de plástico de um branco leitoso. Em cada caixa havia uma etiqueta: PESSOAL-1 e PESSOAL-2.

Claire não conseguiu abrir a segunda caixa. A primeira já tinha coisas demais para acabar com seu dia. Nela, havia pastas de arquivo separadas por cor. As etiquetas muito bem-feitas continham nomes de mulheres. Claire procurou o de Lydia por motivos óbvios, mas fechou a caixa com as dezenas de outros arquivos que tinham dezenas de nomes de outras mulheres porque já tinha visto merda demais de Paul. Não podia se forçar a olhar mais.

Então, pegou o telefone que estava ao lado do frasco tombado de Percocet.

Claire havia comprado um celular pré-pago, que sabia ser descartável. Pelo menos, se pudesse acreditar no que via em Westerly Academy.

O número do celular de Lydia estava nos relatórios de Paul. Claire lhe enviou uma mensagem pelo telefone descartável. Não havia muito texto, só o endereço em Dunwoody. Claire decidiu deixar ao acaso. Será que a irmã acharia que o endereço era falso? Ou será que a ignoraria quando percebesse que tinha sido enviada por Claire?

Ela mereceria ser ignorada. A irmã havia lhe dito que um homem tentara estuprá-la e a reação dela foi acreditar no homem.

Ainda assim, Lydia respondeu quase na mesma hora. *Estou indo.*

Desde o roubo, Claire vinha deixando o portão aberto. Secretamente, desejava que os bandidos voltassem para matá-la. Ou talvez não isso, pois seria crueldade com Helen. Talvez pudessem apenas bater nela até que perdesse a consciência, entrasse em coma e acordasse um ano mais tarde, quando todos os dominós tivessem parado de cair.

Ali estava o primeiro dominó: era fácil dizer que uma pessoa que assistia a filmes de estupro não estava necessariamente interessada em estupro real, mas e se tivesse havido um momento no passado em que alguém tivesse acusado a pessoa de tentar cometer aquele mesmo crime?

Segundo dominó: e se aquela acusação de estupro de tanto tempo atrás fosse verdade?

Terceiro dominó: estatisticamente, os estupradores não estupravam uma vez só. Se saíssem impunes, era comum que continuassem estuprando. Ainda que não escapassem, o índice de reincidência era tão alto que era mais fácil colocar porta giratória na cadeia.

Como Claire sabia dessa estatística? Ela havia trabalhado como voluntária numa linha de atendimento a vítimas de estupro alguns anos antes, e teria sido uma ironia hilária se alguém tivesse lhe contado essa história numa festa.

Então, ela chegava ao quarto dominó: o que realmente havia dentro das caixas de Pandora chamadas de PESSOAL-1 e PESSOAL-2? Qualquer pessoa que raciocinasse poderia chutar que os arquivos com os nomes das mulheres eram exatamente como o arquivo com o nome de Lydia: relatórios de investigação, fotografias, listas detalhadas de idas e vindas de mulheres que Paul escolheu como objeto de atenção.

Quinto dominó: se Paul realmente tentou estuprar Lydia, o que fez com as outras mulheres?

Graças a Deus, ela não tinha tido filhos com ele. A ideia lhe causou tontura. O vinho e os comprimidos não tinham combinado muito bem. Claire sentia um enjoo familiar e forte de novo.

Fechou os olhos. Fez uma lista mental, porque escrever as coisas parecia perigoso demais.

Jacob Mayhew: estaria ele mentindo sobre a autenticidade dos filmes? Mantendo a fama de detetive durão, seria ele o tipo de homem que mentiria para uma mulher para proteger seus sentimentos?

Adam Quinn: quais arquivos ele realmente queria? Ele era tão bom quanto Paul foi em esconder sua verdadeira natureza, mesmo quando fazia sexo com ela?

Fred Nolan: por que esse imbecil assustador estava na casa no dia do velório? Foi por causa dos filmes ou ele tinha algo pior esperando por Claire?

Paul Scott: estuprador? Sádico? Marido? Amigo? Amante? Mentiroso? Claire ficou casada com ele por quase metade da vida, mas não fazia ideia de quem ele realmente era.

Ela abriu os olhos. Viu os Percocet espalhados e pensou em tomar mais um. Claire não entendia qual era a graça na droga, mas no mínimo estava sentindo tudo com muito mais intensidade. Não conseguia calar o cérebro. Sentia-se trêmula. A língua estava grossa demais para a boca. Talvez estivesse fazendo aquilo errado. Talvez os dois comprimidos de Frontal que ela tinha tomado uma hora antes estivessem fazendo efeito contrário. Talvez precisasse de mais Percocet. Claire pegou o iPad na gaveta da mesa. Certamente ela poderia encontrar no YouTube algum vídeo com instruções postadas por um viciado em drogas.

O telefone pré-pago tocou. Claire leu a mensagem de Lydia: *Cheguei.*

Pressionou as mãos espalmadas na mesa e se levantou. Ou, pelo menos, tentou. Os músculos dos braços não respondiam. Claire se forçou a ficar de pé e quase caiu quando a sala toda girou para a esquerda.

A campainha tocou. Claire enfiou todas as fotos e os relatórios de Lydia na gaveta. Tomou um gole de vinho e decidiu levar a taça.

Caminhar foi um desafio. O espaço amplo da cozinha e da sala apresentou alguns obstáculos, mas ela se sentia em uma máquina de pinball ao bater nas paredes do corredor. Por fim, teve que tirar os sapatos de salto, que ela só continuava a calçar porque eles sempre tiravam os sapatos dentro da casa. Todos os tapetes eram brancos. O piso de madeira era de carvalho desbotado. As paredes eram brancas. Até mesmo alguns dos quadros eram desbotados. Ela não vivia numa casa. Habitava um sanatório. As maçanetas das portas da frente estavam fora do alcance. Ela viu o contorno do corpo de Lydia pelo vidro embaçado. Derramou o vinho ao tocar a maçaneta. Sentiu que sorria, apesar de não achar graça em nada daquilo.

Lydia bateu no vidro.

— Estou aqui.

Claire enfim abriu a porta.

— Meu Deus!

Lydia se debruçou para olhar nos olhos de Claire.

— Suas pupilas parecem moedas.

— Acho que não é possível — disse Claire, porque certamente uma moeda era maior do que seu olho todo. Ou seria menor?

Lydia entrou na casa sem ser convidada. Deixou a bolsa perto da porta. Tirou os sapatos. Olhou ao redor na saleta.

— Que lugar é este?

— Não sei — disse Claire, porque não parecia mais sua casa. — Você teve um caso com Paul? — Lydia ficou boquiaberta de surpresa. — É só me dizer. — Claire sabia, pelos relatórios de Paul, que Lydia havia tido uma filha e que Paul estava pagando pela educação da menina.

Um caso que havia produzido uma criança era muito mais palatável do que todas as outras explicações terríveis para o fato de Paul ter se metido na vida da irmã.

Lydia ainda estava boquiaberta.

— Teve?

— De jeito nenhum.

Lydia parecia preocupada.

— O que você tomou?

— Nembutal e Ambien com vodca.

— Não tem graça.

Lydia pegou a taça de vinho. Olhou ao redor procurando um lugar onde pudesse apoiá-la e a colocou no chão de concreto polido.

— Por que me perguntou isso sobre Paul?

Claire manteve a resposta para si.

— Ele andava traindo você?

Claire não tinha pensado na situação sob esse ponto de vista. Estuprar alguém era trair? Porque, para ser clara, todos os dominós estavam caindo nessa direção. Se Paul realmente tivesse tentado estuprar Lydia, então deveria ter tentado e conseguido com outra pessoa, e se tivesse saído impune uma vez, deveria ter tentado de novo. E contratado um detetive particular para segui-las pelo resto da vida para controlá-las de seu covil na garagem.

Mas aquilo era trair? Claire sabia, pelo treinamento que recebera no centro de auxílio a vítimas de violência sexual, que estupro tinha a ver com poder. Paul sem dúvida gostava de controlar as coisas. Então, estuprar mulheres era o equivalente a etiquetar as latas de lixo ou encher a lava-louças com precisão mecânica?

— Claire? — Lydia estalou os dedos muito alto. — Olhe para mim.

Claire fez o melhor que pôde para atender ao pedido. Sempre achou que Lydia era a mais bonita de todas elas. Seu rosto era mais cheio, mas ela havia envelhecido com mais graça do que Claire pensava. Tinha marcas de expressão ao redor dos olhos de tanto rir. Tinha uma filha bonita e talentosa. Tinha um namorado que era ex-viciado em heroína e ouvia rádio enquanto consertava uma velha caminhonete na garagem.

Por que Paul precisava saber disso? Por que precisava saber o que quer que fosse sobre Lydia? Contratar alguém para fazer isso era perseguir? E observar uma pessoa sem que ela soubesse não era um tipo de estupro?

— Claire, o que você tomou? — perguntou Lydia, com a voz mais suave. Esfregou os braços de Claire. — Docinho, diga o que tomou.

— Frontal.

De repente, Claire sentiu vontade de chorar. Não se lembrava da última vez que alguém a havia chamado de docinho.

— Alguns Percocet.

— Quantos?

Claire balançou a cabeça porque não importava. Nada daquilo importava.

— Tivemos um gato chamado sr. Sanduíche.

Lydia estava perplexa, e era compreensível.

— Sei.

— Nós o chamávamos de Little Ham, o presunto no sanduíche. Ele sempre ficava no meio de nós dois. No sofá. Na cama. Só ronronava quando nós dois o acariciávamos.

Lydia inclinou a cabeça para o lado, como se estivesse tentando entender uma pessoa maluca.

— Os gatos conhecem as pessoas.

Claire tinha certeza de que a irmã entendia.

Elas tinham crescido cercadas por animais. Nenhuma delas andava na rua sem atrair um bicho sem dono.

— Se Paul fosse uma pessoa ruim, Little Ham saberia. — Claire sabia que sua defesa era fraca, mas não conseguiu parar. — Não dizem que as pessoas ruins odeiam os animais?

Lydia balançou a cabeça, confusa.

— Não sei o que você quer que eu diga, Claire. Hitler adorava cães.

— *Reductio ad Hitlerum*. — Claire não conseguia parar de citar Paul. — É quando você compara alguém a Hitler para ganhar uma discussão.

— Estamos discutindo?

— Conte o que aconteceu entre você e Paul.

Lydia soltou o ar com força de novo.

— Por quê?

— Porque eu nunca soube.

— Você não me deixou contar. Você se recusou a ouvir.

— Estou ouvindo agora.

Lydia olhou ao redor, mostrando que Claire não a havia convidado para entrar. O que a irmã não entendia era que Claire não suportava a ideia de ver a casa fria e sem alma pelos olhos de Lydia.

— Por favor — implorou Claire. — Por favor, Pimenta. Conte.

Ela ergueu as mãos, como se quisesse mostrar que aquilo era perda de tempo. Ainda assim, Lydia disse:

— Estávamos no carro dele. O Miata. Ele colocou a mão no meu joelho. Eu a afastei com um tapa.

Claire percebeu que estava prendendo a respiração.

— Só?

— Você acha mesmo que foi só isso?

Lydia parecia irada. Claire acreditava que ela tinha o direito de estar brava.

— Ele continuou dirigindo e eu pensei: "Bem, vamos ignorar o fato de que o fracassado do namorado da minha irmã colocou a mão no meu joelho." Mas, então, ele entrou em uma rua que eu não conhecia, e de repente me vi na mata.

A voz de Lydia estava calma. Em vez de olhar para Claire, ela olhava para trás.

— Ele parou e desligou o motor. Perguntei o que estava acontecendo, e ele me deu um soco no rosto.

Claire sentiu os punhos se cerrarem. Paul nunca tinha batido em ninguém na vida. Nem mesmo na viela, enquanto lutava com o Homem Cobra, ele conseguiu acertar um soco.

— Fiquei tonta — contou Lydia. — Ele começou a subir em cima de mim. Tentei lutar. Ele me bateu de novo, mas virei a cabeça. — Ela virou o rosto levemente, um ator tentando convencer a plateia. — Levei a mão à maçaneta. Não sei como consegui abri-la. Caí do carro. Ele estava em cima de mim. Levantei o joelho.

Ela parou e Claire se lembrou de uma aula de autodefesa que havia feito. O instrutor ensinou às alunas que não se podia querer derrotar um homem com uma joelhada na genitália porque era possível errar o alvo e deixá-lo ainda mais irritado.

— Comecei a correr — continuou Lydia. — Percorri cerca de vinte ou talvez trinta metros até ele me pegar. Caí de cara. E ele subiu em mim. — Ela olhou para o chão. Claire ficou pensando que ela poderia estar fazendo aquilo para parecer mais vulnerável. — Não conseguia respirar. Ele estava me sufocando. Sentia minhas costelas entortando como se fossem quebrar.

Ela levou as mãos às costelas.

— E ele ficava dizendo: "Fale que você quer." — Claire sentiu o coração parar de bater. — Ainda tenho pesadelos com o modo com que ele disse isso, sussurrando como se fosse sensual, quando na verdade era assustador. — Lydia estremeceu. — Às vezes, adormeço de bruços, ouço a voz dele no ouvido e...

Claire abriu a boca para respirar. Quase sentia a pressão nas costelas que sentiu quando Paul a pressionou à parede de tijolos. Ele sussurrou "Fale que você quer" em seu ouvido. Na hora ela achou aquilo tolo. Paul nunca tinha falado com ela daquele jeito, mas não parou até ouvi-la dizer exatamente as palavras que esperava.

Ela perguntou a Lydia:

— O que você fez?

Lydia deu de ombros.

— Não tinha escolha. Disse a ele que queria. Ele rasgou minha calça. Ainda tenho cicatrizes na perna nos pontos em que as unhas dele marcaram minha pele.

Claire levou a mão à própria perna, onde Paul havia arranhado sua pele.

— E depois?

— Ele começou a abrir o cinto. Ouvi assovios muito altos, assovios. Eram dois caras. Estavam andando na mata e pensaram que estávamos dando uns amassos. Comecei a gritar por socorro. Paul se levantou. Correu de volta para o carro. Um dos caras o seguiu e o outro me ajudou a ficar de pé. Eles quiseram chamar a polícia, mas eu disse que não.

— Por quê?

— Eu tinha acabado de sair da cadeia pela milésima vez. Paul era universitário com excelentes notas e dois empregos. Em quem vocês acreditariam?

Ela sabia em quem Claire tinha acreditado.

— Os dois caras...

— Eram gays procurando alguém com quem transar numa floresta do sul do Alabama. Os policiais perceberiam assim que eles abrissem a boca.

Ela balançou a cabeça diante da futilidade de tudo aquilo.

— E eu não me preocupava muito comigo naquele momento. Minha única preocupação era separá-lo de você.

Claire levou a mão à testa. Sentia-se febril. Elas ainda estavam na saleta. Deveria ter convidado Lydia para entrar. Deveria tê-la levado para o escritório e se sentado com ela.

— Quer uma bebida?

— Já falei, estou me recuperando.

Claire sabia. Os detetives de Paul tinham participado das reuniões de Lydia e gravado tudo o que ela dissera.

— Preciso beber alguma coisa.

Claire encontrou a taça no chão. Bebeu o líquido restante de uma vez. Fechou os olhos e esperou. Não sentiu alívio.

— Você tem problema com drogas e álcool? — perguntou Lydia.

Claire se esforçou para colocar a taça no chão.

— Tenho. O problema é que não gosto muito deles.

Lydia abriu a boca, mas a luz iluminou a frente da casa quando um carro parou.

— Quem é?

Claire acionou a câmera perto da porta. Elas observaram a tela quando um Crown Victoria preto estacionou na entrada da garagem.

— Por que um Huckleberry está aqui? — Lydia parecia estar em pânico. — Claire?

Claire estava em uma batalha contra o pânico. Preocupava-se mais em saber *qual* Huckleberry era. Será que Mayhew estava ali para ter certeza de que ela não tinha feito cópias dos filmes? Nolan com seus comentários inadequados e cara assustadora, além das perguntas enlouquecedoras que não explicavam por que ele estava ali, para começo de conversa? Ou seria o advogado da condicional? Ele havia alertado Claire de que podia aparecer sem avisar e fazer um exame para detectar drogas em seu organismo.

Ela contou a Lydia:

— Estou em liberdade condicional. Não posso consumir drogas.

Os pensamentos de Claire lutaram contra o Frontal. Ela se lembrou de outro detalhe dos arquivos de Paul. Na época em que se drogava, Lydia se declarou culpada numa acusação de uso de droga para escapar de uma prisão. Claire tentou empurrá-la pelo corredor.

— Pimenta, anda! Não posso andar com criminosos. Eles podem me levar de volta para a cadeia.

Lydia não se mexeu. Estava presa no lugar. Sua boca se movia em silêncio, como se houvesse muitas perguntas percorrendo seu cérebro para ela escolher uma só.

— Apague as luzes — disse, por fim.

Claire não sabia mais o que fazer. Pressionou o botão de luz no teclado. Todas as luzes do andar diminuíram, o que poderia esconder o estado de suas pupilas. As duas olharam a tela, com os rostos separados um do outro por poucos centímetros. A respiração assustada de Lydia combinou com a de Claire. Um homem saiu do carro. Era alto e forte. Os cabelos castanhos eram penteados de lado.

— Porra — resmungou Claire, porque seu cérebro não estava claro o suficiente para lidar com Fred Nolan. — É o FBI.

— O quê? — A voz de Lydia estava quase esganiçada de medo.

— Fred Nolan.

Claire sentiu a pele arrepiar ao ouvir o nome dele.

— É a merda de um agente especial do escritório no centro da cidade.

— O quê? — Lydia parecia aterrorizada. — Você cometeu um crime federal?

— Não sei. Talvez.

Não havia tempo suficiente para explicar. Claire trocou a tela de vídeo para a câmera da porta. A imagem mostrou o topo da cabeça de Nolan subindo a escada.

— Ouça — disse Lydia, mantendo a voz baixa. — Legalmente, você não tem que responder a nenhuma pergunta. Não precisa sair daqui com ele, a menos que a prenda, e, se ele a prender, não diga nada. Está me entendendo, Claire? Nenhuma piadinha idiota nem comentário engraçadinho. Feche a boca e só.

— Certo.

Claire sentia a mente mais clara, provavelmente por causa da adrenalina que tomava seu corpo.

As duas olharam para a porta e esperaram.

A sombra grande de Nolan apareceu atrás do vidro embaçado. Ele se abaixou e tocou campainha.

As duas se retraíram com o som.

Lydia fez um gesto indicando que Claire deveria ficar quieta. Estava fazendo Nolan esperar, o que provavelmente era uma boa ideia. No mínimo, Claire poderia recuperar o fôlego.

Nolan tocou a campainha de novo.

Lydia ergueu os pés e fez um som de passos. Entreabriu a porta e espiou. Claire a viu na tela.

Ela teve que erguer o olhar a fim de olhar para Nolan, porque ele era muito alto.

— Boa noite, senhora.

Nolan tocou um chapéu imaginário.

— Estou aqui para conversar com a dona da casa.

A voz de Lydia ainda estava esganiçada e assustada.

— Ela está dormindo.

— Não está atrás de você?

Nolan pressionou a mão na porta até Lydia ter que abri-la ou cair para trás. Ele sorriu para Claire. O hematoma ao redor do olho dele tinha começado a amarelar.

— O legal do vidro embaçado é que ele não esconde nada, na verdade.

— O que você quer? — perguntou Lydia.

— Que boa pergunta.

Nolan manteve a mão na porta para que Lydia não a fechasse. Ele olhou para o céu da noite. Não havia cobertura na varanda da frente. Paul dizia que acabaria com o contorno da casa. Nolan disse:

— Parece que a chuva está passando.

Nem Claire nem Lydia responderam.

— Eu gosto da chuva.

Nolan entrou na casa. Olhou ao redor.

— Ótimo momento para sentar e ler um livro. Ou assistir a um filme. Gostam de filmes?

Claire tentou engolir em seco. Por que ele estava falando sobre filmes? Tinha conversado com Mayhew? Havia um localizador nos computadores?

Claire usara o laptop de Paul para acessar o Wi-Fi. Será que Nolan havia monitorado toda a atividade?

— Sra. Scott?

Claire conseguiu respirar um pouco. Forçou-se a não perguntar diretamente se ele estava ali para prendê-la.

— Aquela caminhonete lá fora é sua?

Lydia ficou tensa. Nolan estava falando com ela naquele momento.

Ele estendeu a mão. Não teve que estendê-la totalmente. Estava tão perto de Lydia que praticamente não esticou o braço.

— Não fomos apresentados. Sou o agente Fred Nolan, FBI.

Lydia não apertou a mão estendida.

— Eu poderia chamar seu advogado de condicional aqui. — Ele olhava para Claire. — Deixando de lado o fato de que mentir ou enganar um agente federal com pistas falsas é punível com cinco anos de reclusão, a senhora teoricamente não pode ignorar as perguntas de seu advogado de condicional. Termos da condicional. Não existe o direito de ficar calada. — Ele se debruçou e olhou nos olhos de Claire. — Não existe o direito de ficar louca.

— Meu nome é Mindy Parker — disse Lydia. — A caminhonete, eu peguei emprestada de meu mecânico. Sou amiga da Claire.

Nolan olhou para Lydia de cima a baixo, porque ela não parecia ser amiga de Claire. Sua calça jeans tinha mais lycra do que jeans. A barra da camiseta preta tinha uma mancha de alvejante, e o cardigã cinza era gasto como se um animal o tivesse mastigado. Ela nem sequer parecia a empregada de uma das amigas de Claire.

— Mindy Parker.

Nolan pegou um caderno espiral e uma caneta. Escreveu o nome falso de Lydia.

— Confio, mas vou verificar. Não era isso que Reagan dizia?

— Por que está aqui? — perguntou Lydia. — É quase meia-noite. O marido de Claire acabou de morrer. Ela quer ficar em paz.

— Ainda está vestindo as roupas que usou no velório. — Nolan deixou os olhos percorrerem o corpo de Claire. — Não que você não fique ótima nelas.

Claire sorriu instantaneamente, porque era o que sempre fazia quando era elogiada.

Nolan disse:

— Gostaria de saber, sra. Scott, se o sócio de seu marido entrou em contato. — Claire sentiu a boca seca. — Sra. Scott? O sr. Quinn entrou em contato?

Claire se forçou a responder.

— Ele esteve no velório.

— Sim, eu vi. Bacana da parte dele estar ali, teve consideração. — Ele começou a falar mais alto, numa imitação ruim de Claire. — "Teve consideração com o que, agente Nolan?" Não, pode me chamar de Fred. Você se importa se eu chamá-la de Claire? "Não, de jeito nenhum, Fred."

Claire manteve a expressão bem séria.

— Presumo que saiba que seu marido vinha tirando dinheiro da empresa? — perguntou Nolan.

Claire abriu a boca, surpresa. Ela teve que repetir as palavras de Nolan na mente para entender o que significavam. Mesmo assim, não acreditava no que o homem estava dizendo. Paul era muito honesto em relação a dinheiro. Certa vez, ela sofreu por ter que fazer um trajeto de trinta minutos para voltar a uma loja quando ele percebeu que a moça do caixa havia lhe devolvido troco a mais.

— Você está mentindo — respondeu ela.

— Estou?

Claire sentiu vontade de estapear a cara cínica dele. Aquilo era algum truque. Nolan estava trabalhando com Adam e Mayhew, ou sozinho, e tudo aquilo tinha algo a ver com aqueles filmes horrorosos.

— Não sei que jogo é esse, mas não está funcionando.

— Pergunte a Adam Quinn, se não acredita em mim.

Nolan esperou, como se Claire fosse correr para o telefone.

— Foi ele quem chamou os agentes federais. Um dos contadores da firma encontrou uma transferência de três milhões de dólares para uma empresa laranja chamada Little Ham Holdings.

Claire trancou a mandíbula para não gritar. Little Ham, o apelido do sr. Sanduíche.

— É muito dinheiro, não é? — comentou Nolan. — Três milhões? Pessoas comuns, como eu e você, poderiam se aposentar com esse dinheiro.

Claire sentiu os joelhos fraquejarem. Suas pernas tremiam. Ela tinha que tirar Nolan dali antes que acabasse tendo um ataque de nervos.

— Quero que saia.

— E eu quero que minha esposa pare de transar com o vizinho. — Nolan riu, como se todos estivessem fazendo piada. — Sabe, Claire, o engraçado é que esse tipo de coisa é uma gota no oceano para um cara como seu marido.

Ele disse a Lydia:

— Paul tem um patrimônio de 28 milhões no papel. Ou *tinha*. De quanto é o seguro de vida dele? — Essa pergunta era para Claire, mas ela não respondeu porque não fazia ideia. — Mais vinte milhões. O que quer dizer que você tem quase cinquenta milhões agora, viúva Scott.

Ele fez uma pausa para deixar a informação ser assimilada, mas Claire já não entendia mais nada.

— Foi bacana da parte de Adam Quinn fazer acordo longe da justiça em vez de me deixar jogar seu marido na mão da polícia federal — continuou Nolan, e olhou para Claire de modo lascivo. — Acho que ele encontrou um jeito de se vingar.

O insulto implícito a tirou de seu estupor.

— O que dá a você o direito de...

— Cale a boca, Claire.

Lydia ficou na frente dela. Ela disse a Nolan:

— Você precisa ir embora.

Nolan abriu seu sorriso de crocodilo.

— Preciso?

— Está aqui para prendê-la?

— Deveria?

— Em primeiro lugar, afaste-se de mim, porra.

Nolan deu um passo para trás, com ênfase.

— Mal posso esperar para ouvir o que vem em segundo lugar.

— É isto, cuzão: se quiser interrogá-la, ligue para o advogado dela e marque um horário.

Nolan sorriu de modo assustador.

— Sabe de uma coisa, Mindy Parker? Agora que estou observando melhor, acho que você se parece muito com Claire. Vocês duas poderiam ser irmãs.

Lydia não permitiu que ele a afetasse.

— Saia daqui, porra.

Nolan ergueu as mãos para se render, mas não desistiu.

— Só acho curioso, sabe? Por que um cara com tanto dinheiro resolve roubar três milhões da própria empresa?

Claire sentiu uma dor aguda no peito. Não conseguia respirar. O chão se movimentava de novo. Tocou a parede atrás de si. Havia se sentido assim no dia anterior, quando desmaiou.

— Bem, vou deixar as senhoras voltarem a aproveitar a noite — disse Nolan, então saiu para a varanda e olhou para o céu. — A noite está bem agradável.

Lydia bateu a porta e fechou a tranca. Cobriu a boca com as mãos. Seus olhos estavam arregalados de medo. As duas olharam para o monitor enquanto Fred Nolan descia a escada de pedra e se dirigia devagar ao carro.

Claire desviou o olhar. Não conseguia mais assistir, mas não conseguia parar de ouvir. O clique suave da porta do carro se abrindo, a batida quando ela foi fechada. O ronco do motor. O gemido mecânico de quando o carro virou e voltou pela rua.

Lydia baixou as mãos. Respirava tão forte quanto Claire.

— Que porra é essa, Claire? — Ela olhou para a irmã, chocada. — Que merda foi essa?

Claire já tinha perdido a estribeira dois dias antes.

— Não sei.

— Não sabe? — Lydia estava quase gritando. Sua voz ecoava pelo piso de concreto polido e batia na escada de metal e vidro espiralada. — Como assim não sabe, porra? — Começou a andar de um lado a outro. — Não acredito nisso. Não acredito em nada disso.

Claire também não acreditava. Os filmes. Mayhew. Nolan. A coleção de pastas de Paul — aquelas sobre as quais ela sabia, aquelas que não conseguia ler. O que estava acontecendo com Adam Quinn. E então recebeu a informação de que Paul era ladrão. Três milhões de dólares? A estimativa que Nolan fazia em relação ao patrimônio de Paul estava errada em muitos milhões. Ele só tinha dito o que estava no banco. Paul não confiava no mercado de ações. A casa estava quitada. Os carros, também. Não havia motivos para Paul roubar o que quer que fosse.

Ela riu porque era só o que podia fazer.

— Por que consigo acreditar que Paul era estuprador, mas não que fosse ladrão?

A pergunta fez Lydia parar.

— Você acredita em mim.

— Deveria ter acreditado anos atrás.

Claire se afastou da parede. Sentiu culpa por ter arrastado Lydia para aquela bagunça. Não tinha o direito de prejudicar sua irmã, principalmente depois de tudo o que havia acontecido.

— Sinto muito por ter pedido para que viesse. É melhor você ir.

Em vez de responder, Lydia olhou para o chão. Sua bolsa era de couro marrom bem grande. Claire tentou imaginar se Paul havia feito uma foto no momento em que ela a comprou. Algumas das fotos obviamente tinham sido tiradas com lentes telefoto, mas outras eram próximas o suficiente para que conseguisse ler o texto dos cupons que ela sempre usava no mercado.

Lydia não teria como descobrir que Paul a perseguia. Claire poderia fazer pelo menos isso pela irmã. Lydia tinha uma filha de dezessete anos cujos estudos Paul pagava anonimamente. Ela tinha um namorado. Tinha um financiamento imobiliário. Tinha um negócio com dois funcionários pelos quais era responsável. Saber que Paul a acompanhou a cada passo a destruiria.

Claire disse:

— Pimenta, é sério, você precisa ir. Eu não deveria ter pedido que viesse.

Lydia pegou a bolsa e a pendurou no ombro. Colocou a mão na porta, mas não a abriu.

— Quando foi a última vez que você tomou um banho? — Claire fez que não com a cabeça. Ela não tomava um banho desde o dia do velório de Paul. — E comida? Tem se alimentado?

Claire balançou a cabeça de novo.

— Eu...

Não sabia como explicar. Eles tinham feito aulas de culinária alguns meses antes, e Paul não era tão ruim, mas no momento, sempre que pensava no marido na cozinha segurando uma faca, só se lembrava do facão dos filmes.

— Claire? — Lydia havia feito outra pergunta. Sua bolsa havia voltado para o chão. Os sapatos estavam amontoados onde ela os deixara. — Vá tomar um banho. Vou preparar algo para você comer.

— Você deveria ir — disse Claire. — Não deveria se envolver nessa... nessa... Nem sei o que é, Liddie, mas é ruim. É pior do que você pode imaginar.

— Percebi.

Claire disse a única verdade de que tinha certeza:

— Não mereço seu perdão.

— Não perdoo você, mas você continua sendo minha irmã.

CAPÍTULO 8

Lydia enviou uma mensagem de texto avisando Rick de que estaria em casa em uma hora. Garantiria que Claire tomasse banho e comesse, então ficaria ao lado da irmã até que ela chamasse Helen para cuidar dela. Lydia havia tomado o lugar da mãe 24 anos antes e não faria isso de novo.

Principalmente com o FBI envolvido.

Só de pensar em Fred Nolan, ela sentia seus nervos tomados pelo medo. Estava claro que o cara sabia coisas sobre Paul que Claire não sabia. Ou talvez Claire soubesse e fosse apenas uma boa atriz. Nesse caso, será que ela mentiu quando disse que finalmente acreditava em Lydia em relação ao ataque de Paul? Se não estivesse mentindo, o que a teria feito mudar de ideia?

Não tinha como saber. Toda a esperteza que a irmã mostrava na infância foi aperfeiçoada na fase adulta, de modo que Claire podia estar diante de um trem em alta velocidade e ainda assim insistir que tudo ficaria bem.

Na verdade, quanto mais Lydia interagia com a Claire adulta, mais entendia por que ela havia se tornado uma Mãe. Havia se tornado a Mãe *delas*.

Lydia olhou ao redor na cozinha. Pensou que preparar algo para Claire comer seria a parte fácil, mas, como no resto da casa, a cozinha era chique demais para ser prática. Todos os eletrodomésticos estavam escondidos atrás de portas transparentes perfeitas que pareciam tão simples que deveriam ter custado milhões de dólares. Até o cooktop combinava com o balcão de quartzo polido. O lugar todo era meio uma cozinha de revista e meio a cozinha dos *Jetsons*. Ela não conseguia imaginar por que qualquer pessoa escolheria morar ali.

Não que Claire parecesse de fato morar ali. A geladeira estava cheia de garrafas fechadas de vinho. O único alimento era meia caixa de ovos cuja validade expiraria em dois dias. Lydia encontrou um pão novo em um armário. Havia também uma máquina de café, que Lydia só reconheceu porque havia uma etiqueta onde se lia CAFETEIRA, seguida pelo que ela acreditava ser a data da instalação.

A lista de instruções plastificada ao lado da máquina certamente tinha sido coisa de Paul. Lydia sabia que a irmã não se daria ao trabalho de fazer algo tão tedioso e idiota. Apertou vários botões até a máquina funcionar. Colocou uma xícara de expresso embaixo da abertura e observou a xícara se encher.

— Você descobriu como funciona — comentou Claire.

Usava uma camisa azul-clara de botões e uma calça jeans desbotada. Os cabelos estavam penteados para trás para secar. Pela primeira vez, Lydia viu uma mulher que se parecia com sua irmã. Lydia lhe entregou a xícara de café.

— Beba isto, vai ajudar você a ficar sóbria.

Claire se sentou ao balcão. Soprou o líquido fervente para esfriá-lo. Os bancos do balcão eram cromados, brilhosos, com assento de couro branco. Os encostos eram baixos. Combinavam com o sofá e com as cadeiras na sala que dava para a cozinha. O vidro que ocupava a parede toda emoldurava o quintal, onde uma piscina que parecia entalhada em um pedaço enorme de mármore branco servia como peça central de uma paisagem árida.

Nenhuma parte da casa era convidativa. A mão fria e calculista de Paul podia ser vista por trás de cada escolha. O concreto do chão da entrada era polido, como o espelho escuro da *Branca de Neve*. As escadas em espiral pareciam o traseiro de um robô. As paredes brancas infindáveis davam a Lydia a impressão de estar presa em uma camisa de força. Quanto antes ela saísse, melhor.

Lydia encontrou uma frigideira na gaveta embaixo do cooktop. Despejou um pouco de azeite e colocou duas fatias de pão.

Claire perguntou:

— Vai fazer pão com ovo para mim?

Lydia controlou um sorriso, porque Claire parecia ter treze anos de novo. Fazer pão com ovo era o jeito que Lydia encontrava para não ter que bater os ovos. Ela jogava tudo dentro da panela e cozinhava.

— Estou em liberdade condicional porque agredi uma pessoa — contou Claire, e Lydia quase derrubou a caixa de ovos. — Não podemos chamar de agressão, mas foi isso mesmo.

Claire segurou a xícara de café com as mãos.

— Allison Hendrickson. Minha dupla. Estávamos nos aquecendo para um jogo. Ela disse que se sentia uma sobrevivente do Holocausto depois da Liberação porque seu último filho estava indo para a faculdade e ela ficaria livre — começou Claire.

Lydia quebrou dois ovos na frigideira. Já odiava aquela vaca.

— Então, Allison começou a me contar sobre uma amiga que tinha uma filha que foi para a faculdade ano passado. — Claire pousou a xícara no balcão. — Garota esperta, sempre tirava boas notas. Até entrar na faculdade e enlouquecer... Começou a transar com todo mundo, a matar aulas, a beber demais, todas as coisas idiotas que ouvimos sobre os jovens.

Lydia usou uma espátula para mexer os ovos ao redor do pão. Estava mais do que familiarizada com coisas idiotas assim.

— Certa noite, a garota foi a uma festa de universitários. Alguém colocou alguma coisa em sua bebida. No dia seguinte, ela acordou nua no porão da casa da fraternidade. Surrada e cheia de hematomas, mas encontrou o caminho de volta ao quarto, onde sua colega mostrou a ela um vídeo que tinham postado no YouTube.

Lydia congelou. Todos os pesadelos que tinha a respeito da ida de Dee para a faculdade envolvia uma variação desse tema.

— Os caras da fraternidade filmaram tudo. Basicamente, era uma gangue de estupradores. Allison contou com muitos detalhes, porque, ao que parecia, todo mundo do *campus* viu o filme. E aí ela me diz: "Você acredita nisso?" E eu disse que não, mas é claro que consigo acreditar, porque as pessoas são terríveis. E Allison diz: "Aquela menina idiota se embebedou daquele jeito no meio de um monte de universitários. Foi culpa dela por ter ido à festa."

Claire parecia tão enojada quanto Lydia se sentiu. Assim que Julia desapareceu, as pessoas não paravam de perguntar por que ela tinha ido ao bar, o que estava fazendo na rua até tarde, e quanto de álcool ela tinha consumido, porque obviamente era culpa de Julia o fato de ela ter sido levada e, provavelmente, estuprada e morta.

— O que você disse? — perguntou Lydia.

— Não disse nada, a princípio. Estava brava demais. Mas não sabia que estava brava, entende?

Lydia negou balançando a cabeça, porque sempre sabia quando estava brava.

— Eu ficava repetindo as palavras de Allison na minha mente, e a raiva aumentava sem parar. Sentia a pressão no peito, como uma chaleira de água fervente.

Claire uniu as mãos.

— Então, a bola passou por cima da rede. Estava do lado dela, mas eu me lancei para a frente. Eu me lembro de ter estendido o braço, que, aliás, ainda está doendo. Observei a raquete descer e no último instante me lancei à frente e atingi a lateral do joelho dela com a borda da raquete.

— Caramba.

— Ela caiu de cara no chão. Quebrou o nariz e dois dentes. O sangue se espalhou por todos os lados. Pensei que ela fosse ter uma hemorragia. Desloquei o joelho dela, o que deve ter doído muito. Acabou precisando de duas operações para colocá-lo no lugar.

Claire talvez estivesse arrependida, mas não deixou transparecer.

— Eu poderia dizer que foi um erro. Eu me lembro de ter ficado de pé na quadra com muitas desculpas percorrendo minha mente. Allison se retorcia no chão, berrando de dor, e abri a boca para me desculpar pelo acidente horroroso, para dizer que era uma idiota, que não estava prestando atenção e que a culpa era toda minha, e blá-blá-blá, mas, em vez de pedir desculpas, eu disse: "É culpa sua por jogar tênis."

Lydia sentiu o choque do ato reverberar pela cozinha fria.

— O modo como as outras mulheres me olharam...

Claire balançou a cabeça, como se ainda não acreditasse.

— Nunca ninguém tinha me olhado daquele jeito. Senti uma onda de revolta. Senti a raiva delas dentro de mim. Nunca contei isso a ninguém, nem mesmo ao Paul, mas foi muito bom ser má.

Disso, pelo menos, Claire parecia ter certeza.

— Você me conhece, Liddie. Nunca me exponho assim. Costumo guardar tudo porque não vejo motivos para expor, mas algo naquele dia me fez... — Ela ergueu as mãos, entregando-se. — Eu senti uma euforia enorme até ser presa.

Lydia tinha esquecido o pão com ovo. Tirou a frigideira do fogão.

— Não acredito que concederam liberdade condicional a você.

— Nós pagamos.

Claire deu de ombros como fazem os ricos.

— O advogado demorou alguns meses e exigiu muito dinheiro para convencer os Hendrickson, mas eles disseram, por fim, que aceitavam a liberdade condicional e uma pena mais branda. Tive que usar uma tornozeleira eletrônica por seis meses. Tenho mais seis sessões com um terapeuta indicado pela justiça. Estou em liberdade condicional por mais um ano.

Lydia não sabia o que dizer. Claire não brigava muito. Era Lydia quem costumava se meter em apuros por fazer brincadeiras idiotas com Claire e com as outras pessoas.

— Ironicamente, a tornozeleira foi tirada no mesmo dia em que Paul foi morto — contou Claire, e pegou o prato de pão com ovo. — Ou isso é só coincidência, não ironia? A mamãe saberia.

Lydia havia detectado a única coincidência que importava.

— Quando você foi presa?

O sorriso contido de Claire deixou claro que ela tinha percebido a relação.

— Na primeira semana de março.

Julia havia desaparecido no dia 4 de março de 1991.

— Então, é por isso que estou em liberdade condicional.

Claire pegou o pão e deu uma mordida. Ela contou a história da prisão como se estivesse relatando algo engraçado que aconteceu no mercado, mas Lydia percebeu que seus olhos estavam marejados. Ela parecia exausta. Mais do que isso, parecia assustada. Havia algo em Claire que era muito vulnerável. Era como se elas estivessem sentadas à mesa da cozinha da casa dos pais três décadas antes.

— Você se lembra de como Julia dançava? — perguntou Claire.

Lydia ficou surpresa ao ver como as lembranças voltavam claras. Julia adorava dançar. Ouvia uma música bem baixa e se entregava totalmente.

— Pena que ela tinha um péssimo gosto para música.

— Ah, não era tão ruim assim.

— Fala sério! Menudo?

Claire riu, surpresa, como se tivesse esquecido sua queda pela *boy band*.

— Ela era muito divertida. Adorava muitas coisas.

— Divertida — repetiu Lydia, gostando da leveza da palavra.

Quando Julia desapareceu, todo mundo dizia que era muito trágico algo tão ruim ter acontecido com uma garota tão bacana. Então, quando o delegado revelou a teoria de que ela havia fugido de casa — para se unir a uma comunidade hippie ou ficar com um rapaz —, o tom mudou, passando de simpatia para acusação. Julia Carroll não era mais a garota generosa que trabalhava como voluntária no abrigo de animais e que servia sopa aos desabrigados. Passou a ser a ativista política rebelde que foi presa num protesto. A repórter exagerada que fazia a cabeça de toda a equipe do jornal da escola. A feminista radical que exigia que a universidade contratasse mais mulheres. A bêbada, a maconheira, a puta.

Não bastava Julia ter sido tirada de sua família. Todas as coisas boas a respeito dela também foram tiradas.

— Menti sobre onde estava na noite em que ela desapareceu — disse Lydia. — Eu estava desmaiada na Viela.

Claire pareceu surpresa. A Viela era o caminho sujo que ia do Georgia Bar ao Roadhouse, dois estabelecimentos em Athens frequentados por menores de idade. Lydia dissera à polícia que estava ensaiando com a banda na garagem de Leigh Dean na noite em que Julia desapareceu, quando na verdade estava bem perto de onde a irmã estava.

Em vez de apontar a proximidade, Claire disse:

— Eu disse que estava estudando com Bonnie Flynn, mas na verdade estávamos nos pegando.

Lydia controlou uma risada. Ela tinha esquecido como Claire era boa em dizer frases chocantes.

— E aí?

— Gostei mais do irmão dela.

Claire pegou um pedaço de ovo com o polegar e o indicador, mas não comeu.

— Vi você na rua hoje à tarde. Eu estava na frente do McDonald's. Você estava parada no semáforo.

Lydia sentiu um arrepio na nuca. Ela se lembrava de ter parado num semáforo fechado perto do McDonald's a caminho do cemitério. Não fazia ideia de que estava sendo observada.

— Não vi você.

— Eu sei. Segui você por cerca de vinte minutos. Não sei o que me deu. Não me surpreendi quando você chegou ao cemitério. Parecia adequado... o fim de uma história. Paul nos separou. Por que não nos uniria de novo? — Ela afastou o prato. — Não que eu acredite que você vá me perdoar um dia. E não deve, porque eu nunca perdoaria você.

Lydia não sabia se conseguia perdoar.

— O que a fez acreditar em mim depois de todo esse tempo?

Claire não respondeu. Estava olhando para a comida no prato.

— Eu o amava. Sei que você não quer acreditar, mas eu o amava muito, demais, de um jeito intenso e louco. — Lydia não disse nada. — Estou muito brava comigo mesma porque estava bem na minha cara e nunca questionei.

Lydia teve a clara sensação de que o assunto era outro. Ela fez uma pergunta que havia muito tomava sua mente:

— Se o sócio de Paul fez um acordo amigável, por que o FBI ainda está perturbando você? Não tem crime. Acabou. — Claire contraiu a mandíbula, apertando os dentes. — Vai me responder?

— Essa é a parte perigosa. — Ela fez uma pausa. — Ou talvez não seja. Não sei. Mas é quase meia-noite. Tenho certeza de que você quer ir para casa. Eu não tinha o direito de chamar você aqui, para começo de conversa.

— Então, por que chamou?

— Porque sou egoísta e porque você é a única pessoa na minha vida que já foi capaz de melhorar alguma coisa.

Lydia sabia que Paul era a outra pessoa. Não gostou da associação.

— O que ele fez com você, Claire?

Claire olhou para o balcão. Ela não estava usando maquiagem, mas secou os olhos da maneira cuidadosa como se estivesse de rímel.

— Ele estava vendo uns filmes. Não só pornografia, mas pornografia com violência.

A única coisa que surpreendeu Lydia foi Claire realmente se importar.

— Não vou defendê-lo, mas os homens assistem a um monte de coisas esquisitas.

— Não era esquisita, Liddie. Era violenta. E explícita. Uma mulher é assassinada, e um homem de máscara de couro a estupra enquanto ela está morrendo.

Lydia cobriu a boca com a mão. Estava sem palavras.

— Há vinte filmes curtos. Vinhetas, acho, de duas mulheres diferentes. As duas são torturadas, eletrocutadas, queimadas e marcadas como gado. Nem consigo descrever outras coisas que são feitas com elas. A primeira garota é assassinada.

Ela uniu as mãos.

— A segunda se parece com Anna Kilpatrick.

O coração de Lydia se acelerou.

— Você tem que ligar para a polícia.

— Fiz mais do que isso. Levei todos os filmes aos policiais, e eles disseram que eram falsos, mas... — Ela olhou para Lydia, arrasada. — Não acho que sejam falsos, Liddie. Acho que a primeira mulher foi morta mesmo. E a menina... Não sei bem. Não sei mais.

— Quero vê-los.

— Não — disse Claire, balançando a cabeça com veemência. — Não pode vê-los. São terríveis. Você nunca vai esquecê-los.

As palavras fizeram Lydia se lembrar do pai. No fim de sua vida, ele sempre dizia isso sobre Julia, que era impossível *desver* algumas coisas. Ainda assim, ela tinha que saber. Assim, insistiu:

— Quero ver a garota que se parece com Anna Kilpatrick.

Claire ia retrucar, mas obviamente queria uma segunda opinião.

— Não vai assistir ao filme. Vai só ver a cara dela.

Lydia veria o maldito filme se quisesse.

— Onde está?

Claire se levantou com relutância. Levou Lydia à sala e abriu a porta lateral. Havia um pedaço de madeira onde a janela deveria estar.

— Entraram em casa no dia do velório — explicou Claire. — Não levaram nada. O pessoal do bufê os impediu.

— Estavam procurando os filmes?

Claire se virou, surpresa.

— Nem sequer pensei nisso. A polícia disse que tem uma gangue que pesquisa obituários à procura de casas para roubar durante velórios.

Lydia se lembrava vagamente de ter ouvido algo do tipo no noticiário, mas ainda assim era uma coincidência esquisita.

Elas caminharam no quintal em direção à garagem, que tinha o dobro do tamanho da casa de Lydia. Uma das portas já estava aberta. A primeira coisa que Lydia viu foi um armário caído. Um conjunto de tacos de golfe quebrados. Ferramentas de mão. Maquinário. Latas de tinta. Raquetes de tênis. A garagem tinha sido totalmente revirada.

— Fiz esta bagunça — admitiu Claire, sem entrar em detalhes. — Os ladrões não entraram na garagem.

— Você fez isso?

— Pois é — respondeu Claire, como se elas estivessem fofocando sobre outra pessoa.

Lydia pisou com cuidado porque estava sem sapatos. Apoiou a mão na BMW X5 ao passar por cima do armário virado. Havia um belo Porsche cor de carvão, e parecia que alguém tinha dado marteladas nele. No capô do Tesla prata havia marcas fundas. Ela tinha certeza de que, mesmo estragados como estavam, qualquer um daqueles carros poderia quitar seu financiamento imobiliário.

— Havia um cabo Thunderbolt que subia ao andar de cima — contou Claire. — Paul fez um buraco no chão para plugá-lo diretamente no computador.

Lydia olhou para o teto. O drywall tinha sido aberto.

— Eu não aguentava mais ficar lá em cima — continuou Claire. — O MacBook de Paul estava no porta-malas da frente do Tesla. Eu o peguei e o coloquei aqui, então tirei o cabo da parede para plugá-lo.

Ela estava quase sem fôlego, como ficava quando era pequena e queria contar a Lydia algo ocorrido na escola.

— Fiz uma busca no laptop para ver se havia mais filmes. Não encontrei nada, mas quem sabe? Paul era muito bom com computadores. E ele não se importava em esconder nada porque sabia que eu não procurava. Eu confiava nele.

Lydia observou a destruição até encontrar um MacBook prateado que estava ligado no balcão. Claire havia usado um martelo para quebrar o forro, o que Lydia sabia porque o martelo ainda estava enfiado na parede.

Um cabo fino e branco estava pendurado como um pedaço de barbante. Claire o havia plugado no laptop.

— Olhe aqui atrás.

Claire apontou atrás do balcão.

— Dá para ver a luz do HD externo.

Lydia teve que ficar na ponta dos pés para ver a que ela se referia. Virou o pescoço. Havia uma luz piscando. O drive estava ligado na parede. O nicho tinha sido feito com profissionalismo, incluindo o detalhe da borda. Se Lydia olhasse por bastante tempo, quase visualizaria o esquema na mente.

— Não fazia ideia de que estava aqui. Tudo isso... — Claire apontou a garagem. — Essa construção toda foi feita para esconder os segredos dele.

Ela fez uma pausa, observando Lydia.

— Tem certeza de que quer ver?

Pela primeira vez, Lydia sentiu nervosismo em relação ao filme. Dentro da casa, o que Claire descreveu parecia terrível, mas de alguma forma Lydia se convenceu de que não podiam ser tão ruins. Rick e Dee adoravam assistir a filmes de terror. Lydia pensou que as gravações não podiam ser muito piores. Mas, diante da mentira de Paul, ela compreendeu que Claire deveria estar certa: os filmes eram muito piores do que qualquer coisa que Lydia imaginasse.

Ainda assim, ela disse:

— Quero.

Claire abriu o laptop. Virou a tela para longe de Lydia. Moveu o dedo pelo *trackpad* até encontrar o que procurava, então clicou.

— Esta é a melhor imagem do rosto dela.

Lydia hesitou, mas viu a garota na tela. Estava acorrentada a uma parede. Seu corpo estava rasgado. Não havia melhor maneira de descrever o que havia sido feito a ela. A pele tinha sido puxada. Queimaduras formavam ferimentos expostos. Ela tinha sido marcada com ferro em brasa. Havia um *X* grande queimado na barriga, meio torto, logo abaixo das costelas.

Lydia sentiu o gosto do medo na boca. Quase sentia o cheiro da pele queimada.

— É absurdo.

Claire tentou fechar o laptop.

Lydia a impediu. Seu corpo todo reagia aos atos nada naturais na tela. Sentiu-se mal. Estava suando. Até seus olhos doíam. Aquilo era diferente de qualquer filme de terror que ela já tinha visto. Os sinais de tortura não eram para assustar o telespectador. Eram para excitar.

— Liddie?

— Estou bem.

Sua voz estava abafada. Em determinado momento, ela havia levado a mão à boca. Lydia percebeu que estava tão impressionada com a violência que nem sequer tinha olhado o rosto da menina. À primeira vista, ela se parecia muito com Anna Kilpatrick. Lydia se aproximou. Debruçou-se e quase encostou o nariz na tela. Havia uma lente de aumento ao lado do laptop. Ela a usou para observar mais de perto ainda.

— Também não sei — disse Lydia, por fim. — Quer dizer, sim, ela se parece com Anna, mas muitas garotas dessa idade se parecem.

Lydia não disse a Claire que todas as amigas de Dee se pareciam. Apenas abaixou a lente de aumento.

— O que o policial disse?

— Ele disse que não era Anna. Não que eu tenha perguntado, porque só notei a semelhança na delegacia. Mas, agora que estou pensando nisso, não consigo parar.

— Como assim, não perguntou?

— Não me ocorreu que ela se parecia com Anna Kilpatrick, isso foi praticamente a primeira coisa que o capitão Mayhew disse quando mostrei o filme: "Não é Anna Kilpatrick."

— O cara que está cuidando do caso de Kilpatrick se chama Jacob Mayhew. Ele tem um bigode grande. Eu o vi no noticiário hoje.

— Ele mesmo, o capitão Jacob Mayhew.

— Anna Kilpatrick está em todos os noticiários. Por que o cara que está cuidando do caso dela pararia tudo o que está fazendo para cuidar de um roubo a uma casa?

Claire mordeu o lábio.

— Talvez ele tenha pensado que eu estava mostrando o filme porque sabia que ele estava investigando o caso de Kilpatrick.

Ela olhou diretamente nos olhos de Lydia.

— Ele me disse que ela morreu.

Era o que Lydia pensava, mas uma confirmação não facilitava as coisas. Mesmo com Julia, que já estava sumida havia tanto tempo, sendo impossível que ainda estivesse viva, Lydia sempre mantinha uma pequena esperança.

— Encontraram o corpo dela?

— Acharam sangue no carro dela. Mayhew disse que era sangue demais, que ela não poderia ter sobrevivido.

— Mas não disseram isso no noticiário.

Lydia sabia que era um caso delicado.

— A família dela ainda está fazendo apelos para que ela retorne a salvo.

— Por quantos anos nossos pais fizeram a mesma coisa?

As duas se calaram, provavelmente pensando sobre Julia. Lydia ainda se lembrava do delegado Huckabee dizendo a seus pais que, se Julia não tivesse fugido sozinha, ela provavelmente estava morta. Helen dera um tapa na cara dele. Sam ameaçou processar a delegacia por negligência se eles pensassem em suspender a investigação.

Lydia sentiu um nó na garganta. Esforçou-se para engoli-lo. Havia mais coisas que Claire não estava contando. Estava tentando proteger Lydia ou a si mesma.

— Quero que você comece do começo e me conte tudo o que aconteceu.

— Tem certeza?

Lydia esperou.

Claire se recostou no galpão.

— Acho que começou quando voltamos do velório.

Claire contou tudo, desde quando encontrou os filmes no computador de Paul até as perguntas intrometidas de Nolan, passando pela decisão de entregar tudo à polícia. Lydia pediu para que ela repetisse quando descreveu a curiosidade nada casual de Mayhew, perguntando se Claire havia feito cópias do filme. Então, chegou à parte em que Adam Quinn havia deixado um bilhete ameaçador em seu carro, e Lydia não conseguiu mais ficar calada.

— De quais arquivos ele está falando? — perguntou Lydia.

— Não sei bem, talvez de trabalho. Arquivos secretos de Paul, quem sabe? Algo que tenha a ver com o dinheiro que Paul roubou?

Claire negou, balançando a cabeça.

— Ainda não entendo. Nolan tinha razão para estar confuso. Por que roubar algo de que não precisa?

Lydia conteve a reação: por que estuprar alguém quando se tem uma namorada bonita e disposta em casa? Mas perguntou:

— Você checou o laptop de Paul para encontrar a pasta de Trabalhos em Andamento?

A expressão vazia de Claire respondeu à pergunta.

— Eu estava preocupada em encontrar mais filmes.

Ela se inclinou sobre o MacBook e começou a procurar no drive. A pasta de Trabalhos em Andamento apareceu de imediato. As duas analisaram os nomes dos arquivos.

— Essas extensões são de um software de arquitetura — observou Claire. — Dá para saber pelas datas que Paul estava trabalhando nelas no dia em que foi morto.

— O que é uma extensão?

— São as letras que aparecem depois do ponto no nome de um arquivo. Mostram qual é o formato do arquivo, como .JPG para fotografias e .PDF para documentos impressos.

Ela clicou para abrir cada um dos arquivos. Havia um desenho de uma escada, algumas janelas, elevações.

— Desenhos conceituais. São todos do trabalho.

Lydia pensou nas opções que tinham.

— Faça cópias dos arquivos para Adam Quinn. Se ele deixar você em paz, saberá que ele não está envolvido.

Claire pareceu surpresa com a simplicidade da solução. Abriu a porta do Tesla e pegou o molho de chaves no painel.

— Dei este chaveiro a Paul quando o Auburn entrou na superliga BCS. Tem um pen drive dentro.

Lydia se perguntou se a irmã percebia que sua voz ficava muito suave quando falava sobre sua vida com Paul. Era quase como se Claire fosse duas pessoas diferentes — a mulher que amava e acreditava no marido e a que sabia que ele era um monstro.

— Não quero que você se encontre com Adam sozinha — disse Lydia. — Envie uma mensagem dizendo que vai deixar as coisas na caixa de correio para ele.

— Boa ideia.

Claire estava tentando abrir a argola de metal da chave com a unha do polegar.

— Tenho um celular pré-pago em casa.

Lydia não perguntou por que ela tinha um telefone pré-pago. Em vez disso, foi até o laptop e clicou em todos os arquivos de projetos para fechá-los. Olhou para o filme pausado na tela do computador. Os olhos da garota estavam arregalados de medo. Os lábios estavam abertos como se ela estivesse prestes a gritar. Por um lado, Lydia sentiu vontade de deixar o filme rolar, só para ver até onde iria. Ela fechou o filme.

O drive do Gladiator apareceu na tela. Ela analisou os nomes dos arquivos, que eram números, assim como Claire dissera.

— Deve haver um padrão nisso.

— Não sei qual é. Porra! — praguejou Claire, após machucar o dedo no anel de metal.

— Não tem um milhão de ferramentas aqui?

Claire procurou até encontrar uma chave de fenda. Sentou-se com as pernas cruzadas no chão enquanto abria o anel com a ferramenta.

Lydia analisou os nomes dos arquivos de novo. Tinha que haver um código que explicasse os números. Em vez de oferecer uma solução, ela disse:

— O agente Nolan falou sobre assistir a filmes hoje. Como saber se ele estava se referindo aos filmes de Paul?

Claire olhou para a frente.

— Talvez ele também goste.

— Parece que sim — disse Lydia, apesar de estar apenas supondo.

— Por que ele viria aqui por causa de um roubo comum?

— Essa é a grande pergunta. Ninguém o queria aqui. Está na cara que Mayhew não o suporta. Então, o que Nolan procurava?

— Se Mayhew está envolvido...

— Por que colocar pressão em mim?

Claire parecia irritada.

— Não sei de nada. Por que Paul assistia aos filmes? Quem mais os via? O que Mayhew sabe? O que Nolan sabe? Ou o que não sabe? Parece que estou correndo em círculos.

Lydia se sentia da mesma maneira, e isso porque havia acabado de saber do caso.

— O Nolan fica me paquerando, não é? — indagou Claire. — Ele me olhou de um jeito hoje, como se estivesse me secando com os olhos. Você percebeu?

— Percebi.

— Ele é assustador, não é?

Era mais do que assustador, mas Lydia só falou:

— Eu acho.

— Rá!

Claire ficou de pé, segurando as chaves separadas, triunfante. No medalhão de plástico, estava o logo laranja e azul da Universidade de Auburn. Claire o abriu e enfiou o USB na entrada do laptop. Clicou para exibir o drive. Lydia viu que estava vazio, exceto pela pasta do software.

Ela suspirou, aliviada.

— Graças a Deus.

— Não acredito.

Claire copiou a pasta de Trabalhos em Andamento para o pen drive.

— Espero que sejam os arquivos sobre os quais Adam falava. Não sei se vou aguentar se não forem.

Lydia notou uma forte semelhança entre o modo como ela falava sobre Paul e o modo como falava de Adam Quinn. Então lembrou algo que Nolan havia sugerido quando eles estavam na porta.

— Você estava dormindo com Adam Quinn.

Claire deu de ombros, fingindo inocência.

— Meu terapeuta recomendado pela justiça diria que eu estava tentando preencher um vazio.

— É assim que chama sua vagina?

Claire riu baixo.

— Inacreditável — murmurou Lydia, apesar de o histórico da irmã mostrar que aquilo era totalmente crível.

Quando Rick perguntou a Lydia sobre Claire, ela deixou de fora a parte a respeito da liberdade sexual da irmã. Não que Claire fosse promíscua. Separava muito bem as pessoas de sua vida. Os amigos da cidade nunca conheceram os amigos de faculdade. As amigas líderes de torcida nunca se misturavam com as amigas da corrida, e quase ninguém sabia que ela fazia parte da equipe de tênis. Ninguém teria imaginado que ela dormia com outros homens. Muito menos o homem que ela estivesse namorando na época.

— Pronto.

Claire retirou o pen drive.

— Certo. Pelo menos uma coisa está feita.

Lydia não se importava mais com Adam Quinn. Algo no fundo de sua mente estava montando o quebra-cabeça do código de Paul, e ela enfim compreendeu o que ele tinha feito.

— Os nomes dos filmes. São números embaralhados. — Ela se virou para Claire. — Tipo, se um arquivo tivesse o nome 1-2-3-4-5, o código seria 1-5-2-4-3. Pegue o primeiro número, depois o último, o segundo número, o penúltimo e vai para o meio até todos constarem.

Claire assentiu.

— Então, primeiro de novembro de 2015 é 11/01/2015, que teria o código 1-5-1-1-0-0-1-2.

— Exatamente.

Ela apontou a tela.

— O último arquivo da lista é o primeiro filme com a garota que se parece com Anna Kilpatrick.

Lydia traduziu a data.

— Foi feito um dia depois de ela desaparecer.

Claire se recostou no balcão.

— Tem sido assim nos últimos dois dias. Sempre que me convenço de que os filmes não são reais, alguma coisa acontece e eu penso que talvez sejam.

Lydia teve que fazer o papel de advogada do diabo.

— Não estou defendendo Paul, mas e se for real? Há muitas coisas esquisitas na internet mostrando pessoas levando tiros ou sendo decapitadas, estupradas e tudo o mais. É nojento ver. Se Paul soubesse que aquela era Anna Kilpatrick, ele deveria ter contado à polícia, mas não é ilegal ficar calado e só assistir.

Claire pareceu abalada com a sinceridade brutal das palavras de Lydia. Baixou a cabeça como Dee fazia quando não queria falar sobre alguma coisa.

— Claire?

Ela balançou a cabeça.

— Se não é ilegal, por que Nolan não para de vir aqui? E por que Mayhew agiu de modo tão esquisito quando me perguntou se eu tinha feito cópias?

— Talvez Nolan seja só um idiota que não se conforma que Paul tenha infringido a lei e saído impune. — Lydia teve que pensar mais para falar sobre o capitão Mayhew. — Mayhew poderia estar tentando te proteger. É o que os homens fazem perto de você. Sempre fizeram. Mas digamos que os filmes sejam verdadeiros. E daí?

Dizer aquelas palavras de novo fez Lydia perceber como parecia horrorosa, porque aquelas mulheres eram seres humanos que tinham famílias.

Mas teve que continuar:

— Na pior das hipóteses, Mayhew estava tentando impedir que você pensasse que seu marido não tinha moral.

— Paul *não tinha* moral — disse Claire, com convicção matadora. — Encontrei mais arquivos. Arquivos de papel. — Lydia sentiu o pânico vibrar em seu peito como um despertador. — Paul os mantinha no andar de cima, no escritório. Duas caixas grandes de arquivos e sabe Deus mais o quê. Reconheci um dos nomes nas etiquetas.

Claire olhou para o lado da mesma maneira que fazia quando era pequena e tentava esconder alguma coisa.

— Qual nome você reconheceu?

Claire olhou para as mãos. Estava cutucando a cutícula do polegar.

— O nome da mulher era familiar. Eu a vi no noticiário. Uma notícia, não ela. Ela se destacou porque normalmente o noticiário não divulgava, ou melhor, entrevistava...

— Claire, use suas palavras.

Ainda assim, Claire não olhou para a frente.

— Paul estava reunindo informações a respeito de muitas mulheres, e sei que pelo menos uma das mulheres foi estuprada.

— Como você sabe?

Claire finalmente olhou nos olhos dela.

— Vi o nome dela no noticiário. Não a conheço. Paul não me falou dela. É só uma desconhecida que foi estuprada, e Paul tem um arquivo sobre ela. E tem um monte de arquivos sobre outras mulheres também.

Lydia sentiu um frio percorrer seu corpo.

— Que tipo de informação ele estava reunindo?

— Onde elas trabalhavam. Quem namoravam. Aonde iam. Ele contratava detetives particulares para segui-las sem que soubessem. Há fotos, relatórios e informações. — Claire também sentia frio. Enfiou as mãos nos bolsos da frente. — Pelo que vi, ele checa as informações sobre elas uma vez por ano, na mesma época todo ano, e eu me pergunto por que as seguiria sem motivo e se é porque estuprou todas elas.

Lydia estava com a sensação de engasgo.

— Ele tem um arquivo sobre mim?

— Não.

Lydia a observou com atenção. Claire sempre guardou segredos muito bem. Estaria mentindo? Lydia podia confiar nela em relação a algo tão importante?

— Estão em meu escritório. — Claire hesitou. — Não que esteja dizendo que você deva vê-los. Quero dizer... — Ela deu de ombros. — Não sei o que quero dizer. Sinto muito. Sinto muito por ter colocado você nisso. Pode ir embora. Acho que você deveria ir embora.

Lydia olhou para a rua. A caminhonete de Rick estava estacionada na frente da casa. Ele não queria que ela dirigisse a van antes de trocar as pás do limpador de para-brisa, uma gentileza que Lydia havia recompensado permitindo que um agente especial do FBI registrasse a placa.

Rick tinha se deparado com muitas agências de segurança pública durante sua época de viciado em heroína, porque vendia quase tanto quanto usava. Nolan precisaria de algumas horas para ler sua ficha criminal. E então o que ele faria? Iria ao posto de gasolina para perturbar Rick até seu chefe demiti-lo? Iria à casa dele para interrogá-lo e talvez conversar com os vizinhos e descobrir que Lydia morava na casa ao lado?

Dee seria arrastada para aquilo, e as Mães descobririam, e as pessoas que trabalhavam na loja de Lydia seriam incomodadas e talvez os clientes também, e eles dariam desculpas esfarrapadas dizendo que não podiam deixar seus poodles com uma mulher que estava sendo investigada pelo FBI porque era uma situação muito complicada.

— Pimenta?

Claire estava com os braços cruzados na altura da cintura.

— É melhor você ir. Estou falando sério. Não posso envolver você nisso.

— Já estou envolvida até o pescoço.

— Pimenta...

Lydia atravessou a garagem de novo. Em vez de ir para a rua, seguiu em direção à casa. Já tinha enfrentado muitos policiais. Eram tubarões à procura de sangue, e pelo que parecia, no escritório de Claire havia duas caixas que poderiam tirar o agente Fred Nolan de cima delas.

CAPÍTULO 9

Claire ficou sentada na poltrona estofada do escritório enquanto observava a irmã analisar os arquivos de Paul. Lydia parecia motivada pela ideia de descobrir mais detalhes sórdidos, mas Claire tinha a sensação de que estava sendo sufocada sob o peso de cada nova revelação.

Não acreditava que apenas dois dias antes tinha visto o caixão de Paul ser colocado na cova. Era como se seu corpo tivesse sido enterrado com ele. Sentia a pele seca. Sentia frio nos ossos. Até mesmo piscar era um desafio, porque era grande a vontade de manter os olhos fechados.

Olhou para o celular pré-pago que segurava. Às 12h31, Adam havia respondido à mensagem de texto sobre os arquivos com um sucinto: "OK". Claire não sabia o que aquele "OK" significava. O pen drive estava esperando por ele na caixa de correspondência. Será que Adam estava guardando sua reação até ver o que havia ali?

Ela deixou o telefone na mesa. Estava cansada de todas aquelas perguntas sem resposta e brava porque, em vez de sofrer pelo marido, estava questionando a própria sanidade por amá-lo. Estava claro que Lydia não tinha esses pudores. Estava sentada no chão mexendo nas caixas de plástico, com a mesma expressão que tinha no rosto nas noites de Halloween da infância. As cores correspondiam a anos, o que significava que, ao longo dos últimos seis anos, Paul tinha pagado para que dezoito mulheres fossem investigadas.

Ou pior.

Claire não disse a Lydia que aquela provavelmente era a ponta do iceberg. Enquanto estavam na garagem, ela se lembrou da sala no porão da casa. Claire tinha se esquecido do local porque só estivera ali uma vez desde que eles se mudaram. É provável que isso parecesse inacreditável para Lydia, mas o porão era enorme. Havia uma sala de TV, uma academia completa, um vestiário com sauna, uma sala de massagem, uma adega, uma sala com uma mesa de bilhar e outra de tênis de mesa, uma suíte de hóspedes com banheiro completo, uma cozinha perto do elevador, um bar e uma sala com poltronas grande o suficiente para acomodar confortavelmente vinte pessoas. Será que era uma surpresa Claire ter se esquecido de um local do tamanho de uma cadeia?

Paul era organizado demais para ser chamado de acumulador, mas gostava de guardar coisas. Claire sempre achou que a mania de colecionar coisas se devia ao fato de ele ter perdido tudo quando os pais morreram, mas então ela viu um motivo mais sinistro.

Ele havia construído prateleiras na despensa do andar de baixo para deixar muitas caixas de plástico que vinha enchendo desde sua época na Auburn. Quando se mudaram para lá, ele mostrou a Claire as coisas que tinha guardado dos primeiros anos de namoro: o primeiro cartão de aniversário que ela havia lhe dado, um bilhete rabiscado que registrava a primeira vez que ela escreveu as palavras "eu te amo" para ele.

Na época, Claire achou a coleção muito linda, mas naquele momento só pensava que havia dezenas de caixas ali e que três mulheres por ano nos últimos dezoito anos resultariam em outras 54 pastas com 54 violações indescritíveis.

Havia um arquivo que Lydia não veria. A irmã estava perturbada demais com o conteúdo das pastas. Se descobrisse que Paul tinha feito a mesma coisa com ela, não haveria como voltar atrás.

— Você está bem?

Lydia desviou o olhar do relatório que estava lendo.

— Quer se deitar?

— Estou bem — disse Claire, mas suas pálpebras estavam pesadas.

Seu corpo estava tão cansado que as mãos tremiam. Ela havia lido ou ouvido em algum lugar que os criminosos sempre dormem depois de confessar seus crimes. Esconder os atos ruins exigia tanta energia que expor a verdade dava um sono muito grande.

Ela havia se confessado a Lydia? Ou só tinha dividido um peso?

Claire fechou os olhos. Sua respiração ficou mais profunda. Estava acordada — ainda ouvia Lydia folheando as páginas —, mas também estava adormecida e se sentiu afundando em um sonho. Não havia narrativa, apenas fragmentos de um dia comum. Estava sentada à mesa pagando contas. Tocando piano. Estava na cozinha tentando fazer uma lista de compras. Dando telefonemas para arrecadar dinheiro para comprar brinquedos para as crianças carentes no Natal. Analisando os sapatos no armário, tentando pensar no que vestir para um almoço.

Em meio a tudo isso, sentia a presença de Paul na casa. Eles eram pessoas muito independentes. Cada um sempre teve os próprios interesses, fez o que queria, mas Claire sempre se sentia segura quando Paul estava perto. Lâmpadas eram trocadas. Falhas eram eliminadas do sistema de segurança. O controle remoto era consertado. O lixo era tirado. As roupas eram dobradas. As baterias eram recarregadas. Colheres de sopa e de sobremesa nunca ficavam misturadas na gaveta de talheres. Ele era um homem muito capaz e forte. Ela gostava do fato de ele ser mais alto do que ela. Gostava de ter que levantar a cabeça para olhá-lo quando dançavam. Gostava da sensação quando ele a abraçava. Ele era muito mais forte que Claire. Às vezes a pegava no colo. Ela sentia os pés saindo do chão. Apertava bem o peito firme contra o dela. Ele a provocava por causa de uma bobagem, e ela ria porque sabia que o marido adorava ouvir sua risada, então ele dizia: "Fale que você quer."

Claire acordou. Ergueu os braços, como se quisesse se proteger de um golpe. Sentiu a garganta arranhar. O coração batia forte dentro do peito.

O sol da manhã adentrou o escritório. Lydia não estava ali. As caixas de plástico estavam vazias. Os arquivos tinham desaparecido.

Claire partiu em direção à mesa. Abriu a gaveta. O arquivo de Lydia ainda estava escondido ali dentro. O alívio de Claire foi tão grande que ela sentiu vontade de chorar.

Levou os dedos ao rosto. *Estava* chorando. Os dutos lacrimais estavam sempre prontos à espera de algo que os estimulasse. Em vez de continuar chorando, Claire fechou a gaveta. Secou os olhos. Ficou de pé. Endireitou a camisa enquanto caminhava até a cozinha.

Ouviu a voz de Lydia antes de vê-la. Ela falava ao telefone.

— Porque quero que você fique na casa do Rick hoje. — Lydia fez uma pausa. — Porque estou mandando. — Parou de novo. — Querida, sei que você é adulta, mas os adultos são como vampiros. Os mais velhos são muito mais poderosos.

Claire sorriu. Ela sempre soube que Lydia seria uma boa mãe. Falava como Helen antes do desaparecimento de Julia.

— Está bem. Também amo você.

Claire ficou no corredor por muito tempo depois de Lydia ter desligado. Não queria que a irmã temesse ser ouvida. Se Claire continuaria mentindo a respeito do que sabia sobre a vida de Lydia, então faria um bom trabalho.

Mexeu nos cabelos ao entrar na cozinha.

— Oi.

Lydia estava sentada no bar. Usava óculos de leitura, o que teria sido engraçado se Claire não estivesse a poucos anos de precisar deles. Os arquivos de Paul estavam espalhados no balcão da cozinha. Lydia mantinha o iPad de Claire à frente. Tirou os óculos e perguntou:

— Dormiu bem?

— Desculpe. — Claire não sabia pelo que estava se desculpando; havia muitas coisas entre as quais escolher. — Eu deveria ter ajudado você com tudo isso — acrescentou.

— Não, você deveria ter dormido. — Lydia começou a se recostar na cadeira, mas parou antes de soltar o corpo. — Estas são as cadeiras mais idiotas nas quais já me sentei.

— São bonitas — disse Claire —, porque era só isso que importava para Paul.

Ela foi até a tela na parede da cozinha. O relógio mostrava que eram 6h03. Ligou a câmera da caixa de correspondências. Adam ainda não tinha passado. Claire não sabia o que pensar, porque ainda não sabia quais eram os arquivos que ele queria.

— O pen drive ainda está na caixa de correspondências — disse ela.

— Você tem uma câmera na caixa de correspondências?

— Todo mundo tem, não?

Lydia lhe lançou um olhar ácido.

— Qual era o nome da mulher que você viu no noticiário? — Claire balançou a cabeça. Não entendeu. — Na garagem, você disse que reconheceu o nome de uma mulher de um dos arquivos porque você a tinha visto no noticiário. Pesquisei todas elas pelo seu iPad. Só duas tinham novas ocorrências.

— Ela estava em Atlanta — explicou Claire.

— Leslie Lewis? — Lydia empurrou uma pasta aberta pelo balcão para que Claire visse a foto da mulher. Ela era loira e bonita e usava óculos de aros escuros e grossos. — Encontrei uma matéria sobre ela nos arquivos do *Atlanta Journal*. Ela estava em um hotel durante a Dragon Con. Pensou que estava abrindo a porta para o serviço de quarto, mas um cara forçou a entrada e a estuprou.

Claire desviou o olhar da foto da mulher. Os escritórios da Quinn + Scott no centro da cidade ficavam perto do centro de convenção. No ano anterior, Paul havia lhe enviado fotos de pessoas bêbadas vestidas de Darth Vader e Lanterna Verde enchendo a rua.

Lydia empurrou outro arquivo: outra jovem loira e bonita.

— Pam Clayton. Saiu uma matéria no *Patch*. Ela estava correndo perto do parque Stone Mountain. O agressor a arrastou para a mata. Passava das sete, mas era agosto, por isso ainda estava claro.

A equipe de tênis de Paul costumava ter jogos no parque.

— Veja as datas nos arquivos. Ele contratava os detetives para segui-las nos aniversários dos estupros.

Claire acreditou no que a irmã dizia. Não queria ler mais detalhes.

— O agressor disse alguma coisa para elas?

— Se disse, não estava nas matérias. Precisamos dos relatórios da polícia.

Claire se perguntou por que Paul não tinha pedido aos detetives particulares para localizarem os relatórios. O arquivo de Lydia tinha registros de prisão e toda a papelada relacionada. Talvez Paul tivesse pensado que seria má ideia mexer na história pedindo para todos os detetives irem atrás de todas as mulheres que tinham sido estupradas. Ou talvez não precisasse dos relatórios por saber exatamente o que tinha acontecido com elas.

Ou talvez estivesse recebendo os relatórios do capitão Jacob Mayhew.

— Claire?

Ela balançou a cabeça, mas, uma vez que tinha pensado naquilo, não conseguia parar. Por que não tinha prestado atenção à expressão de Mayhew enquanto ele assistia aos filmes? E de que adiantaria? Ela não tinha aprendido o suficiente sobre a duplicidade de Paul para saber que não era capaz de julgar?

— Claire? — Lydia esperou que a irmã prestasse atenção. — Você notou uma coisa sobre as mulheres? — Claire balançou a cabeça de novo. — Todas se parecem com você.

Claire não disse que isso significava que elas também se pareciam com Lydia.

— E agora? Temos a vida dessas mulheres nas mãos. Não sabemos se podemos confiar em Mayhew. Ainda que possamos, ele não levou os filmes a sério. Por que investigaríamos os arquivos? — disse Claire.

Lydia deu de ombros.

— Podemos ligar para o Nolan.

Claire não acreditava no que Lydia estava sugerindo.

— Você quer dizer que antes essas mulheres do que nós?

— Eu não diria isso, mas agora que você...

— Elas já foram estupradas. Você quer que elas saibam mais sobre esse imbecil?

Lydia se encolheu.

— Talvez elas sintam um pouco de paz sabendo que o homem que as atacou não está mais vivo.

— Que desculpa ruim. — Claire foi sincera. — Vimos como Nolan é. É provável que ele nem sequer acredite nelas. Ou, pior, vai dar em cima delas da mesma maneira que faz comigo. Há um motivo para a maioria das mulheres não procurar a polícia quando é estuprada.

— O que você vai fazer? Vai mandar um cheque para elas?

Claire entrou na sala de estar antes que dissesse algo de que se arrependeria. Mandar uns cheques não parecia má ideia. Paul tinha atacado aquelas mulheres. O mínimo que ela podia fazer era pagar por terapia ou pelo que mais elas precisassem.

Lydia disse:

— Se Paul tivesse me estuprado e eu descobrisse que todo mês de setembro, por quase dezoito anos, ele tinha me investigado, tirado fotos de mim, eu ia querer pegar uma arma e matá-lo.

Claire olhou para o quadro de Rothko por cima da lareira.

— O que você faria se descobrisse que ele já estava morto e que não havia nada que pudesse fazer?

— Ainda assim eu desejaria saber.

Claire não sentiu vontade de revelar a verdade. Lydia sempre tinha se gabado de ser forte, mas havia um motivo pelo qual ela amortecia os sentidos com drogas desde os dezesseis anos.

— Não posso fazer e não vou fazer isso — disse Claire.

— Sei que você não quer ouvir o que vou falar, mas fico feliz que ele esteja morto. E de saber como ele morreu, ainda que tenha sido ruim para você.

— Ruim — repetiu Claire, pensando que a palavra beirava o insulto. *Ruim* era se atrasar para o cinema ou perder uma bela vaga de estacionamento. Ver o marido ser apunhalado e sangrar até morrer na sua frente era arrasador. — Não, não vou fazer isso.

— Tudo bem.

Lydia começou a pegar pastas e juntá-las. Estava claramente irada, mas Claire não voltaria atrás. Sabia como era ser o foco do interesse de Fred Nolan.

Não podia descontar isso nas vítimas de Paul. Já sentia culpa suficiente e não precisava jogar aquelas mulheres na cova dos leões.

A luz do sol dentro da sala de estar a cegava. Claire fechou os olhos por um momento e deixou o calor do sol esquentar seu rosto. Então, virou-se, pois parecia errado aproveitar algo tão básico diante de toda a tristeza que tinham descoberto. Ela olhou para o espaço atrás de um dos sofás. Lydia tinha espalhado uma papelada no chão. Não eram mais relatórios de detetives, e Claire ficou surpresa ao ver a caligrafia de seu pai. Sam Carroll tinha reservado uma parede inteira de seu apartamento para colocar pistas sobre Julia. Havia fotografias, cartões e folhas rasgadas de papel com números de telefone e nomes rabiscados. De modo geral, a coleção toda tomava cerca de 1,5m x 3m de espaço. Ele tinha perdido o dinheiro do cheque-caução pelo apartamento por causa dos furos que as tachinhas tinham deixado na parede.

— Você guardou o mural do papai? — perguntou a Lydia.

— Não, estava na segunda caixa.

Claro.

Claire se ajoelhou. O mural havia definido seu pai por muitos anos. O desespero dele ainda emanava de cada pedaço de papel. O curso de veterinária o havia ensinado a fazer anotações meticulosas.

Ele registrou tudo o que leu, ouviu ou testemunhou, combinou relatórios da polícia e testemunhos, até o caso ficar tão marcado em seu cérebro quanto a estrutura do sistema digestório de um cão ou os sinais de leucemia felina.

Ela pegou uma folha de caderno que tinha a caligrafia do pai. Nas últimas duas semanas de vida, Sam Carroll desenvolveu uma leve paralisia em decorrência de um derrame. Seu bilhete suicida estava quase incompreensível. Claire tinha esquecido como era sua caligrafia normal. Ela perguntou a Lydia:

— Como se chama aquele método de caligrafia mesmo?

— O método Palmer. — Lydia estava atrás de Claire. — Era para ele ser canhoto, mas o obrigaram a usar a mão direita.

— Também fizeram isso comigo na escola.

— Colocaram uma luva em sua mão esquerda para você não usá-la. A mamãe ficou furiosa quando descobriu.

Claire se sentou no chão. Não conseguia largar as únicas coisas do pai. Sam tinha tocado aquela foto de um homem que conversou com outro homem que tinha uma irmã que talvez soubesse de alguma coisa sobre Julia. Ele havia tocado os fósforos do Manhattan, o bar onde Julia foi vista pela última vez. Ele havia escrito bilhetes no cardápio do Grit, o restaurante vegetariano preferido dela. Tinha olhado a foto de Julia encostada em sua bicicleta.

Claire observou a foto também. Havia um chapéu fedora no cesto preso ao guidão. Os cabelos compridos e loiros de Julia desciam pelos ombros.

Ela usava um blazer preto masculino e camiseta branca com tons prata e franjas pretas nas mangas, além de luvas brancas de renda, porque era o final dos anos 1980 e todas as garotas da época queriam se parecer com Cyndi Lauper ou Madonna.

Claire disse:

— Quero dizer a mim mesma que Paul guardou tudo isso porque um dia ele acreditava que eu pudesse querer ver.

Lydia se abaixou no chão ao lado de Claire e apontou a foto de Julia.

— Ela está usando meu pingente. Havia um *L* em letra cursiva na frente.

As duas sabiam que Julia estava usando o mesmo pingente de ouro quando desapareceu.

— Ela sempre roubava suas coisas — comentou Claire.

Lydia deu um tapa no ombro dela.

— E você sempre roubava as minhas — disse Lydia.

Um pensamento ocorreu a Claire.

— O Paul tinha um arquivo sobre mim?

— Não.

Claire analisou a irmã, tentando decifrar se Lydia mentia para ela pelo mesmo motivo que ela mentia para a irmã.

— E os diários do papai? — perguntou.

Sam havia começado a escrever diários quando Helen o deixou porque não havia mais ninguém com quem desabafar.

— Não estavam nas caixas de Paul.

— Talvez a mamãe os tenha.

Claire deu de ombros. Ela se sentia tão distante do pai na época de sua morte que não tinha pedido para ficar com nenhum dos pertences dele. Só depois, quando pensava em coisas como os óculos, os livros ou a coleção de gravatas com estampa de animais, ela se arrependeu de não ter sido mais presente.

Ela disse a Lydia:

— Eu costumava ler os diários dele. Provavelmente porque ele tentava escondê-los de mim. Mais um ponto para o Paul.

Ela se recostou na parede.

— A última parte que li foi de cerca de seis meses antes de ele morrer. Ele escrevia como se escrevesse cartas a Julia. Coisas que se lembrava sobre a infância dela. Como todos nós tínhamos mudado sem ela. Ele não deixava transparecer, mas era muito atento à nossa vida. Sabia exatamente o que estávamos fazendo.

— Deus, espero que não.

— Ele e a mamãe ainda se viam. Mesmo depois que ela se casou de novo.

Lydia assentiu.

— Eu sei.

Claire viu outra foto de Julia da qual tinha se esquecido. Resmungou ao se ajoelhar para pegá-la. Ela tinha rompido o menisco cinco anos antes, e ainda parecia que a qualquer momento se romperia de novo.

— Seus joelhos são tão ruins quanto os meus?

— Não tão ruins quanto os de Allison Hendrickson.

— Verdade.

Claire olhou a foto. Julia estava tomando sol no gramado da frente da casa, de biquíni azul. Sua pele rosada brilhava por causa do óleo. Lydia deveria estar atrás da câmera. Elas nunca deixavam Claire tomar sol com elas. Nem sair com elas. Nem respirar perto delas.

— Meu Deus, olha como a pele dela está vermelha. Ela teria todos os tipos de câncer de pele.

— Tive que retirar uma pinta ano passado. — Lydia apontou a lateral do nariz.

Claire se sentiu momentaneamente feliz por ter sido deixada de lado.

— Aposto que ela teria tido um monte de filhos.

— Futuros republicanos.

Claire riu. Julia tinha fingido uma virose para faltar à aula e assistir às audiências do caso Irã-Contra.

— Ela teria dado aulas aos filhos em casa para impedir que sofressem lavagem cerebral feita pela máquina de educação pública.

— E os teria feito comer tanta soja que os testículos deles nunca desceriam.

Claire mexeu em algumas anotações do pai.

— Ah, não, ela não teria meninos. Isso é ceder ao patriarcado.

— Você acha que ela daria vacinas aos filhos?

Claire riu, porque mesmo em 1991 Julia já duvidava da veracidade da complexa indústria farmacêutica apoiada pelo governo.

— O que é isto?

Ela pegou um monte de papéis do tribunal superior de Oconee County.

Lydia apertou os olhos para olhar os documentos.

— Encontrei em uma pasta separada. É um documento de uma propriedade em Watkinsville.

Paul havia crescido em Watkinsville, que ficava perto de Athens.

Claire virou na segunda página e encontrou o nome e endereço do dono.

— Buckminster Fuller — disse Lydia, porque é claro que ela já tinha visto. — Por que esse nome parece familiar?

— Era o arquiteto preferido do Paul.

Ela entregou as páginas a Lydia porque não aguentava mais olhar para elas.

— O Paul foi criado em uma fazenda em Watkinsville. Ele me disse que tudo foi vendido quando os pais morreram.

Lydia se levantou do chão. Pegou os óculos de leitura e o iPad de Claire no balcão da cozinha e se sentou ao lado dela de novo.

Claire sentiu a onda de náusea que sempre sentia quando outra mentira de Paul era descoberta.

Lydia colocou os óculos e começou a digitar. Claire olhou para o encosto do sofá de couro branco. Ela queria rasgar o couro com as unhas. Queria quebrar a estrutura de madeira, pegar alguns palitos de fósforo e incendiar a casa inteira.

Não que conseguiria fazer isso. Paul tinha instalado o sistema de supressão de fogo residencial mais complexo que o inspetor de construções do condado já tinha visto.

— Os registros on-line datam de dez anos, mas os impostos da propriedade de Buckminster Fuller estão atualizados — afirmou Lydia.

Claire pensou no quadro no escritório de Paul. Sua casa de infância. Ela passou horas acertando sombras e ângulos. Ele chorou quando ela o presenteou no aniversário de casamento. Ela disse:

— Paul disse que o cara que comprou a propriedade derrubou a casa para usar a terra.

— Você já passou por lá para ver?

— Não.

Claire tinha pedido isso a Paul várias vezes. No fim, respeitou a necessidade que ele tinha de manter a privacidade.

— Paul disse que era doloroso demais.

Lydia voltou a mexer no iPad. Dessa vez, Claire se forçou a observar. Lydia abriu o Google Earth. Digitou o endereço de Watkinsville. Hectares e mais hectares de campos arados apareceram na tela. Lydia deu um zoom. Havia uma pequena casa na propriedade. Claire reconheceu com facilidade a casa onde Paul havia crescido. A madeira branca em ripas na vertical. O celeiro tinha sido derrubado, mas havia um carro na entrada e um balanço de criança no quintal amplo que separava a casa dos pastos.

— Não tem visão da rua — observou Lydia. — A estrada nem sequer tem nome, é só um número de via rural. Você acha que ele a alugou?

Claire levou as mãos à cabeça. Não sabia de mais nada.

— Tem um número de telefone.

Lydia se levantou de novo. Estava pegando o celular no balcão quando Claire a interrompeu.

— Use o celular pré-pago. Está perto da cadeira no meu escritório.

Lydia desapareceu pelo corredor. Claire olhou para o quintal dos fundos. As janelas estavam embaçadas. Uma camada de névoa vinha da piscina. Ela teria que diminuir o aquecedor. De qualquer modo, raramente usavam a piscina no inverno. Talvez devesse cobri-la. Ou enchê-la de concreto. Era um inferno limpar aquele mármore. No verão, o deque ficava tão quente que era preciso calçar chinelos para não sofrer queimaduras de terceiro grau. Paul tinha projetado a piscina para ser linda, não prática.

Se havia melhor metáfora para a vida deles, Claire não sabia qual era.

Ela pegou o iPad. A imagem de satélite da casa Buckminster Fuller tinha sido feita durante o verão. O campo atrás da casa era tomado por árvores frutíferas. A casa térrea ainda tinha a mesma madeira branca que Claire tinha tentado mostrar tão cuidadosamente no quadro de Paul. Tábuas grandes de madeira na vertical com faixas menores para cobrir as bordas. Telhas verdes no telhado. O quintal era bem-cuidado. O balanço nos fundos parecia forte e sólido, duas coisas que Paul sempre buscava colocar em residências.

Pelo menos, Claire sabia que Paul não tinha mentido a respeito do acidente que matou seus pais. Ele não gostava de tocar no assunto, mas Claire ouviu todos os detalhes com sua mãe. Apesar de haver trinta mil alunos na Universidade da Geórgia, Athens continuava sendo uma cidade pequena, e a biblioteca principal, como qualquer biblioteca nos Estados Unidos, era o centro da comunidade. O que Helen não leu no jornal, obteve em fofocas na região.

Os Scott voltavam de uma missa quando um trailer-trator bateu num monte de neve e atravessou a Atlanta Highway. O pai de Paul foi decapitado.

A mãe permaneceu viva por instantes. Pelo menos, foi o que testemunhas oculares disseram. Ouviram a mulher gritar enquanto o carro era tomado pelas chamas.

Paul morria de medo de fogo. Era a única coisa que Claire sabia que o assustava. As orientações para o enterro dele estabeleciam especificamente que ele não deveria ser cremado.

— O que foi? — perguntou Lydia, com o celular pré-pago na mão.

— Eu estava pensando nas instruções do enterro do Paul.

Não tinham sido plastificadas, mas eram parecidas com todas as outras instruções que ele deixava para ajudar Claire. Ela havia encontrado a lista em uma pasta em sua mesa com uma etiqueta na qual se lia: EM CASO DE EMERGÊNCIA.

Ele quis ser enterrado no jazigo dos pais. Quis uma lápide de tamanho e material parecido com a de seus pais. Não quis maquiagem, gel no cabelo, não queria ser embalsamado nem que seu corpo fosse colocado à vista como um manequim, porque não gostava da artificialidade da morte. Quis que Claire escolhesse um bom terno e bons sapatos. Porém, de que importaria se ele usasse sapatos, bons ou não, e como ela saberia se o tinham calçado?

O último pedido de Paul na lista foi o mais triste: queria ser enterrado com a aliança de casamento e com o anel de formatura. Claire estava inconsolável, porque queria muito honrar a vontade dele, mas os dois anéis tinham sido levados pelo Homem Cobra.

— Claire?

Lydia estava segurando o telefone. Já tinha digitado o número de telefone que encontrou de Buckminster Fuller.

Claire balançou a cabeça.

— Você fala.

Lydia colocou a ligação no viva-voz. O toque de chamada tomou a sala, ressoando nas paredes vazias. Claire prendeu a respiração. Quando a ligação foi completada, ela não sabia o que esperar.

Ouviu-se um clique como o de uma secretária eletrônica antiga. A gravação estava barulhenta, mas a voz era de Paul, não tinha como negar.

— Você ligou para a residência dos Fuller — anunciou ele. — Se quer falar com Buck...

Claire levou a mão ao pescoço. Ela sabia o que viria depois porque a mensagem de voz deles seguia o mesmo roteiro. A voz alegre de uma mulher foi ouvida:

— ... ou Lexie!

Paul terminava:

— Por favor, deixe sua mensagem depois do...

Um bipe comprido e sonoro foi ouvido.

Lydia encerrou a ligação.

— Lexie.

Claire quase cuspiu a palavra. Ela tinha uma voz que dava a impressão de ser mais jovem do que Claire. E mais feliz. E mais tola, o que teria sido um consolo, mas Claire estava tomada demais pelo ciúme para se importar.

Claire se levantou e começou a andar de um lado a outro.

— Claire...

— Um minuto.

— Você não pode estar...

— Cala a boca.

Claire se virou e começou a andar pela sala, para o outro lado. Não acreditava naquilo. Então, repreendeu a si mesma por não acreditar porque, de fato, naquele momento de sua vida, que diferença fazia?

Lydia colocou o iPad no colo. Começou a digitar de novo.

Claire ficava andando de um lado a outro da sala. Sabia muito bem que sua raiva não estava bem direcionada, mas havia provado, em mais de uma situação, que sua raiva era bem incontrolável.

— Não estou encontrando uma Lexie Fuller, nem Alex Fuller, nem Alexander Fuller... Nada nos registros do país — disse ela, ainda tentando. — Vou tentar Madison, Oglethorpe...

— Não.

Claire pressionou a mão contra a parede, desejando poder derrubar a casa.

— E se nós a encontrarmos? E aí?

— Diremos a ela que o marido dela morreu.

— Por que você fica querendo jogar meus problemas nas outras pessoas?

— Não é justo você falar isso.

Claire sabia que a irmã estava certa, mas não se importava.

— Então, bato na porta dessa tal de Lexie e me apresento, e se ela não me mandar para o inferno, que é o que eu faria no lugar dela, devo dizer "Ah, a propósito, além de Paul ser um polígamo, ele é ladrão e provavelmente estuprador, além de perseguir pessoas e de sentir prazer vendo mulheres sendo torturadas e mortas"? — Ela se afastou da parede e recomeçou a andar de um lado a outro. — Pode acreditar. É melhor ela não saber.

— Você não ia querer saber?

— De jeito nenhum.

Claire se surpreendeu com a decisão. Lembrou-se da primeira vez que se sentou diante do computador de Paul.

Pílula vermelha/pílula azul.

Se ela pudesse voltar, escolheria viver sem saber? Adam poderia lhe contar sobre o dinheiro roubado, mas os filmes e os arquivos teriam permanecido escondidos. Claire teria investigado a sala no porão? Paul era quem tinha um apego emocional a bilhetes bobos de amor e a ingressos do primeiro filme a que tinham assistido. Ela já tinha decidido que não moraria na casa dos sonhos de Paul sem ele. Claire provavelmente teria se mudado para uma casa menor, talvez um condomínio no centro da cidade. Ela se imaginava contratando uma empresa para destruir tudo em vez de ter que pagar para guardar as coisas ou tirá-las dali.

— Paul sempre viajava a trabalho? — perguntou Lydia.

Ela negou, balançando a cabeça.

— Só algumas vezes, por alguns dias, e ele me levava com ele.

Claire decidiu dizer o que as duas tinham pensado quando viram o balanço no quintal.

— Se ele tinha um filho, era um pai de merda.

— Watkinsville fica a menos de quinze minutos de um *campus* tomado de rapazes e moças — comentou Lydia, depois esperou que Claire se virasse. — E se houver mais pastas? Mais mulheres?

A mente de Claire foi para um lugar ainda mais escuro.

— Tem porão naquela casa?

Lydia ficou parada por vários segundos. Por fim, recomeçou a digitar no iPad. Claire se ajoelhou ao lado. Lydia puxou os registros de impostos do endereço em Watkinsville. Passou o dedo pelas descrições enquanto lia:

— Casa térrea. De madeira. Construída em 1952. Aquecimento. Esgoto. Sistema séptico. Sem sótão. Sem porão.

Ela olhou para Claire.

— Não tem porão.

Claire deslizou até se sentar no chão. Olhou para fora, através das janelas. O sol iluminava a sala já clara.

— O homem mascarado... não é o Paul. Conheço o corpo dele.

— É o Adam?

A pergunta acertou Claire como um murro no peito. Adam tinha aproximadamente a mesma estatura do homem mascarado. Também tinha a mesma pele clara. Quanto ao resto, ela não sabia. Claire não tinha sido apaixonada por Adam Quinn. Não tinha passado horas deitada ao lado dele, tocando e beijado sua pele, memorizando seu corpo.

— Transamos três vezes. Não tiramos a roupa em nenhuma delas. Era sempre de pé.

— Que romântico.

Lydia soltou o iPad.

— Tem certeza de que é a voz de Paul na secretária eletrônica?

Claire assentiu, porque o sotaque suave do sul era inconfundível.

— O que devemos fazer? Ou melhor, o que *eu* devo fazer?

Lydia não respondeu. Só ficou olhando para o quintal da mesma maneira que a irmã fez antes.

Claire se uniu a ela, observando um esquilo solitário correr pelo deque e beber água da piscina. Perguntar o que fazer era uma pergunta muito importante, porque era como perguntar se Claire queria saber mais. Já não era mais um caso de pílula vermelha/pílula azul. Era um belo abacaxi a ser descascado.

As duas se sobressaltaram quando o telefone tocou.

Claire checou o celular pré-pago, mas a tela estava vazia. Lydia disse:

— Não é meu celular.

O telefone tocou uma segunda vez. Claire engatinhou em direção ao telefone sem fio na mesa ao lado do sofá. O aparelho tocou de novo. Ela começou a sentir aquela sensação ruim e conhecida mesmo antes de ouvir a voz de Fred Nolan.

— Claire — disse ele. — Que bom que encontrei você.

A voz dele era alta e ressoante como um sino de igreja. Claire segurou o telefone longe da orelha para Lydia ouvir também.

— Acho que vou aceitar aquela proposta de conversar com você e com seu advogado — falou ele.

Os ouvidos de Claire foram tomados pelo som das batidas de seu coração.

— Quando?

— Que tal hoje?

— É domingo.

Ela não tinha se dado conta de que dia era. Quase uma semana inteira tinha se passado desde o assassinato de Paul.

— Tenho certeza de que você tem dinheiro suficiente para pagar os honorários de fim de semana do coronel — comentou Nolan.

O coronel. Era assim que eles chamavam Wynn Wallace, o advogado que ajudou Claire a se livrar da pena por agressão. Paul o chamava de coronel porque ele fazia o mesmo tipão arrogante do personagem de Jack Nicholson no filme *Questão de honra.*

— Claire?

Como Nolan podia saber o apelido dado por eles? Será que Paul tinha contratado o Coronel para se livrar das acusações de desvio também?

— Alô?

Ela olhou para Lydia, que balançava a cabeça com tanta veemência que poderia até machucar o pescoço.

— Onde? — perguntou Claire.

Nolan passou o endereço.

— Estarei lá em duas horas.

Claire encerrou a ligação e desligou o telefone. Quando afastou a mão, viu que a palma tinha deixado uma mancha suada no aparelho.

— Você não vai dar os arquivos a ele? — indagou Lydia.

— Não, não vou ao centro da cidade.

Claire ficou de pé.

— Vou a Athens.

— O quê?

Lydia também se levantou. Seguiu Claire até a sala.

— Acabou de dizer ao Nolan que iria...

— Foda-se o Nolan.

Claire pegou a bolsa. Calçou os tênis. Não sabia por quê, mas precisava ver Lexie Fuller. Não ia conversar com ela para jogar uma bomba em sua vida, mas Claire precisava ver a outra mulher com os próprios olhos.

— Olha, Lydia, muito obrigada... — disse Claire.

— Cala a boca. Vou com você.

Lydia saiu do cômodo.

Claire checou a câmera da caixa de correspondência no teclado perto da porta. O pen drive de Auburn ainda estava ali. Eram 9h13 de um domingo. Era bom ou ruim que Adam Quinn estivesse dormindo até mais tarde? Ou será que tinha pedido para outra pessoa buscar o pen drive? Será que Jacob Mayhew estava vindo? Fred Nolan consideraria a ausência de Claire em duas horas uma forma de desrespeito a um agente federal? Ela voltaria para casa naquela noite e dormiria ou passaria os próximos anos de sua vida na cadeia?

Lydia voltou com a bolsa. Tinha o iPhone numa das mãos e o celular pré-pago na outra.

— Eu dirijo.

Claire não discutiu porque Lydia era mais velha e sempre dirigia. Abriu a garagem e a deixou destrancada. Naquele momento, Claire queria que os ladrões voltassem. Teria deixado biscoitos para eles, se tivesse tido tempo.

Claire abriu o Tesla. A chave estava no banco, onde a havia deixado. Jogou-a na bolsa e entrou no carro. Lydia assumiu o volante. Enfiou a mão embaixo do banco e o ajustou. Mexeu nos espelhos. Franziu o cenho para a tela brilhante de dezessete polegadas que descia no meio do painel.

— Isto é eletrônico, certo? — Lydia parecia irritada. Sempre se sentia irritada com coisas novas. — Athens fica a uma hora daqui.

— É mesmo? Nunca notei isso nas novecentas bilhões de vezes que dirigi este mesmo carro até a casa da mamãe e de volta para cá.

Pelo menos antes, ela tinha o monitor no tornozelo que limitava seus movimentos.

— Podemos ir?

Lydia ainda parecia irritada.

— Onde enfio a chave?

— Toque o freio para ligar.

Lydia tocou o freio.

— Está ligado? Não consigo ouvir.

— Você tem trezentos anos? — perguntou Claire. — Meu Deus, é um carro. Até a vovó Ginny conseguiria mexer nele.

— Isso foi muito maldoso da sua parte.

Ela acionou a ré. A tela do vídeo passou para a câmera traseira. Lydia bufou, incomodada, quando girou o volante.

O portão ainda estava aberto. Claire tinha a sensação de que dez anos tinham se passado desde que se sentara na parte de trás da limousine com a mãe e a avó. Tentou se lembrar de como tinha se sentido. A pureza de seu pesar tinha sido um luxo.

Havia outra mulher em Watkinsville que poderia estar sentindo o mesmo pesar. Paul estava morto havia quase uma semana. Ela teria telefonado para hospitais, delegacias, postos de estrada e para onde mais conseguisse. E ouviria de todo mundo que fizesse qualquer pesquisa rápida que Buckminster Fuller havia morrido em 1983.

Claire tentou imaginar as histórias que Paul contava à mulher para explicar suas ausências. Vendedor. Agente do governo. Minerador. Piloto.

Paul fez treinamento de piloto na faculdade. Obteve licença para aviões leves, o que significava que sempre que alugava um jatinho ficava conversando com os pilotos sobre altitude e velocidade do vento. Claire sentia pena dos coitados, que só queriam manter o avião no céu.

Será que ela deveria sentir pena de Lexie Fuller? E tinha o direito de não contar à outra mulher o que tinha acontecido com Paul? Claire, mais do que ninguém, sabia o inferno que a verdade traria. Podia fazer isso a outro ser humano?

Ou talvez Lexie já soubesse de Claire. Talvez a piranha não tivesse problema nenhum em dividir o marido com outra, em criar o filho bastardo de um homem — ou filhos —, enquanto ele mantinha outra esposa.

Claire fechou os olhos. Que coisa horrível de se dizer sobre a outra mulher. Estava transformando Lexie num monstro, quando era muito provável que Paul tivesse enganado as duas. Ainda que Lexie concordasse com a poligamia, ela não tinha como saber das merdas nas quais Paul estava enfiado.

— Conclusão diádica — diria Paul a Claire. — O cérebro humano costuma concluir que, se há uma vítima, tem que haver um algoz.

Era assim que Claire pensava a respeito de si naquele momento, como uma das vítimas de Paul?

— Claire?

Lydia tinha relaxado a mão no volante.

— Acho que precisamos de mais informações.

Só de pensar, Claire se retraiu.

— Como assim?

— Os registros on-line do condado são de apenas dez anos. Paul sempre foi o dono da casa?

— Isso importa?

— Só estou pensando se pode haver outras senhoras Fuller.

Claire olhou para a estrada. O problema de estar com Lydia era que ela sempre pensava o pior de Paul.

— Você acha que ele as enterrava no quintal?

— Não disse isso.

— Não precisaria.

Claire apoiou a cabeça na mão. Não queria Lydia ali, mas não se imaginava fazendo as coisas sem ela. Tinha se esquecido de como era irritante ter uma irmã.

Lydia deu a seta para entrar na rodovia. Para dar uma trégua, disse:

— O papai sempre detestava dirigir aos domingos.

Claire não queria, mas sorriu. Quando o pai lhe deu aulas de direção, dizia que domingo era o dia mais perigoso para se dirigir. Argumentava que as pessoas estavam cansadas e mal-humoradas por terem passado horas na igreja com roupas que davam coceira e dirigiam como loucas quando eram soltas.

— O que você estava fazendo no McDonald's ontem? — perguntou Lydia.

Claire disse a verdade:

— Pensando se seria falta de educação vomitar no banheiro e não comprar nada.

— Acho que estão acostumados.

Lydia acelerou e foi para a pista expressa. Para alguém que tinha reclamado tanto do carro, ela parecia estar gostando da corrida.

— O que você acha que o Nolan vai fazer quando você não aparecer no escritório dele?

— Acho que depende. Se o que ele estiver fazendo for legal, vai colocar policiais atrás de mim. Se não for, ele vai começar a me ligar de novo ou vai até minha casa.

— Você deixou o portão da garagem aberto. Ele só precisa entrar e olhar o laptop do Paul.

— Que olhe.

Claire não via sentido em tentar esconder os filmes. Ela mesma tinha entregado todos eles à polícia, para começo de conversa.

— A mesma regra se aplica. Se Nolan estiver ali e estiver agindo na legalidade, terá um mandado de busca. Se não for, pode pegar o HD e enfiar no cu.

— Talvez esteja lá quando Adam pegar o pen drive.

— Ótimo. Eles podem assistir aos filmes e se masturbar juntos.

Lydia não riu.

— Posso perguntar uma coisa?

Claire analisou a irmã. Ela não era o tipo de pessoa que pedia permissão.

— O quê?

— O que você faz o dia todo? Tem emprego?

Claire sentiu que seria uma pergunta demorada. Lydia deveria achar que ela passava o dia todo sentada comendo chocolate e gastando o dinheiro de Paul. Para ser sincera, às vezes ela fazia isso, mas em outros momentos sentia que fazia coisas que compensavam isso.

— Faço muito trabalho voluntário. No abrigo. No banco de alimentos.

Era como se ela estivesse relacionando todas as coisas que eram importantes para o pai.

— Eu ajudei no Projeto Inocência por um tempo, mas apareceu um caso em que o nome de Ben Carver estava envolvido.

Ben Carver era um dos dois assassinos em série que tinham infernizado seu pai.

— Estudei francês e alemão à distância. Ainda toco piano. Corto a grama quando preciso e quando não está quente demais. Jogava tênis três ou quatro horas por dia, mas por algum motivo ninguém mais quer jogar comigo. E você?

— Trabalho. Volto para casa. Vou dormir. Acordo e trabalho de novo.

Claire assentiu, como se não soubesse o que fazer além disso.

— Está namorando alguém?

— Não exatamente.

Lydia ultrapassou uma Mercedes que avançava devagar.

— A mamãe sabe que você falou comigo?

Ela agiu como se a pergunta fosse espontânea, mas a seriedade em sua voz não a deixou mentir.

— Não contei — admitiu Claire. — Mas só porque estava chateada e sabia que, se ligasse para ela, ela perceberia isso na minha voz e arrancaria a verdade.

— Qual é a verdade?

— Que você não estava mentindo e que o fato de você não estar mentindo significava que o Paul mentiu, o que quer dizer que meu casamento de dezoito anos foi uma besteira enorme e completa e que meu marido era um psicopata.

Lydia baixou a cabeça, mas pela primeira vez se manteve calada.

Claire percebeu:

— Não pedi desculpas pelo que fiz.

— Não mesmo.

— Desculpa — disse, mas a palavra parecia muito pequena comparada à enormidade do que ela havia tirado da irmã. — Eu deveria ter acreditado em você. — Claire sabia que aquilo não estava muito certo. Ela não imaginava uma situação, naquele momento da vida delas, na qual poderia ter confiado em Lydia. — Mesmo que eu não acreditasse em você, não deveria ter me afastado.

Lydia olhava para o lado. Fungou.

Claire olhou para a mão da irmã. Não sabia se deveria tocá-la ou não.

— Sinto muito, Pimenta. Abandonei você. Fiz a mamãe abandonar você.

— Você não podia fazer a mamãe fazer nada que ela não quisesse.

— Não tenho tanta certeza.

Pela primeira vez, Claire pensou no que tinha feito. Não tinha só tirado Lydia de sua vida. Tinha tirado dela o que restava de sua família.

— A mamãe estava com muito medo de perder outra filha. Eu sabia e usei isso a meu favor porque estava muito brava com você. Eu a forcei a tomar uma decisão ingrata. — Claire acreditou que aquela era a única situação na qual aquela frase podia ser usada. — Eu me enganei. Sinto muito, profundamente, pelo que fiz com você. Com sua família.

— Bem — Lydia secou as lágrimas do rosto — Eu era bem maluca naquela época. Tudo o que você disse é verdade. Roubei todos vocês. Mentia o tempo todo.

— Mas você nunca tinha mentido em relação a algo daquele tipo, e eu deveria ter pensado nisso. — Claire riu do que disse. — É claro que não pensei em muitas coisas.

Lydia sentiu a garganta apertar ao lutar contra as lágrimas.

Claire não sabia o que mais podia dizer. Que sentia muito orgulho por ela ter se livrado das drogas e por ter saído da pobreza? Por sua filha ser linda e claramente incrível? Que estava na cara que o namorado a idolatrava? Tudo o que ela sabia sobre a vida de Lydia vinha dos detetives particulares de Paul. O que significava que, apesar de Claire ter exposto a alma podre e obscura de seu casamento, Lydia ainda não havia exposto a verdade sobre sua vida.

— Então...

Lydia claramente estava pronta para mudar de assunto. Balançou a mão diante da tela.

— Esta coisa tem rádio?

— Pode tocar a música que você quiser.

Claire tocou o ícone de mídia.

— É só dizer o que quer ouvir e ele vai encontrar a música na internet e tocá-la.

— Não acredito.

— Bem-vinda ao um por cento.

Claire tocou a tela. Ela se sentia a criança mais animada do parquinho ao mostrar as diferentes telas.

— Dá para ler seu e-mail, ver quanto ainda tem de bateria, acessar a internet.

Claire parou. Quando tocou o ícone da internet, o sistema recarregou a última página que Paul havia acessado. Feedly.com era um agregador de notícias que operava na mesma linha dos alertas do Google, mas com notícias.

Paul havia inserido apenas um nome no mecanismo de busca.

Lydia perguntou:

— O que foi?

— Pare o carro.

— Por quê?

— Pare o carro.

Lydia suspirou alto, mas fez o que Claire queria. As coisas no carro se sacolejaram quando o veículo parou no acostamento da estrada.

— O que foi?

— Paul acionou um alerta para ler qualquer notícia a respeito de Anna Kilpatrick. A última entrou há dois minutos.

Lydia pegou a bolsa e os óculos.

— O que está esperando?

Claire tocou o alerta mais recente, um link do *Channel 2*, uma afiliada da ABC de Atlanta.

O topo da página inicial mostrava uma caixa preta para a divulgação de vídeos.

No banner vermelho, estava escrito: "Ao vivo! Novas notícias sobre o caso Anna Kilpatrick."

Um círculo girando indicava que o vídeo estava carregando. Claire aumentou o volume. As duas esperaram, com os olhos focados no círculo.

O Tesla balançou quando uma caminhão passou.

— Isso está demorando demais — disse Lydia.

Por fim, o vídeo carregou, mas não havia muito o que ver. O capitão Mayhew estava de pé atrás de uma mesa. O deputado Johnny Jackson, que nunca perdia uma oportunidade de aparecer, estava ao lado, um pouco mais à direita, para que ainda ficasse no enquadramento da câmera. Os dois olhavam para uma porta fechada ao lado. Viam-se flashes de máquinas fotográficas e ouviam-se sons de movimento conforme os jornalistas ficavam impacientes.

Alguém explicava pelo alto-falante:

— Fomos informados de que os pais chegaram ao prédio há cinco minutos.

O repórter recapitulava o caso do desaparecimento de Anna Kilpatrick, voltando à notícia de que a polícia tinha encontrado o carro da garota no estacionamento do shopping Lenox.

Claire se lembrava de ter participado de coletivas de imprensa com a família. Na época, havia três emissoras principais, de modo que a conferência ocorria no pequeno lobby da delegacia. Claire e Lydia recebiam orientações para parecerem arrasadas, mas não demais. Helen temia que o sequestrador visse as duas outras filhas e quisesse pegá-las também. O delegado havia lhes dito para dirigirem seus comentários a Julia, porque ele acreditava piamente que ela estava em algum hotel rindo dos pais fazendo papel de idiotas no noticiário da noite.

— Aí vêm eles — avisou Lydia.

Pela tela, elas viram a porta lateral se abrir. Os pais de Anna Kilpatrick foram até o palco e ficaram do lado esquerdo de Mayhew, que assentiu para eles como se dissesse "Vai ficar tudo bem". Eles não balançaram a cabeça em resposta. Os dois pareciam presos no corredor da morte.

— Encontraram o corpo — sugeriu Lydia.

Claire pediu para que ela se calasse, mas segundos depois Mayhew confirmou seu palpite. Ele anunciou:

— Os restos mortais de uma jovem foram encontrados aproximadamente às quatro desta madrugada em uma pista de corrida no BeltLine.

O BeltLine passava pelo centro. Claire tinha alguns amigos que se referiam ao local, em tom de brincadeira, como *Rape Line*, ou seja, Linha do Estupro, devido ao grande número de ataques com violência sexual que aconteciam lá.

— O laboratório criminal de Dekalb County identificou os restos mortais com base nas fotos e nas impressões digitais — continuou Mayhew. — Os Kilpatrick confirmaram os resultados há uma hora.

— Deixaram que eles vissem o corpo? — perguntou Claire.

— Você não desejaria ver?

Claire não tinha mais tanta certeza.

Mayhew disse:

— Neste momento, não temos mais pistas. Pedimos que quem reconhecer o homem deste desenho telefone para as autoridades.

Ele mostrou o retrato falado do homem que fora visto perto do carro de Anna.

— Os Kilpatrick desejam agradecer a todos os que ajudaram nas buscas...

Claire tirou o som porque sabia o que viria em seguida.

Os jornalistas fariam perguntas. Mayhew não daria respostas. Ela observou Mayhew fazer um gesto a Bob Kilpatrick, o pai de Anna.

O homem apresentava a mesma expressão chorosa e arrasada que ela vira inúmeras vezes no rosto do pai. Lydia também já tinha visto.

— Ele me lembra o papai.

Claire se forçou a desviar o olhar de Eleanor Kilpatrick. A mulher se agarrava ao marido como se eles estivessem à deriva. E *estavam* à deriva. Ainda que voltassem à terra, sempre se sentiriam perdidos.

Lydia segurou a mão de Claire. Sentiu o conforto do toque da irmã se espalhar por seu corpo como água quente. Elas ficaram sentadas no carro, ouvindo os caminhões passarem.

Claire desejaria ver o corpo de Julia? Seria diferente depois de tantos anos. Haveria só ossos, mas eles já seriam de grande valor, pois elas teriam algo para enterrar, um lugar para deixar seu pesar.

— O que está acontecendo? — indagou Lydia, mas não era uma pergunta existencial.

Ela apontava a tela. Eleanor Kilpatrick havia empurrado Mayhew para o lado e pegado o microfone. Claire aumentou o volume.

A voz irada de Eleanor Kilpatrick ressoava pelos alto-falantes.

— ... foi marcada como um animal!

A transmissão foi interrompida. O jornalista do *Channel 2* apareceu na tela.

— Gostaríamos de nos desculpar com nossos telespectadores pelo que acabaram de ouvir.

— Encontre a transmissão sem cortes — disse Lydia. — Agora!

— Estou procurando.

Claire já tinha aberto a página de pesquisa. O feed de notícias tinha sido atualizado de novo. Havia outra dúzia de sites transmitindo a coletiva de imprensa. Claire escolheu a mais explícita. A roda colorida no meio da tela começou a girar.

— Tente outro — pediu Lydia.

— Calma.

Claire uniu as mãos para não pegar a tela. Estava prestes a desistir quando a página enfim carregou. Mayhew estava congelado, com o microfone à frente. Jackson olhava diretamente para a frente como um bom soldado. Claire apertou o *play*. Ele disse:

— Os restos mortais de uma jovem...

— Está no começo.

Lydia tinha prestado muita atenção. Passou o dedo pela parte inferior do vídeo até chegar à reação de Eleanor Kilpatrick.

— Isso é mentira! — gritou ela.

Johnny Jackson habilidosamente saiu do vídeo, deixando que Jacob Mayhew cuidasse do prejuízo.

— Sra. Kilpatrick. — Mayhew cobriu o microfone com a mão.

— Não!

Eleanor Kilpatrick tentou afastar a mão dele. Ela era uma mulher pequena. Não conseguiu movê-lo, por isso se virou para os jornalistas e gritou:

— Minha filha foi mutilada!

Eles responderam com uma série de flashes.

— Sra. Kilpatrick — repetiu Mayhew.

Ela pegou o microfone da mão dele.

— Os seios dela foram mutilados! Ela foi marcada como um animal!

Mayhew tentou pegar o microfone. Ela se afastou. Ele tentou de novo, mas Bob Kilpatrick lhe deu um soco no estômago.

— Ela era nossa filhinha! — gritou Eleanor. — Era só uma menina!

Dois policiais uniformizados imobilizaram Bob Kilpatrick. A esposa não parava de gritar, mesmo enquanto ele era arrastado.

— Que animal faria uma coisa dessas com nossa menina? Que animal?

Mayhew limpou a boca com as costas da mão. Estava claramente furioso. Na frente de todos os jornalistas, ele segurou Eleanor Kilpatrick pela cintura e a levou pelo palco. O microfone caiu quando o cabo ficou curto. Mayhew praticamente lançou a mulher porta afora. Bateu a porta. A câmera ficou filmando-a por alguns segundos até ser desligada.

Claire e Lydia ficaram olhando para a tela.

— Você viu o que ela fez? — perguntou Lydia.

— Vi.

Claire recarregou a página. Esperaram o vídeo carregar. Em vez de avançar, ela deu o play desde o começo. Primeiro Mayhew, depois Eleanor Kilpatrick. Assim que o vídeo terminou, ela recarregou a página para assistissem à coletiva uma terceira vez.

A chamada pelo alto-falante.

Mayhew no palco. Os Kilpatrick entrando na sala.

Nem Claire nem Lydia conseguiam parar de assistir. As duas estavam assustadas com a explosão de Eleanor Kilpatrick, pelo modo com que ela traçou um *X* na barriga quando disse que a filha tinha sido marcada.

Claire pausou o vídeo. Eleanor Kilpatrick ficou congelada na tela. Com a boca aberta. Mantinha a mão direita pressionada ao lado esquerdo da barriga, um pouco fora de centro, logo abaixo das costelas.

— Os seios dela foram mutilados — disse Lydia.

— Eu sei.

Exatamente como a segunda garota nos filmes de Paul, aquela parecida com Anna Kilpatrick.

iv

Você se lembra daquele artigo que escreveu para o jornal da escola quando Timothy McCorquodale foi executado? Ele foi condenado à morte nos anos 1970 por ter matado uma garota branca que ele tinha visto conversando com um negro em um bar no centro de Atlanta. Você teve que aprender pelo jeito mais difícil por que uma garota branca conversando com um homem negro despertava tanta ira. Eu senti orgulho e torci para que você não entendesse esse tipo de manifestação de racismo. Sua mãe e eu crescemos à época do fim da vida de Jim Crow. Protestamos por direitos iguais, mas isso era fácil quando todos os nossos amigos e colegas estavam protestando ao nosso lado.

Eu me lembro de ter falado com sua mãe sobre seu texto, no qual você dizia que, ainda que McCorquodale merecesse ser punido, a sociedade não tinha o direito de matá-lo. Sentimos muito orgulho de você por acreditar nas mesmas coisas que a gente. Nós também sentíamos a mesma raiva que você por pensar que um homem seria eletrocutado por sequestrar, estuprar, torturar e por fim matar uma garota de dezessete anos.

Estava pensando em seu texto hoje cedo, no caminho até o Centro de Detenção da Geórgia. Você deve se lembrar, pela pesquisa que fez sobre o caso, que é onde fica o corredor da morte no estado. Não sei bem por que me lembrei do texto enquanto entrava ali e, apesar de ainda sentir muito orgulho de você, compreensivelmente mudei de opinião em relação à pena de morte. A única coisa com que discordo agora é com o fato de que os pais não tenham o direito de apertar o botão.

Alguns anos depois de seu desaparecimento, um carteiro chamado Ben Carver recebeu uma sentença de morte pelo assassinato de seis jovens. (Ele é homossexual, o que, de acordo com Huckleberry, significa que ele não sente atração por matar jovens mulheres.) Há boatos de que Carver cometeu canibalismo com algumas das vítimas, mas não houve julgamento, de modo que os detalhes mais sórdidos não vieram a público. Encontrei o nome de Carver no arquivo do delegado há dez meses, no quinto aniversário de seu desaparecimento. A carta foi escrita no papel timbrado do Departamento de Recuperação da Geórgia e assinada pelo diretor. Ele informava ao delegado que Ben Carver, um preso do corredor da morte, havia mencionado a um dos guardas da prisão que poderia ter informações sobre seu desaparecimento.

Huckeberry deixou um recado para si mesmo, lembrando-se de averiguar a história do presidiário, mas o próprio Carver disse que o delago nunca o procurou. Claro, eu procurei Ben Carver. Na verdade, estive na prisão um total de 48 vezes nos últimos dez meses. Eu o procuraria mais, mas os presos do corredor da morte só podem receber uma visita por semana.

Querida, sinto muito por não ter contado a respeito dessas visitas ainda, mas, por favor, continue lendo e talvez você entenda o porquê. No dia de visita, Ben Carver e eu nos sentamos frente a frente como peixes em um aquário separados por uma rede de metal. Há furinhos na tela. A sala de visita é barulhenta. Há cerca de oitenta homens no corredor da morte, e para muitos o único contato com o mundo é a mãe deles. Dá para imaginar que muitas emoções são expressadas. A mãe de Ben Carver é velha demais para visitá-lo, então ele só recebe minha visita. Preciso me abaixar e aproximar a boca do metal, apesar de ver a sujeira escura onde milhares de lábios encostaram antes dos meus.

AIDS, eu penso. *Hepatite B. Herpes. Gripe. Mononucleose.*

Ainda assim, encosto a boca na tela.

Carver é um homem charmoso com voz suave que faz você acreditar que está sempre se abrindo com você. É cortês e atencioso, o que chama minha atenção. Pergunto-me se é sua postura natural ou se ele leu muitos romances sobre Hannibal Lecter.

De qualquer forma, ele sempre expressa grande preocupação com meu bem-estar.

"Você parece cansado hoje", diz ele, ou "Tem se alimentado bem?", ou "Talvez seja melhor ir ao barbeiro dar um jeito nesses cabelos".

Sei que ele me corteja porque se sente sozinho, assim como eu o cortejo porque quero saber o que ele sabe.

Então, conversamos sobre tudo, menos sobre você.

Ele se lembra quase perfeitamente dos diálogos de filmes. *Casablanca. E o vento levou. Perdidos na noite. Monty Python.* E tem os livros que ele leu — a maioria formada por clássicos, Anne Rivers Siddons pela ligação com Atlanta, Barbara Catland pelo romance, Neil Gaiman pela fantasia. Já conversamos muito sobre *A profecia celestina.* Não conto para sua mãe sobre essas conversas, e não só porque ela acha que *As pontes de Madison* é uma besteira sentimental. Ela tem mantido firme sua recusa em ouvir o que eu chamo de atividades extracurriculares e o que ela chama de busca infrutífera. Tirando esse assunto, temos muito pouco sobre o que conversar. Só repassamos lembranças muito antigas de acampamentos difíceis, aventuras com a Fada do Dente e reuniões agitadas de pais e professores. Suas irmãs estão construindo as próprias vidas. Têm amigos próprios, começaram a constituir suas famílias longe de nós. Sua mãe me substituiu (por alguém inferior) e eu...

Posso admitir que me sinto sozinho? Que toda manhã, acordo num quarto vazio e simples e olho para um teto amarelo e me pergunto se vale a pena sair da cama? Que não suporto a ideia de ver minha escova de dentes sozinha sem a da sua mãe? Que tenho dois pratos, duas colheres, dois garfos e duas facas não porque preciso de tanto, mas porque só consegui comprá-los em pares? Que perdi meu emprego? Que acabei perdendo sua mãe? Que parei de pedir para suas irmãs me visitarem porque a cada conversa parece que estou arrastando as duas para o fundo do mar?

Então, talvez você entenda por que discutir filmes e literatura com um assassino em série condenado à morte se tornou uma parte tão importante de minha vida. É um motivo para eu tomar banho. É um motivo para eu calçar sapatos. É um motivo para eu sair de casa, dirigir o carro, ir para outro lugar que não seja meu apartamento de um quarto que se parece como uma cela do lugar ao qual eu vou. Sei que Ben está me enrolando, assim como sei que estou me deixando ser enrolado. Eu me surpreendo quando penso que as únicas vezes, ultimamente, em que não penso em você são as vezes em que estou debatendo Joyce com um possível canibal. O objetivo de minhas visitas não é descobrir o que Carver sabe? Descobrir os rumores que ele soube para poder finalmente saber o que aconteceu com você?

No entanto, tenho a impressão incômoda de que ele não sabe nada sobre você. E tenho a impressão ainda mais incômoda de que não me importo. Então, faço o seguinte: digo a mim mesmo que o estou estudando. Foi um homem desse tipo que levou você? Seu sequestrador foi tão gentil com você no começo quanto Ben Carver é gentil comigo? Ele levou você por querê-la toda para ele? Ou porque queria machucá-la?

Assim, eu me pergunto o que aconteceria se aquela tela de metal imunda fosse retirada. O que um homem como Ben Carver faria comigo se não houvesse guardas a postos, se não houvesse barreira entre nós? Ele me explicaria *A rainha das fadas*, de Spenser, ou me abriria e tiraria uma amostra de meu pâncreas? Hoje, percebi que nunca saberei a resposta — não porque o cenário é impossível, mas porque fui impedido de voltar a visitá-lo. Na hora, suspeitei de que havia o dedo de Huckleberry nisso, mas o diretor esclareceu as coisas. Pareceu correto. Ele foi o homem cujo relatório havia me levado a Ben Carver, para começo de história.

Aconteceu assim: em vez de ser guiado até a sala de visita, fui levado por um longo corredor até um guarda rechonchudo que ficava chupando os dentes. O som ecoou dos azulejos polidos no chão. Os corredores eram compridos e amplos na prisão, provavelmente para que as pessoas pudessem correr, mas não se esconder. Havia espelhos grandes em todos os cantos. Câmeras acompanhavam seus movimentos.

Se o centro de Athens fosse tão seguro, talvez você tivesse voltado para casa.

O escritório do diretor era forrado por murais e tinha mobília verde institucional. Como Ben diria, pense em *Rebeldia indomável*. Toda superfície era de metal ou de madeira falsa. O diretor era gordo de cabelos curtos e dobras de carne escondendo o pescoço. A camisa branca era de mangas curtas e sobre ela havia uma gravata vermelha e preta. Ele fumava um cigarro sentado à mesa enquanto me observava. Sentei à frente dele, segurando uma cópia surrada de *You're Only Old Once!*, um presente que Ben enviou pelo diretor. A última vez que Carver, o Canibal, se comunicaria comigo. Ele havia renunciado ao meu direito de visitá-lo. Não pude mais entrar na prisão.

— Dr. Carroll — disse o diretor, com a voz parecida com a do Frangolino —, Ben Carver é psicopata. É incapaz de sentir empatia ou remorso. Se vir algo humano nele, é só porque ele está atuando.

Folheei o livro. Minhas mãos suavam. As páginas grudavam nos dedos. Faz calor na prisão, não importa a época do ano. O lugar exala suor, esgoto e desespero dos homens que estão enfiados na cela como animais.

— Obviamente, Carver conseguiu do senhor o que queria — continuou o diretor. — Agora, não precisa de mais nada. Não leve para o lado pessoal. Considere-se felizardo por ter saído ileso.

Ileso.

Deixo a palavra rolar em minha mente. Eu a disse em voz alta ao ser guiado pelo corredor comprido. Eu a repeti no carro com o livro ainda nas mãos.

You're Only Old Once! A Book for Obsolete Children era um livro de imagens para adultos. Muitos anos antes, você e suas irmãs me deram uma cópia desse mesmo livro no meu aniversário, porque as pessoas mais novas sempre acham que é engraçado quando as pessoas mais velhas envelhecem ainda mais. Não me lembro de ter contado a Ben sobre o livro, mas parecia algo que eu teria dito no começo, quando eu estava tentando encurralá-lo para que revelasse uma pista sobre você.

A conversa teria sido assim:

Ben: *Conte-me, Sam, o que tem lido ultimamente?*

Eu: *Encontrei um livro que Julia e as meninas me deram no meu aniversário.* You're Only Old Once!, *do Dr. Seuss.*

Ben: *Sabe, meu presente de aniversário preferido foi quando eu tinha dezesseis anos e minha mãe me deu a chave de seu carro. Qual foi seu primeiro carro, Sam? Aposto que foi uma gerigonça. Você deveria enchê-la de garotas.*

Era assim que ele era. Sempre mudava o assunto com elogios. Ele costumava ser mais artístico. É difícil descrever como alguém te manipulou porque você não costuma ter consciência de que isso está acontecendo. Você não se dá conta, é o que estou dizendo.

Tenho certeza de que, durante minhas visitas, Ben reuniu muito mais informações a meu respeito do que o contrário. Tenho que admitir que ele estava trabalhando num nível que eu nem sabia que existia. E ele *era* psicopata, eu sabia, mas era um psicopata interessante, e me dava algo para fazer um dia por semana, toda semana, por dez meses, quando minha única alternativa era cortar os pulsos e observar o sangue descer pelo ralo.

Deveria ter mencionado o bisturi quando cataloguei os itens de minha gaveta de talheres. Está ali há quase um ano — metal brilhoso com uma lâmina cirurgicamente afiada. Eu vi a facilidade com que ela corta a carne e sonhei que cortava a minha com facilidade. Acho que o que aconteceu foi isto: Ben sabia que havia me ajudado a sair da depressão e que estava na hora de me deixar. Não porque queria interromper nosso contato, mas porque, se eu continuasse visitando, ele se sentiria tentado demais a destruir o que tinha se esforçado tanto para reconstruir. Então, apesar de o diretor estar certo sobre o fato de meu amigo estranho ser um psicopata, estava errado em relação à falta de empatia de Ben Carver. Tenho a prova disso bem aqui nas minhas mãos.

Não sei como ele conseguiu uma cópia de *You're Only Old Once!* no corredor da morte, mas sei que Ben tinha muitos recursos. Tinha muitos fãs. Os guardas lhe reservavam o respeito de um preso antigo.

Mesmo na prisão, Ben obtinha quase tudo o que queria.

E ele nunca queria nada a menos que houvesse um bom motivo. O motivo dessa vez foi me mandar uma mensagem.

Eis o que Ben escreveu dentro do livro:

"Primeiro, você deve ter as imagens. E então vêm as palavras." — Robert James Waller.

Imagens.

Já tinha visto essa palavra — pelo menos seis vezes antes de minha visita anual à delegacia. A palavra estava ligada a um feito, e o feito estava ligado a um ato, e esse ato tinha sido assumido por um homem, e aquele homem, hoje compreendo, estava ligado a você.

Está vendo, querida?

Ben Carver realmente sabia algo sobre você.

CAPÍTULO 10

Lydia ficou na frente do Arco no centro de Athens. Ela olhou para o telefone. Recarregou a página de pesquisa para atualizar os links. Não havia novos detalhes a respeito do caso de Anna Kilpatrick. Isso não impedia que as fontes de notícias regurgitassem a história. Estavam tirando o máximo da coletiva de imprensa, atrás de cada emoção que detectassem. O triste ataque de Eleanor tinha ganhado a capa. MSNBC, Fox, CBS, ABC e NBC abandonaram suas chamadas políticas. A CNN levou um psicólogo para discutir o estado de espírito de Eleanor e Bob Kilpatrick. O fato de o médico nunca ter visto os pais da garota nem de ter cuidado de um caso no qual uma jovem foi sequestrada e assassinada não diminuía suas qualificações para falar como um especialista em rede nacional.

Lydia estava mais qualificada para entender o estado deles. A filha de dezesseis anos do casal estava morta. Tinha sido torturada, marcada e abandonada no BeltLine, uma pista horrorosa que mais parecia um campo de guerra. No momento, os Kilpatrick deveriam estar pensando na maneira mais eficaz de se unir a sua única filha. Era possível que eles desconfiassem desde o princípio de que Anna estivesse morta, mas uma coisa era achar e outra, ter certeza. Eles viram o corpo. Foram testemunhas de sua degradação.

Saber exatamente o que tinha acontecido era melhor do que os horrores que tinham imaginado?

Assim como a família Carroll, eles se viram entre a cruz e a espada.

Lydia secou o suor da testa. A temperatura havia caído à noite, mas ela sentia calor, provavelmente por choque ou estresse, ou os dois. Ela subiu os degraus de pedra até o arco de ferro que ficava na entrada do Campus Norte desde a Guerra Civil. Seu pai uma vez contou a elas que cobria o Arco com papel higiênico depois dos jogos de futebol. Julia quase foi presa ali durante um protesto contra a primeira Guerra do Golfo. Na última noite de sua vida, ela passou pelo Arco com os amigos a caminho do Manhattan.

E, depois do Manhattan, nunca mais foi vista.

Lydia queria sua filha. Queria abraçá-la e beijar sua cabeça como Dee só lhe permitia quando estava doente ou triste. Quando bebê, Dee adorava ficar no colo. As costas de Lydia sempre doíam por carregá-la pela cozinha enquanto preparava uma comida ou por apoiá-la no quadril enquanto lavava a roupa. Quando Rick surgiu, Dee se deitava sobre eles como se fosse um cobertor, com os pés no colo de Rick e a cabeça no de Lydia. Rick e Lydia se entreolhavam e sorriam porque tinham uma menininha perfeita entre eles. E Lydia sentia um enorme alívio porque sabia que Dee estava em segurança quando ela se encontrava perto o bastante para acompanhar a respiração da filha.

Ela apoiou a cabeça nas mãos. Fechou os olhos. Entregou-se às imagens de Eleanor Kilpatrick marcadas em seu cérebro. A intensidade com que a mãe tinha gritado. Sua expressão assombrada. O *X* que ela havia desenhado do lado esquerdo do abdome.

Eleanor era destra, pelo visto.

Ela teve que passar o braço por cima da barriga para desenhar o *X*. Não escolheu aquele ponto exato por coincidência.

Lydia olhou para o outro lado da Broad Street. Claire estava sentada do lado de fora do Starbucks onde ela a havia deixado. Exibia uma postura ereta enquanto olhava para o horizonte. Os olhos arregalados, como se fosse catatônica. Mantinha-se parada, mas tensa. Sempre foi muito difícil entendê-la, mas naquele momento ela estava impenetrável.

Lydia se levantou. Os trinta metros entre elas não a ajudariam a adivinhar os pensamentos de Claire por mágica. Ela voltou atravessando a Broad, demorando-se no meio, apesar de não haver trânsito. O Georgia tinha derrotado o Auburn na noite anterior. A cidade estava dormindo depois da vitória. As calçadas estavam meladas por causa da cerveja derrubada. O lixo enchia as ruas.

Claire não olhou para a frente quando Lydia se sentou à mesa, mas perguntou:

— Está diferente?

— Parece um shopping a céu aberto — disse ela, porque o *campus* tinha deixado de ser o espaço de uma universidade do sul para se tornar palco de uma grande multidão.

— A única coisa que mudou de verdade é o comprimento dos shorts.

— O Taco Stand era aqui?

— Você estacionou na frente dele.

Claire indicou a direção com a cabeça.

Lydia virou o pescoço. Viu mais mesas e cadeiras na calçada. Não havia ninguém do lado de fora porque estava frio demais. Havia uma mulher de pé com uma vassoura e um espanador, mas, em vez de varrer o lixo da noite anterior, estava de olho no telefone.

— Ele nunca me pedia nada esquisito — contou Claire.

Lydia se virou para a irmã.

— Lembro quando vi o filme no computador dele, só o começo com a garota acorrentada, e tive uma sensação estranha, quase como traição, porque eu queria saber por que ele não havia me mostrado.

Ela observou um corredor atravessar a rua devagar.

— Pensei: se é disso que ele gosta, se curte acorrentar pessoas, se gosta de vendas e couro e esse tipo de coisa, ainda que eu não seja muito a fim, por que ele não pediu para experimentarmos?

Ela olhou para Lydia como se esperasse uma resposta. Lydia só deu de ombros.

— Eu teria aceitado. — Claire balançou a cabeça como se para se contradizer. — Quer dizer, se era o que ele realmente queria, eu poderia ter tentado, né? Porque é assim que somos. E Paul sabia. Ele sabia que eu teria tentado.

Lydia deu de ombros de novo, mas não sabia.

— Ele nunca pediu para eu me vestir de faxineira nem de estudante, nem nada do que costumamos ouvir. Ele nunca me pediu para fazer sexo anal, e todo homem acaba pedindo isso.

Lydia deu uma olhada em volta, torcendo para que ninguém estivesse ouvindo.

— Ela era mais jovem do que eu — continuou Claire. — A primeira mulher... quando a vi, pensei por um segundo que ela era mais jovem do que eu, e isso machucou, porque não sou mais jovem. Era uma coisa que eu não podia dar a ele.

Lydia se recostou na cadeira. Não podia fazer nada além de deixar Claire falar.

— Eu não estava apaixonada quando me casei. Sei lá, eu o amava, mas não era... — Ela afastou as emoções com a mão. — Estávamos casados havia menos de um ano e o Natal se aproximava. Paul estava fazendo um trabalho do mestrado e eu atendia telefones do escritório de advocacia, e percebi que queria cair fora. Estar casada parecia tão sem sentido. Tão tedioso. A mamãe e o papai eram tão cheios de vida antes do que aconteceu com Julia. Eram pessoas apaixonantes e interessantes. Você lembra? Lembra como eles eram antes?

Lydia sorriu, porque Claire destrancou as lembranças com aquela pergunta. Mesmo depois de décadas de casamento, Sam e Helen Carroll agiam como adolescentes que não se desgrudavam.

Claire continuou:

— Eles saíam para dançar, iam a festas, jantavam, e tinham seus próprios interesses e adoravam conversar o tempo todo. Lembra que não podíamos interrompê-los? E não queríamos fazer isso, porque eles eram fascinantes. — Claire também sorriu. — Eles liam tudo. Viam tudo. As pessoas gostavam de ficar com eles. Organizavam uma festa e as pessoas apareciam na porta porque tinham ouvido que os Carroll eram muito divertidos.

Lydia sentiu tudo voltar: Helen espalhando queijo cremoso em talos de salsão e Sam cuidando dos grelhados. Jogos de adivinhação. Debates políticos calorosos. Discussões animadas a respeito de livros, arte e filmes.

— Eles estavam sempre se beijando — continuou Claire. — Beijo de verdade. Nós dizíamos que era nojento, mas não era legal, Pimenta? Você não olhava para eles e pensava que aquilo era amor?

Lydia assentiu. Ela se sentiu inebriada pelas lembranças há muito esquecidas.

— Naquele primeiro ano com Paul, era o que não tínhamos. Pelo menos, eu achava que não tínhamos. — Claire engoliu em seco e sentiu a garganta arranhar. — Então, voltei de bicicleta do trabalho naquela noite pensando em ser sincera e dizer que estava tudo acabado. Falar de uma vez. Não esperar o Natal e o Ano-novo passarem. Dizer logo. — Ela parou. Lágrimas rolaram pelo seu rosto. — Mas cheguei em casa e Paul estava na cama. Pensei que ele estivesse tirando um cochilo, mas estava banhado em suor. Ouvi sua respiração pesada. Ele piscava pesado todas as vezes. Tirei-o da cama e o levei ao hospital. Ele havia passado semanas com um resfriado que virou pneumonia. Poderia ter morrido. Quase morreu.

Ela secou as lágrimas e continuou:

— Mas a questão é que fiquei aterrorizada. Não conseguia pensar na minha vida sem ele. Horas antes, eu estava pronta para deixá-lo, mas então percebi que não poderia. — Ela balançou a cabeça com veemência, como se alguém tivesse lhe pedido para fazer isso. — Ele ficou no hospital por quase três semanas, e eu não saí do lado dele. Li para ele. Dormi na cama com ele. Dei banho nele. Sempre soube que Paul precisava de mim, mas nunca percebi, até quase perdê-lo, que eu precisava muito, muito dele.

Claire parou para respirar.

— É quando você se apaixona por alguém. O desejo e as trepadas incessantes e deixar sua vida de lado para estar do lado da pessoa... isso é paixão. Beira a obsessão. E sempre se extingue. Você sabe, Liddie. Aquela loucura nunca dura. Mas, naquele hospital, cuidando dele, comecei a perceber que o que eu tinha com Paul, o que eu achei que tinha, era mais do que amor. Era estar apaixonada. Era tão tangível que eu conseguia quase tocar no sentimento com as mãos. Poderia mordê-lo.

Lydia nunca teria dito aquilo da mesma maneira, mas por causa de Rick ela sabia do que a irmã estava falando. Grande parte dela estava envolvida por ele: amante, companheira, melhor amiga, protetora. Durante todo o tempo, Lydia se concentrou em pensar como seria perder Dee, mas perder Rick seria arrasador em muitos sentidos.

Claire disse:

— Paul sabia como foi, para mim, perder Julia. Eu contava tudo a ele. *Tudo*. Não escondia nem um detalhe. Não me lembro de uma época em minha vida na qual tenha sido tão sincera com um homem. Falei tudo. Contei como foi quando a mamãe se transformou num fantasma e o papai se transformou num Dom Quixote. Do quanto precisei de você para sobreviver. — Ela conferiu se Lydia a olhava. — Você me salvou, Pimenta. Você era a única coisa que tinha quando fiquei sem chão.

Lydia sentiu um nó na garganta. Elas tinham salvado uma à outra.

— Provavelmente foi por isso que Paul quis nos separar, não acha? Ele sabia como você era importante para mim. Mais importante até do que a mamãe, porque confiei que você estaria por perto, não importava o que acontecesse.

Lydia balançou a cabeça. Não havia como saber o que se passava na mente de Paul.

— Por minha causa, ele soube pelo que a família de Anna Kilpatrick estava passando e, mesmo assim, viu aqueles filmes horrorosos. Talvez por causa disso, porque eu acho que ele se aliviava sabendo que Anna não era a única sofrendo. Havia muitas camadas de dor tomando a família, a comunidade, e até nós: você, eu, a mamãe, a vó Ginny. Ele sempre me perguntava sobre Anna Kilpatrick, ou se referia ao caso e analisava minha reação. Ele até tocou no assunto na noite em que morreu. — Ela soltou uma risada seca. — Pensei que ele estivesse perguntando por se importar comigo, mas agora vejo que fazia parte do jogo. É o mesmo barato de estuprar aquelas mulheres e, então, persegui-las por muitos anos.

Lydia não concordava, mas perguntou:

— Por que você acha?

— Porque tem a ver com controle. Ele me controlou por anos me fazendo pensar que tinha tudo o que queria. Controlou você a isolando da família. Controlou a mamãe ao fazê-la acreditar que ele era o genro perfeito. Controlou aquelas mulheres dos arquivos sabendo exatamente onde elas estavam. Caramba, ele controlou até a vovó Ginny, porque ela teria ficado numa clínica de repouso mantida pelo Estado se não fosse pelo dinheiro dele. Apesar de toda a falação de nobre viúva pobre, vovó adora ter um apartamento só para ela e uma faxineira toda semana. De um jeito ou de outro, estávamos todas na palma da mão dele.

Lydia uniu as mãos sobre a mesa. Por que Claire não viu nada disso enquanto Paul estava vivo? Será que ele era tão bom assim em esconder sua natureza obscura?

— Só Deus sabe pelo que essa tal de Lexie Fuller está passando — disse Claire. — Talvez ele nunca tenha me pedido para fazer nada esquisito porque fazia com ela. — Ela riu de novo. — Na verdade, parte de mim torce por isso, porque significaria que eu não estava totalmente maluca, porque ele era tão normal. Sei que você o viu de verdade, e você foi a única pessoa na vida dele toda que achava que havia algo de errado nele. Até mesmo o pai se deixou enganar. Eu disse a você que li os diários dele. A pior coisa que ele disse sobre Paul é que ele me amava demais.

Lydia duvidava de que o pai prestasse muita atenção em Paul. O namoro estava começando a ficar mais sério quando Sam Carroll se suicidou. Lydia sempre pensou que a tragédia tinha desenvolvido o relacionamento do casal.

Claire continuou:

— Paul decidiu mostrar a você o lado ruim dele. E se esforçava demais para esconder dos outros, mas mostrou a você porque sabia que isso nos separaria.

— Você o *deixou* enganar você.

Lydia não tinha percebido como estava irritada até dizer isso. Por que Claire achava que podia simplesmente retomar as coisas de onde tinha largado? Ela estava se abrindo como se os últimos 18 anos não tivessem acontecido, como se ela não tivesse sido a única razão pela qual Lydia tinha sido abandonada. Lydia disse à irmã:

— Você escolheu um cara, e não a mim.

Claire olhou nos olhos da irmã.

— Tem razão, foi o que fiz. E não sei se um dia vamos superar isso, porque é imperdoável.

Lydia foi a primeira a desviar o olhar. Precisava lembrar a si mesma quem era o verdadeiro vilão. Paul dedicou a vida a manipular as pessoas. Claire era uma adolescente ingênua e vulnerável quando eles se conheceram na faculdade. Helen ainda estava mal. Sam beirava o suicídio. Lydia entrava e saía da prisão sem parar. Surpreendia o fato de Paul tê-la prendido com suas garras?

Ainda assim, Lydia não encontrava dentro de si a capacidade de perdoar.

— Você acha que devo ligar para o capitão Mayhew? — perguntou Claire.

— Para quê? — Lydia não conseguiu controlar a reação. A mudança repentina de assunto a tomou como uma rajada de vento gelado. — Ele mentiu para você a respeito dos filmes. Disse que eram falsos.

— Talvez tenha mentido por não querer que eu deixasse vazar à imprensa.

— Não, ele teria apresentado uma ordem de restrição. Ou teria prendido você por interferir numa investigação ativa. Ou teria mandado você guardar segredo.

— Não vou levar isso ao agente Nolan — disse Claire. — Quem mais sobrou? Huckleberry? — Ela gesticulou na direção de onde ficava a delegacia. — Ele fez um trabalho de merda com Julia. Tenho certeza de que ele agarraria essa história com unhas e dentes.

Lydia sentiu que elas estavam deixando a imaginação tomar conta da situação.

— O que sabemos de fato, Claire? Que Paul assistia aos filmes. Só isso.

— Os filmes são de verdade.

— *Achamos* que são de verdade. — Lydia tentou fazer o advogado do diabo de novo. — *Achamos* que aquela garota se parece com Anna Kilpatrick. *Achamos* que ela foi mutilada da mesma maneira, com base no que a mãe dela disse e fez durante a coletiva de imprensa. Mas temos certeza absoluta? Ou estamos só nos convencendo disso?

— Confirmação tendenciosa. — Claire franziu o cenho. — Qual é a desvantagem de ligar para Mayhew?

— Ele mentiu sobre os filmes. Ele deveria estar trabalhando no maior caso da cidade e parou tudo para ir a sua casa para investigar uma tentativa de roubo. Ele é um policial e, se você irritá-lo, ele pode transformar sua vida num inferno.

— E como está minha vida agora? — Claire estendeu a mão. — Me dê o celular pré-pago.

Lydia analisou a irmã. Havia algo de diferente nela. Tinha parado de agir como a testemunha confusa e começado a agir como a pessoa no controle.

— O que você vai dizer a ele? — perguntou Lydia.

— Que ele precisa ser sincero comigo. Que precisa explicar de novo por que o filme não é verdadeiro quando, de acordo com Eleanor Kilpatrick, a filha sofreu abuso do mesmo jeito que a garota do filme.

— Que ideia fantástica, querida. — Lydia foi sarcástica. — Você acredita que talvez um policial reconhecido esteja escondendo um assassinato, ou que possa estar envolvido, filmando ou distribuindo imagens dele, ou talvez tudo isso, e você vai ligar para ele para perguntar: "E aí, cara, beleza?"

— Eu não queria falar, mas é mais ou menos isso.

Ela estendeu a mão para pegar o telefone.

Lydia sabia que a irmã tinha se decidido. Procurou o telefone na bolsa. As costas de sua mão tocaram o frasco de Percocet que ela havia pegado na mesa de Claire.

Lydia disse a si mesma que estava escondendo os comprimidos de Claire, mas tinha a leve desconfiança de que os escondia de si mesma.

— Você o trouxe?

— Sim, trouxe.

Lydia pegou o telefone e o entregou a Claire. Fechou a bolsa.

Claire encontrou depressa o cartão de visita de Mayhew na carteira. Teclou os números e pressionou o telefone à orelha.

O corpo de Lydia ficou tenso. Ela contou os toques que não conseguiu ouvir. As palmas das mãos estavam suadas. O barulho do sangue em movimento ressoou em seus ouvidos. Havia anos ela não entrava numa cadeia, mas ainda morria de medo da polícia.

Claire balançou a cabeça.

— Caixa postal.

Lydia exalou um longo suspiro quando Claire encerrou a ligação.

— Ele provavelmente mentiria para mim, de qualquer forma.

Claire colocou o telefone na mesa.

— Além de você, não sei mais em quem confiar.

Lydia olhou as próprias mãos. As palmas tinham deixado marcas molhadas no metal frio. Ela não queria estar ali. Não deveria estar ali. Deveria voltar para casa para ficar com Dee. Se partissem logo, Lydia poderia voltar para casa a tempo de preparar o café da manhã da família.

— Ele estudava em março de 1991. — Lydia olhou para a irmã. — Paul morava na Lyman Ward Academy quando Julia desapareceu.

Lydia só percebeu que a pergunta estava em sua mente quando Claire respondeu:

— Tem certeza?

— Fica perto de Auburn. Ele me levou ao *campus* um dia. Não sabia por que ele queria ir. Odiou cada minuto que passou lá. Mas chegamos à escola e percebi que ele queria me exibir, o que era legal, porque eu gostava de ser exibida, mas era um colégio interno, muito pequeno, religioso e extremamente rígido.

Lydia havia viajado de carro de Auburn a Athens muitas vezes.

— Julia desapareceu perto das onze da noite de uma segunda-feira. São só três horas daqui até Auburn.

— Paul tinha quinze anos. Não tinha carteira de habilitação, muito menos carro, e checavam se os garotos estavam dormindo duas ou três vezes por noite. A maioria estava ali porque os pais não conseguiam controlá-los.

— Foi por isso que Paul estudou lá?

— Ele me disse que ganhou uma bolsa de estudos. — Claire deu de ombros. — Meio que faz sentido. O pai dele entrou na Marinha durante a Guerra do Vietnã. Paul planejava seguir os passos dele, pelo menos para pagar a faculdade, até ler um livro sobre arquitetura e mudar de ideia.

Lydia não acreditou.

— Paul era muito esperto. Talvez até meio gênio. Se quisesse entrar para o exército, teria ido ao NAPS ou ao West Point Prep, não a um colégio interno ultrarrígido e conservador no Cu do Judas, no Alabama.

Claire fechou os olhos por um momento. Assentiu concordando.

— Tem certeza de que não ele não matava aula? — indagou Lydia.

— Absoluta — admitiu Claire. — Teve cem por cento de frequência sempre. A foto dele ainda estava na vitrine de troféus na sala do diretor, então não tem como ele ter matado aula ou ter sido advertido por estar fora do *campus*, e o recesso de primavera aconteceu uma semana depois.

— Como você sabe?

— Porque ele foi ao Kennedy Space Center para assistir ao lançamento do foguete. Houve algum problema técnico, então o foguete não subiu. Vi fotos. Ele está na frente de um banner grande com uma data e dá para ver a base vazia de lançamento à distância, e eu lembro que foi durante a segunda semana de março por causa da...

— Julia.

Lydia olhou para a mulher que segurava a vassoura. Estava arrastando cadeiras na calçada enquanto organizava as mesas.

— Aquele idiota que prendeu o papai ainda gerencia o local — comentou Claire.

Lydia ainda se lembrava claramente de Helen falando sobre a prisão de Sam com sua voz de bibliotecária, um sussurro furioso que podia congelar uma chama.

— É esquisito, sinto mais saudade do papai quando estou com você — falou Claire. — Acho que é porque você é a única pessoa que o conheceu com quem posso realmente conversar.

A porta do Starbucks se abriu. Um grupo de garotos saiu. Cada um levava um copo de café quente. Estava claro que estavam de ressaca, pelo modo como pegaram maços de cigarro.

Lydia se levantou.

— Vamos sair daqui.

O Tesla estava estacionado na frente do Taco Stand. Lydia olhou pela vitrine do restaurante. A decoração tinha sido consideravelmente modernizada. Havia estofado nas cadeiras e as mesas pareciam limpas. Viu porta-guardanapos nas mesas, em vez de rolos de papel.

— Ainda vamos à casa, certo? — perguntou Claire.

— Acho que sim.

Lydia não sabia o que fazer além de continuar. Assumiu o volante do Tesla de novo. Pisou no freio para acionar o motor. Rick gostaria de ouvir detalhes sobre o carro. A tela sensível ao toque. O modo como o volante vibrava se atravessasse a faixa contínua amarela. Ela usaria a informação para acalmá-lo, porque, quando Lydia contasse o que ela e Claire estavam aprontando, ele teria um ataque, e com razão.

— Suba a Atlanta Highway.

Claire digitou o endereço de Fuller na tela.

— Eu me lembro de ter dançado ao som de "Love Shack" com Julia em uma das festas de Natal do pai e da mãe. Você se lembra? Foi três meses antes de ela desaparecer.

Lydia assentiu, apesar de ainda estar pensando em Rick. Infelizmente, eles não tinham o tipo de relacionamento em que escondiam coisas um do outro. Contavam tudo, não importavam as consequências. Ele provavelmente pararia de falar com ela. Talvez até visse aquela viagem maluca como a gota d'água.

— Julia foi por ali.

Claire apontou o arco na direção de Hill Community, onde Julia morou durante o primeiro ano na faculdade.

— Os quartos têm ar-condicionado agora. A mamãe disse que eles têm TV a cabo, wi-fi, uma academia e um café.

Lydia pigarreou. Ela parou de pensar que Rick ficaria brava com ela e começou a pensar que ficaria brava com Rick por ele lhe dar ordens, o que era maluco, porque nenhuma das conversas tinha acontecido em algum lugar que não fosse sua cabeça.

— O Manhattan ainda fica aqui. Está bem diferente — disse Claire.

— A mamãe ainda faz o caminho no aniversário?

— Acho que sim. Não falamos muito sobre isso.

Lydia mordeu a ponta da língua. Queria perguntar se Helen e Claire conversavam sobre ela, mas estava com muito medo da resposta.

Claire disse:

— Queria saber qual é o problema dela.

— Da mamãe?

— De Lexie Fuller. — Claire se virou para Lydia. — Paul obviamente me escolheu por causa de Julia. Fiquei muito vulnerável quando ela desapareceu. Ele se sentiu atraído pela minha tragédia. Percebe?

Lydia não tinha percebido até aquele momento.

— Quando nos conhecemos, Paul fingiu não saber sobre Julia, mas é claro que sabia. Os pais dele viviam a quinze minutos de onde ela desapareceu. Nem sempre havia um caseiro na fazenda. O pai dele fazia trabalhos por lá de tempos em tempos com uma equipe. A mãe cuidava de uma biblioteca no centro da cidade. Havia pôsteres com o rosto de Julia em todos os lugares. A notícia apareceu em todos os jornais. Mesmo sem isso, as pessoas de Auburn sabiam. Havia muitos alunos de Athens. Você estava lá. Viu com seus próprios olhos. Não contamos a ninguém, mas todo mundo sabia.

— Então, por que você acreditou quando ele disse não saber?

— Parte de mim não acreditou. Pensei que ele estivesse tentando ser educado, porque seria meio como fofocar. — Ela encostou a lateral da cabeça no assento. — Foi a única vez que me lembro de não ter acreditado nele.

Lydia diminuiu a velocidade quando o GPS alertou que havia uma curva à frente. Estranhamente, ela não sentiu satisfação por Claire enfim ver os problemas que Lydia encontrou dezoito anos antes. Talvez Claire estivesse certa. Lydia só viu o lado sombrio de Paul porque ele escolheu mostrá-lo a ela. Se aquele momento no carro nunca tivesse acontecido, seria possível que ela o tivesse tolerado por todos aqueles anos como o cunhado irritante que, por algum motivo, fazia a irmã feliz.

E ele fez Claire feliz, sim. Pelo menos, enquanto esteve vivo. Sabendo como ele era, enganar Claire foi parte de um longo jogo que começou antes de eles se conhecerem. Lydia não duvidava de que ele tivesse um arquivo bem recheado sobre Claire Carroll em algum lugar. Será que ele estava na Auburn porque sabia que Claire seguiria Lydia na faculdade? Será que trabalhava no laboratório de informática só porque tinha descoberto que ela estava bombando em trigonometria?

Lydia ainda se lembrava da animação com que Claire lhe contou sobre o aluno novo que ela havia conhecido no laboratório. Paul descobriu o modo perfeito de adentrar na psique de Claire — ele não elogiou sua aparência, o que ela ouvia praticamente desde que era bebê, mas sim sua mente. E fez isso de modo a dar a impressão de que era o único homem do planeta que reconhecia que ela tinha mais a oferecer do que um rosto bonito.

Lydia parou o carro no acostamento. Colocou-o em ponto morto. Virou-se para Claire e disse algo que deveria ter dito desde o começo:

— Tenho uma filha de dezessete anos.

Claire pareceu surpresa, mas aparentemente não pelo motivo que Lydia pensou.

— Por que está me contando isso agora?

— Você já sabia.

Lydia sentiu vontade de se bater por ser tão idiota, então sentiu vontade de vomitar, porque pensar que Paul pagava um desconhecido para segui-la era profundamente perturbador.

— Por que não me contou que Paul tinha um arquivo sobre mim?

Claire desviou o olhar.

— Estava tentando proteger você. Pensei que se soubesse o que Paul tinha feito, você...

— Abandonaria você como você me abandonou?

Claire inspirou fundo e expirou devagar.

— Tem razão. Sempre que digo que você tem que ficar longe disso, encontro um jeito de trazê-la de volta porque quero que minha irmã mais velha conserte tudo. — Ela olhou para Lydia. — Sinto muito, sei que é babaca, mas sinto muito mesmo.

Lydia não queria mais uma das desculpas da irmã.

— O que mais você sabe sobre mim?

— Tudo — confessou ela. — Pelo menos, tudo o que sabemos das outras vítimas de Paul.

Vítima. Se ela fosse mais fundo do que aquilo, Lydia acabaria sendo perfurada.

— Você sabia? — perguntou ela.

— Claro que não, eu não sabia sobre nenhuma delas.

— Desde quando ele estava me seguindo?

— Quase desde o momento em que paramos de nos falar.

Lydia viu sua vida passar diante dos olhos. Não as coisas boas, mas as vergonhosas. Todas as vezes que saiu do mercado com comida roubada enfiada dentro da blusa porque não tinha dinheiro para comprar nada. A vez que trocou as etiquetas de uma jaqueta na loja de outlet porque queria que Dee tivesse a jaqueta bonita que todas as garotas populares estavam vestindo. Todas as mentiras que ela contou sobre o cheque estar no correio, o dinheiro do aluguel estar no trabalho, empréstimos que seriam pagos.

Quanto Paul tinha visto? Fotos de Lydia e de Rick? Dee na quadra de basquete? Será que ele riu de Lydia se esforçando para sair da pobreza enquanto ele ficava sentado em sua mansão sem vida, mas com ar-condicionado?

Claire falou:

— Sei que você não quer ouvir isso, mas sinto muitíssimo. Eu não ia contar, mas você me contou sobre sua filha e me pareceu errado fingir.

Lydia balançou a cabeça. Não era culpa de Claire, mas, ainda assim, ela queria culpá-la.

— Ela é linda — comentou Claire. — Gostaria que o papai ainda estivesse vivo para conhecê-la.

Lydia sentiu uma onda de medo tomar seu corpo. Esteve tão concentrada em pensar em como seria perder a filha que não pensou em como seria se Dee perdesse a mãe.

— Não posso fazer isso — disse Lydia.

— Eu sei.

Ela não achava que Claire pudesse entender.

— Não sou só eu. Tenho uma família em quem pensar.

— Tem razão. Estou falando sério dessa vez. É melhor você ir embora.

Claire soltou o cinto de segurança dela.

— Leve o carro. Posso chamar a mamãe. Ela vai me levar de volta a Atlanta.

Levou uma das mãos à maçaneta da porta.

— O que está fazendo?

— Esta é a rua onde Paul morou. A casa dos Fuller fica por aqui.

Lydia não se deu ao trabalho de esconder sua irritação.

— Você vai andar pela rua na esperança de encontrá-la?

— Tenho uma certa habilidade para me meter em merdas. — Claire segurou a maçaneta. — Obrigada, Liddie. De verdade.

— Pare.

Lydia tinha certeza de que Claire estava escondendo alguma coisa de novo.

— O que você não está me contando?

Claire não se virou.

— Só quero ver Lexie Fuller com meus próprios olhos. Só isso.

Lydia sentiu os olhos se estreitarem. A irmã estava agindo com o ar de despreocupação de alguém que havia decidido algo.

— Por quê?

Claire balançou a cabeça.

— Não importa, Pimenta. Volte para sua família.

Lydia a agarrou de verdade dessa vez.

— Diga o que você vai fazer.

Ela se virou para a irmã.

— Tenho muito orgulho de você, sabia? — comentou Claire. — Do que você fez com sua vida, de ter criado uma filha tão esperta e talentosa.

Lydia dispensou os elogios.

— Você acha que Lexie Fuller é outra vítima dele, não?

Claire se encolheu.

— Somos todas vítimas.

— É diferente.

Lydia apertou o braço de Claire. Sentiu uma onda repentina de pânico.

— Você acha que ela está trancada dentro da casa ou acorrentada a uma parede, e vai entrar lá tipo a Lucy Liu e salvá-la?

— Claro que não. — Claire olhou para a estrada. — Talvez ela tenha informações que nos levem ao homem mascarado.

Lydia sentiu um arrepio. Não tinha visto aquela parte do filme, mas a descrição de Claire era aterrorizante.

— Quer mesmo encontrar aquele cara? Ele matou uma mulher com um facão. E depois a estuprou. Meu Deus, Claire.

— Talvez já o conheçamos. — Claire deu de ombros, como se elas estivessem falando de hipóteses improváveis. — Ou talvez Lexie Fuller saiba quem ele é.

— Ou talvez o homem mascarado esteja naquela casa com a próxima Anna Kilpatrick. Pensou na possibilidade? — A frustração de Lydia era tão grande que ela sentiu vontade de bater a cabeça no volante. — Não somos super-heroínas, Claire. Isso é perigoso demais. Não estou pensando só na minha filha. Estou pensando em você e no que pode nos acontecer se continuarmos escavando os segredos de Paul.

Claire reclinou no banco. Olhou para a estrada comprida e reta adiante.

— Preciso saber.

— Por quê? — perguntou Lydia. — Ele está morto. Você já sabe o suficiente dele agora para ver isso como justiça divina. O resto do que estamos fazendo é só procurar sarna para nos coçarmos.

— Tem outro vídeo por aí que mostra Anna Kilpatrick sendo assassinada.

Lydia não soube o que dizer. De novo, Claire estava dez passos à frente.

— É o que importa na série toda, aumentar a tensão — disse Claire. — O filme mostra uma progressão. O último passo é o assassinato, então deve haver um último filme que mostre Anna sendo morta.

Lydia sabia que a irmã tinha razão. Quem havia sequestrado a garota não se livraria dela sem se divertir primeiro.

— Certo, vamos supor que, por um milagre, encontremos o filme. O que ele nos mostraria além de alguém que pode ser Anna Kilpatrick sendo morta?

— O rosto dela — respondeu Claire. — O último filme com a outra mulher mostrava o rosto dela. A câmera deu zoom e tudo.

— Zoom?

Lydia sentiu a boca seca.

— Não foi foco automático?

— Não, foi um zoom para que só a vissem da cintura para cima — confirmou Claire.

— Outra pessoa precisa estar com a câmera para fazer o zoom.

— Pois é — disse Claire, e Lydia percebeu, pela expressão dela, que a irmã pensava na possibilidade havia algum tempo.

— Lexie Fuller? — perguntou Lydia, porque sabia que sugerir que Paul foi um participante ativo acabaria com Claire. — É o que está pensando, que Lexie estava por trás da câmera?

— Não sei, mas os filmes seguem o mesmo roteiro, então podemos supor que o último filme de Anna Kilpatrick dá zoom no rosto dela.

Lydia escolheu as palavras com cuidado.

— Você acha mesmo que, se essa tal de Lexie estiver atrás da câmera dando zoom num assassinato, ela vai confessar que é cúmplice e entregar a gravação?

— Acho que, se eu a vir, se olhá-la nos olhos, vou saber se ela estava envolvida ou não.

— Porque você é foda julgando o caráter dos outros?

Claire deu de ombros.

— O homem mascarado está por aí em algum lugar. Deve estar procurando a próxima vítima. Se Lexie Fuller souber quem ele é, talvez possa ajudar a detê-lo.

— Deixa ver se eu entendi: você vai fazer com que Lexie Fuller entregue a você uma cópia de um filme que você acha que mostra Anna Kilpatrick sendo morta — disse Lydia. — Vamos deixar de lado o fato de Lexie se incriminar desse modo. A quem você entregaria o filme? A Mayhew? A Nolan?

— Poderia postá-lo no YouTube se alguém me ensinar.

— Eles o retirariam em dois segundos, e o FBI prenderia você por espalhar material obsceno e Nolan testemunharia contra você no julgamento. — Lydia pensou em algo muito pior. — Você acha que o homem mascarado vai deixar tudo isso vazar?

Claire ficou olhando a estrada. Seu peito subia e descia a cada respiração. No rosto, ela demonstrava a mesma expressão intensa que Lydia vira no café.

— E se, 24 anos atrás, duas mulheres tivessem informações a respeito do que aconteceu com Julia, quem a levou, exatamente o que fizeram com ela, e elas se calassem por sentirem muito medo de se envolver? — indagou Claire.

Lydia tentou dar uma resposta sincera.

— Acho que eu iria entender que elas tinham que pensar na própria segurança.

— Porque você é muito compreensiva?

Claire balançou a cabeça, provavelmente porque conhecia Lydia desde sempre e sabia que não era o caso.

— Você sabe o que a falta de informação fez com nosso pai. Você quer o suicídio de Bob Kilpatrick pesando em sua consciência? Quer carregar o desespero de Eleanor Kilpatrick nas costas? — O tom de sua voz havia se tornado intenso. — Não tenho nada a perder, Liddie. Literalmente, nada. Não tenho filhos. Não tenho nenhum amigo de verdade. Meu gato morreu. Tenho uma casa para a qual não quero voltar. Tenho a certeza de que temos que cuidar da vó Ginny. A mamãe vai sobreviver porque ela sempre sobrevive. Paul era meu marido. Não posso simplesmente me afastar dele. Tenho que saber. Não resta mais nada em minha vida além de saber a verdade.

— Não seja tão dramática, Claire. Você ainda tem a mim.

As palavras pairaram entre as duas como uma névoa. Lydia estava sendo sincera? Ela estava ali por Claire ou aquela viagem maluca tinha provado que Lydia estava certa em relação a Paul desde sempre?

Se fosse o caso, então ela o havia provado muito tempo antes.

Lydia fechou os olhos por um momento. Tentou organizar os pensamentos.

— Vamos passar pela casa.

— Quem está sendo dramática agora?

Claire parecia tão irritada quanto Lydia se sentia.

— Não quero que você faça isso. Não foi convidada.

— Durona — retrucou Lydia.

Ela olhou nos retrovisores e voltou para a estrada.

— Não vamos entrar.

Claire não voltou a prender o cinto. O alarme começou a tocar.

— Você vai pular para fora com o carro em movimento?

— Talvez.

Claire apontou para a frente.

— Deve ser ali.

A casa dos Fuller ficava a trinta metros de um hidrante prateado e brilhoso. Lydia pisou no freio. Passou pela casa de madeira branca. O telhado era novo, mas a grama no jardim estava marrom. Mato aparecia entre as rachaduras na garagem. Havia placas desbotadas de madeira pregadas em todas as portas e janelas. Até a caixa de correspondências tinha sido retirada. Um único poste aparecia na rua, como um dente quebrado.

Lydia não esperava encontrar aquilo.

Claire pareceu igualmente confusa.

— Está abandonada.

— E parece que já tem um tempo.

As placas de madeira tinham começado a se soltar. A tinta descascava da madeira. As calhas estavam cheias.

— Volte — pediu Claire.

A estrada era pouco movimentada. Elas não tinham visto outro carro desde que Lydia parou no acostamento, dez minutos antes. Fez um retorno com três movimentos e pegou o caminho de volta.

— Pare na entrada — disse Claire.

— É propriedade particular. Vamos acabar levando tiro.

— Paul está morto, então, teoricamente, a propriedade é minha.

Lydia não estava convencida quanto às questões legais, mas parou na frente. Havia algo sinistro na casa dos Fuller. Quanto mais elas se aproximavam, mais forte era a sensação. Tudo dentro de Lydia gritava para que voltassem.

— Não está cheirando nada bem.

— Como deveria cheirar?

Lydia não respondeu. Estava olhando para o cadeado grande no portão de metal da garagem. A casa era isolada. Não havia outra construção por perto. Árvores frondosas escondiam a casa dos dois lados. O quintal dos fundos tinha cerca de quinze metros de comprimento, e, depois, havia hectares e mais hectares de fileiras vazias esperando o plantio na primavera.

— Tenho uma arma — disse Lydia.

Por ter sido condenada, ela poderia ser presa por porte de armas, mas Lydia era mãe solteira e vivia em bairros barra-pesada quando pediu a um cara do trabalho que lhe arranjasse uma.

— Eu a enterrei embaixo dos degraus da minha varanda quando nos mudamos. Ainda deve funcionar. Eu a deixei em um saco vedado.

— Não temos tempo para voltar.

Claire tamborilou os dedos na perna enquanto pensava.

— Tem uma loja perto de Lumpkin que vende armas. Poderíamos comprar uma e voltar aqui em trinta minutos.

— Eles vão averiguar nossos antecedentes.

— Você acha que alguém observa essas coisas? Assassinos compram armas pesadas e balas em quantidade suficiente para derrubar vinte escolas, e ninguém se importa.

— Mesmo assim...

— Droga, me esqueço de que estou em condicional. Tenho certeza de que meu advogado colocou meu nome no sistema. Cadê uma Associação Nacional de Rifles quando mais se precisa?

Lydia conferiu o relógio.

— Você deveria ter encontrado Nolan mais de uma hora atrás. Ele deve estar caçando você.

— Preciso fazer isso antes que perca a coragem.

Claire abriu a porta e saiu do carro.

Lydia soltou uma série de palavrões. Claire subiu os degraus da varanda. Tentou enxergar entre as rachaduras na madeira que cobria as janelas. Balançou a cabeça para Lydia ao descer os degraus. Em vez de voltar para o carro, deu a volta na casa.

— Merda — praguejou Lydia, tirando o celular da bolsa.

Deveria enviar uma mensagem de texto a alguém para avisar que estavam ali. E depois? Rick entraria em pânico. Não podia envolver Dee. Poderia postar no grupo de discussão de Pais e Professores da Westerly Academy, mas Penelope Ward provavelmente contrataria um helicóptero particular para sobrevoar Athens espalhando a história.

Então, Lydia teria que explicar por que estava dentro do carro como uma covarde enquanto sua irmã mais nova tentava invadir a casa secreta do falecido marido.

Ela saiu do carro. Deu a volta correndo pela lateral da casa. O mato alto, que chegava à cintura de Lydia, tinha tomado o quintal. O balanço de aparência resistente estava coberto de mofo. O chão rangia sob seus pés. As tempestades ainda não tinham chegado de Atlanta. A vegetação estava muito seca.

Claire estava de pé na pequena varanda dos fundos. Apoiava o pé na lateral da casa e tentava puxar a tábua de madeira pregada na porta dos fundos.

— Não tem porão, só um espaço onde não dá para ficar de pé.

Lydia viu aquilo. Claire havia chutado e derrubado a placa que dava acesso ao espaço embaixo da casa. Havia menos de sessenta centímetros entre a terra e a estrutura da casa.

— O que está fazendo?

— Estragando meu esmalte. Tem um pé de cabra no porta-malas.

Lydia não soube o que fazer, então voltou para o carro. Abriu o porta-malas e encontrou o que parecia um kit secreto do MacGyver. Um kit de primeiros socorros. Água e comida para uma emergência. Dois cobertores. Um colete à prova de balas. Um raspador de gelo. Um pequeno kit de ferramentas.

Luzes de emergência. Um saco de areia. Uma lata de gasolina vazia, apesar de o carro ser elétrico. Dois triângulos de sinalização com refletores. Um pé de cabra grande que poderia ser usado para arrancar a cabeça de alguém. Era um macaco, não um pé de cabra. Um dos lados tinha um martelo enorme com uma lâmina afiada. O outro tinha a borda curva. Era pesado, deveria ter uns vinte quilos de aço sólido, com cerca de sessenta centímetros de comprimento.

Lydia não parou para pensar por que Paul andava por aí com coisas assim dentro do porta-malas e, ao contornar a casa, tentou não pensar na piada sem graça que Claire tinha feito sobre encontrar outras Sras. Fuller enterradas no quintal cheio de mato.

Claire ainda tentava tirar a placa de madeira da janela. Havia conseguido enfiar os dedos entre a madeira e o batente da porta. Sua pele tinha se rasgado. Lydia viu manchas de sangue na madeira desgastada.

— Saia.

Lydia esperou a irmã sair da frente e enfiou a ponta chata da barra na abertura. A madeira apodrecida se soltou como uma casca de banana. Claire segurou a borda e arrancou a madeira da casa.

A porta era como qualquer outra porta de cozinha que Lydia já tinha visto. Vidro em cima, uma placa fina de madeira embaixo. Tentou abrir com a maçaneta. Trancada.

— Afaste-se — pediu Claire, depois pegou a barra e quebrou o vidro.

Bateu a barra pelos cantos do batente para que o vidro todo caísse, e então enfiou a mão por dentro e virou a maçaneta.

Lydia sabia que era meio tarde, mas, ainda assim, perguntou:

— Tem certeza de que quer fazer isso?

Claire chutou a porta e entrou na cozinha. Ligou o interruptor. As lâmpadas fluorescentes se acenderam.

A casa parecia vazia, mas Lydia chamou:

— Oi? — Esperou alguns segundos e repetiu: — Oi?

Mesmo sem resposta, parecia que a casa estava prestes a gritar seus segredos.

Claire colocou a barra em cima da mesa da cozinha.

— Isto é muito esquisito.

Lydia sabia a que ela se referia. Aquela parecia uma cozinha dos sonhos nova em folha dos anos 1980. Os balcões azulejados e brancos ainda estavam em boas condições, apesar de terem amarelado com o tempo. Os armários de duas cores tinham sido envernizados por fora com portas e gavetas pintadas de branco. A geladeira branca ainda estava ligada. O fogão a gás da mesma cor parecia novo em folha.

O piso laminado tinha peças vermelhas e amarronzadas. Não havia sujeira nos cantos nem migalhas de comida perdidas embaixo dos armários. Na verdade, havia pouquíssimo pó nas superfícies. A cozinha parecia limpa. Apesar de a casa ter sido vedada, não cheirava a mofo. No mínimo, cheirava a desinfetante.

— Parece que um batalhão está prestes a entrar — comentou Lydia.

Claire derrubou o sabão e a esponja dentro da pia como um gato preguiçoso. Abriu os armários. Puxou tanto as gavetas que elas caíram no chão. Os talheres tilintavam. Os utensílios usados para cozinhar também. Seus dedos ainda estavam sangrando. Toda superfície que ela tocava ficava manchada de vermelho.

— Você quer que eu pegue o kit de primeiros socorros no carro? — perguntou Lydia.

— Não quero nada que tenha sido de Paul.

Claire entrou no outro cômodo, que obviamente era a sala de estar. As placas de madeira nas janelas e na porta da frente bloqueavam qualquer luz. Ela acendeu abajures ao caminhar por ali. Lydia viu um sofá grande e outro de dois lugares, uma poltrona e uma TV de tubo, que mais parecia uma mobília. Um videocassete ficava em cima da TV, numa estante de madeira. A hora não piscava como nos videocassetes de que Lydia se lembrava. Havia fitas VHS empilhadas ao lado do aparelho. Lydia analisou os títulos. Eram todos filmes dos anos 1980. *Batman. A princesa prometida. Blade Runner, o caçador de androides. De volta para o futuro*.

Havia marcas no carpete grosso sob os pés delas, deixadas por alguém que havia passado o aspirador recentemente. Lydia correu os dedos pela fina poeira da mesa atrás do sofá. Se tivesse que dar um palpite, diria que não limpavam a casa há uma semana, que era mais ou menos o tempo desde a morte de Paul.

— Ele vinha muito a Athens?

— Parece que sim.

Claire pegou as fitas e conferiu se os títulos e as caixas combinavam.

— Ele trabalhava muito. Poderia facilmente vir aqui e voltar no mesmo dia sem que eu descobrisse.

— Pode checar o GPS no carro dele?

— Olhe.

Claire tinha encontrado a secretária eletrônica na mesa ao lado do sofá. Era antiga, do tipo que precisava de duas fitas cassetes — uma para a mensagem do dono do telefone e outra para registrar as ligações. O LED vermelho piscava indicando que havia quatro mensagens. Havia uma fita ao lado do aparelho na qual se lia MARIA. Claire abriu o tocador de fitas. Na fita que estava ali dentro lia-se LEXIE.

— Duas fitas diferentes — observou Lydia. — Você acha que é um código? Você liga e uma mensagem quer dizer que você está seguro e a outra indica que não?

Em vez de tentar adivinhar, Claire pressionou o botão de tocar as mensagens recebidas. A máquina emitiu cliques e começou a funcionar. A primeira mensagem era estática, seguida por uma respiração pesada. Ouviu-se uma espécie de bipe, e em seguida a segunda mensagem começou. Mais do mesmo, até a quarta mensagem. Lydia ouviu um gemido do outro lado da linha. Lembrou-se, naquele momento, que Claire gemeu quando a mensagem da secretária terminou.

Claire também deve ter reconhecido o som. Pressionou o botão para parar. Olhou ao redor.

— Ele manteve tudo igual — disse ela, e Lydia sabia que ela se referia a Paul. — Os pais dele morreram em 1992. Em algum dia de janeiro. Garanto que foi assim que eles deixaram a casa.

— Por que Paul mentiria dizendo que não manteve a casa?

Claire não respondeu, provavelmente porque não havia resposta.

— Não existe uma Lexie Fuller, não é?

Lydia balançou a cabeça. Talvez houvesse uma mulher que fingia ser Lexie Fuller, mas, levando em conta as coisas em que Paul estava metido, não havia como saber o que tinha acontecido com ela.

Claire olhou ao redor.

— Isso não está legal.

— Nada na casa parece legal.

Havia dois corredores que levavam para longe da sala. Um ia para a esquerda, em direção ao que deveria ser os quartos. O outro seguia para a garagem. A porta estava fechada no fim do corredor. Não havia cadeado, só uma porta normal com uma maçaneta de latão polido que precisava de uma chave para ser aberta.

Claire foi para a esquerda, acendendo todas as luzes ao atravessar a casa com uma determinação que Lydia nunca tinha visto na irmã. Aquela era a Claire que tinha atacado uma mulher da equipe de tênis e que tinha destruído tudo em sua garagem. Ela abriu gavetas, chutou caixas e abriu armários nos quartos. Garrafas foram derrubadas. Luminárias foram quebradas. Ela até virou um colchão. Tudo o que encontrou indicava que havia pessoas vivendo ali, mas só se aquelas pessoas não tivessem envelhecido desde que o primeiro Bush morou na Casa Branca.

O quarto de infância de Paul era uma mistura de conjuntos de trens e pôsteres de heavy metal. Ele dormia numa cama de solteiro coberta por uma colcha vermelho-escura muito bem posicionada. Toda gaveta da cômoda tinha etiquetas escritas a mão.

ROUPAS ÍNTIMAS E MEIAS. CAMISETAS E SHORTS. ROUPAS DE EXERCÍCIO. Assim como na sala, havia pouco pó. O carpete estava marcado por ter sido aspirado havia pouco tempo. Até mesmo as pás do ventilador estavam limpas.

A mesma limpeza podia ser percebida no pequeno quarto de hóspedes, que tinha uma máquina de costura diante da janela coberta com uma madeira que dava para o quintal. Da frente. Havia um pano de costura sobre uma mesinha dobrável. Ao lado, estavam quadrados de tecido, prontos para serem cortados. O quarto de casal tinha uma cama king-size com uma colcha de cetim azul. Os fantasmas dos pais de Paul permeavam o local. A colcha de crochê no encosto de uma cadeira de balanço de madeira. As botas puídas de ponta de aço ao lado de sapatos de salto de dois centímetros no armário minúsculo. Havia duas mesas de cabeceira. Na gaveta de uma delas, havia uma revista de caça. Na outra, um estojo de plástico para um diafragma. Os quadros na parede eram do tipo que se encontrava num mercado de pulgas ou na venda de garagem de um artista sem recursos: pastos com muitas árvores e um céu azul demais acima de ovelhas e de um cão pastor satisfeito. E também havia marcas de aspirador de pó no carpete.

Lydia repetiu a observação que Claire havia feito.

— Parece que ele mantinha um monumento à infância dele.

Claire entrou no banheiro, que era tão pequeno e organizado quanto os outros cômodos. A cortina de flores do chuveiro já estava puxada. Um sabonete verde estava na saboneteira. Havia um xampu Head & Shoulders num suporte sob o chuveiro. Uma toalha usada havia sido deixada na barra para secar. Os dois tapetes estavam alinhados com cuidado, separados pelo mesmo espaço ao redor.

Ela abriu o armário de remédios. Tirou todos os itens e os jogou no chão. Desodorante, pasta de dente. Pegou um frasco de remédio.

— Amitriptilina — leu Claire. — Foi prescrita para o pai de Paul.

— É um antidepressivo antigo.

Lydia era intimamente familiarizada com as drogas populares no fim do século XX.

— Pré-Fluoxetina.

— Você vai se surpreender quando eu disser que Paul nunca disse nada sobre depressão.

Claire jogou o frasco para trás.

— Está preparada para entrar na garagem?

Lydia percebeu que também estava adiando isso.

— Ainda podemos sair — disse.

— Claro que sim.

Claire passou por Lydia e seguiu em direção à sala. Entrou na cozinha. Quando voltou, segurava a barra. Atravessou o corredor comprido em direção à garagem. A distância era de cerca de cinco metros, mas Lydia tinha a sensação de que tudo se movia em câmera lenta. A barra foi erguida acima da cabeça de Claire. Permaneceu no ar por alguns momentos até descer com tudo na maçaneta de latão. A porta se abriu, revelando a garagem.

Claire tateou à procura do interruptor. Luzes fluorescentes foram acesas. Ela soltou a barra.

Lydia não conseguia se mexer. Estava a três metros, mas ainda assim via claramente a parede do lado oposto — as correntes vazias presas à parede de blocos de concreto, a borda de um colchão sujo, embalagens descartadas de *fast-food* no chão, luzes de fotógrafo, uma câmera em um tripé. O teto tinha sido alterado de modo a dar a impressão de que o cômodo era um porão. Havia fios pendurados. Canos que não levavam a lugar nenhum. Correntes soltas no chão de concreto. E sangue.

Muito sangue.

Claire voltou para o corredor, fechando a porta.

A maçaneta estava quebrada, por isso ela teve que segurar a madeira. Ficou de costas para a porta, bloqueando a passagem, mantendo Lydia fora da garagem.

Um corpo, pensou Lydia. *Outra vítima. Outra garota morta.*

Claire disse com a voz baixa, um tom controlado.

— Quero que você me dê seu celular. Vou usá-lo para registrar o lugar enquanto você vai até a rua e usa o celular pré-pago para ligar para o FBI. Não para Nolan. Ligue para o número de Washington, DC.

— O que você viu?

Claire balançou a cabeça uma vez. Estava pálida. Parecia estar passando mal.

— Claire?

Ela balançou a cabeça de novo.

— Tem um corpo?

— Não.

— O que é?

Ela não parava de balançar a cabeça.

— Não estou brincando. Diga o que tem aí dentro.

Claire segurou a porta com mais força.

— Videocassetes. VHS.

Lydia sentiu o gosto amargo na boca. VHS. Não DVDs. Não arquivos digitais. Fitas VHS.

— Quantas?

— Um monte.

— Quantas são um monte?

— Demais.

Lydia reuniu força para começar a andar.

— Quero ver.

Claire bloqueou a porta.

— É uma cena de crime. É onde Anna Kilpatrick morreu. Não podemos entrar.

Lydia sentiu a mão de Claire em seu braço. Não se lembrava de ter atravessado o corredor, de ter se direcionado para o que a irmã tentava esconder, mas estava perto o bastante para sentir o cheiro metálico do sangue coagulando.

Fez a única pergunta que importava:

— A partir de quando são essas fitas?

Claire balançou a cabeça de novo.

Lydia sentiu a garganta arranhar. Tentou empurrar Claire para o lado, mas a irmã não se mexeu.

— Saia da minha frente.

— Não posso deixar que você...

Lydia a segurou pelo braço. A pressão foi mais forte do que ela pretendia, mas então ergueu a outra mão e, de repente, se viu lutando com a irmã. Elas se atracaram no corredor da mesma maneira com que costumavam brigar por causa de um vestido, um livro ou um garoto.

A diferença de três anos sempre favoreceu Lydia, mas dessa vez foram os quinze quilos a mais que a ajudaram a vencer. Ela empurrou Claire com tanta força que a irmã tombou para trás. Caiu sentada no chão. Claire se esforçou para recuperar o fôlego.

Lydia passou por cima da irmã. Claire tentou segurar sua perna, uma última tentativa, mas era tarde demais.

Lydia empurrou a porta da garagem.

Prateleiras de madeira ocupavam uma parte de uma das paredes. Oito delas subiam do chão ao teto, cada uma com aproximadamente dois metros e meio de largura e trinta centímetros de profundidade. Havia fitas VHS empilhadas. As caixas coloridas de papelão as dividia em seções. Uma sequência familiar de números estava escrita à mão nas etiquetas. Lydia já conhecia o código.

As datas mais antigas eram dos anos 1980.

Ela entrou no cômodo. Sentia um tremor tomar seu corpo, quase como se estivesse à beira de um abismo. Seus dedos formigaram. As mãos tremeram. Estava suando de novo. Os ossos vibravam sob a pele. Os sentidos se aguçaram.

Escutou Claire chorando atrás dela. O cheiro de alvejante invadia seu nariz. O gosto de medo tomava sua boca. Sua visão se voltou às seis fitas VHS em local proeminente na estante do meio.

Um elástico verde mantinha unidas as fitas com capa de papelão verde.

A caligrafia era angular e clara. A sequência de números foi fácil de decifrar, uma vez que Lydia conhecia o código.

0-1-3-9-0-9-4-1

03-04-1991

4 de março de 1991.

CAPÍTULO 11

Claire abriu a boca para pedir que Lydia não tocasse em nada, mas as palavras não saíram porque não havia mais motivo. Assim que viu a parede com as fitas, percebeu que não havia mais como voltar atrás, assim como soube que tudo aquilo era inevitável. Paul tinha se tornado obcecado por Claire com motivo. Foi o marido perfeito com motivo. Manipulou a vida deles com motivo. E, durante todo o tempo, Claire se recusou a ver o que estava bem diante de seus olhos.

Talvez por isso não estivesse chocada. Ou talvez fosse incapaz de se sentir chocada, porque, sempre que pensava ter visto o pior de Paul, algum novo detalhe aparecia e ela era tomada não só pelo horror dos atos dele, mas também por sua própria cegueira.

Não havia como explicar o que Lydia sentia. Ficou imóvel no meio da garagem fria. Estendeu o braço em direção às seis fitas, mas parou um pouco antes de tocá-las.

— Quatro de março de 1991 — disse Lydia.

— Eu sei.

Os olhos de Claire não se desviavam das etiquetas desde que abrira a porta.

— Temos que assistir.

Mais uma vez, Claire não disse não. Havia muitos motivos para ir embora dali. E havia outros tantos para ficar.

Pílula vermelha/pílula azul.

Aquilo não era mais um exercício filosófico. Elas queriam saber o que tinha acontecido com Julia ou não?

Lydia já tinha sua resposta. Conseguiu se mover lentamente. Pegou a pilha de fitas VHS com as duas mãos. Virou-as e esperou Claire sair da frente.

Claire seguiu a irmã de volta para a sala. Recostou-se na parede enquanto observava Lydia colocar uma fita no videocassete antigo. Escolhera a última fita da série porque era a única que importava. Não havia controle remoto para nada. Lydia apertou o botão para ligar a TV, que começou a funcionar. A imagem passou de preta para branca. Ela girou o botão do volume para diminuir o barulho de estática.

O painel tinha dois botões — um para VHF e outro para UHF. Lydia tentou o canal três. Esperou. Tentou o quatro.

A tela passou de branca para preta.

Lydia apoiou o polegar no grande botão laranja para reproduzir a gravação. Olhou para Claire.

Pílula vermelha? Pílula azul? Você quer mesmo saber?

E então ouviu a voz do pai: *Há coisas que não se pode desver.*

Talvez tenha sido o alerta de Sam que mais a assustou, porque Claire tinha visto o outro filme. Sabia que havia um roteiro para o abuso que as garotas enfrentavam, assim como sabia o que veria na última fita, a fita que Lydia estava esperando passar no videocassete.

Julia Carroll, dezenove anos, nua e acorrentada à parede.

Hematomas e queimaduras espalhados pelo corpo. Marcas de eletrocução. Carne marcada. Pele rasgada. Boca aberta, gritando de terror enquanto o homem mascarado se aproximava com o facão.

— Claire?

Lydia pedia permissão. Elas podiam fazer aquilo? Deveriam?

Claire assentiu, e Lydia apertou o *play*.

Viu-se um ziguezague branco na tela escura. A imagem rolou depressa demais para que elas captassem os detalhes. Lydia abriu um painel de acesso e ajustou o botão.

A imagem apareceu.

Lydia emitiu um barulho que era meio resmungo e meio susto.

Julia estava com braços e pernas abertos, encostada na parede. Estava nua, exceto pelas pulseiras prateadas e pretas que sempre usava. A cabeça estava caída. O corpo estava solto. A única coisa que a mantinha erguida eram as correntes.

Claire fechou os olhos. Ela ouvia os gemidos baixos de Julia pela única caixa de som da TV. O lugar onde Julia foi mantida era diferente, não o porão, mas o interior de um celeiro. As madeiras eram marrom-escuras, obviamente o fundo da baia de um cavalo. Havia feno no chão. Havia esterco de cavalo a seus pés nus.

Claire se lembrou do celeiro do quadro que ela havia pintado. Perguntou-se se Paul o havia derrubado por nojo ou se, à sua maneira normal e eficiente de pensar, tinha achado mais adequado manter tudo sob um único teto.

Na TV, a irmã começara a choramingar.

Claire abriu os olhos. O homem mascarado havia aparecido.

Ela tinha visto fotos de Paul de 1991. Ele era alto, esguio e tinha cabelos muito curtos, além de uma postura dolorosamente ereta que lhe havia sido ensinada pelos instrutores da academia militar.

O homem mascarado era alto, mas não esguio. Era mais velho, provavelmente tinha quase cinquenta anos. Os ombros eram bem marcados. A barriga era mais macia. Tinha uma tatuagem no bíceps, uma âncora com palavras que Claire não conseguia ler, mas que obviamente significavam que ele havia feito parte da Marinha americana. O pai de Paul era da Marinha.

Aos poucos, o homem mascarado deu um passo, depois outro, em direção a Julia.

— Vou sair — disse Claire.

Lydia assentiu, mas não olhou para trás.

— Não consigo ficar aqui, mas não vou deixar você sozinha.

— Tudo bem.

Lydia estava com o olhar grudado na TV.

— Vá — acrescentou.

Claire se afastou da parede e entrou na cozinha. Passou por cima de talheres espalhados e de vidro quebrado e continuou andando até sair. O ar frio atingiu sua pele. Seus pulmões arderam com o frio repentino.

Ela se sentou nos degraus de trás. Envolveu o corpo com os braços. Tremia por casa do frio. Os dentes doíam. As pontas das orelhas queimavam. Não viu o pior do vídeo, mas já tinha visto o bastante, e sabia que o pai estava certo. Todas as lembranças felizes que ela tinha de Julia, de terem dançado juntas ao som da *American Bandstand* na frente da TV todo sábado, de terem cantado no carro enquanto iam até a biblioteca para pegar Helen, de ter ido com ela, Sam e Lydia para ver a nova ninhada de cachorrinhos na clínica do *campus*, tudo desapareceu.

Quando pensava em Julia, a única imagem que lhe ocorria era a da irmã estendida junto à parede áspera na baia onde os animais ficavam.

Na casa, Lydia gritou.

O som foi estridente, como um caco de vidro abrindo o coração de Claire. Ela levou as mãos à cabeça. Sentia-se quente, mas seu corpo não parava de tremer. O coração batia descompassado no peito.

Lydia começou a chorar.

Claire ouviu um soluço sair da própria boca. Cobriu as orelhas com as mãos. Não suportava ouvir os gritos de Lydia. Elas estavam separadas por dois cômodos, mas Claire conseguia ver tudo o que Lydia tinha visto: o facão subindo, a lâmina descendo, o sangue espirrando, as convulsões, o estupro.

Claire deveria voltar. Deveria apoiar Lydia. Deveria ser testemunha dos últimos segundos da vida de Julia. Deveria fazer alguma outra coisa que não fosse ficar sentada sem fazer nada na varanda dos fundos, mas não conseguia se mexer.

Só conseguia olhar para o campo vazio e vasto e gritar — pela irmã assassinada, pela irmã abandonada, pela mãe arrasada, pelo pai destruído, pela família dizimada.

Claire estava tomada de pesar, mas, mesmo assim, gritou. Caiu de joelhos. Algo se abriu em sua garganta. O sangue encheu sua boca. Ela bateu os punhos na areia vermelha e seca e amaldiçoou Paul por tudo o que ele havia tirado dela: segurar o bebê de Lydia nas mãos, talvez até ter um filho, ver os pais envelhecerem juntos, dividir a vida com a única irmã que ainda tinha. Revoltou-se contra o casamento de mentira que tiveram — os dezoito anos que ela tinha desperdiçado amando um louco doente que a fez pensar que tinha tudo o que queria quando, na verdade, não tinha nada.

Lydia a abraçou. Chorava tanto que suas palavras saíram entrecortadas.

— E-ela... estava... tã-tão ass-assustada...

— Eu sei.

Claire abraçou a irmã. Por que ela tinha acreditado em Paul? Por que havia deixado Lydia de lado?

— Está tudo bem — mentiu. — Tudo vai ficar bem.

— E-ela estava aterrorizada.

Claire fechou os olhos com força, rezando para que as imagens desaparecessem.

— So-sozinha. Estava sozinha.

Claire ninou Lydia como faria com um bebê. As duas tremiam tanto que mal se mantinham firmes. A destruição pela qual tinham passado se abriu como uma ferida.

— E-ela sabia o que ia acontecer e nã-não podia se mexer e não havia ninguém para...

Suas palavras foram interrompidas por um grito esganiçado.

— Ai, meu Deus! Ai, meu Deus!

— Sinto muito — sussurrou Claire.

A voz dela estava rouca. Mal conseguia falar. Lydia tremia descontroladamente. Sua pele estava fria. Estava sem fôlego. Seu coração batia tão forte que Claire quase o sentia dentro do próprio peito.

— Meu Deus! — gritou Lydia. — Meu Deus!

— Sinto muito.

Aquilo era tudo culpa de Claire. Ela não deveria ter chamado Lydia. Não tinha direito de envolvê-la naquilo. Era egoísta, cruel e merecia ficar sozinha pelo resto da vida.

— Sinto muito, muito mesmo.

— Por quê? — perguntou Lydia. — Por que ele escolheu ela?

Claire balançou a cabeça. Não havia explicação. Elas nunca saberiam por que Julia tinha se tornado um alvo naquela noite.

— Ela era tão boa. Ela era ótima, porra.

Aquela frase era dolorosamente familiar. Sam e Helen fizeram a mesma pergunta várias vezes: *Por que nossa filha? Por que nossa família?*

— Por que tinha que ser ela?

— Não sei.

Claire também havia se questionado. Por que Julia? Por que não Claire, que saía com garotos, colava na prova de matemática e paquerava o professor de educação física para não ter que fazer os exercícios?

Lydia tremeu, o corpo tomado pela dor.

— Deveria ter sido eu.

— Não.

— Eu era uma fodida.

— Não.

— Não teria sido tão ruim.

— Não, Liddie. Olhe para mim.

Claire segurou o rosto da irmã. Ela havia perdido o pai com esse mesmo pensamento. Não perderia a irmã de novo.

— Olhe para mim, Lydia, não diga isso. Não volte a dizer isso. Está me ouvindo? — Lydia não disse nada. Nem olhava a irmã. — Você é importante. — Claire tentou manter a voz livre do terror. — Não quero que você volte a dizer isso, está bem? Você é importante. É importante para Rick, para Dee e para a mamãe. E é importante para mim.

Claire esperou uma resposta.

— Tá?

A cabeça de Lydia ainda estava presa entre as mãos de Claire, mas ela conseguiu assentir por um instante.

— Amo você — disse Claire, palavras que ela não tinha dito nem ao marido enquanto ele morria em seus braços. — Você é minha irmã, e é perfeita, e amo você. — Lydia segurou as mãos de Claire. — Amo você — repetiu Claire. — Está me ouvindo?

Lydia assentiu de novo.

— Também amo você.

— Nada nunca mais vai nos separar. Está bem?

De novo, Lydia assentiu. Estava menos pálida. Elas olharam para o chão porque ver a casa e saber de sua história terrível era demais para aguentar.

Claire disse:

— Conte-me como foi quando Dee nasceu. — Lydia balançou a cabeça. Estava muito triste. — Conte — insistiu Claire. O mundo ruía ao redor delas, mas ela tinha que saber do que mais Paul a tinha privado. — Conte o que perdi.

Lydia talvez precisasse também de um pouco de luz naquela cova escura na qual as duas estavam.

— Ela era bem pequena. — Seus lábios tremeram com um leve sorriso. — Parecia uma boneca.

Claire sorriu, porque queria que Lydia continuasse sorrindo. Precisava pensar em algo bom naquele momento, algo que levasse embora as imagens da outra Julia de sua mente.

— Ela foi um bebê tranquilo? — Lydia secou o nariz com a manga da blusa. — Dormia muito?

— Nossa, não.

Claire esperou, incentivando Lydia a falar qualquer coisa, menos sobre o que elas tinham visto na TV.

— Era chorona?

Lydia deu de ombros e balançou a cabeça ao mesmo tempo. Ainda estava pensando na irmã, ainda presa naquele buraco escuro e profundo.

— Como ela era? — Claire apertou as mãos de Lydia. Esforçou-se para fazer seu tom ficar mais leve. — Vamos, Pimenta, conte como minha sobrinha era. Danadinha? Boazinha como eu?

Lydia riu, mas ainda balançava a cabeça.

— Ela chorava o tempo todo.

Claire insistiu.

— Por que ela chorava?

— Não sei. — Lydia soltou um suspiro pesado. — Porque sentia calor. Porque sentia frio. Porque estava com fome. Porque tinha comido muito. — Secou o nariz de novo. A manga da blusa já estava molhada de lágrimas. — Pensei que eu tivesse criado você, mas a mamãe fez a parte pesada.

Claire sabia que era infantil, mas gostava de pensar que Helen tinha feito a parte pesada.

— Por quê?

— Segurar você no colo e brincar com você era fácil. Trocar sua fralda e ninar você à noite, e todas as outras coisas... é difícil fazer sozinha.

Claire afastou os cabelos de Lydia. Deveria ter estado presente. Deveria ter comprado coisas no mercado para a irmã, dobrado a roupa lavada e a ajudado sempre que fosse preciso.

— Ela chorou nos dois primeiros anos. — Lydia usou os dedos para secar embaixo dos olhos. — Então, aprendeu a falar e não parava mais. — Ela riu da lembrança. — Ela cantava sozinha o tempo todo. Não só quando eu estava por perto. Eu a flagrava cantando sozinha e achava muito esquisito. Tipo, quando você flagra seu gato ronronando e você se sente mal porque pensou que ele só ronronasse por sua causa.

Claire riu para que Lydia continuasse.

— Aí, ela ficou mais velha e... — Lydia balançou a cabeça. — Ter uma adolescente é como ter uma colega de quarto muito folgada. Ela come toda a comida, rouba suas roupas, pega todo o dinheiro de sua bolsa e pega seu carro sem sua permissão. — Ela levou a mão ao peito. — Mas ela acalma você de modos inimagináveis. É inusitado. Ela torna sua vida mais leve. Transforma você em uma versão melhorada de si mesma que você nem sabia que existia.

Claire assentiu, porque percebeu, pela expressão calma de Lydia, a mudança que Dee Delgado havia causado.

Lydia pegou as mãos de Claire e segurou firme.

— O que vamos fazer?

Claire estava pronta para a pergunta.

— Temos que chamar a polícia.

— Huckleberry?

— Ele, a polícia do Estado, o centro de investigação da Geórgia.

Enquanto Claire estava falando, Lydia vislumbrou um plano.

— Vamos ligar para todo mundo — continuou Claire. — Vamos dizer ao Centro de Segurança que vimos alguém fabricar uma bomba. Vamos contar para o FBI que tem uma garota sequestrada na casa. Vamos ligar para a Agência de Proteção Ambiental e dizer que encontramos um barril de lixo tóxico. Vamos dizer ao Serviço Secreto que Lexie Fuller está planejando matar o presidente.

— Você acha que se trouxermos todos aqui ao mesmo tempo ninguém poderá encobrir nada?

— Devemos ligar para as emissoras de TV também.

— Ótimo.

Lydia começou a assentir.

— Posso postar algo a respeito no fórum dos pais na escola de Dee. Tem uma mulher, Penelope Ward, que é minha fofoqueira particular. O marido dela é candidato a deputado nas próximas eleições. Eles são muito unidos, e ela mais parece um cachorro com um osso. Não vai deixar ninguém parar de falar disso.

Claire se agachou. Ela conhecia o nome Penelope Ward. Branch Ward concorria contra o deputado Johnny Jackson, que foi o mesmo deputado que colocou Paul na trilha do sucesso. Ele também foi o motivo que Jacob Mayhew deu a Claire para justificar sua presença na casa no dia do assalto.

Mayhew tinha dito a ela: "O deputado me pediu para lidar com isso pessoalmente", e Claire pensou em contratempos e fraude porque achou que Jackson o estivesse encobrindo. Havia outro motivo? Se Mayhew estava envolvido, significava que Johnny Jackson também estava?

— O quê? — perguntou Lydia.

Claire não fez a revelação. Podiam deixar as várias agências estaduais descobrirem sozinhas. Então, olhou para a casa.

— Não quero que as fitas de Julia façam parte disso.

Lydia assentiu de novo.

— O que vamos dizer à mamãe?

— Temos que dizer a ela que sabemos que Julia morreu.

— E quando ela perguntar como sabemos?

— Não vai perguntar.

Claire tinha certeza. Muito antes, Helen havia tomado a decisão consciente de parar de procurar a verdade. No fim da vida de Sam, ela nem permitia que ele mencionasse o nome da filha.

— Você acha que é o pai de Paul no vídeo? — indagou Lydia.

— Provavelmente.

Claire se levantou. Não queria ficar sentada tentando descobrir. Queria chamar as pessoas que podiam fazer algo a respeito.

— Vou pegar as fitas que mostram Julia.

— Vou ajudar.

— Não.

Claire não queria que Lydia visse mais nenhuma parte do vídeo.

— Comece a dar os telefonemas. Use o telefone fixo para que eles rastreiem o número.

Claire se aproximou do telefone na parede. Esperou Lydia pegar o gancho.

— Podemos colocar as fitas de Julia no porta-malas da frente do Tesla. Ninguém vai querer checar ali.

Lydia teclou o número de emergência. Disse a Claire:

— Depressa, isso não vai demorar.

Claire entrou na sala. Felizmente, a tela estava preta. As fitas estavam no console.

— Você acha que deveríamos voltar para a cidade e esperar? — gritou para Lydia.

— Não!

Claire pensou que a irmã estava certa. Da última vez que deixou as coisas na mão da polícia, Mayhew a tratou como criança. Ela apertou o botão de ejetar do videocassete. Pousou os dedos na fita. Tentou pensar numa imagem de Julia que não fosse as do vídeo.

Era cedo demais. Só pensava na irmã acorrentada.

Claire destruiria os vídeos. Assim que estivessem em segurança, ela arrancaria os rolos de fita e os queimaria em uma lixeira de metal.

Tirou a fita do aparelho. A caligrafia na etiqueta era parecida com a de Paul, mas não exatamente a mesma. Será que Paul tinha encontrado a fita depois da morte do pai? Será que aquilo tinha despertado seu interesse? Julia tinha desaparecido quase um ano antes do acidente dos pais dele. Cinco anos depois, Paul começou a cortejar Claire na Auburn. Eles se casaram menos de dois meses após o pai dela ter se matado. Claire não podia mais acreditar em coincidências e tinha que fazer a pergunta: Paul tinha criado tudo aquilo assim que reconheceu Julia na coleção de fitas do pai? Foi isso que o tinha colocado no caminho de Claire?

Ela tinha certeza que nunca saberia a verdade. A morte de Julia a havia assombrado nos últimos 24 anos. E o mistério do que aconteceu com o marido a assombraria pelas décadas restantes de sua vida.

Ela colocou a fita de novo na capa de papelão. Passou o elástico ao redor das fitas.

Sentiu o cheiro do pós-barba de Paul.

O cheiro estava fraco. Aproximou as fitas do nariz. Fechou os olhos e respirou fundo.

— Claire — chamou Paul.

Ela se virou.

Paul estava no meio do cômodo. Usava uma blusa vermelha de moletom da UGA e calça jeans preta. A cabeça estava raspada. A barba tinha crescido. Usava óculos de aro grosso como aqueles que tinha na faculdade.

— Sou eu — falou ele.

Claire soltou as fitas, que caíram a seus pés. Aquilo era verdade? Estava acontecendo?

— Desculpe — disse ele.

Então, ele fechou a mão e acertou o rosto dela.

V

DEVO CONFESSAR, QUERIDA, QUE tenho negligenciado meu mural de pistas.

Minha "salgalhada inútil", como sua mãe disse na primeira e única ocasião em que se deu o trabalho de ver o que eu estava fazendo. Na hora, concordei com a observação, mas é claro que fui procurar a palavra no dicionário assim que ela foi embora.

Salgalhada: uma trapalhada; uma mistura confusa de várias pessoas ou coisas; qualquer bagunça absurda.

Ah, como adoro sua mãe.

Nesses últimos dez meses em que venho visitando Ben Carver na prisão, tenho ido dormir, muitas vezes, sem prestar atenção à minha salgalhada. A coleção se tornou tão comum que minha mente a transformou numa obra de arte, mais um lembrete de sua partida do que um caminho para tê-la de volta.

Só quando li uma anotação de Ben no livro do Dr. Seuss me lembrei de uma observação dos arquivos de Huckleberry. Está lá desde o começo, ou pelo menos desde que comecei meu ritual anual de leitura em seu aniversário de nascimento. Por que sempre negligenciamos as coisas que mais importam? É uma pergunta universal, porque todos os dias, semanas e meses desde seu desaparecimento, entendi que não a valorizei o suficiente. Nunca disse que a amava o suficiente. Nunca a abracei o suficiente. Nunca a ouvi o suficiente. Você provavelmente me diria (como sua mãe tem dito) que eu poderia compensar esse déficit com suas irmãs, mas é da natureza humana sofrer com o que não se pode ter.

Já lhe contei sobre Paul, o novo namorado de Claire? Ele deseja muito ter Claire, apesar de ela ter deixado claro que ele pode tê-la. A combinação é desigual.

Claire é uma jovem vibrante e linda. Paul não é nem vibrante nem bonito.

Quando o conhecemos, sua mãe e eu nos divertimos às custas do rapaz. Ela o chamava de Bartleby, como o escrivão daquele livro, porque ele é "palidamente asseado, risivelmente respeitado e incuravelmente desesperado". Eu o vi de uma forma mais vil: arrogante. Facilmente entediado. Espertinho demais. Usa casacos feios. Na minha opinião, ele é o tipo de homem que, se não receber atenção adequada, pode causar grande estrago.

Essa última frase é uma ideia revisionista? Porque me lembro claramente de ter rido do comentário de sua mãe, mencionando Bartleby, na primeira vez que vimos Paul: irritante e inofensivo e com grandes chances de ser chutado em breve. Só agora vejo o encontro com mais clareza.

Claire o levou à nossa casa durante o jogo entre Georgia e Auburn. No passado, sempre senti um pouco de pena dos rapazes que Claire trazia em casa. Dava para ver nos olhos deles que eles achavam que era grande coisa conhecer os pais da garota, conhecer a cidade onde ela cresceu, que logo encontrariam amor, casamento, carrinho de bebê etc. Infelizmente, para esses rapazes, o que acontecia era o oposto. Para Claire, uma ida a Athens costumava ser o início do fim de um relacionamento. Para sua irmã, esta cidade é maculada. As ruas estão maculadas. A casa está maculada. Talvez nós — sua mãe e eu — também estejamos maculados.

Pimenta já tinha nos contado sobre o novo paquera de Claire. Ela raramente aprova os namorados da irmã (da mesma forma, Claire nunca aprova os dela; tenho certeza de que você seria a pessoa que desempataria as disputas), mas nesse caso a descrição que Pimenta fez de Paul foi assustadora e exata.

Raramente sinto uma reação visceral em relação a alguém. Ele me faz lembrar do pior tipo de aluno que eu tinha — o tipo que tem certeza de que já sabe tudo o que precisa saber (o que invariavelmente leva a um sofrimento desnecessário).

Para ser sincero, o que mais me irritou em relação a Paul Scott foi o modo como ele tocou minha filha na minha frente. Não sou um cara quadrado. Demonstrações públicas de afeto me fazem sorrir mais do que ficar constrangido.

Mas, no caso dele, havia algo diferente na maneira como tocou minha filha mais nova que me deixou irritado. Ele a abraçava ao entrar em casa.

Mantinha a mão nas costas dela enquanto subiam a escada. Seus dedos se entrelaçavam aos dela quando passavam pela porta.

Relendo esse último parágrafo, tudo parece muito inofensivo, os gestos comuns de um homem que está fazendo amor com uma mulher, mas preciso dizer, querida, que havia algo profundamente perturbador na forma como ele a tocava. Ele não desencostava dela, literalmente. Nenhuma vez durante todo o tempo em que ficaram na minha frente. Mesmo enquanto estavam no sofá, Paul segurava a mão de Claire até ela se acomodar, então passava o braço por cima dos ombros dela e abria as pernas, como se os testículos precisassem de muito espaço.

Sua mãe e eu nos entreolhamos muitas vezes.

Ele é um homem que se sente à vontade para dar opiniões e acredita que toda palavra que diz é correta e fascinante. Ele tem dinheiro, o que fica evidente pelo carro que dirige e pelas roupas que veste, mas sua atitude não é de gente abastada. Sua arrogância vem da inteligência, não da carteira.

E devo dizer que ele é um jovem claramente brilhante. Sua capacidade de pelo menos parecer informado a respeito de qualquer assunto indica uma memória voraz. Ele entende detalhes com clareza, senão nuances.

Sua mãe perguntou sobre a família dele, porque somos do sul, e perguntar sobre a família de alguém é a única maneira pela qual podemos separar o joio do trigo.

Paul começou com o básico: a passagem do pai pela Marinha, o curso de secretariado da mãe. Eles se tornaram fazendeiros, sal da terra que complementa a renda com contabilidade e trabalho de temporada com a equipe da Universidade da Geórgia. (Como sabe, esse tipo de trabalho de meio período não é incomum. Todo mundo, em algum momento, acaba trabalhando para a instituição.) Não tem outros parentes, exceto um tio por parte de mãe que ele raramente via e que morreu no primeiro ano de Paul na Auburn.

Era devido à solidão na infância que Paul queria uma família grande, segundo ele, um fato que deveria ter agradado a sua mãe e a mim, mas vi quando ela ficou tensa comigo, porque o tom na voz dele indicava como faria para conseguir isso.

(Acredite, querida, há um motivo pelo qual gerações de pais de família travaram guerras brutais para proteger o conceito da Imaculada Conceição.)

Depois de contar o básico, Paul chegou à parte da história que fez os olhos de sua irmã ficarem marejados. Foi quando soube que ele a havia ganhado. Parece frio dizer que Claire nunca chora por ninguém, mas se você soubesse, minha menina, o que aconteceu conosco após seu desaparecimento, entenderia que ela não chorava porque não havia mais lágrimas.

Só para Paul.

Enquanto ouvia a história sobre o acidente de carro dos pais dele, senti que algumas velhas lembranças voltavam. Os Scott morreram quase um ano depois de você partir. Eu me lembro de ter lido sobre o acidente no jornal, porque naquela época eu lia cada página para o caso de haver uma matéria relacionada a você. Sua mãe se lembra de ter ouvido uma pessoa na biblioteca dizer que o pai de Paul tinha sido decapitado. Houve incêndio. Nossa imaginação foi longe.

A versão de Paul é bem mais floreada (ele certamente é o dono da história), mas não julgo um homem que queira dominar seu passado, e não há como negar que a tragédia exerce um poder sobre Claire.

Por muitos anos, as pessoas têm tentado cuidar de sua irmã menor. Acho que com Paul ela finalmente vê uma oportunidade de cuidar de alguém.

Se sua mãe estivesse lendo esta carta, ela me diria para ir direto ao assunto. Acho que devo fazer isso, porque a questão é: a inscrição que Ben Carver deixou para mim no livro do Dr. Seuss:

"Primeiro, é preciso ter as imagens. Em seguida, vêm as palavras." — Robert James Waller.

Imagens.

Ben havia feito e distribuído imagens de seus crimes. Fazia parte de sua lenda, de sua fama. Acreditava-se haver centenas de fotografias e filmes no mercado negro que o mostrava com diversas vítimas. Mas Ben já estava preso. Ele não estava me dando uma pista de seus crimes. Estava me dando pista de sua concorrência.

Imagens.

Eu já tinha lido essa palavra antes — muitas vezes antes.

Assim como todos os suspeitos em seu desaparecimento, Huckleberry escondeu o nome de determinado homem, mas aqui estão os detalhes que transcrevi das anotações do delegado investigador no arquivo de seu caso:

XXXXXX XXXXX, suspeito de perseguição. Jardineiro de temporada na UGA, preso em 1/4/89; 12/4/89; 22/6/90; 16/8/91 — todas as acusações retiradas. Persegue adolescentes do sexo feminino, loiras, atraentes (de 17 a 20 anos). MO: fica do lado de fora espiando pelas janelas e faz o que chama de "imagens" — fotografias ou gravações de mulheres em vários estágios de nudez. Morto em 3/1/1992 (acidente de carro; a esposa também morreu; tem filho de dezesseis anos em um colégio interno/Alabama).

Imagens.

O cara estava vivo quando você desapareceu. Ele perseguia jovens de sua idade, com a mesma cor de cabelo, com a mesma beleza. Será que ele tinha ficado do lado de fora de sua janela fazendo *imagens*? Será que viu você escovar os cabelos, conversar com suas irmãs e se despir para dormir? Será que viu você no *campus* enquanto trabalhava com a equipe de lá? Será que ele seguiu você até o Manhattan naquela noite? E de novo quando você saiu do bar?

Será que decidiu que as *imagens* não bastavam?

Você pode estar se perguntando como Ben Carver pegou uma cópia de seu caso. Como eu disse antes, Ben é um tipo de celebridade, até mesmo na cadeia. Recebe cartas do mundo todo. De acordo com o delegado, Ben trafica informações. É assim que consegue refeições extras e proteção dentro das perigosas paredes do corredor da morte. Descobre o que as pessoas querem saber e passa tudo a elas a seu bel-prazer.

Imagens.

Como Ben sabia que essa palavra, entre todas as outras, não sairia da minha cabeça? Que me faria correr até a parede, procurar na pilha de cadernos, procurando palavras que eu tinha transcrito de seu arquivo quase seis anos atrás?

Depois de dez meses, depois de 48 visitas, será que Ben passou a me conhecer tão bem?

A pergunta vai permanecer sem resposta. Ben é o tipo de psicopata que afirma gostar do vento para direcionar suas velas, mas de vez em quando tenho que vê-lo enfiar a mão na água, como se fosse um remo, e mudar o curso.

E com uma palavra — *imagens* —, ele mudou o curso de minha vida.

O nome do cara era Gerald Scott.

O filho dele é o novo namorado de sua irmã mais nova.

CAPÍTULO 12

CLAIRE ABRIU OS OLHOS. O gesso do teto tinha um tom meio marrom. O carpete felpudo estava úmido contra as costas dela. Ela estava deitada no chão. Havia um travesseiro embaixo de sua cabeça. Estava sem os tênis.

Sentou-se.

Paul.

Ele estava vivo!

Claire sentiu um momento singular de pura alegria antes de voltar à terra com um baque. Em seguida, sua mente foi tomada por perguntas. Por que ele fingiu sua morte? Por que a enganou? Quem o ajudou? O que ele estava fazendo na casa dos Fuller? Por que a agrediu? E onde estava sua irmã?

— Lydia? — Claire mal conseguiu dizer o nome. Sua garganta ardia. Ela se levantou. Lutou contra uma sensação forte de náusea quando bateu o corpo na TV. Sentiu uma dor lancinante no rosto. — Liddie? — tentou chamar. A voz ainda estava rouca, mas o pânico a fez gritar o mais alto que conseguiu. — Liddie?

Não obteve resposta.

Claire atravessou o corredor correndo em direção à garagem. Abriu a porta. As fitas. As correntes. O sangue. Tudo ainda estava ali, mas Lydia, não. Fechou a porta e correu pelo corredor. Procurou nos quartos, no banheiro, na cozinha, e o pânico aumentava mais e mais a cada cômodo vazio. Lydia não estava ali, alguém a havia levado.

Paul a levou, assim como o pai dele havia levado Julia.

Claire correu para a varanda dos fundos. Observou o campo atrás da casa. Correu para a frente com o coração batendo freneticamente. Queria gritar, berrar e urrar. Como aquilo havia acontecido de novo? Por que não tinha ficado de olho em Lydia?

O Tesla ainda estava estacionado na frente da casa. As portas do carro se abriram quando Claire se aproximou. O sistema havia sentido a presença da chave, que havia ido parar no bolso de trás dela. Sua bolsa e a bolsa de Lydia estavam jogadas no banco da frente. O celular pré-pago não estava ali. O cabo comprido e laranja de uma extensão serpenteava da varanda até a rua e se conectava ao cabo que carregava o Tesla.

Na casa, o telefone começou a tocar.

Claire correu para os fundos. Parou na porta da cozinha. Queria entrar, atender, mas se viu paralisada de medo. Olhou para o telefone que tocava. Era branco. O fio estava pendurado, mas não encostava no chão. O telefone que tinham na cozinha da casa da Boulevard tinha um fio que se esticava até a despensa porque ali foi o único lugar, durante anos, no qual elas podiam conversar com o mínimo de privacidade.

Lydia não estava ali. Paul a havia levado. Aquilo estava acontecendo, e ela não podia parar. Não podia se esconder no quarto com os fones de ouvido e fingir que o mundo lá fora ainda girava graciosamente no eixo.

Claire se forçou a entrar na cozinha. Pegou o telefone, mas não atendeu. Sentiu o plástico frio em sua mão. Era um telefone resistente e antigo. Ela sentia as vibrações do sino de metal na palma de sua mão.

A secretária eletrônica tinha sido desligada. Um travesseiro tinha sido colocado embaixo de sua cabeça. Seus sapatos tinham sido retirados. O Tesla estava sendo carregado.

Ela sabia de quem era a voz que ouviria antes mesmo de atender.

Paul perguntou:

— Você está bem?

— Onde está minha irmã?

— Está em segurança.

Paul hesitou.

— Você está bem?

— Não, não estou bem, seu filho de uma puta...

A voz de Claire ficou esganiçada. Ela começou a tossir e cuspiu sangue nas costas da mão. Olhou para as linhas vermelhas em sua pele clara.

— Isso é sangue? — perguntou Claire.

Claire se virou. Ele estava dentro da casa? Do lado de fora?

— Olhe para cima — disse Paul. Claire olhou. — Um pouco para a esquerda.

Claire viu o que parecia ser um purificador de ar em cima da geladeira. Havia um ramo de folhas verdes de eucalipto em um vaso bege. Uma das folhas tinha sido cortada para acomodar as lentes da câmera.

Ele falou:

— Tem outras em várias partes da casa.

— Desta casa ou da casa de Dunwoody?

Paul não respondeu, o que foi resposta suficiente. Ele a vinha observando. Por isso não havia um arquivo colorido com o nome de Claire na etiqueta. Paul não contratava detetives para segui-la um mês por ano. Ele a seguia todos os dias de sua vida.

— Cadê Lydia? — perguntou ela.

— Estou ligando para você de um telefone comsat com misturador de frequência. Sabe o que isso quer dizer?

— Por que eu saberia o que quer dizer, porra?

— Comsat é abreviatura de série de satélites de comunicação — explicou ele, com a voz enlouquecidamente pedante. — O telefone faz chamadas por meio de satélites geolocalizados, e não por torres fixas de celular. O misturador mascara o número e a localização, o que quer dizer que esta chamada não pode ser rastreada, nem mesmo pela Agência de Segurança Nacional.

Claire não estava ouvindo a voz dele. Ouvia um som ambiente. Não precisava da Agência de Segurança Nacional para perceber que ele estava em um carro em movimento. Ela ouvia barulhos da estrada e o som do vento que sempre entrava, independentemente do preço do veículo.

— Ela está viva? — perguntou Claire.

Ele não respondeu.

Ela sentiu o coração tão apertado que mal conseguia respirar.

— Lydia está viva?

— Está.

Claire olhou para as lentes da câmera.

— Coloque-a na linha, agora.

— Ela não está disponível.

— Se você machucá-la...

Claire sentiu a garganta apertada. Tinha visto os filmes. Sabia o que podia acontecer.

— Por favor, não a machuque.

— Não vou machucá-la, Claire. Você sabe que eu nunca faria isso.

As lágrimas enfim vieram porque por apenas um segundo, um milésimo de segundo, ela se permitiu acreditar nele.

— Deixe-me falar com minha irmã agora mesmo ou vou ligar para todas as autoridades que existem.

Paul suspirou. Ela conhecia aquele suspiro. Ele costumava soltá-lo quando estava prestes a dar a Claire algo que ela queria. Ela ouviu o som de um carro parando. Ouviu movimentos.

— O que está fazendo?

— Estou fazendo o que você pediu.

A porta do carro foi aberta e fechada. Ela ouviu outros veículos passando. Ele deveria estar na Atlanta Highway. Por quanto tempo Claire tinha permanecido desmaiada? Até onde ele havia ido com Lydia?

— Seu pai matou minha irmã — acusou Claire.

Ela ouviu um rangido quando uma porta ou um porta-malas se abriu.

— É ele no vídeo, não é? — Claire esperou. — Paul, fale. É ele, não é?

— Sim — disse ele. — Veja o telefone.

— O quê?

— O telefone de Lydia. Está na sala de estar. Eu o coloquei para carregar porque estava com pouca bateria.

— Meu Deus.

Só Paul para sequestrar alguém e carregar o telefone da pessoa.

Claire colocou o telefone na mesa. Foi até a sala, mas, em vez de procurar o celular, observou ao redor. Havia outro purificador de ar em cima de uma estante de cerejeira perto da porta da frente. Como ela não tinha visto antes? Como não tinha visto nada daquilo?

O telefone de Lydia emitiu um zunido. Paul o havia deixado na mesa ao lado do sofá. A tela mostrava uma mensagem de texto de um número desconhecido. Ela passou o dedo pela notificação, e uma foto de Lydia apareceu.

Claire gritou. A testa de Lydia estava sangrando. Um olho estava inchado e fechado. Ela estava deitada de lado no porta-malas de um carro. As mãos, amarradas à frente do corpo. Parecia aterrorizada, furiosa e muito sozinha. Claire olhou para a câmera na estante e enviou toda a sua ira ao encarar o buraco negro onde deveria estar o coração de Paul.

— Vou matar você por isso. Não sei como, mas vou...

Claire não sabia o que ia fazer. Olhou de novo para a foto de Lydia. A culpa era toda dela, pois mandara a irmã ir embora muitas vezes, mas não estava sendo sincera em nenhuma delas. Queria que ela ficasse em segurança e acabara jogando Lydia nas mãos de Paul.

Ouviu um carro parar na frente da casa. O coração de Claire se acelerou. Lydia. Paul a trouxe de volta. Abriu a porta da frente. Madeira. Havia um feixe de luz ao redor. Se Claire entortasse o pescoço do jeito certo, poderia ver a parte da frente da casa pela fresta.

Não viu Paul, mas um carro de patrulha marrom. Sua visão era reduzida. O vidro do para-brisa estava escuro à luz da tarde. Ela não sabia quem estava ali. O motorista permaneceu ao volante por um tempo que parecia interminável. Claire ouviu sua respiração ofegante enquanto esperava.

Por fim, a porta foi aberta. Uma perna apareceu no chão de concreto. Ela viu uma bota de caubói de couro e calça marrom-escura com uma faixa amarelada na lateral. Duas mãos seguraram a porta quando o homem saiu do carro. Ficou parado ali por um momento, de costas para Claire enquanto conferia a estrada vazia. Então, ele se virou.

O delegado Carl Huckabee colocou o chapéu Stetson ao subir até a porta. Parou para olhar dentro do Tesla. Viu o carregador plugado na lateral do carro e seguiu a extensão com os olhos até a varanda.

Claire se afastou da porta, apesar de ele não ter como vê-la. Huckleberry estava mais velho e mais curvado, mas ainda assim apresentava o bigode muito bem penteado e linear e as costeletas longas demais que pareciam ultrapassadas mesmo nos anos 1990.

Ele só podia ser cúmplice de Paul. Fazia sentido, ainda que de forma doentia, que o homem a quem seus pais recorreram em busca de ajuda fosse o mesmo homem que os enganou todos aqueles anos.

Claire voltou para a cozinha. Antes de atender ao telefone, pegou uma faca afiada do chão. Levou o telefone à orelha. Ergueu a faca para Paul ver.

— Corto o pescoço dele se você não devolver minha irmã agora mesmo.

— Do que está falando? — perguntou Paul. — O pescoço de quem?

— Você sabe de quem eu...

Claire parou. Talvez ele não soubesse.

As pessoas colocavam câmeras do lado de fora da casa para que os outros as vissem. Paul só se preocupava com o que acontecia dentro.

— Claire?

— Huckabee. Ele acabou de chegar.

— Porra — murmurou ele. — Livre-se dele agora mesmo ou nunca mais vai ver Lydia.

Claire não sabia o que fazer.

— Prometa que ela vai ficar bem.

— Prometo. Não desligue o...

Claire desligou o telefone. Virou-se e olhou para a porta aberta da cozinha. A faca foi para o bolso de trás, enquanto pensava que merda poderia fazer com ela. Sua mente estava tomada por ideias que ela não conseguia afastar. Por que Paul tinha forjado o próprio assassinato? Por que tinha levado Lydia? O que queria com ela?

— Olá? — Os passos pesados de Huckabee ressoaram na escada da frente. — Tem alguém aí?

— Oi.

Claire ouviu a rouquidão em sua voz. Ainda havia sangue em algum ponto de sua garganta. Ela não parava de pensar em Lydia. Tinha que se acalmar pelo bem da irmã.

— Srta. Carroll.

A expressão do delegado mudou de curiosa para alerta.

— O que está fazendo aqui?

— É sra. Scott — corrigiu-o ela, detestando dizer aquele sobrenome. — Esta casa era de meu marido. Ele faleceu recentemente, então eu...

— Pensou em invadi-la?

Ele estava olhando para a bagunça que Claire tinha feito na cozinha. Talheres, potes e panelas, Tupperware, e tudo o mais que enchia gavetas e armários estava espalhado pelo chão.

Ele ergueu o pé, que havia pisado em vidros quebrados da porta dos fundos.

— Quer me contar o que de fato está acontecendo aqui?

Claire começou a girar a aliança de casamento no dedo. Tentou demonstrar um pouco de autoridade na voz.

— Por que o *senhor* está aqui?

— Recebi uma chamada de emergência, mas ninguém permaneceu na linha. — Ele enfiou os polegares no cinto. — Foi a senhora?

— Liguei sem querer. Pretendia ligar para o serviço de informações. — Claire pigarreou. — Desculpe por desperdiçar seu tempo.

— Qual era mesmo o nome de seu marido?

— Paul Scott. — Claire lembrou que o nome no contrato da propriedade era diferente. — A casa é mantida num acordo com a empresa de advocacia dele. Buckminster e Fuller.

O delegado assentiu, mas não parecia satisfeito.

— Parece que está fechada há um tempo.

— O senhor conhecia meu marido?

— Conhecia o pai e a mãe dele. Boa gente.

Claire não parava de girar a aliança. Então, olhou para sua mão, porque o Homem Cobra tinha levado sua aliança. Como havia voltado a seu dedo?

— Sra. Scott?

Ela cerrou as mãos. Sentiu vontade de arrancar a aliança e jogá-la no lixo. Como Paul tinha recuperado a aliança? Por que a tinha colocado em seu dedo? Por que ela estava descalça? E a chave em seu bolso? Por que havia a merda de um travesseiro embaixo de sua cabeça quando acordou após o marido tê-la apagado? E para onde, pelo amor de Deus, ele estava levando a irmã dela?

— O que é isso? — Huckabee levou a mão ao rosto. — Parece que seu olho está ficando roxo.

Claire começou a tocar seu rosto, mas então passou os dedos pelos cabelos. O pânico começou a tomar conta dela. Ela sentiu uma dor na cabeça pelo esforço de tentar processar o que havia acontecido e o que precisava fazer em seguida.

— A senhora precisa se sentar? — perguntou Huckabee.

— Preciso de respostas. — Claire sabia que parecia maluca. — Meu sogro, Gerald Scott. Tem certeza de que ele está morto?

Ele lhe lançou um olhar curioso.

— Vi com meus próprios olhos. Pelo menos, depois do fato.

Claire viu Paul morrer com seus próprios olhos. Ele estava em seu colo. Ela havia visto a vida dele se exaurir.

E então viu quando ele lhe deu um soco.

Huckabee encostou o ombro na maçaneta.

— Tem alguma coisa acontecendo da qual preciso saber?

O telefone começou a tocar. Claire não se mexeu.

Huckabee se remexeu. Olhou para o telefone e para Claire.

Paul não ia desligar. Os toques continuaram até o som parecer um apito no ouvido dela.

Claire pegou o gancho e o desceu com força de novo.

Huckabee ergueu uma das sobrancelhas grossas. O homem que por 24 anos insistiu que sua linda irmã de dezenove anos tinha abandonado a família para se unir a uma comunidade de hippies parecia desconfiado de repente.

O telefone recomeçou a tocar.

Claire imaginou Paul sentado no carro em algum lugar, no acostamento, observando tudo aquilo, furioso por Claire não estar fazendo exatamente o que ele tinha mandado.

Ele deveria saber que ela não obedeceria.

Claire tirou a aliança do dedo. Colocou-a na frente da câmera, em cima da geladeira. Virou-se para o delegado.

— Sei o que aconteceu com Julia.

Huckabee tinha a respiração ofegante, obviamente fumava havia muito tempo, então era difícil saber se estava suspirando ou só respirando normalmente.

— Sua mãe contou?

Claire se recostou na geladeira para não cair no chão. Sentiu o choque da frase, mas procurou manter a expressão normal. Helen sabia a respeito das fitas todo aquele tempo? Guardou segredo de Claire? Escondeu a verdade de Sam?

Tentou enganar Huckabee de novo.

— Sim, ela me contou.

— Bem, isso me surpreende, Claire, porque sua mãe disse que nunca lhe contaria, e estou com dificuldade para acreditar que uma mulher como ela voltaria atrás.

Claire balançou a cabeça, porque aquele homem sabia que havia vídeos de sua irmã sendo brutalmente assassinada e estava passando um sermão nela como se ela tivesse doze anos e ele estivesse decepcionado.

— Como pôde ter escondido isso de mim? De Lydia?

— Prometi a sua mãe. Sei que vocês não gostam muito de mim, mas eu honro minha palavra.

— Está falando sobre a merda da sua palavra, sendo que eu fui assombrada por 24 anos?

— Não precisa usar esse tipo de palavreado.

— Vá se foder. — Claire quase viu a ira negra escorrer de sua boca. — Você dizia que ela estava viva, que ela só tinha fugido, que um dia a teríamos de volta. Sempre soube que ela nunca voltaria, mas nos deu esperança. — Ela percebeu que ele ainda não entendia. — Tem noção do que a esperança faz com as pessoas? Sabe como é ver alguém na rua, correr atrás dessa pessoa, porque acha que ela pode ser sua irmã? Ou ir ao shopping e ver duas irmãs juntas e saber que nunca mais terá isso? Ou ir ao velório do pai sem ela? Ou se casar sem...

Claire não conseguiria dizer aquilo, porque tinha se casado com Paul, e Lydia não estava a seu lado porque ele havia tentado estuprá-la.

Huckabee disse:

— Diga como descobriu. Foi pela internet?

Ela assentiu, porque aquilo parecia mais crível.

Ele olhou para o chão.

— Sempre temi que as fitas fossem parar na rede.

Claire sabia que tinha que se livrar do delegado, mas não pôde deixar de perguntar:

— Como as descobriu?

— No apartamento de seu pai. Ele colocou uma delas no videocassete quando fez aquilo. Imagino que o que viu tenha feito com que ele...

Ele não precisou terminar a frase. Os dois sabiam o que o pai dela tinha feito. Uma vez que Claire sabia que Sam Carroll tinha visto as fitas, que havia assistido a elas ao enfiar a agulha na veia, enfim entendeu o porquê. Podia muito bem imaginar o pai querendo pôr fim à vida enquanto assistia à vida de Julia sendo tirada dela. O ato tinha um tipo de simetria interessante.

Por que Helen tinha escondido a verdade? Temia que Claire encontrasse cópias das fitas e acabasse fazendo o mesmo que o pai? E Lydia... pobre e frágil Lydia. Ninguém viu na época, mas seu vício não tinha nada a ver com a sensação, mas, sim, com a fuga. Ela estava procurando maneiras de se destruir.

— O que fez com as fitas? — perguntou Claire.

— Eu as entreguei a um amigo meu que trabalhava no FBI. Sempre desconfiamos de que havia cópias. Acho que agora temos certeza.

Claire olhou para as mãos. Torcia o dedo mesmo sem a aliança.

— Não tente me enganar, moça — disse Huckabee. — Ela era sua irmã. Vou contar a verdade.

Claire nunca tinha sentido tanta vontade de atacar alguém na vida. Ele estava agindo como se sempre houvesse tido boa vontade, sendo que Claire havia entrado em contato com o delegado inúmeras vezes ao longo dos anos, perguntando se havia novidades.

— Então me conte.

Ele alisou as pontas do bigode como se precisasse de tempo para decidir como arrasá-la. Por fim, disse:

— O cara do filme fazia parte de um tipo de corrente que distribuía muitos vídeos. Meu amigo, como eu disse, era do FBI, por isso fiquei sabendo de informações internas. Ele disse que já sabiam sobre o cara. O nome dele era

Daryl Lassiter. Eu o prendi na Califórnia em 1994 tentando raptar uma garota da mesma idade, com a mesma cor de cabelo, com a mesma estrutura física de sua irmã.

Claire estava confusa. Será que tinha se enganado em relação ao pai de Paul? Havia outro assassino à solta? Será que o pai de Paul havia chegado às fitas como colecionador?

— Lassiter morreu, se isso ajuda — disse Huckabee.

Não, havia o celeiro do lado de fora, e a sala de matança a menos de sete metros deles.

— O júri o condenou ao corredor da morte.

Huckabee voltou a enfiar os polegares no cinto.

— Houve uma briga na cadeia. Lassiter foi apunhalado no pescoço cerca de doze vezes. Morreu mais ou menos na mesma época que seu pai.

Claire tentou pensar no que perguntar.

— Onde meu pai conseguiu as fitas?

Huckabee deu de ombros.

— Não faço ideia.

— Não investigou?

— Claro que sim.

Huckabee parecia ofendido, como se realmente fosse bom no que fazia.

— Mas seu pai estava sempre atrás de pistas que não levavam a lugar nenhum. Não havia como saber qual tinha fundamento, e ele não me dava informações.

— Você não o incentivava.

Huckabee deu de ombros de novo, como se dissesse "paciência!" e não "sinto muito por ter deixado seu pai tão sozinho a ponto de ele se matar".

Mas Helen também havia deixado Sam sozinho. E mentira para Lydia e Claire durante anos sobre tudo o que importava. Havia alguém na vida dela que dizia a verdade? Até mesmo Lydia tinha mentido a respeito da filha.

Ela perguntou:

— Por que meu pai se mataria antes de descobrir quem tinha matado Julia?

— Ele deixou a fita rodando no vídeo cassete. Sabia que a encontraríamos. Quer dizer, acho que foi por isso que ele deixou, e estava certo. Eu a entreguei na hora para os investigadores. Em menos de uma semana, eles a relacionaram ao homem que matou sua irmã.

Claire não lembrou que os Carroll imploraram, durante anos, para que ele procurasse o FBI.

— E nunca levou a público para que as pessoas soubessem o que aconteceu com minha irmã?

— Sua mãe me pediu para não contar. Acho que ela temia que vocês procurassem as fitas.

Ele olhou para a sala, por cima do ombro de Claire.

— Imagino que ela tenha pensado que seria melhor nunca saber do que descobrir a verdade.

Claire se perguntou se a mãe estava certa. Então, pensou em como sua vida teria sido diferente se ela tivesse sabido que Julia realmente tinha morrido. Quantas vezes Claire tinha chorado em silêncio no escritório porque um corpo não identificado havia sido encontrado na região de Athens? Quantos casos de garotas desaparecidas a tinham mantido acordada? Quantas horas ela havia passado vasculhando a internet atrás de cultos e comunidades hippies ou alguma notícia da irmã desaparecida?

— Bem, é só o que sei. — Huckabee se remexeu em uma postura desconfortável. — Espero que isso lhe traga um pouco de paz.

— Como ao meu pai?

Ela controlou a vontade de dizer que Sam Carroll ainda poderia estar vivo se Huckabee tivesse feito a porra do trabalho dele.

— Bem... — Huckabee olhou ao redor de novo — Falei o que você queria saber. Quer me dizer por que está aqui no meio desta bagunça com uma faca no bolso de trás?

— Não, não quero.

Claire ainda não tinha terminado de interrogá-lo. Havia mais uma coisa que precisava perguntar, apesar de sentir que já sabia a resposta. Paul tinha um mentor, um homem que, sozinho, fez com que a Quinn + Scott saltasse à estratosfera, um homem que pegava jatinhos particulares e ficava em hotéis caros graças ao cartão Centurion American Express, de Paul. Claire sempre marcava horários de jogo de golfe, telefonemas particulares e tardes no clube para Paul fazendo o que fosse necessário para manter o deputado feliz, mas, naquele momento, ela compreendeu que aquela conexão era mais profunda.

Ela perguntou ao delegado:

— Quem era seu amigo no FBI?

— Por que pergunta?

— É Johnny Jackson, não?

Claire conhecia a história do homem. Já tinha aturado apresentações bem tediosas em inúmeros jantares beneficentes.

O deputado Johnny Jackson tinha sido agente do FBI antes de entrar para a política. Ele tinha dado milhões, às vezes bilhões, de dólares à Quinn + Scott em contratos governamentais. Havia mandado o capitão Jacob Mayhew para a casa em Dunwoody para investigar a invasão no dia do velório de Paul. Ele também deveria ter enviado o agente Fred Nolan para perturbar Claire.

Jackson era um sobrenome muito comum, tão comum que Claire nunca tinha feito a ligação entre o nome de solteira na lápide de sua sogra e o benfeitor generoso de Paul.

Até aquele momento.

Ela disse ao delegado:

— Ele é tio do meu marido por parte de mãe.

Huckabee assentiu.

— Ele trabalhava em Atlanta em uma força-tarefa especial.

— Ele já ajudou Paul a se livrar de algum problema?

Huckabee assentiu de novo, mas não elaborou. O homem provavelmente não queria falar mal do falecido. Será que Claire deveria contar que Paul estava vivo? Que o marido tinha raptado a irmã?

O telefone começou a tocar de novo.

Claire não se mexeu, mas disse:

— É melhor eu atender.

— Tem certeza de que não quer me contar nada?

— Absoluta.

Huckabee enfiou a mão no bolso da camisa e tirou um cartão de visita.

— O número do celular está atrás.

Colocou o cartão na mesa da cozinha e bateu o dedo nele uma vez antes de sair.

O telefone continuou tocando. Claire contou os segundos enquanto esperava o barulho da porta do carro do delegado sendo aberta e fechada, o acionamento do motor e o correr dos pneus no cimento enquanto ele dava a ré na rua.

Claire atendeu o telefone.

Paul disse:

— Que porra foi essa?

— Devolva minha irmã.

— Conte-me o que você disse a Huckleberry.

Ela detestava que ele soubesse aquela palavra. Era algo que pertencia à família dela, e aquele sádico com quem estava conversando não fazia mais parte de sua família.

— Claire?

— Meu pai estava assistindo às fitas de Julia quando se matou. — Paul não disse nada. — Você tem alguma coisa a ver com isso, Paul? Mostrou as fitas ao meu pai?

— Por que eu faria isso?

— Porque você já estava atuando para tirar Lydia do caminho, e a última pessoa que restava em minha vida que realmente importava, que me ajudaria apesar de qualquer coisa, era meu pai. — Claire estava tão estressada que não conseguia respirar direito. — Você o matou, Paul. Ou fez isso com as próprias mãos ou enfiou a agulha no braço dele.

— Está maluca? — A voz de Paul se alterou, com indignação. — Meu Deus, Claire. Não sou um monstro, porra. Eu amava seu pai. Você sabe disso, eu carreguei o caixão dele. — Ele parou de falar por um momento, deixando a impressão de que estava atônito com a acusação. Quando por fim voltou a falar, sua voz estava calma e baixa. — Olhe, fiz algumas coisas das quais não me orgulho, mas eu nunca, em tempo algum, faria isso com alguém que amo. Você sabe como Sam estava fragilizado no fim. Não dá para saber o que o levou a ultrapassar os limites.

Claire se sentou à mesa da cozinha. Virou a cadeira para Paul não ver as lágrimas de raiva que desciam por seu rosto.

— Você está agindo como se não tivesse tido nada a ver com isso, como se tivesse sido apenas uma testemunha inocente.

— Eu fui.

— Você sabia o que aconteceu com minha irmã. Você me viu sofrer com aquilo durante quase duas malditas décadas e poderia ter me contado o que aconteceu em qualquer momento, mas não contou. Você só me observou sofrer.

— Detestei cada segundo. Nunca quis que você sofresse.

— Está me fazendo sofrer agora!

Claire bateu o punho na mesa. Sua garganta doeu. A angústia era grande demais. Não podia continuar. Queria se deitar no chão e chorar até morrer. Uma hora antes, ela acreditava ter perdido tudo, mas então percebeu que sempre havia mais e que, enquanto estivesse vivo, Paul estaria ali para fazer mais.

— Como eu poderia dizer o que havia acontecido com Julia sem contar a história inteira? — disse Paul.

— Está mesmo dizendo que não soube como mentir para mim? — Ele não respondeu. — Por que forjou sua morte?

— Não tive escolha. — Ele parou por um momento. — Não posso entrar em detalhes, Claire, mas fiz o que tive que fazer para manter você em segurança.

— Não me sinto muito em segurança agora, Paul. — Claire lutou contra a raiva e o medo que ferviam dentro dela. — Você me golpeou, você tirou minha irmã de mim.

— Não queria machucar você. Tentei ser o mais gentil possível.

Claire ainda sentia uma dor latejante no rosto. Não conseguia imaginar como a dor estaria pior se Paul não tivesse se controlado.

— O que você quer?

— Preciso do chaveiro do Tesla.

Claire sentiu o estômago revirar. Lembrou-se de Paul lhe entregando a chave fora do restaurante antes de levá-la até a viela.

— Por que você me deu?

— Porque sabia que você o guardaria em segurança.

Adam já deveria ter pegado as coisas na caixa de correspondência. Elas tinham transferido os arquivos de trabalho na garagem. O que mais havia no HD?

— Claire? — repetiu Paul. — O que fez com ele?

Ela pensou em algo que o despistasse.

— Eu o entreguei ao policial.

— Mayhew? — A tensão tomou sua voz. — Precisa pegá-lo de volta. Não pode ficar com ele.

— Não para o Mayhew.

Claire hesitou. Deveria dizer Fred Nolan? Paul ficaria aliviado se ela fizesse isso? Ou Nolan estava envolvido?

— Claire? Preciso saber para quem você deu.

— Estava na minha mão. — Claire afastou o terror que ameaçava nublar seu raciocínio. Ela havia inventado uma mentira crível, algo que lhe desse espaço e tempo para pensar. — Na viela, o chaveiro estava na minha mão. O homem que matou você, que fingiu matar você, ele o derrubou da minha mão.

Paul emitiu uma série de impropérios.

Sua raiva assustou Claire.

— A polícia o colocou em um daqueles sacos transparentes de provas. — Ela tentou localizar as falhas em sua história. — Usei a chave reserva que estava em casa para levar o Tesla para casa. Mas sei que a chave está entre as evidências porque eles me mandaram uma lista para o seguro. Tive que passá-la a Pia Lorite, nossa corretora.

Claire prendeu a respiração e rezou para que a história fizesse sentido. O que havia no pen drive dentro do chaveiro? Na garagem, ela havia conferido para ter certeza de que não havia filmes. A única pasta tinha um software. Ou, pelo menos, era o que Paul deu a entender. Ele sempre foi excepcionalmente bom com computadores.

— Consegue reavê-lo? — perguntou Paul.

Suas palavras saíram fortes. Ela praticamente o viu cerrando e abrindo os punhos, o sinal de que o que ela dizia estava surtindo efeito. Em todos aqueles anos de casamento, ela nunca havia temido que ele usasse aqueles punhos contra ela. Mas estava assustada com a ameaça real de que os usaria em Lydia.

— Prometa que não vai machucar Lydia, por favor — disse Claire.

— Preciso daquele chaveiro.

A ameaça no tom de voz dele era clara.

— Você precisa pegá-lo para mim.

— Certo, mas...

Claire começou a gaguejar.

— O detetive... Rayman. Não o conhece? Alguém deve ter ajudado você a planejar o que aconteceu na viela. Havia paramédicos, policiais, detetives...

— Eu sei quem estava lá.

Ela sabia que ele sabia, porque Paul esteve na viela com ela. Por quanto tempo fingiu estar morto? Cinco minutos, pelo menos, até os paramédicos o cobrirem com um lençol, e foi a última vez que Claire viu o marido.

— Eric Rayman é o detetive que está cuidando da investigação — falou Claire. — Você não pode ligar para ele?

Paul não respondeu, mas ela sentiu a raiva do marido como se ele estivesse de pé à sua frente.

Ela tentou de novo.

— Quem ajudou você a fazer isso? Não pode...

— Quero que me ouça com muita atenção. Está ouvindo?

— Estou.

— Há câmeras por toda a casa. Algumas, você pode ver; outras, nunca verá. O celular de Lydia está grampeado. O telefone que você está usando agora está grampeado. Vou ligar para você no telefone fixo a cada vinte minutos nas próximas duas horas. Assim, conseguirei me afastar o suficiente para garantir que estou em segurança, e isso vai mantê-la aí enquanto decido o que você vai fazer.

— Por que, Paul?

Ela não estava perguntando só o que estava acontecendo naquele momento. Queria saber sobre tudo o que tinha acontecido antes.

— Seu pai matou minha irmã. Eu vi a fita. Sei o que ele fez com... — Ela parou de falar. Parecia que seu coração estava se rasgando. — Eu não... — Lutou contra o desespero. — Não entendo.

— Sinto muito — disse Paul, com a voz tomada pela emoção. — Podemos superar isso. Vamos superar isso.

Ela fechou os olhos. Ele tentava acalmá-la. E a parte tenebrosa era que ela queria ser acalmada. Claire ainda lembrava como foi ao acordar e perceber que Paul estava vivo. Seu marido. Seu campeão. Ele faria tudo isso passar.

— Não matei nenhuma delas. — Ele parecia tão vulnerável. — Eu juro.

Claire levou a mão à boca para não falar. Queria acreditar nele. Desesperadamente, precisava acreditar nele.

— Eu só soube o que meu pai fazia depois do acidente. Fui ao celeiro e encontrei todas... as coisas dele.

Claire mordeu o punho para não gritar. Ele estava fazendo tudo parecer muito lógico.

— Eu era só um garoto sozinho. Precisava pagar a faculdade. Precisava pensar nisso. Era um bom dinheiro, Claire. Eu só tive que fazer cópias e distribuí-las.

Claire não conseguia respirar. Ela tinha gastado aquele dinheiro. Comprado joias, roupas e sapatos pagos com o sangue e o sofrimento daquelas coitadas.

— Juro. Foi só um meio para um objetivo.

Ela não aguentava mais aquilo. Estava tão perto do limite que quase sentia que estava enlouquecendo.

— Claire?

— Os filmes que estavam no seu computador não eram antigos — disse ela.

— Eu sei. — Ele ficou em silêncio por mais um momento, e ela se perguntou se ele estava tentando pensar em uma mentira ou se já tinha uma e estava só parando para causar um efeito. — Eu era um distribuidor. Nunca participei.

Claire resistiu à vontade de acreditar nele, de se apegar a esse resto de humanidade do marido.

— Quem é o homem mascarado?

— É só um cara.

Só um cara.

— Você não tem que se preocupar com ele. — Paul parecia estar falando com um imbecil do trabalho. — Você está em segurança, Claire. Sempre está.

Ela ignorou o consolo dele porque a única alternativa que tinha era acreditar.

— O que tem no pen drive? — Ele se calou de novo. — Está se esquecendo de quem deu a você aquele chaveiro de Auburn, Paul? Eu sei que tem um pen drive dentro e sei que você o quer de volta porque escondeu algo ali. — Ele continuou calado. — Por quê? — Ela não conseguia parar de perguntar. — Por quê?

— Eu estava tentando proteger você.

— Isso é alguma piada sem graça?

— O plano tinha que ser passado adiante. Havia outras coisas em jogo. Fiz o melhor que pude para manter você fora disso. Mas o que aconteceu com aquele cara na viela, o sentimento era real, Claire. Você sabe que eu abriria mão da minha vida pela sua proteção. Por que acha que ainda estou aqui? Você é tudo para mim.

Claire balançou a cabeça. Estava tonta com todas as desculpas.

Ele disse:

— As pessoas metidas nisso não são boas pessoas. São poderosas. Têm muito dinheiro e influência.

— Influência política.

Ele emitiu um som de surpresa.

— Você sempre foi muito esperta.

Claire não queria mais ser esperta. Queria estar no controle.

— É sua vez de me escutar. Está ouvindo?

— Sim.

— Se machucar Lydia, vou atrás de você e acabo com sua raça. Está entendendo?

— Nossa, adoro você assim.

Ela ouviu um clique. Ele havia encerrado a ligação.

CAPÍTULO 13

LYDIA OLHOU PARA A escuridão do porta-malas enquanto ouvia o som dos pneus na estrada. Ela já tinha feito todas as coisas que se deve fazer quando se está trancada dentro de um porta-malas. Obviamente, Paul também. Havia duas placas de aço presas atrás das lanternas, de modo que Lydia não podia empurrá-las e enfiar a mão pela abertura para acenar aos motoristas que passassem por perto. A trava de emergência tinha sido desativada. Havia outra placa grossa de aço entre o porta-malas e o banco de trás, por isso ela não podia se libertar. Tinha certeza de que o espaço também tinha isolamento acústico. Não imaginava que Paul tivesse forrado o porta-malas para seu conforto.

Ou seja, ele havia feito ajustes no carro para manter uma prisioneira. Lydia ouvia Paul falando ao telefone no banco da frente. Só conseguiu decifrar algumas palavras, e todas eram inúteis: sim, não, está bem.

O tom de Paul era casual, então Lydia acreditou que ele não estava conversando com Claire. A voz dele ficava diferente quando conversava com ela. Lydia se sentia enojada ao pensar em como era diferente, porque Claire tinha razão: Paul tomava uma decisão consciente quando mostrava seu lado sombrio. Ela vira o lado sombrio totalmente à mostra quando ele abriu o porta-malas para tirar uma foto dela. Vira-o ligar e desligar o lado sombrio como quem aperta um botão. Num minuto, ele estava pedindo para Claire pegar o telefone de Lydia e, no outro, o rosto dele era tão assustador que Lydia tremia de medo.

Ele havia enfiado a mão no porta-malas e agarrado o rosto dela com tanta força que ela sentiu os ossos pressionados.

— Dê só um motivo para eu fazer com você o que meu pai fez com Julia.

Lydia tremia tanto quando ele fechou o porta-malas que seus dentes chegavam a bater. Deitou-se de costas para aliviar um pouco a pressão no ombro. Os braços e as pernas estavam amarrados, mas ainda assim conseguia se mexer se tomasse cuidado. O sangue do corte na testa tinha secado. O olho inchado lacrimejava. O latejar na cabeça havia diminuído e se tornado batidas menos constantes.

Paul a tinha atingido com algo pesado e sólido na casa dos Fuller. Lydia não sabia ao certo o que ele usou, mas aquilo tinha acertado sua cabeça como uma marreta. Lydia nem sequer ouviu quando ele se aproximou. Num momento, ela estava de pé na cozinha com a boca aberta para dar ao atendente da polícia seu nome e, em seguida, estava vendo estrelas. Lydia se sentiu como um personagem de desenho animado. Cambaleou para a frente e para trás. Tentou se segurar à mesa da cozinha. Então, Paul a acertou de novo e mais uma vez, até ela cair inconsciente no chão.

Lydia conseguiu gritar "Não", antes de apagar. Obviamente, não foi o suficiente para alertar Claire. Ou talvez ela tivesse ouvido o grito, mas não soubesse o que fazer. Lydia não imaginava como a irmã enfrentaria Paul, mas também não a imaginava atacando sua parceira de tênis.

Imaginou que Claire estivesse fazendo a si mesma as mesmas perguntas que tomavam sua mente: por que Paul forjou sua morte? Por que levou Lydia? O que ele queria delas?

Ela não quis pensar na última pergunta, porque Paul Scott era claramente obcecado pelas irmãs Carroll. Seu pai havia sequestrado e assassinado brutalmente uma delas. Ele havia se casado com outra. E, no momento, mantinha Lydia no porta-malas do carro, um porta-malas que obviamente tinha sido preparado com antecedência.

Será que ele pretendia mesmo fazer com Lydia a mesma coisa que foi feita com Julia?

Pretendia cortar sua garganta e estuprá-la enquanto ela estivesse morrendo?

Julia. Sua irmã mais velha cheia de energia. Sua melhor amiga. Gritando enquanto o facão cortava seu pescoço e seu ombro. Convulsionando enquanto o pai de Paul acabava com ela.

Lydia sentiu a bile subir pela garganta. Virou a cabeça e cuspiu. O cheiro era ruim no espaço fechado. Ela afastou o corpo mais para o fundo, a fim de evitá-lo. Seu estômago parecia vazio. Não conseguia tirar da mente a imagem de Julia.

Lydia ouviu um gemido sair de sua boca. Ela conseguia lidar com o mal--estar, mas o pesar a mataria antes que Paul a matasse. Julia. A irmã inocente e torturada. Havia seis fitas no total, o que significava que o pai de Paul prolongou a tarefa. Ela permaneceu sozinha naquele celeiro, esperando por ele, temendo seu retorno, até os últimos segundos de sua vida.

Julia olhou para a câmera enquanto morria. Olhou diretamente para a lente, diretamente para o coração de Lydia, e disse a palavra *socorro*, sem emitir som.

Lydia fechou os olhos com força. Deixou os sentimentos virem sem controle. Deveria ter sido mais doce com Dee ao telefone naquela manhã. Deveria ter ligado para Rick e dito que o amava em vez de mandar uma mensagem de texto dizendo que explicaria tudo depois. E Claire. Deveria ter dito a Claire que a perdoava, porque Paul não era um ser humano. Era um tipo de aberração assustadora capaz de atos indizíveis.

Lydia segurou outro gemido. Não podia perder o controle de novo. Tinha que ser forte para o que viria em seguida, porque Paul tinha um plano. Sempre tinha um plano.

Lydia também tinha um plano.

Ficou flexionando as mãos e movimentando os pés para manter ativa a circulação do corpo e a clareza da mente, porque Paul teria que abrir o porta-malas em algum momento. Lydia era mais pesada do que ele. Paul teria que desamarrá-la para que ela saísse. Seria a única oportunidade que teria de detê-lo.

Ficou repassando os passos em sua mente. Primeiro, agiria como se estivesse confusa. Assim, seus olhos teriam tempo de se acostumar à luz do sol. Em seguida se movimentaria devagar e fingiria estar sentindo dor, o que não seria mentira. Agiria como se precisasse de ajuda, e Paul, impaciente, com certeza a empurraria ou chutaria, e Lydia jogaria o peso do corpo e o acertaria com o máximo de força no pescoço. Não usaria o punho porque os nós dos dedos poderiam se quebrar. Abriria a mão e usaria a pele entre o polegar e o indicador, criando um arco que deslizasse na base de seu pomo de Adão.

Pensar no pescoço dele se quebrando era a única coisa que lhe dava forças para aguentar.

Lydia respirou fundo várias vezes e soltou o ar. Mexeu as mãos e os pés. Puxou os joelhos junto ao corpo e esticou as pernas. Mexeu os ombros. Ter um plano ajudou a transformar o pânico em uma preocupação contida dentro de sua mente.

O carro mudou de velocidade. Paul estava parando, ela sentiu. Viu uma luz vermelha ao redor das placas de aço e a luz amarela da seta.

Lydia se deitou de costas. Havia repassado o plano tantas vezes que quase sentia a garganta de Paul cedendo sob sua mão.

Não havia como precisar quanto tempo tinha se passado desde que ela fora colocada no porta-malas. Tentou contar os minutos desde que ele tirara a foto, mas perdia a conta sem parar. O pânico fazia isso. Sabia que o mais importante a fazer enquanto esperava era manter a mente envolvida com outra coisa que não fossem as piores possibilidades.

Procurou lembranças que não envolvessem Paul Scott. Nem Dee, nem Rick, porque pensar na filha ou no namorado naquela armadilha escura a faria tomar um caminho sem volta. Precisava voltar muitos anos, para uma lembrança que não envolvesse Paul, porque, mesmo ausente, ele continuou fazendo parte de sua vida por muito tempo. Lydia tinha 22 anos quando Claire conheceu Paul no laboratório de informática. Dois meses depois, ele conseguiu tirar Lydia da própria família. Ela sempre culpou Paul por seus dias mais pesados no vício, mas, bem antes de conhecê-lo, ela estava tão enfiada na autodestruição que as únicas lembranças que tinha eram ruins.

Outubro de 1991.

O Nirvana se apresentaria no 40 Watt Club, no centro de Athens. Lydia fugiu de casa. Pulou a janela do quarto, apesar de que ninguém teria notado se ela tivesse saído pela porta. Entrou no carro de sua amiga Leigh e deixou para trás toda a tristeza e o desespero presos dentro da casa na Boulevard.

Julia estava desaparecida havia mais de seis meses. Era muito difícil permanecer em casa. Quando os pais não estavam gritando um com o outro, estavam tão desanimados que ficar perto deles fazia a pessoa se sentir uma intrusa na tragédia particular dos dois. Claire havia se fechado tanto que era possível estar na mesma sala que ela por dez minutos e só então notar sua presença.

E Lydia havia desaparecido em comprimidos, pó e homens mais velhos que não deveriam andar com adolescentes.

Lydia adorava Julia. A irmã era legal, moderna, extrovertida e costumava ajudá-la quando ela queria ficar fora de casa além do horário permitido, mas estava morta. Lydia sabia disso assim como sabia que o sol nasceria no dia seguinte. Ela aceitou a morte de Julia antes de qualquer pessoa da família. Sabia que a irmã mais velha não voltaria, e usava isso como desculpa para beber mais, cheirar mais, transar mais, comer mais, mais, mais, mais. Não conseguia parar, não *queria* parar, e por isso, um dia depois do show do Nirvana,

Lydia não sabia o que pensar quando as pessoas começaram a discutir se a apresentação tinha sido boa ou uma merda. Os componentes da banda estavam caindo de bêbados. Estavam todos desafinados. Cobain deu início a uma minirrevolta quando quebrou a tela acima do palco. A plateia foi à loucura. Correram até o palco. Por fim, a banda reuniu os instrumentos em cima da bateria destruída e saiu.

Lydia não se lembrava de nada disso. Ela estava tão louca durante o show que nem tinha certeza de que havia entrado no clube. Na manhã seguinte, acordou no Viela, que ficava a quarteirões do 40 Watt, o que não fez sentido até ela se levantar e sentir a umidade entre as pernas.

Tinha hematomas nas coxas. Sentia-se machucada por dentro. Havia um corte em sua nuca. Tinha pele embaixo das unhas. A pele de outra pessoa. Seus lábios estavam sensíveis. A mandíbula também. Tudo estava sensível, até ela encontrar um cara guardando parte dos equipamentos na traseira de uma van. Ela acabou trocando uns amassos com ele e o masturbou, depois voltou para casa a tempo de levar bronca dos pais — não por ter passado a noite fora, mas por não estar em casa a tempo de levar Claire à escola.

Claire tinha quatorze anos. Podia ir andando até a escola. O prédio era tão próximo da casa na Boulevard que ela ouvia o sinal na troca de aulas.

Mas naquela época a ira dos pais parecia relacionada ao fracasso de Lydia nos cuidados com a irmã que sobrara. Estava dando um mau exemplo a Claire. Não passava tempo suficiente com Claire. Deveria tentar fazer mais coisas com Claire.

E isso fazia Lydia se sentir culpada e, quando não estava se sentindo culpada, sentia-se ressentida.

Talvez por isso Claire tivesse aperfeiçoado a arte de ser invisível. Era uma forma de se autopreservar.

Ninguém se ressentia do que não via.

Ela era muito calada, mas percebia tudo. Seus olhos observavam o mundo como se fosse um livro escrito em uma língua que ela não entendia. Não havia pudor, mas a impressão que passava era de que estava sempre na defensiva. Se a situação ficasse muito difícil ou muito intensa, ela desaparecia, e pronto.

E foi exatamente o que Claire fez dezoito anos antes, quando Lydia lhe contou sobre Paul. Em vez de enfrentar a verdade, Claire decidiu tomar o caminho mais fácil e desapareceu da vida de Lydia. Mudou o número de telefone. Recusava-se a responder às cartas da irmã. Chegou até a mudar de apartamento para poder apagá-la de sua vida.

Talvez por isso Lydia não tinha conseguido perdoá-la.

Porque, de fato, nada tinha mudado nos últimos dezoito anos. Apesar do discurso firme de Claire — de seus pedidos de desculpa aparentemente sinceros e as confissões diretas —, ela ainda estava na defensiva. Claire só procurou Lydia na noite anterior porque começou a descobrir as mentiras de Paul e não conseguiu lidar com elas sozinha. Ela própria disse isso naquela manhã — queria que a irmã mais velha fizesse tudo ficar bem.

O que Claire faria? Sem Lydia, não havia a quem chamar. Não podia contar com Helen. Huckabee era um inútil. Adam Quinn deveria estar metido naquela confusão com Paul. Claire não podia contar com a polícia porque não havia como saber quem mais estava envolvido. Ela podia contar consigo mesma, mas o que descobriria? Uma mulher incapaz de cuidar de si mesma.

O carro diminuiu a velocidade de novo. Lydia sentiu o terreno passar do asfalto às pedras. Esticou as mãos para não ser chacoalhada no porta-malas. Num buraco, ela bateu a cabeça na placa de metal. O corte da testa se abriu. Lydia piscou para afastar o sangue.

Lutou contra os pensamentos ruins que tomavam sua mente. Então, parou de lutar, porque não fazia sentido.

Não era mais uma questão de disputa não resolvida entre ela e Claire.

Era uma questão de vida ou morte.

A vida de Lydia.

A possível morte de Lydia.

Os freios ganiram quando o carro parou. O motor permaneceu ligado.

Ela se preparou, esperando o porta-malas se abrir. Ninguém sabia onde ela estava. Ninguém nem sequer sabia que ela estava desaparecida. Se deixasse tudo nas mãos de Claire, sabia que não sairia viva.

Sempre tinha sido assim — antes de Paul, antes mesmo de Julia.

Claire tomava uma decisão e Lydia pagava por ela.

CAPÍTULO 14

CLAIRE OUVIU O CLIQUE quando Paul desligou o telefone. Colocou o aparelho de volta no gancho. Saiu e se sentou na varanda dos fundos. Havia um caderno e uma caneta ao lado de sua perna, mas ela havia desistido de relacionar perguntas quando Paul deixou claro que não responderia a nenhuma delas. Sempre que ele ligava, esperava até ouvir a voz dela, depois desligava e voltava a contar vinte minutos para telefonar de novo.

Paul já tinha ligado três vezes até aquele momento, o que significava que ela tinha perdido uma hora sentindo-se paralisada. Lydia estava correndo grande perigo. Sua segurança dependia de Claire. Paul estava sempre dirigindo quando ligava, de modo que ela acreditava que Lydia ainda estava no porta-malas. Não dava para saber se ela estava bem ou não, porque, no fim, Paul chegaria aonde queria.

Claire não tinha ideia do que fazer. Era boa em reações apressadas e impensadas, mas criar estratégias nunca tinha sido seu forte. Era Paul quem via todos os ângulos, e, antes dele, ela dependia de Lydia, e, antes de Lydia, sempre havia seu pai para dar conta de tudo.

Ninguém resolveria aquilo para ela. Não havia ninguém em quem ela conseguia pensar para ajudar, o que a deixava irritada, porque deveria poder contar com a mãe, mas Helen havia deixado claro, muito tempo antes, que não podiam contar com ela. A mãe tinha escondido a verdade sobre Julia por quase dezenove anos. Poderia ter posto fim à tristeza de Claire, mas decidiu não fazer isso, provavelmente porque não queria ter que lidar com a crise emocional.

Claire olhou para a terra entre seus pés. Deixou a mente correr solta na esperança de que, de alguma forma, encontrasse uma solução. O assalto frustrado durante o velório. Claire tinha certeza de que Paul havia contratado aqueles homens para entrar na casa de Dunwoody. Eles deveriam estar à procura do chaveiro. Talvez o deputado Johnny Jackson tivesse mandado o capitão Mayhew pelo mesmo motivo. Ou o agente Nolan. Ou os dois, o que explicaria por que tinham se comportado como animais raivosos.

Johnny Jackson estava trabalhando para Paul ou contra ele?

A resposta deveria estar no pen drive dentro da chave. O maldito objeto estava na bolsa de Claire durante o velório. Ela havia trocado de bolsa, escolheu uma preta, de mão, e jogou ali as chaves de Paul porque era mais fácil do que subir a escada e colocá-las no gancho etiquetado no armário dele.

Então, ela sabia o que os ladrões procuravam, mas não fazia ideia de como poderia ajudar Lydia.

— Pense — disse Claire a si mesma. — Você tem que pensar.

Ela tinha mais uma hora até Paul contar seu plano para recuperar o pen drive. Seu primeiro impulso foi ligar para Adam Quinn e dizer que precisava da chave de volta, mas, se Paul realmente estivesse monitorando todos os telefones, descobriria que o pen drive não estava em poder da polícia.

E se ele soubesse que Claire estava sem o chaveiro, não haveria motivos para manter Lydia viva.

Claire tinha que manter Paul acreditando que os policiais estavam com o pen drive. Assim, ela ganharia um pouco de tempo, mas não sabia quanto. Poderia fingir ligar para Rayman, ou até fingir que iria à delegacia, mas chegaria um momento em que Paul desejaria saber por que ela não estava progredindo.

E havia a real possibilidade de seu fracasso causar mais problemas a Lydia. Claire sabia muito bem, pelos vídeos, que havia coisas que um homem podia fazer com uma mulher que não a matavam, mas que lhe davam vontade de morrer.

Paul estava contando a verdade a respeito de seu papel nos filmes? Ela seria tola se acreditasse nele. Havia certo consolo em saber que o marido não era o homem mascarado. As pintas no ombro esquerdo de Paul eram indícios. Mas alguém tinha dado zoom na câmera para ver as meninas de perto. Outra pessoa estivera na sala gravando, testemunhando, cada degradação.

Aquela pessoa só podia ser Paul. A casa dos Fuller era a casa dele. Era óbvio que ele tinha estado ali. Ninguém mais se importaria em manter tudo tão limpo e organizado. Isso significava que Paul conhecia a identidade do mascarado. Seu marido tinha amizade ou sociedade com um psicopata nojento que roubava garotas de suas famílias e cometia horrores indescritíveis com elas.

O corpo de Claire tremeu com força e involuntariamente quando ela pensou nisso. O que Paul tinha salvado no pen drive? Provas da identidade do mascarado? Claire começou a suar frio. Paul disse que ela estava em segurança, mas, se estava ameaçando expor o assassino, todos corriam perigo.

E isso significava que, de novo, Claire havia pegado o marido em mais uma mentira.

Rick.

Claire poderia ligar para Rick Butler para que ele ajudasse. Ele era o namorado de Lydia. Estavam juntos havia treze anos. Era mecânico. Parecia ser o tipo de cara que sabia lidar com uma situação ruim. De acordo com os arquivos de Paul, ele já tinha sido preso.

Não. Se Claire conhecia a irmã, sabia que Lydia não gostaria de ver Rick na história. Envolver Rick seria envolver a filha dela, então, de repente, Paul deixaria de ter uma vítima e passaria a ter três.

E Claire não conseguia parar de pensar que Dee Delgado parecia exatamente o tipo de menina que acabava indo parar nos filmes de Paul.

Claire se levantou. Não conseguia mais ficar sentada. Não podia voltar para a casa porque tudo era monitorado. Ou talvez não fosse monitorado e Claire continuasse ingênua como antes. Apoiou as mãos no quadril e olhou para o céu. Perguntar a si mesma o que Paul faria foi o que a fez acabar onde estava. Talvez devesse perguntar o que Lydia faria.

Ela pediria mais informações.

Assim que Claire abriu a porta da garagem, seu olhar parou nas fitas de VHS, mas ela sabia que outras coisas na sala poderiam fornecer pistas sobre o que Paul estava fazendo. Havia prateleiras de metal com vários equipamentos. Um balcão no canto com uma tela grande de computador. Aquele computador deveria estar conectado à internet.

Ela voltou para a casa. Localizou as câmeras escondidas com os olhos — primeiro, a da cozinha, a da sala e a da estante no fim do corredor que levava à garagem onde só cabia um carro.

Mulheres já tinham sido brutalmente assassinadas naquele lugar. Incontáveis, e haviam sido filmadas com uma câmera que registrava cada momento de sofrimento delas.

Claire empurrou a porta. O fedor de sangue era muito forte, mas o interior da sala não assustava. Ela já estava acostumada com a violência. Talvez isso explicasse a indiferença com que Paul falou sobre os filmes, como se estivesse se referindo a coisas, não a vidas. Quantas mulheres foram assassinadas naquela sala ao longo dos anos até Paul se acostumar com a morte?

Havia quanto tempo a excitação da morte estava programada em seu cérebro?

Claire entrou na garagem. Esfregou os braços para afastar o frio. Foi tomada por uma forte sensação de intranquilidade. Seu corpo teve uma reação visceral ao mal que havia acontecido ali dentro. Muitas mulheres perderam a vida. Mas não era só isso. Quanto mais ela entrava, mais longe ficava da fuga. Alguém poderia prendê-la. Alguém poderia trancar a porta.

Claire olhou o corredor vazio. Sua mente trouxe de volta a imagem assustadora do sorriso do mascarado tomando a tela do computador.

Então, ela viu a máscara com os próprios olhos.

Estava pendurava em um gancho perto da porta. Os olhos e a boca estavam abertos. A parte de baixo, de borracha, estava pendurada em outro gancho ao lado, e numa prateleira embaixo das duas havia um frasco grande de talco e um tubo pequeno de lubrificante. Claire se forçou a desviar o olhar. A posição dos itens era perturbadora demais.

Pallets de plástico ocupavam o resto da parede perto da porta. Ela reconheceu as ferramentas de tortura penduradas em ganchos de metal: o atiçador, o ferro de marcar o couro com um *X* grande na ponta, o facão. Todos pendurados com a mesma distância um do outro. A lâmina do facão brilhava como um espelho.

O fio do carregador do atiçador estava muito bem enrolado na base. Era como se ela estivesse na garagem de Paul. Um balcão Gladiator familiar estava montado na frente da entrada da garagem.

Havia painéis de espuma grossa colados atrás de uma porta. A sala toda estava aquecida, apesar da atmosfera gelada. Ela imaginou que Paul tivesse isolado tudo com espuma em spray, como costumava fazer.

Claire conferiu atrás de uma cortina preta, que poderia ser fechada de modo a esconder o cômodo quando Paul abrisse a porta da garagem. Folhas tinham passado por baixo da porta. Não era do feitio do marido deixar que coisas assim não fossem resolvidas.

Mas podia fazer parte do cenário que ele havia montado. O lixo que Claire viu no primeiro filme não era lixo, de fato. Paul havia espalhado embalagens de *fast-food*, mas não havia manchas de gordura nos papéis nem mofo nos copos. Até mesmo a mancha de sangue do colchão parecia falsa, o que fazia sentido, já que os filmes que Claire viu mostravam a mulher acorrentada à parede.

A parede.

Ali estava, a menos de três metros à frente. Sangue escuro se infiltrava no concreto. As correntes tinham algemas para prender braços e pernas. Não havia cadeado porque as correntes eram separadas o suficiente para impedir que uma das mãos libertasse a outra. Claire se deteve antes de puxá-las. O fato de as coisas parecerem falsas não significava que eram. O sangue no chão era de verdade. Não dava para imitar o cheiro, e, se estivessem fazendo aquilo só para parecer real, não usariam sangue de verdade.

Claire levantou o pé. A ponta de seu sapato ficou melada onde ela pisou no sangue, sem querer. Esperou o nojo tomar seu corpo, mas estava anestesiada demais para sentir alguma coisa.

Seu tênis emitiu um som de velcro sendo aberto quando ela caminhou até o computador.

Havia caixas de som em prateleiras delicadas, dos dois lados do monitor. O acabamento era branco, porque complementava o detalhe prateado ao redor do monitor, assim como o amplificador branco complementava o aparelho de som.

Claire virou a cadeira de lado para manter a porta na visão periférica. Se fosse atacada de novo, pelo menos queria estar preparada. Tocou o teclado, mas nada aconteceu. A tela grande era da Apple, mas era bem diferente dos iMacs com os quais estava acostumada. Passou a mão atrás do aparelho à procura do botão para ligar. Imaginou que o cilindro branco e grande ao lado do monitor fosse o computador. Pressionou os botões até o som de inicialização da Apple ser ouvido. Claire abaixou o volume do amplificador.

Havia cabos plugados atrás do computador, mais Thunderbolts brancos que se ligavam a vários drives de armazenamento de vinte terabytes juntos numa estante de metal. Ela contou doze. Quantos filmes cabiam em doze drives de grande capacidade?

Claire não queria pensar nisso. Também não queria se levantar e examinar os outros equipamentos nas prateleiras de metal. Um Macintosh antigo. Pilhas de disquetes. Um aparelho para fazer cópias de fitas VHS. Vários drives externos para fazer cópias de filmes. Como era de se esperar, Paul estava arquivando os primeiros artefatos dos negócios da família.

Atualmente, tudo seria feito pela internet. Claire havia assistido ao programa *Frontline,* no canal PBS, que mostrava o mercado amplo e ilegal na internet. A maioria das pessoas usava a *Deep Web* para trocar, de maneira ilegal, filmes e livros roubados, mas outras a usavam para vender drogas e trocar pornografia infantil.

Claire pensou nas faturas do cartão American Express de Paul com cobranças misteriosas sobre as quais nunca falavam. Quantos voos em jatos particulares Paul havia pagado, mas nunca tinha feito? Por quantos quartos de hotel tinha pagado, mas nunca tinha se hospedado neles? Ela pensou que as despesas eram subornos ao deputado Jackson, mas talvez não fossem. O marido era meticuloso em tudo o que fazia. Não levantaria suspeitas sequestrando garotas demais e mantendo-as no quintal. Talvez Paul estivesse usando os voos e os hotéis para secretamente levar as garotas de uma parte a outra no país.

E talvez o deputado estivesse tão envolvido na coisa toda quanto Paul.

Paul era adolescente quando o pai morreu. Morava num colégio interno militar em outro estado. Deveria haver um adulto para assumir os negócios de Gerald Scott enquanto Paul estudava. O que poderia significar que a mentoria do deputado seguiu um caminho paralelo: um lado ajudava Paul a se estabelecer como um verdadeiro empresário, e o outra garantia que os filmes continuassem sendo produzidos. E distribuídos, porque deveria rolar muito dinheiro na distribuição dos filmes.

Claire já tinha visto Johnny Jackson e Paul juntos em inúmeras ocasiões e nunca havia concluído que fossem parentes. Será que eles estariam escondendo o relacionamento que tinham por causa dos filmes? Ou por causa dos contratos do governo? Ou havia algo bem mais preocupante que Claire ainda descobriria?

Porque sempre havia algo mais preocupante a respeito de Paul. Sempre que ela pensava ter chegado ao fim, ele encontrava uma maneira de abrir o alçapão e fazê-la cair ainda mais.

Claire fez a si mesma a pergunta óbvia a respeito da identidade do mascarado. Johnny Jackson tinha setenta e poucos anos. Era vigoroso e atlético, mas o mascarado de filmes mais recentes era claramente mais jovem, de idade mais próxima à de Paul. Tinha a mesma barriga, os mesmos músculos que não eram muito trabalhados na academia.

O corpo de Adam Quinn era malhado. Claire não o vira, mas sentia a força de seus ombros largos e dos músculos firmes de sua barriga. E isso significava alguma coisa, mas ela não sabia bem o quê.

Enfim, o monitor do computador ganhou vida. O desktop ligou. Assim como os outros computadores de Paul, todas as pastas ficavam arquivadas na barra de tarefas que se estendia pela parte inferior da tela. Ela passou o mouse pelos ícones.

NÃO EDITADOS.

EDITADOS.

ENTREGUES.

Claire deixou as pastas de lado. Abriu o Firefox e acessou a internet. Digitou as palavras "Daryl Lassiter + assassinato + Califórnia". Aquele era o homem sobre quem Huckleberry tinha falado, quem ele acreditava ter sequestrado e matado Julia Carroll. Pelo menos, é o que o agente do FBI e futuro deputado Johnny Jackson dissera a ele. O Yahoo lhe deu milhares de links com o nome de Daryl Lassiter. Claire clicou na primeira sugestão. O *San Fernando Valley Sun* tinha uma matéria de capa a respeito do assassinato de Lassiter durante sua ida ao corredor da morte. Havia fotos borradas das três mulheres que ele tinha matado, mas nada sobre Lassiter. Claire analisou um texto sobre a história da pena de morte na Califórnia, então encontrou o principal: Lassiter raptou uma mulher na rua. Uma testemunha ligou para a polícia. A mulher foi salva e a polícia encontrou uma "sala móvel de assassinatos" na parte de trás da van de Lassiter, incluindo correntes, atiçador, um facão e vários outros instrumentos de tortura. Também encontraram fitas VHS, e, nas fitas, "Lassiter, mascarado, torturava e executava mulheres". As três mulheres mostradas na matéria foram identificadas posteriormente em listas de pessoas desaparecidas.

"Joanne Rebecca Greenfield, 17 anos. Victoria Kathryn Massey, 19. Denise Elizabeth Adams, 16."

Claire leu cada nome e idade em voz alta, porque elas eram seres humanos e porque tinham importância.

Todas as garotas identificadas eram da área de San Fernando Valley. Claire continuou clicando em mais links até encontrar uma fotografia de Lassiter. Carl Huckabee não tinha acesso à internet quando Sam Carroll se matou. Ainda que tivesse, não era provável que ele procurasse confirmação do que seu amigo, o agente do FBI, disse — que o homem da fita que matou Julia Carroll era o mesmo homem que eles tinham prendido na Califórnia.

E por isso Huckleberry não teria como saber que, apesar de Daryl Lassiter ser alto e esguio, ele também era negro, com cabelos afro e uma tatuagem do Anjo da Morte no peito musculoso.

Claire sentiu o resto de sua esperança desaparecer. Em algum lugar, de alguma forma, ela torcia para que o pai de Paul não fosse o homem na fita e Julia tivesse sido assassinada por um desconhecido com olhos castanhos intensos e uma cicatriz escura na lateral do rosto.

Por que ela não conseguia desistir dele? Por que não relacionava o Paul que tinha conhecido com o Paul que agora sabia que ele era? Qual sinal ela perdeu? Ele era tão gentil com as pessoas! Era muito justo em relação a tudo. Ele amava os pais. Nunca falou sobre ter tido uma infância ruim, sobre ter sido abusado nem sobre nenhuma das coisas terríveis que ouvimos sobre homens que se transformam em demônios.

Claire conferiu a hora na tela do computador. Tinha mais oito minutos até Paul ligar. Tentou imaginar se ele sabia o que ela estava fazendo. Ele não conseguia monitorar as câmeras da casa dos Fuller o tempo todo. Estaria dirigindo abaixo do limite, com as duas mãos no volante, e se manteria o mais discreto possível para que a polícia rodoviária não o parasse a fim de perguntar o que ele estava levando no porta-malas.

Lydia faria barulho. Claire não tinha dúvidas de que a irmã faria o inferno assim que pudesse.

Claire tinha que encontrar uma maneira de dar essa chance a Lydia.

Apoiou os cotovelos no balcão. Olhou as pastas na área de trabalho. Deixou o mouse pairar sobre a pasta "Editados". Clicou. Nenhuma senha foi solicitada, possivelmente porque, se alguém estava naquela sala, já tinha visto o suficiente para adivinhar o que estava arquivado ali.

A pasta "Editados" se abriu. Havia centenas de arquivos. As extensões eram todas .fcpx.

Claire não fazia ideia do que aquilo significava, mas não reconheceu FCPX como algo relacionado ao software de arquitetura de Paul. Ela clicou no arquivo de cima, que tinha sido aberto naquele dia pela última vez. Às quatro da madrugada, Paul estava sentado à frente daquele computador enquanto o corpo de Anna Kilpatrick estava sendo descoberto na BeltLine.

As palavras EDIÇÃO FINAL tomaram a tela. O software estava registrado no nome de Buckminster Fuller.

O projeto mais recente de Paul apareceu no monitor. Havia três painéis na seção do meio. Um deles mostrava uma lista de arquivos. Os outros mostravam *thumbnails* de vários quadros do filme. No painel principal, só uma imagem: Anna Kilpatrick, acorrentada à parede, congelada.

Havia uma série de opções de edição embaixo da imagem principal e, mais abaixo, fitas compridas de filme que Claire acreditava serem partes da última gravação de Anna Kilpatrick. Reconheceu os ícones para corrigir olhos vermelhos e suavizar linhas, mas os outros eram desconhecidos. Claire clicou em algumas opções. Filtro. Música. Texto. Correção de cor. Estabilização. Reverberação. Sombra. Havia até arquivos de som para incluir ao fundo. Chuva caindo. Barulho de carro. Sons de floresta. Água pingando.

Assim como tudo na vida de Paul, ele tinha todo o controle.

Diferentemente de quando via os filmes em casa, Claire podia clicar na lupa e dar zoom na imagem. Ela observou o rosto da garota. Não havia dúvidas de que estava mesmo olhando para Anna Kilpatrick.

E não havia dúvidas de que não era preciso que alguém ficasse atrás da câmera para dar zoom.

Os botões de adiantar, voltar e tocar eram tão familiares quanto os botões do videocassete. Claire começou o filme. O volume das caixas de som estava baixo. Ela ouviu Anna chorando. Como antes, o rosto do mascarado tomou a tela de repente. Ele sorriu, os lábios úmidos aparecendo embaixo dos dentes de metal do zíper.

Claire percebeu que se tratava da versão editada, a que Paul enviou aos clientes. Ela fechou o arquivo. Voltou para as pastas na área de trabalho e abriu aquela na qual se lia NÃO EDITADOS. O arquivo mais recente tinha a data do dia anterior. Paul havia importado o filme perto da meia-noite. Àquela hora, Lydia e Claire estavam analisando os arquivos dos detetives particulares na casa em Dunwoody. Que emoção pensar que o marido era só estuprador.

Ela clicou no arquivo. Os mesmos três quadros apareceram na tela com opções de edição abaixo.

Claire clicou em PLAY.

A gravação começou da mesma maneira: uma imagem ampla de Anna Kilpatrick acorrentada à parede. Seus olhos estavam fechados. A cabeça estava abaixada. O mascarado entrou em cena. Tinha o mesmo corpo e o mesmo tom de pele do homem que Claire viu em todos os outros filmes, mas havia algo de diferente. O tom de pele era mais claro. Os lábios não eram tão vermelhos.

Havia algo de diferente no som. Ela percebeu que a gravação ainda não tinha recebido sons ainda. Todo o som ambiente continuava ali. Claire ouviu o zumbido de um aquecedor. Os passos do homem. Sua respiração. Ele pigarreou. Anna se assustou. Abriu os olhos. Esforçou-se para se livrar. O homem a ignorou. Colocou as ferramentas na mesa — o atiçador, o facão, o ferro de marcar. Um elemento de metal tinha sido colocado ao redor do *X* para esquentar o ferro. O cabo elétrico curto estava preso a uma extensão mais comprida e plugado em uma tomada.

O homem espalhou lubrificante na mão e começou a se masturbar. Pigarreou de novo. Havia algo assustadoramente formal na rotina, como se ele estivesse se preparando para mais um dia de trabalho.

Nada disso entraria no vídeo finalizado. Era uma pré-produção. Eram os detalhes comuns que Paul retirava com a edição.

O mascarado se virou para a câmera. Claire controlou a vontade de sair dali. Ele aproximou o rosto da lente, o que ela pensou se tratar de uma marca registrada, como o leão da MGM, que rugia. O homem sorriu para a plateia, com os dentes brilhando por trás do zíper de metal.

Então, aproximou-se de Anna, e ela gritou.

Esperou que a garota parasse. O som saía da garganta dela como uma sirene.

Ele usou o dedo para abrir um ferimento na barriga dela. Anna gritou de novo. O homem esperou de novo, mas não estava do mesmo jeito. Seu pênis havia endurecido mais. Sua pele brilhava de excitação.

— Por favor — implorou Anna. — Por favor, pare.

O homem se inclinou, aproximando os lábios do ouvido de Anna. Sussurrou algo que fez a menina se retrair.

Claire se endireitou na cadeira. Usou o mouse para retroceder.

Aumentou o som. Apertou PLAY.

Anna Kilpatrick implorava:

— Pare.

O homem se inclinou com os lábios próximos à orelha dela. Claire aumentou o som. Ela se debruçou também, com o ouvido perto da caixa de som do computador, tão perto quanto os lábios do homem estavam da orelha de Anna.

O mascarado sussurrou de modo suave:

— Fale que você quer.

Claire ficou parada. Olhou para as estantes de metal com os equipamentos antigos. Sua visão ficou borrada. Sentiu uma dor aguda e repentina no peito.

Ele repetiu:

— Diga que você quer...

Claire pausou o filme. Não retrocedeu. Em vez disso, clicou na lupa para dar um zoom manual nas costas do mascarado. Aquela era a gravação sem edição. Paul ainda não tinha filtrado a luz nem corrigido o som, nem apagado marcas de identificação, como as três pintas embaixo da omoplata esquerda do assassino.

O telefone da cozinha começou a tocar.

Claire não se mexeu.

O telefone tocou de novo.

E de novo.

Ela se levantou. Saiu da garagem. Fechou a porta. Entrou na cozinha e pegou o telefone.

— Você mentiu para mim — acusou Paul. — Pedi a um dos meus para conferir a lista da cena do crime. A chave não estava lá.

Claire só ouviu "um dos meus". Quantas pessoas ele tinha a seu dispor? Mayhew e Nolan eram a ponta do iceberg?

— Onde está, Claire? — perguntou Paul.

— Comigo. Escondida.

— Onde?

Claire estendeu o braço e virou o purificador de ar falso para que ficasse fora da visão dele.

— Claire?

— Vou sair da casa agora. Você vai me mandar uma foto de Lydia a cada vinte minutos, e, se eu vir que você tocou num fio de cabelo dela, vou colocar todo o conteúdo do pen drive no YouTube.

Paul riu.

— Você não sabe fazer isso.

— Não acha que posso entrar em qualquer lan house e encontrar um geek espinhento que faça para mim?

Ele não respondeu. Ela não ouvia mais nenhum som de estrada. Ele havia parado o carro. Estava andando a pé. Ela ouvia seus sapatos no cascalho. Será que Lydia ainda estava no porta-malas? Deveria estar, porque Paul a tinha levado para ter uma moeda de troca, e matá-la acabaria com tudo.

De repente, um pensamento lhe ocorreu. Por que Paul tinha levado Lydia, para começo de conversa? Se ele de fato controlava a casa de Dunwoody, sabia que Lydia só tinha entrado na cena havia menos de um dia. Mesmo sem isso, Claire era a única pessoa que sabia onde o pen drive estava. Ela era quem podia pegá-lo para ele.

Então, por que ele não a tinha levado?

Claire não tinha dúvidas de que, sob a menor ameaça de dano físico, teria contado a Paul que Adam estava com o pen drive. Mas Paul não a tinha levado. Ele tinha feito a escolha errada. E nunca fazia a escolha errada.

— Ouça. — Ele tentava parecer razoável de novo. — Preciso da informação que está naquele drive. É importante. Para nós dois. Não só para mim.

— Envie-me a primeira foto de Lydia, ilesa, e conversaremos a respeito.

— Eu poderia cortá-la em mil pedaços antes de ela morrer.

Aquela voz. Era o mesmo tom que ele tinha usado com Claire na viela, a mesma voz sinistra que ela tinha ouvido no vídeo antes de Paul editá-la para que ficasse diferente. Claire sentia o coração bater na garganta, mas sabia que não podia demonstrar medo.

— Você quer que eu vá embora com você — disse ela.

Foi a vez de Paul se calar.

Ela havia encontrado o ponto fraco dele, mas não de propósito. Claire viu o motivo por trás da escolha errada de Paul. Como sempre, a resposta estava na cara dela o tempo todo. Ele não parava de dizer que a amava. Agrediu Claire, mas não com toda a força. Enviou homens para entrarem na casa durante o velório para que ela não estivesse lá. Ele tinha feito a escolha errada e levou Lydia porque a escolha certa significava machucar Claire.

Talvez ele fosse capaz de dar um soco na cara de sua mulher, mas não conseguia torturá-la.

Ela disse:

— Jure para mim que não participou de nenhum dos filmes.

— Nunca. — A esperança dele era palpável. — Eu nunca as feri. Juro pela minha vida.

Ele era tão persuasivo, tão sincero, que Claire poderia ter acreditado. Mas ela tinha visto os vídeos sem edição, antes que Paul mudasse o som, editasse as cenas, filtrasse o tom de pele, distorcesse as vozes e alterasse marcas para que a verdadeira identidade do mascarado permanecesse desconhecida.

Claire sabia como o marido se movimentava quando organizava as ferramentas para um projeto. Conhecia o modo como ele se masturbava. Conhecia as três pintas altas embaixo de seu ombro esquerdo que sentia quando acariciava as costas dele com os dedos. E assim ela soube, sem sombra de dúvida, que o mascarado era Paul.

Claire disse a ele:

— Envie as fotos. Direi o que faremos quando estiver pronta.

— Claire...

Ela bateu o telefone.

vi

SINTO MUITO QUE MINHA caligrafia esteja tão ruim de ler, querida. Tive um derrame sem maior gravidade. Estou bem agora, por isso não se preocupe, por favor. Aconteceu logo depois de eu ter terminado minha última carta. Fui dormir armando meus grandes planos e acordei no dia seguinte sem conseguir sair da cama. Admito só para você que senti medo (apesar de estar bem agora). Tive uma cegueira momentânea do olho direito. Meu braço e minha perna se recusavam a se mexer. Finalmente, depois de me esforçar muito, consegui me levantar. Quando liguei para sua mãe a fim de desejar feliz aniversário, minha fala estava tão ininteligível que ela chamou uma ambulância na mesma hora.

O médico, que garantiu a sua mãe que tinha experiência no assunto, disse que eu tinha sofrido um ataque isquêmico transitório, o que, claro, deixou sua mãe furiosa (ela não gostava dos termos médicos). Ela pediu para que ele falasse a língua dela, então descobrimos que esse tipo de problema é um mini-AVC. O coitado explicou para sua mãe que isso explicava a tontura e a fraqueza que eu vinha sentindo desde a semana anterior. Ou mês, cá entre nós, porque agora, relembrando minhas últimas visitas a Ben Carver, eu me recordo de algumas conversas estranhas que indicam que em alguns momentos minha fala deve ter sido ininteligível para ele também.

Então, talvez saibamos por que Ben Carver interrompeu minhas visitas e escreveu aquela frase no livro do Dr. Seuss. A mãe dele sofreu um derrame grave alguns anos atrás. Ele deve ter notado os sinais.

Existe gentileza em muitos lugares inesperados.

Posso contar que há muito, muito tempo não me sentia tão feliz? Que suas irmãs correram para meu lado, que minha família me cercou, me envolveu, e que eu finalmente pude me lembrar da vida que todos dividíamos antes de perder você? Foi a primeira vez em quase seis anos que todos nós nos reunimos em uma sala e não sofremos pela sua falta.

Não que tenhamos esquecido você, querida. Nunca, nunca esqueceremos você.

Claro, sua mãe usou o mini-AVC como uma desculpa para me repreender por estar sempre chovendo no molhado (palavras delas). Apesar de o estresse ser um fator que contribui para a ocorrência do derrame, e apesar de eu sempre ter tido pressão alta, acredito que a culpa é só minha por não dormir direito e não me exercitar. Tenho deixado de caminhar pela manhã. Tenho ido dormir tarde demais, incapaz de desligar o cérebro. Como sempre disse a vocês, meninas, sono e exercícios são os dois componentes mais importantes de uma vida saudável. É uma vergonha que eu não tenha seguido meu próprio conselho.

Acredito que podemos dizer que é um feixe de esperança sua mãe ter ido ao meu apartamento todos os dias desde que saí do hospital. Ela leva comida e me ajuda a tomar banho. (Não preciso de ajuda para tomar banho, mas quem sou eu para impedir que uma mulher bonita me dê banho?) Todos os dias, ela diz todas as coisas que tem me dito há quase seis anos: você é um tonto. Você vai se matar. Você precisa parar com isso. Você é o amor da minha vida e não consigo vê-lo prestes a se suicidar. Como se eu fosse, por vontade própria, deixar alguma de vocês sozinha.

Sei, por instinto, que sua mãe não quer saber o que descobri a respeito do pai de Paul. Ela diria que a teoria é uma de minhas maluquices tolas e sem sentido, como ir atrás do dono da Taco Stand ou perturbar tanto Nancy Griggs a ponto de o pai dela ameaçar pedir uma ordem de restrição na justiça contra mim. (Ela se formou com honra ao mérito, querida. Tem um bom emprego, um marido prestativo e um *cocker spaniel* flatulento. Eu já contei isso?)

Então, guardo comigo o que penso e deixo sua mãe cozinhar para mim e me dar banho, e ela me deixa abraçá-la, fazemos amor e eu penso em nossas vidas juntos depois de finalmente ter provas nas quais até Huckleberry terá que acreditar.

Vou reconquistar sua mãe. Serei o pai de que Pimenta precisa e vou convencer Claire de que ela vale mais, merece mais do que os homens com quem tem ficado. Voltarei a ser um exemplo para as mulheres da minha vida — vou fazer com que saibam que sou bom marido e bom pai, e farei minhas meninas procurarem isso nos homens com quem se relacionarem em vez de escolherem idiotas que sempre as deixarão se sentindo solitárias.

Eis o que terei quando tudo isso terminar: terei minha vida de volta. Terei boas lembranças de vocês. Terei um emprego. Cuidarei da minha família. Cuidarei dos animais. Terei justiça. Saberei onde você está. Finalmente encontrarei você, vou abraçá-la e colocá-la no local de seu descanso final.

Porque sei como é enfim ter um ponto por onde começar, e tenho certeza de que posso começar por ele e desenrolar toda a história de sua vida depois que você foi roubada de nós.

Estes são os pontos que posso abordar: Gerald Scott era um obcecado que ficava de olho em garotas como você. Ele fazia imagens delas. Deve ter guardado todas essas imagens em algum lugar. Se essas imagens ainda existirem e se eu puder ter acesso a elas, e, se encontrar uma sua, pode ser que tenhamos uma pista que nos ajude a entender o que aconteceu naquela noite de março que não parece ter sido há tanto tempo.

Não sei se Paul sabe das tendências do pai, mas, no mínimo, posso usar a informação para afastá-lo de sua irmã mais nova.

Eu sinto isso com todo o meu ser, querida: Paul não é bom para Claire. Tem alguma coisa de podre nele, e um dia — se não for em breve, daqui a cinco, dez anos, talvez até vinte — essa podridão vai corroê-lo de dentro para fora e se espalhar em tudo o que ele tocar.

Embora você saiba que amo você, minha vida a partir de agora é dedicada a cuidar para que esse verme tenebroso nunca tenha a chance de fazer mal a suas duas irmãs.

Você se lembra de Brent Lockwood? Ele foi seu primeiro namorado "de verdade". Você tinha quinze anos. Os garotos de quem você gostou antes de Brent eram tipos inócuos e assexuais que se passariam por qualquer garoto de qualquer *boy band* a qual você estivesse escutando no momento. Eu dava carona para vocês na caminhonete e fazia o garoto se sentar na parte de trás. Olhava para ele pelo espelho retrovisor. Emitia grunhidos monossilábicos quando ele me chamava de dr. Carroll ou expressava interesse em veterinária. Brent era diferente. Ele tinha dezesseis anos, meio menino, meio homem. Tinha pomo de adão. Vestia jeans desbotado e mantinha os cabelos presos como Daniel Boone — penteados para trás. Ele foi à nossa casa pedir permissão para sair com você naquele carro sozinho, e eu nunca deixaria ninguém fazer isso sem antes olhar nos olhos dele e ter a certeza de que eu o havia assustado muito.

Sei que você tem dificuldade para acreditar, querida, mas eu já tive dezesseis anos. Eu só queria um carro para ficar sozinho com uma garota. O que era um objetivo totalmente compreensível, até risível, de todos os garotos da minha idade, mas que se tornou algo bem diferente quando me tornei adulto, pai, e quando a garota era você.

Mandei esse garoto cortar os cabelos e conseguir um emprego, para depois voltar e pedir de novo.

Uma semana depois, ele estava de novo na minha porta. Sem mullet. Havia acabado de começar a trabalhar no McDonald's.

Sua mãe chiou como uma bruxa e me disse que, da próxima vez, eu deveria ser mais específico.

Você passou horas no quarto antes do primeiro encontro com Brent. Quando por fim abriu a porta, senti o cheiro do perfume e do laquê e todos aqueles cheiros estranhos de mulher que não esperava sentir em minha filha. E você estava linda. Muito linda. Observei seu rosto à procura de traços ruins — rímel demais, delineador muito pesado —, mas não havia nada além de um leve toque de cor que destacava o azul-claro de seus olhos. Não me lembro do que você estava usando ou de como tinha arrumado os cabelos (isso é departamento de sua mãe), mas me lembro da sensação em meu peito, como se os alvéolos de meus pulmões estivessem entrando em colapso lentamente, acabando com meu oxigênio, me afastando aos poucos de minha moleca que trepava em árvores e corria atrás de mim quando eu saía para as caminhadas matutinas.

Agora sei como é ter um derrame de verdade, mesmo que seja um mini, mas tive certeza, enquanto observava Brent Lockwood acompanhar você até o carro, que eu estava tendo um ataque do coração. Fiquei tão preocupado com aquele garoto, o primeiro garoto, que não pensei que haveria outros. Que alguns deles me fariam sentir saudade de Brent com seu Impala de terceira mão e do cheiro de batatas fritas que ele deixava quando passava.

Por que estou pensando nesse garoto agora? Por que ele foi o primeiro? Por que pensei que ele seria o último?

Estou pensando nele por causa de Claire.

Paul me ligou hoje. Estava preocupado com minha saúde. Falou as amenidades certas. Disse todas as coisas certas. Parecia certo de todas as maneiras, apesar de eu saber que tudo nele é errado.

Ele me vê como antiquado, e permito que pense isso porque me beneficia. Sua mãe é arisca, a velha hippie mal-humorada que o deixa nervoso. Sou o tipo paizão que sorri, pisca e finge que ele é tudo o que finge ser.

Contei-lhe a história de Brent Lockwood, o rapaz que pediu permissão para namorar minha filha mais velha e, agora, desaparecida.

Como eu esperava, Paul logo pediu desculpas por não ter me perguntado se podia ou não namorar Claire. Ele não passa de alguém que imita comportamentos adequados. Se estivéssemos conversando pessoalmente, e não ao telefone, tenho certeza de que ele teria se ajoelhado e pedido minha permissão. Mas não estávamos, então foi com a voz que ele demonstrou respeito e consideração.

Demonstrou.

Como sua mãe já disse, Paul poderia ser o glacê numa fábrica de donuts, pois é bom com demonstrações de emoção, é grudento.

No telefonema, eu ri, porque o pedido de Paul para namorar sua irmã veio muito tarde, e ele riu também, porque era o que tinha que fazer. Depois de um tempo, ele comentou sobre um futuro pedido, que levaria seu relacionamento com Claire a um patamar mais permanente, e percebi que, embora aquele desconhecido estivesse namorando minha filha havia poucas semanas, ele já estava pensando em casamento.

Casamento. Foi o que ele disse, apesar de homens como Paul não se casarem com as mulheres. Eles as possuem. Controlam. São glutões vorazes que devoram todas as partes de uma mulher, depois palitam os dentes com os ossos.

Desculpe, querida. Desde que você foi levada, eu me tornei muito mais cauteloso do que era. Vejo conspirações por todos os lados. Sei que a escuridão está em todas as partes. Não confio em ninguém além de sua mãe.

Então, pigarreei algumas vezes e transmiti algumas emoções dolorosas em meu tom de voz, e disse a Paul que não conseguia, em sã consciência, me ver dando permissão para algum homem se casar com alguma de minhas filhas, nem mesmo conseguiria ir ao casamento delas, sem saber o que havia acontecido com a mais velha.

Como Pimenta, e como você também, Claire é tão impulsiva quanto teimosa. Ela também é minha filhinha caçula e nunca, em tempo algum, iria contra meus desejos. Tem uma coisa que sei a respeito de suas irmãs: elas não me decepcionariam. Sei disso como conheço a risada de Claire, a cara que ela faz quando está prestes a sorrir, chorar ou me abraçar e dizer que me ama.

E Paul também sabe.

Depois que contei a ele meu dilema, ele fez uma pausa comprida na linha. Ele é esperto, mas é jovem. Um dia, será um mestre da manipulação, mas daqui a dois dias, quando eu pegá-lo sozinho, serei eu a fazer as perguntas, e não permitirei que Paul Scott saia de perto de mim sem me dar todas as respostas.

CAPÍTULO 15

CLAIRE SEGUROU O VOLANTE com força. O pânico quase trancou sua garganta. Ela estava suando, embora uma rajada fria de ar entrasse pelo teto solar rachado. Ela olhou para o telefone de Lydia no banco ao lado. A tela estava preta. Até aquele momento, Paul havia enviado três fotos de Lydia. Cada uma delas a mostrava num ângulo diferente. Cada foto trazia certo alívio porque não havia mais ferimentos no rosto de Lydia. Claire não confiava em Paul, mas confiava em seus olhos. Ele não estava ferindo sua irmã.

Pelo menos, ainda não.

Ela forçou os pensamentos a se manterem fora daquele lugar escuro para o qual eram tão desesperadamente atraídos. Claire não encontrou a localização nem o horário das fotos. Tinha a esperança de que Paul estivesse parando o carro a cada vinte minutos e tirando as fotos, porque a alternativa era acreditar que ele havia tirado todas as fotos ao mesmo tempo e que Lydia já estava morta.

Ela tinha que pensar numa maneira de sair daquilo. Paul já estaria criando estratégias. Estava sempre cinco passos à frente de todo mundo. Talvez já tivesse uma solução. Talvez já estivesse colocando-a em prática. Teria outra casa. Seu marido sempre tinha backups. Um trajeto de duas horas a partir de Athens o levaria para as Carolinas, para a costa ou uma das cidades fronteiriças do Alabama. Ele teria outra casa em outro nome com outro quarto para os assassinatos e outras estantes para a coleção doentia de filmes.

Claire sentiu o suor escorrer pelas costas. Abriu o teto solar mais alguns centímetros. Passava das quatro da tarde. O sol se punha no horizonte. Ela não podia pensar em Paul ou no que ele poderia estar fazendo com sua irmã. Ele sempre disse que os vencedores só competiam uns com os outros. Claire tinha mais uma hora para saber como reaveria o pen drive que estava com Adam, como o entregaria a Paul e como faria para salvar a irmã no meio de tudo isso.

Até aquele momento, ela não tinha nada além do medo e da sensação nauseante de que a hora passaria e que ela estaria tão impotente quanto esteve assim que saiu da casa dos Fuller. Os mesmos problemas que a perturbaram antes estavam em um loop infinito que tomava todo pensamento. Sua mãe: permanentemente indisponível. Huckleberry: inútil. Jacob Mayhew: provavelmente trabalhando para o deputado. Fred Nolan: a mesma coisa, ou talvez tivesse um plano. Deputado Johnny Jackson: o tio secreto de Paul. Poderoso e cheio de conhecidos, e duas-caras a ponto de ficar ao lado da família Kilpatrick durante coletivas de imprensa, como se não fizesse ideia do que tinha acontecido com a filha querida deles. Adam Quinn: possível amigo ou inimigo.

O mascarado: Paul.

Ela não acreditava. Não, não podia ser. Claire viu o marido na frente daquela garota com os próprios olhos. O problema era que ela não conseguia *sentir*.

Forçou-se a se lembrar de todas as coisas perturbadoras que sabia sobre Paul. Sabia que havia mais. Tinha que haver mais. Assim como a coleção de fitas de estupro separadas por cor, tinha que haver muito mais filmes documentando as garotas que ele tinha sequestrado, as que mantinha, aquelas que havia torturado por prazer e pelo prazer de outros inúmeros espectadores nojentos e abjetos.

Será que Adam Quinn era um dos clientes? Era um participante ativo?

Como Lydia disse, Claire não era a melhor pessoa para julgar alguém. Havia transado com Adam porque se sentia entediada, não porque queria conhecê-lo. O melhor amigo do marido era uma presença constante na vida deles. Em retrospecto, ela compreendia que Paul o tinha mantido longe. Adam estava ali, mas não era de dentro do círculo.

O círculo era formado apenas por Paul e Claire. Por isso Claire nunca tinha dado muita atenção a Adam até aquela noite na festa de Natal. Ele estava muito bêbado. Deu em cima dela, e Claire queria descobrir até onde ele levaria aquilo. Ele era bom, ou talvez só diferente de Paul, o que ela estava procurando. Sabia ser charmoso de um modo esquisito. Gostava de golfe, colecionava trens antigos e usava um pós-barba amadeirado, nada desagradável.

Era tudo o que ela sabia.

Adam havia falado que tinha uma apresentação importante na segunda, o que significava que estaria no escritório logo cedo no dia seguinte. A apresentação ocorreria nos escritórios do centro da cidade da Quinn + Scott, onde tinham uma sala de apresentações com cadeiras de teatro e jovens com vestidos justos servindo drinques e petiscos leves.

Adam estaria com o pen drive. Os arquivos eram grandes demais para serem enviados por e-mail. Se precisasse dos arquivos para o trabalho, teria que levá-los aos escritórios para carregá-los para a apresentação. Se precisasse do chaveiro por este conter evidências que o incriminavam, seria um tolo se o deixasse em qualquer lugar que não fosse consigo mesmo. Claire se permitiu pensar na segunda possibilidade. Paul poderia ter outro círculo que envolvesse Adam. Eles eram melhores amigos havia mais de duas décadas, bem antes de Claire entrar em cena. Se Paul tivesse encontrado os filmes do pai após o acidente, teria comentado com Adam. Será que foi então que criaram um plano para manter o negócio? Será que os dois assistiram aos filmes juntos e perceberam que não sentiam repulsa, mas, sim, tesão, pelas imagens violentas? Nesse caso, Adam já teria dito a Paul que estava com o pen drive. Claire não sabia o que o silêncio dele representava. Uma forma de cair fora? Uma tentativa de dar o golpe?

— Pense — disse Claire a si mesma. — Você tem que pensar.

Não conseguia. Mal se mantinha de pé.

Claire pegou o telefone de Lydia. Não tinha senha, ou talvez Paul a tivesse retirado para Claire. Clicou no botão, e a fotografia mais recente apareceu. Lydia no porta-malas, aterrorizada. Seus lábios estavam pálidos. O que isso significava? Será que estava respirando bem? Paul a estava sufocando?

Não me abandone, querida. Por favor, não me abandone de novo.

Claire soltou o telefone. Não abandonaria Lydia. Não dessa vez, nem nunca mais.

Talvez Claire estivesse abordando tudo pelo lado errado. Não conseguia pensar em uma estratégia, por isso o melhor a fazer era adivinhar o que Paul planejava. Claire era boa em prever o comportamento de Paul, pelo menos no que dizia respeito a presentes de Natal e a viagens-surpresa.

Seu primeiro objetivo era reaver o pen drive. Não custava nada esperar. Ele estava mantendo Lydia em algum lugar. Ela era a vantagem que ele tinha contra Claire. Paul não a mataria enquanto não tivesse certeza de que o pen drive estava em seu poder.

A ideia trazia certo alívio, mas ela sabia muito bem que havia outras coisas que Paul poderia fazer com Lydia.

Ela não pensaria nisso.

Paul ainda tinha sentimentos por Claire — pelo menos, até onde conseguia sentir alguma coisa. Ele colocou o travesseiro embaixo de sua cabeça. Colocou a aliança de volta em seu dedo. Tirou seus sapatos. Carregou o Tesla. Todas essas coisas levaram tempo, o que significava que Paul dava importância a elas. Em vez de apressar Lydia para que saísse, ele arriscou se expor cuidando de Claire.

O que significava que ela tinha uma leve vantagem.

Claire resmungou. Ouvia a voz de Lydia em sua mente: *E daí, porra?*

O GPS do carro pedia para que ela entrasse à direita mais à frente. Claire não pôde aproveitar o alívio que sentia por ter alguém lhe dizendo o que deveria fazer, ainda que fosse o computador. Em Athens, ela tomou decisões ruins. Não podia ir para a casa da mãe, que só resmungaria e iria para a cama. Não podia ir à polícia porque não dava para saber quem estava envolvido com Paul. Não podia ir à casa em Dunwoody porque Nolan deveria estar à sua procura. O único lugar aonde podia ir era a casa de Lydia.

Ela estava indo para lá quando percebeu que havia algo na casa de Lydia que talvez pudesse ajudá-la.

Claire diminuiu a velocidade do Tesla enquanto olhava ao redor. Estava seguindo as direções do GPS, sem pensar. Até aquele momento, não tinha percebido que estava em um bairro mais antigo do subúrbio. As casas não tinham a uniformidade de uma subdivisão nova. Havia casas chiques, coloniais holandesas e a casa de tijolos aparentes onde Lydia vivia.

Claire não precisou ouvir o GPS para saber que tinha chegado ao endereço. Reconheceu a casa pelas fotos no arquivo de Paul. Os números amarelos na lateral da caixa de correspondências estavam desbotados, obviamente feitos por uma criança. Claire imaginou Lydia de pé no quintal observando a filha pintar com cuidado o endereço na caixa. A van de sua irmã estava estacionada na entrada. De acordo com os detetives de Paul, Rick era vizinho de Lydia havia quase dez anos. Claire reconheceu os anões de jardim na porta. A caminhonete de Rick estava estacionada na frente da casa de Dunwoody, mas ele tinha um segundo carro, um Camaro antigo, parado diante da garagem.

Ela observou as duas casas ao passar devagar. A casa de Lydia estava escura, mas a de Rick tinha algumas luzes acesas. Era o fim de uma tarde de domingo. Claire imaginava que um homem como Rick Butler estaria assistindo ao jogo de futebol ou lendo uma cópia bem gasta de *O guia do mochileiro das galáxias*. Dee deveria estar na casa de uma amiga. De acordo com as mulheres da equipe de tênis de Claire, os adolescentes eram incapazes de apagar as luzes quando saíam de um cômodo.

Claire entrou na rua seguinte, uma rua curta sem saída com uma casa que parecia abandonada no fim. Ela estacionou e saiu do carro. Colocou o telefone de Lydia no bolso de trás porque receberia outra foto em nove minutos. Como sempre, Paul estava sendo pontual. Ou havia programado o telefone para mandar as fotos com antecedência.

Ela abriu o porta-malas do carro. Jogou a bolsa ali porque estava num bairro em que era melhor fazer isso. Encontrou uma pá dobrável para neve na mochila de emergência que Paul havia encomendado para todos os carros, incluindo os de Helen. A pá se abriu com um som metálico. Claire esperou que a luz da varanda se acendesse ou que um vizinho gritasse, mas nada aconteceu.

Ela observou a área para ver onde estava. A casa de Lydia era a quarta.

A de Rick era a quinta. Não havia cercas nos quintais, só no de Lydia. Uma fileira comprida de árvores separava os quintais das casas atrás deles. Eram quatro e meia da tarde. O sol já estava se pondo. Claire passou com facilidade pelas árvores. Não havia ninguém olhando pelos fundos, apesar de ela não ter certeza de que a veriam, mesmo que estivessem olhando. O céu estava carregado. Era provável que chovesse de novo. Claire sentia a umidade no ar.

Segurou a cerca de correntes com a ideia de saltá-la, mas o cabo de metal se soltou em suas mãos. A corrente acompanhou. Claire apoiou o peso até a cerca estar baixa o suficiente para que ela passasse por cima. Olhou ao redor. O quintal de Lydia era enorme. Ela deveria ter pagado uma fortuna pela cerca para manter os cachorros dentro de casa. Claire a consertaria quando a irmã voltasse para casa.

Os fundos da casa de Lydia eram mais bem cuidados do que os das outras casas. As calhas estavam limpas. A borda branca tinha sido pintada recentemente. Claire imaginou que Rick cuidasse dessas coisas porque a casa ao lado, a casa que ela sabia ser dele, era igualmente bem cuidada.

Claire gostou de saber que a irmã morava ali. Apesar das circunstâncias difíceis, sentia que a felicidade fluía entre as casas. Sentiu a marca de uma família, de pessoas gratas umas às outras e pelo lugar que tinham no mundo.

Lydia havia criado mais do que um lar. Criara paz.

A paz que Claire tinha destruído.

As luzes estavam acesas no que deveria ser a cozinha. Claire caminhou em direção ao deque grande nos fundos. Havia mesas e cadeiras e uma grelha de aço escovado coberta por uma lona preta.

Claire ficou paralisada quando viu os refletores. Os sensores de movimento pendiam como testículos. Ela olhou para o céu. Escurecia depressa. Ela deu um passo à frente e mais um. Preparou-se a cada movimento, mas as luzes não se acenderam quando ela subiu a escada.

Olhou para a cozinha por uma janela grande acima da pia. Papéis cobriam a mesa. Havia um saco de tênis velho em uma das cadeiras. Bilhetes presos na geladeira com ímãs coloridos. Pratos empilhados na pia. Paul podia chamar aquilo de bagunça, mas Claire sentia o calor de uma casa habitada.

Não havia abertura na porta de trás. Havia duas travas. Uma passagem grande para o cachorro estava aberta na parte de baixo. Claire ergueu uma cadeira Adirondack pesada e bloqueou a portinhola do cachorro. O relatório do detetive de Paul indicava que Lydia tinha dois labradores, mas essa informação tinha sido registrada dois meses antes. Claire não imaginava Lydia mantendo uma raça muito territorial como um cão pastor ou um pitbull, mas o latido de qualquer cachorro poderia assustar Rick, e ele iria querer saber o que uma mulher estava fazendo no quintal de sua namorada com uma pá dobrável.

Claire segurou a pá. Era de alumínio, mas resistente. Ela olhou para a casa de Rick à procura de sinais de vida antes de descer a escada de novo. O chão estava úmido quando ela passou por baixo do deque. Teve que manter a cabeça e os ombros curvados para não raspar nas vigas acima. Claire estremeceu ao passar por uma teia de aranha. Detestava aranhas. Arrepiou-se toda e se repreendeu por ter aquelas frescuras enquanto a vida da irmã estava em risco.

O espaço embaixo do deque era escuro, como era de se esperar. Havia uma lanterna no Tesla, mas Claire não quis voltar. Precisava seguir em frente. O impulso era a única coisa que a impedia de se entregar ao medo e ao pesar que fervilhavam sob toda superfície que ela tocava.

Abaixou-se o máximo que conseguiu para passar por baixo dos degraus de trás. Feixes de luz atravessavam as frestas. Ela passou a mão pelo espaço apertado embaixo do último degrau. A terra ficava mais funda numa parte. Deveria ser o ponto. Claire enfiou a pá e tirou um punhado de terra.

Trabalhou devagar, em silêncio, conforme ia removendo a terra. Por fim, enfiou a ponta da pá mais fundo no chão. Sentiu o barulho de metal com metal. Claire soltou a pá e usou as mãos. Tentou não pensar nas aranhas, cobras ou qualquer outra coisa que pudesse estar escondida na terra. Seus dedos encontraram a borda de um saco plástico. Claire se deu a chance de sentir a alegria momentânea de realizar uma tarefa. Tirou o saco. A terra se espalhou ao redor dela. Ela tossiu, espirrou e tossiu mais.

A arma estava em suas mãos.

Mais cedo, Lydia tinha dito que a arma estava enterrada embaixo da escada, mas Claire percebeu então que não acreditava que a encontraria. Pensar que a irmã tinha uma arma era chocante. O que Lydia estava fazendo com algo tão terrível?

O que Claire faria com aquilo?

Ela observou o peso do revólver. Sentia o metal frio através do saco plástico. Detestava armas. Paul sabia, e por isso não esperaria que Claire puxasse uma da bolsa para atirar nele.

Era esse o plano.

Ela sentiu a ideia se acender em sua mente como um slide aparecendo em um projetor. O plano estava ali desde sempre, levando-a em direção à casa de Lydia, mas pesava em sua mente enquanto ela se deixava envolver pelos horrores do que o marido tinha feito.

— Interferência proativa — teria explicado Paul. — É quando um dado anteriormente adquirido inibe nossa habilidade de processar novas informações. — A nova informação não poderia ser mais clara. Paul era um assassino de sangue frio. Claire era uma idiota se acreditava que ele deixaria Lydia ir embora. A irmã sabia demais, era valiosa. Poderia até ter um *timer* em cima da cabeça contando os minutos que ainda tinha.

Então, o próximo passo de Claire seria reaver o pen drive que estava com Adam Quinn — pedindo ou ameaçando-o com a arma que tinha em mãos. Claire tinha visto o que uma raquete de tênis podia fazer num joelho. Não imaginava o prejuízo que um tiro causaria.

Lydia estava certa quanto a procurar o máximo de informação que pudesse. Claire tinha que descobrir por que o conteúdo do drive era tão importante para Paul. Ter essa informação a faria retomar o poder.

Com cuidado, ela tirou a arma do saco. O cheiro metálico era familiar. Dois anos antes, ela havia levado Paul a um clube de tiro, no aniversário dele. Paul ficou feliz, mas só porque Claire tinha pensado em fazer algo tão fora do normal. Ela não ficou mais do que dez minutos no clube. O peso emocional de segurar a morte nas mãos a fez ir ao estacionamento para chorar. Paul consolou Claire enquanto ria, porque aquilo era bobo, e ela sabia que era, mas se sentiu aterrorizada. As armas faziam muito barulho. Tudo tinha um cheiro estranho, de perigo. Só de segurar a Glock, ela tremia. Claire não tinha o menor preparo para segurar uma arma. Não tinha força na mão para puxar o gatilho. O coice causava pânico.

Ela temia derrubar a arma e matar alguém ou a si mesma por acidente, ou talvez matar alguém *e* a si mesma. Tinha medo que o cartucho vazio queimasse sua pele. Sempre que puxava o gatilho, o medo voltava até ela tremer muito, sem conseguir segurar a arma.

Aquilo foi mais tarde. Antes de entrarem no campo, Paul pediu para o instrutor dar uma explicação detalhada sobre todas as armas. Claire ficou surpresa com o pedido porque pensou que o marido soubesse tudo de tudo. O instrutor os levou a uma vitrine de vidro onde ficavam as armas que eles podiam alugar por hora: pistolas, revólveres, alguns rifles e, o mais assustador, uma automática. Eles decidiram pegar a Glock porque a marca era mais conhecida.

A pistola tinha nove milímetros. Era preciso puxar a tampa para colocar a bala no tambor. Com um revólver, só era preciso colocar as balas no cilindro, fechá-lo, engatilhar e atirar.

Claro, o principal ali eram as balas.

Claire examinou o revólver de Lydia. A irmã não seria tola a ponto de esconder uma arma carregada embaixo da varanda de casa. Ainda assim, Claire conferiu o cilindro. Os cinco espaços estavam vazios. Ela fez uma contagem mental do dinheiro que levava na carteira. Podia ir a uma loja de artigos esportivos ou a um Walmart e comprar munição com dinheiro, porque uma transação com cartão de crédito apareceria em algum lugar.

As luzes se acenderam.

Claire bateu a cabeça na escada. Seu crânio estremeceu como um sino.

Rick Butler se abaixou para olhá-la.

— Precisa de ajuda?

Claire recolocou a arma na bolsa. Tentou rastejar por baixo do deque, mas precisava das duas mãos. Jogou a bolsa no quintal. Rick pulou para trás como se alguém tivesse jogado ácido em seus pés.

— Me desculpe — disse ela, porque era sua resposta para tudo. — Sou Claire Scott, irmã de...

— Lydia.

Rick olhou para a arma.

— Pensei que ela tivesse se livrado dessa coisa.

— Bem...

Claire bateu as mãos para limpar a terra. Tentou demonstrar bons modos, porque Helen a ensinou a ser sempre educada. Pelo menos, no começo.

— É um prazer conhecê-lo, finalmente.

— Claro — disse ele. — Seria bom ter uma explicação.

Claire assentiu, porque seria bom, mas não podia explicar. Decidiu tentar de novo:

— Me desculpe.

Pegou a arma. Envolveu o cano com o plástico.

— Espere — pediu Rick, porque estava claro que ela estava indo embora. — Cadê Lydia?

Como sempre, Paul apareceu no momento exato. Claire sentiu o telefone de Lydia vibrar no bolso traseiro. Ele havia enviado a foto mais recente. Será que ela deveria mostrá-la a Rick? Será que ela deveria mostrar o que estava acontecendo com a mulher a quem ele havia dedicado os últimos treze anos de sua vida?

— Preciso ir — falou Claire.

Rick estreitou os olhos. Ou ele era extremamente perspicaz, ou era muito fácil entender Claire.

— Você não vai embora sem me dizer o que está acontecendo.

— Estou com uma arma.

— Então, use-a.

Os dois se encararam. Em algum lugar, um cachorro começou a latir. Quase um minuto inteiro se passou até Claire dizer:

— Me desculpe.

— Você não para de dizer isso, mas não parece que é sincera.

Ele não sabia se Claire queria mesmo se desculpar.

— Preciso ir.

— Com uma arma vazia que estava enterrada no chão? — Rick balançou a cabeça. Não parecia irritado. Parecia assustado. — Lydia está bem?

— Sim.

— Ela...? — perguntou ele, esfregando o rosto com a mão. — Ela teve uma recaída?

— Recaída?

A mente de Claire foi tomada pela imagem de Lydia caída no chão. Só assim, entendeu o que Rick Butler estava perguntando.

— Sim — respondeu ela, porque Lydia preferiria essa mentira terrível em vez da verdade. — Ela teve uma recaída. Bebeu um pouco de vinho, tomou uns comprimidos e não parou.

— Por quê?

Claire havia convivido com o vício de Lydia por seis anos antes de elas se separarem.

— Precisa ter um motivo? — Rick parecia arrasado. Era viciado. Sabia que os viciados sempre encontravam um motivo. — Sinto muito. — Claire sentia um peso no peito. O que estava fazendo era terrível, imperdoável. Percebia a raiva, a decepção e o medo no rosto de Rick. — Sinto muito, mesmo.

— Não é sua culpa. — A voz dele ficou mais alta como a voz dos homens às vezes esganiçavam quando eles tentavam conter as emoções. — Por que você... — Ele pigarreou. — Por que precisa de uma arma?

Claire olhou ao redor como se uma explicação fácil fosse aparecer.

— Você acha que ela vai voltar aqui e tentar se ferir? — perguntou ele.

O medo na voz dele era de entristecer. Ele continuava tentando conter as emoções. Seus olhos estavam marejados. Parecia ser um homem muito gentil e tranquilo. Era exatamente o tipo de pessoa que ela sempre esperou que a irmã encontrasse.

E Claire estava acabando com ele.

— Cadê ela? — perguntou Rick. — Quero vê-la, conversar com ela.

— Vou levá-la para uma clínica. Vou pagar. Fica no Novo México.

Claire contraiu os lábios. Por que disse Novo México?

— Ela está no carro? — indagou ele.

— A ambulância vai levá-la ao aeroporto. Vou encontrá-la lá — disse Claire. — Sozinha. Ela me pediu para dizer a você para manter Dee em segurança. Não quer que você a veja assim. Sabe como ela é orgulhosa.

Ele assentiu de leve.

— Não acredito que ela perdeu a sobriedade depois de tanto tempo.

— Sinto muito. — Claire não sabia o que dizer. Seu cérebro estava tão tomado pelas mentiras de Paul que não conseguia pensar em palavras novas. — Sinto muito, sinto muito mesmo.

E seguiu em direção ao quintal. Contou os passos para preencher a cabeça com algo que não fosse a culpa. Cinco passos. Dez passos.

Rick a interrompeu no vigésimo.

— Espere um pouco. — Claire sentiu seus ombros se curvarem. Nunca tinha sido boa em esconder a culpa porque, quando Paul estava por perto, ela sempre era perdoada com facilidade. — Não pode levar a arma.

Claire se virou. Rick estava se aproximando. A primeira coisa que pensou foi que não conseguia correr mais do que ele. A segunda foi que não poderia pensar em outra mentira.

Ela devolveu o problema a Rick.

— Por que não?

— Não vão deixar que você leve uma arma no avião. Não pode despachá-la. — Ele estendeu a mão. — Vou guardá-la em segurança.

Claire se forçou a olhá-lo nos olhos. Ele cheirava a fumaça de carro. Ela viu os músculos firmes embaixo das mangas da camisa de flanela. Mesmo com o rabo de cavalo, ele era um homem em todos os sentidos da palavra. Já tinha sido preso. Parecia ser capaz de se defender. Claire queria deixar que ele a ajudasse. Todos os problemas de sua vida sempre tinham sido consertados por outra pessoa.

E veja aonde isso a tinha levado.

— O que está realmente acontecendo? — A postura de Rick mudou. Ele a olhava de modo diferente. Estava com os braços cruzados. Sua desconfiança era evidente. — Lydia me avisou que você sabia mentir muito bem.

— É, bem... — Claire deu de ombros. — Geralmente sei.

— Ela está em segurança?

— Não sei.

Claire segurou a arma com mais força. Precisava sair dali. Se ficasse na frente daquele homem por muito tempo, pediria ajuda. Deixaria que ele assumisse. E isso resultaria na morte dele.

— Leve Dee para longe daqui. Hoje à noite. Não diga para onde estão indo.

— O quê?

Ela percebeu o choque em todas as linhas do rosto dele.

— Leve-a a algum lugar seguro.

— Você precisa chamar a polícia. — A voz dele estava alta de novo, dessa vez com medo. — Se tiver alguma coisa...

— A polícia está envolvida. O FBI. Não sei mais quem. — Ela abriu a boca, então a fechou e abriu de novo. — Me desculpe.

— Que se foda seu pedido de desculpas, mulher. Onde você enfiou Lydia?

Claire sabia que precisava dizer algo próximo da verdade.

— Em algo muito ruim. Ela está correndo perigo.

— Você está me assustando.

— É para se assustar.

Ela segurou o braço de Rick.

— Não chame a polícia, eles não vão ajudar. Pegue Dee e dê o fora daqui.

— Dee? — quase gritou ele. — O que Dee tem que ver com isso?

— Você precisa levá-la para longe.

— Você já disse isso. Agora, quero saber o motivo.

— Se quiser ajudar Lydia, mantenha Dee em segurança. É só o que importa para ela.

Ele colocou a mão em cima da dela para que Claire não pudesse ir embora.

— Sei o que aconteceu entre vocês duas. Passaram vinte anos sem conversar e agora, de repente, você está preocupada com sua irmã?

— Lydia é minha irmã. Mesmo quando a odiei, eu ainda a amava. — Claire olhou para a mão dele. — Preciso ir.

Rick não soltou a mão dela.

— Por que não devo segurar você aqui e ligar para a polícia?

— Porque se você ligar para a polícia, Lydia vai morrer e a pessoa que está com ela virá atrás da Dee.

Ele soltou a mão dela, mais por estar chocado do que convencido.

— O que posso fazer? Diga o que...

— Pode manter Dee em segurança. Sei que você ama Lydia e sei que quer ajudar, mas ela ama a filha. Você sabe que é só o que importa para ela.

Claire se afastou. Rick não facilitou. Era óbvio que estava dividido entre soltá-la e forçá-la a dizer a verdade, mas ele amava a filha de Lydia. Claire sabia, pelos relatórios de Paul, que Rick praticamente a tinha criado. Ele era o pai dela, e nenhum pai deixaria um filho ser prejudicado.

Ela aumentou a velocidade ao correr pelo quintal. Pulou a cerca baixa. Cada passo que dava era assombrado pelos passos que queria dar na direção de Rick. Torcia para que ele tivesse entendido e que levasse Dee para um lugar seguro. Mas o que era seguro? Paul tinha inúmeros recursos. O deputado Johnny Jackson, mais ainda.

Ela deveria voltar? Rick amava Lydia. Era a família dela — provavelmente mais ainda do que Claire. Ele a ajudaria.

E Paul provavelmente o mataria.

Claire pegou o telefone de Lydia no bolso de trás ao correr em direção ao carro. A última foto mostrava a irmã deitada de lado. A imagem estava mais escura, o que ela esperava que significasse que Paul a havia tirado recentemente, e não uma hora e meia antes.

As luzes da rua se acenderam quando Claire chegou atrás do Tesla.

Colocou a arma na bolsa. Não precisava de Rick Butler. A arma era o plano. Seria usada para obter informações de Adam. Seria usada para matar Paul.

Claire sentiu muita certeza quando pegou a arma embaixo da escada. Não podia falhar, agora que havia opções mais fáceis. Precisava ir adiante. Tinha que confrontar Paul sozinha. Se Claire sabia algo sobre o marido, era que ele ficaria furioso se ela envolvesse outra pessoa.

Não poderia haver mais ninguém dentro do círculo.

Ela ligou o carro. Fez um retorno para a rua principal. Passou pela casa de Lydia. As luzes dos cômodos da frente tinham sido acesas. Ela rezou para que Rick estivesse pegando as coisas de Dee, que estivesse fazendo o que ela disse, levando a filha de Lydia para um lugar seguro. Mais uma vez, Claire perguntou a si mesma o que era seguro. Fred Nolan poderia checar os cartões de crédito de Rick. Poderia rastrear o telefone do homem. Poderia encontrá-lo com drones, satélites ou o que quer que o governo federal usasse para espiar pessoas nas quais tinha interesse.

Claire balançou a cabeça. Não podia ficar correndo em círculos. Tinha que fazer as coisas passo a passo. Estava com a arma de Lydia. Era o primeiro passo. O segundo era pegar o pen drive de Adam. Ela pararia num telefone público para ligar para ele. Noite de domingo. Ele estaria em casa com Sheila. Ainda existiam telefones públicos? Claire não podia correr o risco de ligar para Adam pelo telefone de Lydia. Já tinha assistido a muitos episódios de *Homeland* para saber. O agente Nolan ou o capitão Mayhew — ou os dois — poderiam monitorar o telefone de Adam à espera da ligação de Claire.

Luzes azuis brilharam no espelho retrovisor. Por instinto, Claire diminuiu a velocidade para sair da frente do policial, mas o carro também reduziu a velocidade, e, quando ela deu seta para entrar, ele fez o mesmo.

— Merda — disse Claire, porque estava correndo.

O limite era sessenta, e ela estava a oitenta.

E tinha uma arma na bolsa.

Claire estava em liberdade condicional. Tinha uma arma. Ainda deveria ter traços de drogas no organismo. Tinha violado todos os itens de sua liberdade condicional, incluindo ignorar o pedido de um policial para que parasse.

O policial atrás dela ligou a sirene.

Claire parou no acostamento. O que faria? Que porra faria?

O policial não estacionou atrás dela. Parou na frente e posicionou o carro de modo a bloquear o Tesla.

Claire levou a mão à marcha. Poderia dar a ré. Poderia voltar com o carro e acelerar, e poderia avançar cerca de quinze quilômetros até ser alcançada por algum policial das redondezas.

O policial saiu da viatura.

Colocou o chapéu. Ajustou o cinto.

Claire pegou o telefone de Lydia. Paul. Ele saberia o que fazer. Mas ela não tinha o número dele. O identificador de chamadas sempre mostrava um número restrito.

— Merda — repetiu Claire.

Talvez Paul já soubesse o que estava acontecendo. Ele havia deixado claro que tinha amigos na polícia. Poderia dar um telefonema e pedir para que parassem, algemassem e enfiassem Claire em uma viatura que a levasse para onde Paul estava escondido. O policial não se aproximou. Estava de pé ao lado do carro. Conversava ao celular. Estavam perto do bairro de Lydia. Todas as casas ao redor estavam escuras. O policial checou a rua vazia olhando para trás antes de se direcionar ao Tesla. Os dedos de Claire assumiram o controle. Ela estava teclando um número no telefone de Lydia enquanto o policial batia em sua janela com a aliança de casamento.

— Alô?

O telefone foi atendido com o pânico comum que sempre vinha com as ligações de números restritos. Seria Julia? Seria Lydia? Seriam mais notícias ruins?

— Mãe. — Claire controlou um soluço. — Por favor, mãe, preciso muito de você.

CAPÍTULO 16

Lydia não teve a menor chance com Paul. Esperou muito para que a tirasse do porta-malas, mas ele só parava para tirar fotos e dirigia mais, depois parava de novo e voltava a dirigir. Fez isso cinco vezes no total, até ela perder os sentidos.

O primeiro sinal foi uma leve tontura — nada preocupante, e estranhamente agradável. Bocejou várias vezes. Fechou os olhos. Sentiu a tensão se esvair dos músculos. Então, abriu um sorriso largo e bobo.

O porta-malas não tinha apenas isolamento acústico.

Ela ouviu um barulho parecido com um sussurro enquanto Paul abastecia o tanque com o que só podia ser óxido nitroso. Gás do riso. Lydia já tinha usado gás do riso no dentista, certa vez, quando tirou um dente do siso, e se lembrou por meses daquela sensação incrível.

O gás não servia para fazer a pessoa apagar, de modo que Lydia só se lembrava de poucas coisas a partir daquele momento. Paul sorrindo ao abrir o porta-malas. Colocando um capuz preto na cabeça dela. Amarrando o cordão do capuz ao redor do pescoço. Cortando a corda que mantinha os tornozelos dela unidos. Colocando-a no chão. Empurrando-a para que andasse. Lydia caminhando por uma floresta. Ouvindo pássaros, sentindo o cheiro frio e fresco, escorregando em folhas secas. Caminharam pelo que pensou ser horas até Paul fazê-la parar, por fim. Ele a virou pelos ombros e a empurrou para a frente. Ela subiu um incontável número de degraus. O barulho de seus pés ecoava como tiros em sua cabeça. Ainda ecoavam quando ele a obrigou a se sentar em uma cadeira.

Ela estava muito afetada; ainda assim, ele não quis correr riscos. Primeiro, amarrou um tornozelo nas pernas da cadeira, depois o outro. Em seguida, passou uma corrente pela cintura dela. Só então, soltou seus braços.

Lydia queria se mexer. Até podia tentar, mas, apesar das horas de planejamento, não conseguia erguer os braços e nem arquear a mão para envolver o pescoço dele.

Em vez disso, ela sentiu as amarras de plástico marcando sua pele quando ele amarrou seus braços aos da cadeira.

Ela sentiu algo de vinil embaixo dos dedos. Sentiu o metal frio na pele das pernas. Sentiu seus sentidos cederem. A cadeira era de metal, resistente, e, quando ela tentou movimentá-la, não conseguiu, porque obviamente Paul havia soldado as pernas ao chão. Jogou a cabeça para trás e sentiu a pressão fria e sólida de uma parede. Sentiu o capuz subir e descer a cada respiração em pânico. Assim como o porta-malas do carro, ele havia preparado a cadeira para a prisioneira.

Lydia abriu os olhos na escuridão do capuz. O material era de algodão grosso, como uma camiseta grossa.

Havia um cordão ou elástico, ou as duas coisas, na parte inferior. Ela sentia o material apertando seu pescoço.

Nos filmes, as pessoas com capuzes sempre viam através do tecido. Encontravam um feixe de luz por baixo do capuz ou o material era fino demais a ponto de verem um *outdoor* ou o sol se pondo, ou algo que mostrasse exatamente onde estavam.

A luz não passava por baixo do capuz. O algodão era tão grosso e impenetrável que Lydia não tinha dúvida de que Paul o tinha experimentado para testar vulnerabilidades antes de usá-lo em outras pessoas.

Havia outros, definitivamente. Lydia sentia um cheiro fraco de perfume. Nunca usava perfume. Não fazia ideia de qual era o cheiro, mas tinha o aroma adocicado e enjoativo dos perfumes que só adolescentes usariam.

Quanto tempo havia se passado desde que Paul a havia tirado do porta-malas? O caso rápido de Lydia com o gás do riso no dentista durou cerca de meia hora, mas pareceram dias. E isso com a máscara de gás no rosto o tempo todo. Ela até se lembrava do dentista ajustando a dosagem para impedi-la de ficar totalmente desperta. O que significava que o gás não durava muito, ou seja, ela não tinha caminhado por horas pela floresta. Deveria ter caminhado por alguns minutos, no máximo, porque o efeito do gás já estava passando quando Paul a amarrou à cadeira.

Lydia puxou as amarras. Tentou o máximo que pôde, mas a única coisa que conseguiu foi rasgar a pele ao redor dos pulsos e dos tornozelos. Ficou atenta aos sons na sala. Ouviu-se um piado distante de um pássaro. O vento soprava do lado de fora. Às vezes, ela ouvia o sopro suave da brisa passando pelas árvores. Esforçou-se para ouvir, tentando detectar algo diferente: aviões no céu, carros passando.

Nada.

Será que Paul tinha um casebre por ali que Claire não conhecia? Ele tinha escondido muita coisa dela. Ao que parecia, tinha muito dinheiro à disposição. Poderia comprar casas no mundo todo, até onde Lydia sabia.

A irmã não tinha noção nenhuma. Ainda deveria estar na casa dos Fuller correndo de um lado a outro como uma barata tonta.

Lydia se sentiu enjoada de novo. Já havia vomitado muita bile. Sua bexiga estava cheia. Ela havia atingido um entorpecimento que ia além do terror. Tentou não aceitar o inevitável, que Claire estragaria tudo, que faria algo errado e que Paul mataria as duas. Queria muito acreditar que dessa vez seria diferente, mas Claire era reativa. Era impetuosa. Não era capaz de pensar mais rápido do que Paul. Nessa questão, Lydia era igual. Paul tinha forjado a própria morte. Isso havia tomado muito tempo e planejamento, o que provavelmente havia envolvido não só a polícia, mas também a ambulância, o hospital, o IML e a funerária. Paul tinha pelo menos um policial e um agente do FBI à sua disposição. Ele havia tido muito mais tempo para pensar naquilo tudo do que as duas.

O que quer que fosse "aquilo", Lydia não sabia. Dedicou-se tanto a pensar mal de Claire e a planejar sua própria fuga idiota que não perguntou a si mesma por que Paul a tinha levado. Que valor Lydia tinha? O que Lydia tinha que havia feito Paul escolher levá-la no lugar de Claire?

Ela ouviu a porta se abrir.

Ficou tensa. Havia alguém na sala. De pé na porta. Olhando. Observando. Esperando.

A porta se fechou com um rangido.

Ela endireitou os ombros, encostou a cabeça na parede.

Passos leves foram dados. Uma cadeira de escritório foi empurrada. Ouviu-se um leve som do ar quando alguém se sentou na cadeira à frente de Lydia.

Paul perguntou:

— Já está em pânico? — Lydia mordeu o lábio inferior até sentir gosto de sangue. — Você usou o aniversário de Dee como senha de seu iCloud.

A voz dele era calma, em tom de conversa, como se eles estivessem frente à frente num restaurante. A cadeira rangeu quando Paul se recostou. Seus joelhos pressionaram o lado interno dos joelhos dela de modo que ela abriu as pernas ainda mais.

— Está com medo, Liddie?

Ele abriu mais as pernas dela.

Todos os músculos do corpo de Lydia estavam tensos. O capuz ficava mais justo no rosto quando ela puxava o ar. Dessa vez, não estavam em um lugar aberto onde qualquer um poderia salvá-la. Estavam isolados em uma sala que Paul havia preparado com antecedência. Ele a prendera na cadeira. As pernas dela estavam muito abertas. Ele teria tempo. Poderia fazer o que quisesse.

— Estou rastreando Claire com seu aplicativo "Buscar iPhone" — contou Paul.

Lydia fechou os olhos com força. Tentou fazer a Oração da Serenidade, mas não passou da primeira frase. Não conseguia aceitar o que não podia mudar. Estava impotente. Claire não a salvaria. Paul a estupraria.

— Claire esteve na sua casa. Sabe para que Claire iria a sua casa? — Até aquele momento, ele parecia curioso, não irado. — Estaria tentando alertar Rick? Dizer que ele precisa tirar Dee dali e se esconder?

Lydia tentou não pensar na pergunta, porque a resposta era óbvia: Claire não tinha ido à casa de Lydia. Tinha ido à casa ao lado para pedir a ajuda de Rick. Para ela, não bastava ter fodido com a vida de Lydia; tinha que colocar em risco a de sua família também.

Paul pareceu ler os pensamentos dela.

— Todos os anos, acompanhei o crescimento da Dee. — Não esperou resposta.— Daqui a dois anos, ela terá a idade de Julia.

Por favor, pensou Lydia. *Por favor, não diga o que sei que você vai dizer*. Paul se debruçou. Ela sentia a respiração dele contra o capuz.

— Mal posso esperar para sentir o gosto dela.

Lydia não controlou o grito que escapou de sua garganta.

— Você é fácil demais, Liddie. Sempre foi fácil demais. — Ele não parava de forçar os joelhos dela, então parava como se estivessem fazendo uma brincadeira. — Fiquei na Auburn por sua causa. Consegui vaga na MIT, mas fiquei por você, porque eu queria ficar com a irmã de Julia Carroll. — A barra do capuz ficou encharcada com as lágrimas de Lydia. — Observei você. Só Deus sabe o quanto esperei. Mas você estava sempre drogada e bêbada. Seu quarto na faculdade mais parecia um chiqueiro. Você não tomava banho. E matava aula. — Paul parecia enojado. — Eu estava prestes a desistir de você, mas então Claire chegou para visitar. Lembra? Foi no outono de 1996.

Lydia lembrava. Claire foi ao *campus* logo depois das Olimpíadas de Verão. Lydia estava envergonhada porque a irmã estava usando um moletom com o mascote de Atlanta, Izzy.

Paul disse:

— Claire quase brilhava ao caminhar pelo *campus*. Estava muito feliz por estar longe de casa. — A voz dele mudou ao falar de Claire. — Foi quando eu soube que ainda poderia ter a irmã de Julia Carroll.

Lydia não podia contradizê-lo, porque os dois sabiam que Claire havia comido na palma da mão dele.

Ainda assim, ela tentou:

— Ela traiu você.

— Eu não chamaria de traição. — Ele parecia despreocupado. — Ela transava por aí. E daí? Eu também transava por aí, mas sempre voltávamos para casa, um para o outro.

Lydia sabia que Paul não tinha só "transado por aí". Ela viu os arquivos coloridos. Viu a sala de matança na garagem dos Fuller. Sabia que alguém tinha pegado a câmera e dado zoom nos estupros e assassinatos de inúmeras jovens, assim como ela sabia que aquele alguém só poderia ser Paul. Será que ele finalmente se tornaria um assassino? Era por isso que tinha amarrado e encapuzado Lydia?

— Sabe, o lance com Claire é que eu não consigo entendê-la — disse ele. E riu, como se ainda estivesse surpreso com o fato. — Nunca sei o que ela está pensando de verdade. Nunca faz a mesma coisa duas vezes. É impetuosa. Tem um temperamento arredio. Sabe ser louca, intensa e engraçada. Deixou claro que está disposta a experimentar tudo na cama, o que tira toda a diversão, mas algo contido pode ser tão bom quanto a entrega. — Lydia balançou a cabeça. Não queria ouvir aquilo. Não conseguia. — Sempre que acho que a domino, ela faz algo excitante.

Ele riu, surpreso, de novo, e continuou:

— Tipo, olha só: eu estava numa reunião, certo dia, e recebi um telefonema no celular, e o registro de chamada indicava se tratar da delegacia de Dunwoody. Pensei que fosse outro assunto, então saí e atendi, e ouvi uma mensagem gravada perguntando se aceito uma chamada a cobrar de um detento da prisão de Dunwoody. Acredita? — Ele esperou, mas claro que sabia que Lydia não responderia. — Era Claire. Ela disse: "Oi, o que você está fazendo?"

Parecia totalmente normal, como se estivesse ligando para pedir que eu levasse sorvete para casa. Mas na gravação foi dito que ela era uma detenta da cadeia, então falei: "A gravação disse que você estava presa." E ela disse: "Ah, sim, fui detida há uma hora." Aí, perguntei: "Por que foi presa?" E quer saber o que ela respondeu? — Paul se debruçou de novo. Estava claro que se divertia. — Ela disse: "Não tive dinheiro para pagar os garotos de programa, então eles chamaram a polícia." — Paul riu como se estivesse se divertindo horrores. Chegou a bater a mão no joelho. — Acredita?

Lydia não tinha dificuldade em acreditar na história, mas estava acorrentada em um casebre isolado com um capuz na cabeça, e não conversando com o cunhado num churrasco.

— O que você quer de mim?

— O que acha disso? — Ele enfiou o pé entre as pernas de Lydia com tanta força que o cóccix dela bateu na parede de concreto. — Acha que é isso o que quero? — Lydia abriu a boca, mas não se permitiu gritar. — Liddie? — Ele começou a pressionar o pé, usando as laterais para abrir ainda mais as pernas dela. O tom ainda era casual. — Quer que eu diga onde Julia está? — Ela se forçou a fechar a boca quando o pé fez mais pressão. — Quer saber onde ela está, Liddie? Não quer encontrar o corpo dela? — Ela sentiu a pele ir de um lado a outro sobre o osso do púbis. — Diga que quer ouvir o que aconteceu.

Ela tentou esconder o terror.

— Sei o que aconteceu.

— Sim, mas não sabe o que aconteceu depois.

A voz de Paul mudou de novo. Ele gostava daquilo. Gostava de vê-la se retrair. Absorvia o medo dela como uma esponja. Lydia ouviu um eco das últimas palavras que Paul Scott lhe disse: *Fale que você quer*. Seu corpo todo estremeceu com a lembrança.

— Está com medo, Liddie?

Lentamente, ele tirou o pé. Ela teve um segundo de alívio, mas então ele tocou seus seios.

Lydia tentou se afastar.

O toque ficou mais intenso quando ele levou os dedos ao osso de seu pescoço e desceu pelo braço. Pressionou o polegar no bíceps dela até ela ter a sensação de que o osso quebraria.

— Por favor. — O pedido escapou sem que ela se controlasse. Ela já tinha visto os filmes a que ele gostava de assistir. Viu os arquivos cheios de mulheres que ele gostava de estuprar. — Por favor, não faça isso.

— E isto?

Paul segurou seu seio.

Lydia gritou. A mão dele a segurou com força. Então, apertou mais. E mais. Os dedos dele apertaram muito a carne dela. A dor foi insuportável. Ela não controlou o grito.

— Por favor! — implorou. — Pare!

Ele soltou devagar, um dedo por vez.

Lydia puxou o ar. O seio latejava devido à agressão.

— Gostou?

Lydia ia desmaiar. Ele tinha que parar, mas ela ainda sentia a mão dele torcendo seu seio. Estava ofegante. Não conseguia recuperar o fôlego. O capuz estava apertado demais. Parecia que havia algo ao redor de seu pescoço. A mão dele estava no pescoço dela? Paul a tocava? Ela virou a cabeça para a esquerda e para a direita. Tentou livrar o corpo da cadeira. A corrente apertava sua barriga. Lydia ergueu o quadril para afastá-lo do assento.

Cliques.

Ela ouviu cliques.

Uma mola indo de um lado a outro.

Ele estava movimentando a cadeira? Estava se masturbando?

Ela sentiu o cheiro forte de urina. Será que tinha urinado? Lydia se remexeu no assento. O fedor era muito forte. Pressionou o corpo na cadeira. Pressionou a nuca na parede.

— Respire — disse Paul. — Respiração profunda.

Clique. Rangido. Clique.

Uma garrafa com spray. Ela conhecia o som. A mola do gatilho. O som de líquido sendo sugado ao ser borrifado. O clique quando o gatilho era solto.

— É melhor você continuar respirando — disse Paul.

O capuz estava sendo molhado. O algodão grosso pendia pesado sobre sua boca e seu nariz.

— Gosto de pensar que esta é minha forma especial de simular afogamento.

Lydia puxou o ar várias vezes. Era urina. Ele estava espirrando urina na cara dela. Ela virou a cabeça. Paul acompanhou com o spray. Ela se virou para o outro lado. Ele virou a garrafa.

— Continue respirando — orientou ele.

Lydia abriu a boca. Ele ajustou o borrifador de modo que o spray se tornasse um jato. O algodão molhado ganhou o contorno dos lábios dela. O capuz ficou encharcado. O tecido grudou no nariz dela. A claustrofobia começou. Ela ficaria sufocada. Inalou uma borrifada de líquido. Tossiu e engoliu urina. Lydia engasgou. A urina desceu por sua garganta. Começou a engasgar. Ele não parava de espirrar, virando o jato até o lado para o qual ela virava a cabeça. Ele estava tentando afogá-la. Ela se afogaria na urina dele.

— Lydia.

Seus pulmões estavam paralisados. Seu coração, acelerado.

— Lydia — falou Paul mais alto. — Pare de espirrar. Pare de surtar.

Ela não conseguia parar de surtar. Não conseguia respirar. Tinha se esquecido do que fazer. Seu corpo não se lembrava de como respirar.

— Lydia — chamou Paul.

Lydia tentou, em vão, puxar mais ar. Viu flashes de luz. Seus pulmões iam explodir.

— Solte o ar — disse ele. — Você só está puxando ar.

Ela respirou com mais força. Ele estava mentindo. Mentindo. Mentindo.

— Lydia.

Ela ia morrer. Não conseguia controlar os músculos. Nada estava funcionando. Tudo tinha parado, até mesmo as batidas de seu coração.

— Lydia.

Viu luzes explodindo em sua visão.

— Prepare-se.

Paul deu um soco tão forte em seu estômago, que ela sentiu a cadeira de metal encostar na parede.

Sua boca se abriu. Ela soltou uma baforada de ar quente e úmido.

Ar. Ela tinha ar. Seus pulmões se encheram. Sua cabeça também. Estava zonza. O estômago ardia. Ela tombou para a frente. A corrente apertou as costelas. Ela bateu o rosto no joelho. O sangue desceu para o rosto. O coração estava acelerado. Os pulmões ardiam.

O algodão molhado pendia diante do rosto. O ar com cheiro de urina entrou pela boca e pelo nariz.

Paul disse:

— Estranho como acontece, não é?

Lydia se concentrou em puxar o ar para os pulmões e em soltá-lo. Havia cedido com facilidade. Ele espirrou urina em seu rosto e ela logo ficou pronta para desistir.

— Você está se debatendo — disse Paul. — Sempre pensou que fosse a mais forte, mas não é, percebe? Por isso gostava tanto de cocaína. Ela lhe dá uma sensação de euforia, a sensação de que você pode fazer qualquer coisa no mundo. Mas sem ela, você é totalmente impotente.

Lydia piscou para as lágrimas descerem. Tinha que ser mais forte. Não podia deixar que Paul entrasse em sua mente. Ele era muito bom nisso. Sabia exatamente o que estava fazendo. Não ficava só atrás da câmera dando zoom. Ele tinha participado.

— Mas Julia era guerreira de verdade — disse.

Lydia balançou a cabeça. Em silêncio, implorou para que ele não fizesse aquilo.

— Você assistiu à fita. Você viu como ela lutou, mesmo no fim — continuou.

O corpo de Lydia ficou tenso. Ela puxou as amarras de plástico.

— Vi que você assistiu à morte dela. Sabia? — Paul parecia satisfeito. — Tenho que dizer que foi bem louco.

As amarras de plástico cortavam a pele de Lydia. Ela sentia os dentes de plástico serrando de um lado a outro.

— Minha mãe ajudou a procurá-la — disse Paul. — Meu pai e eu nos divertimos ao vê-la calçar as botas toda manhã para sair procurando nos campos, em rios, distribuindo cartazes. Todo mundo estava procurando Julia Carroll e minha mãe não fazia ideia de que ela estava pendurada no celeiro.

Lydia se lembrava de ter procurado em campos e em rios. Lembrava-se de que a cidade tinha se mobilizado com sua família, mas tinha virado as costas duas semanas depois.

— Meu pai a manteve viva para mim. Ela durou doze dias. Se é que dá para dizer que aquilo foi viver.

Paul se inclinou para a frente. Ela sentia a excitação dele como se fosse uma criatura entre eles.

— Todos chegaram perto demais, Lydia. Sabe o quanto? — Lydia trancou a mandíbula. — Quer que eu diga como é foder alguém que está morrendo?

Lydia gritou:

— O que você quer de mim?

— Você sabe o que quero.

Ela sabia o que viria. Ele havia levado Lydia em vez de Claire porque tinha um assunto para terminar.

— Faça logo — falou Lydia. Ele tinha razão a respeito da cocaína. Estava certo a respeito de tudo. Ela não era forte o bastante para enfrentá-lo. Sua única esperança era de que fosse rápido. — Termine logo com isso.

Paul riu de novo, mas não foi a risada alegre que ele reservava para Claire. Foi o tipo de risada que se dá quando alguém desperta pena.

— Acha mesmo que eu quero estuprar uma gorda de quarenta anos?

Lydia se odiou por se ofender com as palavras dele.

— Tenho 41, seu desgraçado imbecil.

Ela se preparou para outro soco, chute ou spray, mas ele fez algo muito pior do que ela poderia imaginar. Ele tirou o capuz.

Lydia fechou os olhos para se proteger da luz cegante. Virou a cabeça. Respirou o ar fresco pela boca.

— Não vai poder manter os olhos fechados para sempre — disse Paul.

Ela abriu um pouco os olhos, tentando fazê-los se ajustarem à luz. A primeira coisa que viu foram as mãos segurando os braços da poltrona cobertos por plástico verde. Então, o chão de concreto. Sacos de *fast-food* descartados. Um colchão manchado.

Lydia olhou para Paul. Ele estendia as mãos como um mágico terminando um truque.

Ela *tinha* sido enganada.

O som ambiente vinha de duas caixas acústicas do computador. As folhas sob os pés dela estavam no chão da garagem. A parede atrás dela era de blocos de concreto manchados. Eles não estavam em um casebre isolado na mata.

Paul a havia levado de volta à casa dos Fuller.

CAPÍTULO 17

FRED NOLAN DISSE:

— Conte-me sobre seu relacionamento com seu marido.

Claire desviou o olhar da cara dele. Estavam em uma sala de interrogatório muito apertada no escritório do FBI, no centro. Ela mantinha as pernas cruzadas embaixo de uma mesa barata de plástico. Seu pé tremia descontroladamente. Não havia relógio na sala. Horas tinham se passado. Claire não sabia quantas, mas sabia que o prazo que tinha dado a si mesma para dizer a Paul como reaver o pen drive já passara havia muito tempo.

Nolan perguntou:

— Ele era um bom homem? Romântico?

Claire não respondeu. Sentia-se enjoada de medo. Paul não enviaria mais fotos de Lydia. Não havia mais nada para controlá-lo. Será que ele estava ansioso? Irritado? Será que ele sabia que Claire estava conversando com a polícia? Estava descontando sua fúria em Lydia?

— Eu tento ser romântico, mas acabo sempre errando — disse Nolan. — Tulipas em vez de rosas. Ingressos para o show errado.

Claire sentiu gosto da bile na boca. Tinha visto a violência que Paul era capaz de praticar. Com Claire em silêncio, o que ele faria com sua irmã?

— Claire? — Seus olhos marejaram. Lydia. Ela tinha que ajudar Lydia. — Vamos. — Nolan esperou um minuto antes de soltar um suspiro longo e decepcionado. — Você só está piorando as coisas.

Claire olhou para o teto a fim de que as lágrimas não escorressem. O relógio no Tesla marcava 6h48 quando ela entrou na vaga no prédio do FBI.

Quanto tempo tinha se passado desde então? Claire nem sequer sabia se ainda era domingo.

Nolan bateu na mesa para chamar a atenção dela.

— Você foi casada com o homem por quase dezenove anos. Conte-me sobre ele.

Claire piscou para que as lágrimas inúteis escorressem. Nada daquilo traria Lydia de volta. O que Claire poderia fazer? Lydia tinha dito: ela não era uma super-heroína. Nenhuma delas era. Olhou para o espelho grande que tomava um lado todo da parede. Seu reflexo mostrava uma mulher exausta com um círculo escuro embaixo do olho esquerdo. Paul dera um soco na cara dela. Ele a havia nocauteado.

O que estava fazendo com Lydia?

— Certo. — Nolan tentou de novo. — Vamos fazer assim: ele era de novela ou de filme de terror? Gostava de tomar café com açúcar?

Claire olhou para a mesa. Tinha que se controlar. Entrar em pânico não a tiraria daquela sala. Nolan estava dando uma de gentil por enquanto. Não a prendera por não ter comparecido à reunião agendada. Havia permitido que ela voluntariamente seguisse o carro do policial até o prédio do FBI. Quando ela entrou, Nolan fez Claire se lembrar dos termos de sua liberdade condicional, mas não a algemou nem a ameaçou com nada mais perigoso do que ligar para o advogado de condicional a fim de fazer um exame que detectasse o uso de drogas.

Isso significava que Nolan estava limpo ou que estava trabalhando com Paul?

Claire tentou afastar o medo do que poderia estar acontecendo com Lydia e se concentrar no que estava acontecendo na sala. Nolan não fez nenhuma pergunta sobre o pen drive nem sobre a casa dos Fuller. Ele não a mandou para um hotel sujo onde pudesse arrancar informações dela à força. Não estava pressionando a respeito do Capitão Mayhew nem Adam Quinn, nem falando sobre como era divertido assistir a filmes em noites chuvosas. Estava fazendo perguntas sobre a porcaria do relacionamento dela.

Claire perguntou:

— Que horas são?

— O tempo não para — respondeu Nolan.

Claire resmungou de modo exagerado. Começaria a gritar se não saísse daquela sala. Estava com o telefone de Lydia preso na parte da frente do sutiã. Claire o tinha desligado depois de ligar para a mãe. Não podia enviar mensagens nem ligar para Paul. Não sabia o telefone do advogado. Não podia ligar para Rick após pedir para que ele levasse Dee para longe.

Nos últimos 24 anos, Claire nunca havia pedido nada a Helen. Por que infernos ela pensou que chamar a mãe seria uma boa ideia?

— Claire?

Ela enfim olhou para Nolan.

— Esta é a quinta vez que você me faz uma variação da mesma pergunta.

— Então, fale.

— Por quanto tempo ainda?

— Você pode ir.

Ele apontou a porta, e os dois sabiam que ele estava dizendo que ela estava livre para procurar o advogado de condicional, porque Nolan sabia que havia drogas no organismo dela. Talvez até soubesse que havia uma arma no carro de Claire. Ela havia enfiado o revólver no bolso da porta do lado do motorista porque era um pouco menos óbvio do que escondê-lo no porta-malas.

Ela disse:

— Preciso ir ao banheiro.

— Vou pedir para uma agente acompanhar você.

Claire trancou a mandíbula. Três vezes, ela havia pedido para usar o banheiro.

Três vezes, uma agente a levara ao banheiro de deficientes e observara Claire fazer suas necessidades.

— Está com medo de que eu fuja pela descarga? — perguntou ela.

— Talvez tenha drogas escondidas em suas roupas. Tem passado muito tempo com sua irmã ultimamente. — Ele já tinha lançado essa carta. Claire não mordeu a isca. — Ainda assim, pode ser melhor chamar uma agente para revistar você.

Ele permaneceu calado por tempo suficiente para fazer Claire suar. Ela não se importava que ele encontrasse a arma no Tesla, mas o iPhone de Lydia era sua ligação com Paul.

Não havia senha no telefone. Ela quase ouvia Paul dando um sermão sobre a importância de usar senhas.

Nolan bateu a mão na mesa.

— Olha, Claire, é melhor você começar a responder às minhas perguntas.

— Por quê?

— Porque trabalho para o FBI. Meu lado sempre vence.

— Você fica dizendo isso, mas acho que essas palavras não significam o que você acha.

Ele assentiu.

— Dando uma de espertinha. Gostei.

Ela olhou o espelho e tentou imaginar qual Grande e Poderoso Mágico os observava. Johnny Jackson foi sua primeira aposta. O Capitão Jacob Mayhew. Talvez até Paul. Ela conseguia vê-lo com coragem suficiente para entrar num escritório do FBI só para observá-la se retrair. Talvez eles o tivessem convidado.

— Diria que seu relacionamento com Paul era bom? — indagou Nolan.

Claire cedeu um pouco, porque ignorar não tinha funcionado nas últimas cinco vezes.

— Sim, eu diria que meu relacionamento com meu marido era bom.

— Por quê?

— Porque ele sabia me comer.

Nolan foi pelo sentido mais simples.

— Sempre me perguntei como seria assumir o volante de um Lamborghini. — Ele deu uma piscadela. — Acho que combino com um carro menos atraente.

Claire nunca se sentiu atraída por homens que não se valorizam. Olhou para o espelho.

— Paul tinha amizade com Johnny Jackson. Conhece?

— O deputado?

Nolan se mexeu na cadeira.

— Claro. Todo mundo já ouviu falar dele.

— Ele fez muito por Paul.

— É mesmo?

— É. — Ela ficou olhando o espelho. — Ele deu bilhões em contratos governamentais à empresa do meu marido. Sabia?

— Sabia.

Claire olhou para Nolan de novo.

— Quer que eu conte sobre o deputado Jackson e sobre a relação dele com Paul?

— Claro. — O tom de Nolan era calmo. — Poderíamos começar daí.

Claire observou o homem com atenção. Não o entendia. Estava com medo? Ansioso?

— Johnny era agente do FBI no início dos anos 1990.

— Verdade — disse Nolan.

Claire não esperou mais.

— E?

— Ele foi um dos piores agentes que já pisaram aqui.

— Não me lembro de ter lido isso na biografia oficial dele — disse Claire.

Nolan deu de ombros. Não parecia temer que Jackson quebrasse o espelho e o estrangulasse. — Ele participou das coletivas de imprensa com a família Kilpatrick.

— Falei que ele era um péssimo agente, não um péssimo político.

Claire ainda assim não decifrou a expressão do homem.

— Não parece gostar dele.

Nolan uniu as mãos sobre a mesa.

— Quem olha, pensa que estamos progredindo, mas, quando me lembro dos primeiros minutos de nossa conversa, tenho a sensação de que você está me interrogando, não o contrário.

— Um dia você será um ótimo detetive.

— Torça por mim. — Ele abriu um sorriso. — Quero contar algo sobre o FBI.

— Vocês sempre vencem?

— Claro, tem isso, e os terroristas, claro. Sequestradores, ladrões de banco, pedófilos, esses desgraçados nojentos, mas em resumo, o que nós, no FBI, enfrentamos todos os dias são curiosidades. Sabia disso? — Claire não respondeu. Estava na cara que ele já tinha feito esse discurso. Nolan continuou: — Policiais da região encontram uma coisa que não conseguem entender e a levam a nós, e concordamos que é curiosa ou não. Geralmente, quando concordamos, não é só uma coisa curiosa, são várias.

Ele estendeu o dedo indicador e disse:

— Primeira coisa curiosa: seu marido tirou três milhões de dólares da empresa dele. Só três milhões. Curioso, porque vocês são ricos, certo? — Claire assentiu. — Segunda coisa curiosa. — Ele ergueu um segundo dedo: — Paul fez faculdade com Quinn. Dividiu um quarto com o cara, então, quando foram para a pós juntos, dividiram um apartamento, depois Quinn foi padrinho do casamento dele, e eles começaram um negócio juntos, certo? — Claire assentiu de novo. — São melhores amigos há quase 21 anos, e pareceu curioso para mim que, depois de 21 anos, Quinn descobre que o melhor amigo está roubando da empresa deles, aquela que eles construíram juntos do zero, mas, em vez de ir até o amigo e dizer: "Epa, que merda é essa, cara?", Quinn vai direto ao FBI.

O modo com que ele ligou uma coisa à outra pareceu curioso, mas Claire só disse:

— Aham.

Nolan ergueu um terceiro dedo.

— Terceira coisa curiosa: Quinn não procurou a polícia. Procurou o FBI.

— Vocês têm domínio sobre crimes financeiros.

— Você tem lido nosso site. — Nolan pareceu satisfeito. — Mas deixe-me perguntar de novo: é o que você faria se seu melhor amigo há 21 anos roubasse uma quantia pequena, quase nada, de sua empresa que vale zilhões? Ou encontraria o pior jeito de ferrá-lo?

A pergunta dava a Claire outra resposta: Adam havia entregado Paul ao FBI, o que significava que Adam e Paul não estavam se dando bem.

Ou Adam Quinn não sabia a respeito dos filmes ou sabia dos filmes e estava tentando ferrar Paul.

— O que você fez? — perguntou Claire.

— Como assim?

— Investigou a denúncia de Adam sobre o dinheiro. Deve ter conversado com os contadores. Rastreou o dinheiro até Paul. E depois?

— Eu o prendi.

— Onde?

— Onde? — Nolan repetiu. — Que pergunta engraçada.

— Quero rir também.

Nolan riu de novo. Ele estava se divertindo.

— Eu o prendi no escritório chique dele nesta rua. Coloquei as algemas nele. E o levei pela recepção.

— Você o surpreendeu. — Claire sabia as coisas que Paul deixara para trás quando foi surpreendido. — Você checou o computador dele?

— Mais uma pergunta engraçada.

— Você tem suas coisas curiosas, eu tenho minhas perguntas engraçadas.

Ele tamborilou os dedos na mesa.

— Sim, conferi o computador dele.

Claire assentiu, mas não pelo motivo que Nolan pensaria. Se Adam tivesse conhecimento dos filmes, daria um jeito de não estarem no computador de Paul quando os policiais fossem checar. A primeira coisa que Paul teria feito seria apontar o dedo para o parceiro. O que significava que Fred Nolan havia entregado a Claire a prova contundente de que Adam não estava envolvido nas coisas de Paul.

— Então, o que você diz? — perguntou Nolan. — *Quid pro quo*, Claire?

Eles se entreolharam, dessa vez com esperança, em vez de hostilidade.

Ela podia confiar em Fred Nolan? Ele trabalhava para o FBI. Mas Johnny Jackson também. Talvez a conversa de Nolan a respeito do deputado tivesse a intenção de distraí-la. Dar um pouco/ganhar um pouco mais. Ou talvez Nolan estivesse sendo sincero. Paul estava sempre dizendo a Claire que ela nunca confiava nas pessoas, que ela se retraía demais.

— O que você quer saber? — perguntou ela.

Ele abriu um sorriso.

— Paul entregou alguma coisa a você antes de morrer?

A chave. Ela quase riu aliviada. Aquela dança toda tinha sido para levá-los em direção à chave.

Claire decidiu parecer ignorante.

— Está dando uma indireta com duplo sentido por causa do que meu marido e eu estávamos fazendo na viela?

— Não.

A pergunta claramente acabou com o jogo dele.

— De jeito nenhum. Só quero saber se ele entregou... se deu... alguma coisa a você. Qualquer coisa. Poderia ser grande ou pequena, ou...

Claire se levantou.

— Você é nojento.

— Espere. — Ele também se levantou. — Não estou fazendo gracinha.

Claire usou uma das respostas da vó Ginny.

— Se tem que dizer que não está fazendo uma coisa, provavelmente está.

— Preciso que você se sente. — Nolan não estava mais brincando. Não havia nada de brincadeira em seu tom de voz. — Por favor.

Claire se sentou com a coluna reta na cadeira. Quase sentiu o poder voltando para o seu lado. Nolan colocaria todas as cartas na mesa, e ela sabia qual seria a primeira antes mesmo que ele mostrasse.

— Ele está vivo — disse ele.

Claire perguntou:

— Frankenstein?

— Não. — Nolan alisou a gravata. — Paul. Ele não morreu. — Claire fez uma careta, tentando uma expressão de incredulidade. — Seu marido está vivo.

— Estou cansada de suas besteiras, agente Nolan. — Ela forçou a voz a ficar irritada. — Sabia que era uma pessoa difícil, mas não imaginei que era cruel.

— Sinto muito. — Ele estendeu as mãos, como se nada daquilo fosse sua culpa. — Estou sendo sincero. Seu marido está vivo.

Claire tentou demonstrar surpresa, mas pareceu falsa demais. Desviou o olhar. A frieza sempre tinha sido seu forte.

— Não acredito.

— Chega de mentira — disse Nolan. — Nós o ajudamos a forjar a morte.

Claire continuou sem olhar. Teve que lembrar a si mesma que não podia mostrar conhecer a lista de crimes de Paul.

— Está me dizendo que o FBI ajudou meu marido a forjar sua morte por três milhões de dólares?

— Não, o que eu disse antes é verdade. As acusações de desvio foram retiradas. Isso foi acordado entre seu marido e o sócio dele. Mas descobrimos mais coisas enquanto investigávamos a denúncia inicial. As coisas que eram muito mais curiosas do que dinheiro desaparecido. — Nolan não explicou que coisas seriam. — Percebemos que Paul tinha informações de que precisávamos. Informação volátil. Sua vida estaria em perigo se vazasse que ele estava falando o que sabia, e precisávamos dele vivo para testemunhar no processo.

O rosto de Claire estava molhado. Ela chorava. Por quê?

— Ele estava envolvido com algumas coisas, coisas ruins... com algumas pessoas ruins — continuou Nolan. Ela tocou o rosto. As lágrimas eram reais. Como podia ser? — Ele me pediu para entrar no programa de proteção à testemunha. — Nolan esperou que ela dissesse alguma coisa. Ela não disse, e ele prosseguiu: — Meus chefes acreditavam que ele pudesse estar planejando escapar, então agimos no dia em que aconteceria. Pegamos Paul enquanto ele estava indo encontrar você, colocamos *squibs* nele, balões de plástico cheios de sangue de mentira, e dissemos a ele o que aconteceria na viela.

Claire olhou para os dedos molhados sem acreditar. Não podia estar chorando por Paul. Não era tão idiota. Estava chorando por si mesma? Por Lydia? Pela mãe, que nunca viria?

Claire olhou para Nolan. Ele tinha parado de falar. Ela deveria dizer alguma coisa, fazer uma pergunta, um comentário.

— Você sabia que Paul me encontraria? — perguntou ela. — Que eu veria tudo?

— Isso era parte do acordo. — Dessa vez, Nolan desviou o olhar. — Ele queria que acontecesse na sua frente.

As mãos de Claire tremiam de novo. Ela desejava que chegasse o momento em que seu corpo não tremesse de raiva, nem de medo, nem da mistura de ódio e traição que estava sentindo.

— Os paramédicos...

— Eram agentes à paisana. O detetive Rayman estava dentro também.

— O homem da funerária?

— É impressionante o que as pessoas fazem quando você ameaça causar problemas no imposto de renda delas.

— Eles me perguntaram se eu queria ver o corpo.

— Paul disse que você não iria querer.

Claire cerrou os punhos. Detestava o fato de Paul conhecê-la tão bem.

— E se ele estivesse enganado e eu pedisse para ver?

— Não é como na TV. Mostramos a você a imagem em uma tela. O corpo costuma ficar em outra sala com uma câmera virada para ele.

Claire balançou a cabeça. Ela não conseguia nem imaginar o tamanho da mentira. Tudo para ajudar Paul. Tudo para dar a ele uma vida nova sem Claire.

— Sinto muito.

Nolan enfiou a mão no bolso. Entregou um lenço a Claire. Ela olhou para o tecido branco muito bem dobrado. As iniciais dele estavam bordadas no canto.

Ela disse as coisas que queria dizer a Paul.

— Eu o vi morrer. Ele estava em meus braços. Senti a pele dele muito fria.

— Muitas coisas podem acontecer em nossa mente quando estamos numa situação ruim como essa.

— Você acha que imaginei essas coisas? Vi sangue escorrendo dele.

— Sim, colocamos dois sacos de sangue nele. Provavelmente um teria bastado.

— Mas a faca...

— A faca também era falsa. Retrátil. O plástico do saco só precisa de uma leve pressão para se romper.

— O assassino. — Claire pensou na tatuagem de cobra no pescoço do homem. — Ele parecia real.

— É. Bem, ele é um bandido de verdade. Um dos meus informantes confidenciais, um traficante de baixo que faz qualquer negócio para não ser preso.

Claire levou a mão à cabeça onde o Homem Cobra tinha quase arrancado seu couro cabeludo.

— Sim, desculpa, ele se empolgou um pouco. Mas Paul saiu do roteiro, e meu rapaz ficou puto. Aquela coisa no fim, quando Paul se transformou numa Tartaruga Ninja, não estava programada. — Ela encostou a borda do lenço embaixo dos olhos. Ainda estava chorando. Aquilo era loucura. Ela não estava sofrendo. Por que estava chorando? — A ambulância levou Paul de volta ao estacionamento do andar inferior — acrescentou Nolan. — Ele deveria ter informações lá, mas surpresa! Não tinha. — Estava claro que Nolan ainda estava irritado por isso. — Ele me disse que estava no carro dele. Esperamos até o anoitecer. Só eu e ele. Muito discretos. Estávamos descendo a rua conversando sobre os próximos passos, seu marido gosta de analisar tudo, então chegamos ao carro dele e ele começou a mexer no porta-luvas, e pensei: "Mas que porra? Está me enrolando?", e ele disse: "Aqui está", e quando penso que ele só está sendo um cretino, porque esse cara sabe ser imbecil, ele sai do carro e eu estendo a mão como se fosse uma criança boba esperando que ele me dê um doce e pronto, o desgraçado me apaga.

Claire olhou para a mancha amarela-arroxeada ao redor do olho de Nolan.

— Pois é! Viu? — comentou Nolan, apontando seu olho. — Ele me derrubou como um saco de merda. Fiquei vendo estrelas e aquele desgraçado saltitando pela rua como se fosse uma menininha. Ele se virou na esquina e fez assim. — Nolan ergueu os dois polegares e abre um sorriso falso. — Quando me levantei todo fodido da calçada e dobrei a esquina, ele já tinha desaparecido. — Nolan parecia irritado e surpreso. — Devo dizer que esse não é o único, mas é um dos motivos pelos quais quero muito encontrar seu marido.

Claire balançou a cabeça. Ainda não fazia sentido. Paul pedindo para entrar no programa de proteção à testemunha. Ele nunca daria o controle de sua vida a outra pessoa. Ninguém permitiria que ele continuasse trabalhando se fosse receber proteção. Não permitiriam que ele chamasse atenção para si nem para suas conquistas na carreira. Tinha que haver alguma coisa que ele estava tentando tirar do FBI. Ela estava deixando de ver algum detalhe ou alguma palavra que montaria o quebra-cabeça.

— Olha, sei que sou um idiota, mas eu não sabia se você tinha conhecimento das atividades extracurriculares do seu marido — falou Nolan.

— Do desvio?

— Não, não isso. Como eu disse, a questão do dinheiro está encerrada, até onde sabemos. Estou falando das outras coisas.

Claire ficou surpresa. Como era possível que alguém pensasse que ela sabia dos filmes e não fizesse nada? Mas Nolan não tinha falado dos filmes. Só tinha falado a respeito de Paul conhecer umas pessoas ruins que estavam envolvidas em coisas ruins.

— Em que mais ele estava envolvido? — perguntou ela.

— Talvez seja melhor que não saiba — respondeu Nolan. — Dá pra ver que ele não contou nada. Considere isso uma benção. Vejo suas mãos tremerem, a confusão em seus olhos, mas você precisa entender que o homem que você amou, o homem com quem pensou que fosse casada, está morto. Não existe mais. Porra, talvez ele nunca tenha existido.

Ele não estava dizendo nada que Claire não soubesse.

— Por que acha isso?

— Nós pedimos que um psicólogo o avaliasse. A Witsec, isto é, a Witness Service com a Marshals Service, sempre quer um perfil de todo mundo que entra no programa. Mais ou menos como um modo de poderem prever comportamentos.

Claire duvidava que um estádio inteiro de psicólogos conseguisse prever o comportamento do marido.

— E?

— Ele é um psicopata borderline, não violento.

Estavam enganados quanto à não violência.

— Borderline? — perguntou.

Por que ela queria se apegar àquela palavra? Queria pensar que Paul não era um completo psicopata porque ainda era capaz de amá-la?

— Ele tem levado uma vida paralela — contou Nolan. — Ele é o cara que é casado com uma mulher bonita, que tem uma carreira de sucesso e vive numa mansão de um milhão de dólares, e tem o cara real que não é muito legal.

— Que não é muito legal — repetiu Claire. *Que eufemismo*, pensou. — Você disse que eles o consideraram não violento.

— Sim, mas sou o idiota que levou uma porrada no olho, então tenho motivos para pensar diferente.

— Por que você está ajudando se ele é uma pessoa tão ruim?

— Porque o verdadeiro Paul Scott conhece a identidade de um homem muito mau que precisa ficar preso por muito, muito tempo. — Nolan olhou para o espelho. — É só o que posso dizer. Na cara, sem rodeios. É assim que o esquema é. Se você fizer algo ruim, deixamos você em paz se puder mostrar alguém que esteja fazendo algo pior. E pode acreditar, isso é muito, muito pior.

Claire olhou para as próprias mãos. Paul era esperto. Não tinha enganado só Claire com suas habilidades de edição de vídeo. Também tinha enganado o FBI. Eles tinham encontrado os filmes nojentos em seu computador do trabalho, e ele havia prometido a todos eles a identidade do homem mascarado em troca de liberdade.

Ela fez a Fred Nolan uma pergunta que sabia que acabaria fazendo a si mesma.

— Você disse que ele queria receber proteção. Ele ia me abandonar? E pronto?

— Sinto muito, mas acredite quando digo que você ficou bem melhor sem ele.

— Adam Quinn sabia sobre as outras coisas com as quais Paul estava envolvido? O nome do cara mau?

— Não. Nós batemos nele até cansar. Ele não fazia ideia. — Nolan notou a alteração no comportamento dela. — Entendo por que traiu seu marido. Ele não merecia você.

Claire concordou, mas havia pegado Nolan mentindo.

— Se Paul planejava fugir, por que me daria algo antes de entrarmos na viela?

— Um plano B? — sugeriu Nolan. — Não havia garantias de que ele conseguiria me passar para trás.

— Quero entender isso direito. — Claire virou todas as cartas que ele havia acabado de expor, para que ele as visse pelo ponto de vista dela. — Vocês pegaram Paul fazendo algo errado, algo pior do que roubar. Ele disse que conhece a identidade de um cara mau. Você disse que ele o levou ao carro dele para mostrar uma prova, por isso imagino que fosse uma foto, um documento ou algo eletrônico, o que quer dizer que tem que ser colocado num pedaço de papel, disco, pen drive ou algo do tipo? Algo que ele conseguisse enfiar no porta-luvas? Algo que pudesse ser entregue a mim antes de entrar na viela? — Nolan deu de ombros, mas ela percebeu que ele estava ficando nervoso. — Você também disse que a vida de Paul ficaria em perigo se vazasse a informação de que ele estava contando o que sabia sobre o cara mau.

— Isso.

— Então, isso dá a você todo o poder. Paul precisa de você mais do que você dele. Quer dizer, sim, você quer o caso, mas Paul quer viver. Você disse que a vida dele estava em perigo. Você é o único com recursos para protegê-lo. Então, por que ele está se escondendo de você?

Nolan não olhou para o espelho, mas era como se tivesse olhado.

Claire tentou analisar a situação de outro ângulo. Pelo ângulo de Paul.

Ele escapou de Nolan, mas não fugiu para uma ilha sem acordo de extradição. Claire não tinha dúvidas de que Paul tinha um monte de dinheiro à sua espera em algum lugar. Ele já deveria ter até encomendado os armários

Gladiator para a garagem. Admitiu a ela, ao telefone, que a linha do tempo tinha sido adiantada, mas isso não explicava por que ele estava por perto. O FBI não podia encontrá-lo, mas, como Lydia diria, e daí? Paul era um homem livre. Ele não precisava de esquema de proteção à testemunha. Não precisava do FBI. Não precisava de nada. Só do que estava no pen drive.

A porta se chacoalhou quando alguém bateu com força na madeira frágil.

— Claire! — Claire reconheceu a voz irada de seu advogado do outro lado da porta. Wynn Wallace, o Coronel. — Claire! — Wynn tentou girar a maçaneta. A porta estava trancada. — Mantenha a boca fechada, porra!

Nolan disse a Claire:

— Você pode recusar a orientação dele.

— Para você continuar mentindo para mim?

— Claire! — gritou Wynn.

Claire se levantou.

— Você está fazendo a pergunta errada, Fred.

Wynn tentou abrir a porta com o ombro. Ouviu-se um barulho agudo.

— Qual é a pergunta certa? — perguntou Nolan.

— Paul não lhe deu a informação que você queria, assim, a vida dele não está em perigo. Ele deveria estar numa praia qualquer. Por que está por perto?

Nolan resmungou como um cachorro enforcado.

— Você o viu?

Claire abriu a porta.

Wynn Wallace entrou com tudo na sala.

— Que porra está acontecendo aqui? — Nolan tentou se levantar, mas Wynn o bloqueou, perguntando: — Quem é você, porra? Quero ver sua identificação e o nome do seu supervisor agora mesmo.

— Claire — disse Nolan —, não vá.

Claire passou pela porta. Pegou o telefone de Lydia no sutiã. O metal estava quente. Ela apertou o botão para ligar o telefone. Olhou para a tela, implorando por uma mensagem de Paul.

— Docinho?

Claire se virou. Imaginou que estivesse tendo alucinações.

— Mãe?

Helen estava quase chorando.

— Percorremos metade do estado. Eles não nos diziam onde você estava. — Ela segurou o rosto de Claire. — Você está bem? — Claire estava tremendo de novo. Não conseguia parar. Era como se estivesse de pé na praia no meio de um furacão. Tudo a atingiu de uma vez. — Venha comigo.

Helen pegou a mão dela. Puxou Claire pelo corredor. Elas não esperaram o elevador. Helen a levou pela escada. Claire olhou o telefone enquanto seguia a mãe. O sinal estava forte. Não havia ligações. Não havia mensagem de voz. Havia uma nova notificação: uma fotografia enviada alguns minutos depois de Claire desligar o telefone. Lydia ainda estava no porta-malas. Não havia novos cortes nem hematomas em seu rosto, mas seus olhos estavam fechados. Por que os olhos dela estavam fechados?

— Só mais um pouco — disse Helen.

Claire colocou o telefone no bolso de trás. Lydia piscou quando Paul fez a foto. Ou estava cansada. Fechou os olhos por causa do sol. Não, estava escuro na foto. Lydia estava sendo teimosa. Não queria que Paul conseguisse o que queria. Estava tentando criar problema, porque era isso o que Lydia fazia.

Claire sentiu os joelhos fraquejarem. Quase tropeçou. Helen a ajudou a descer mais dois lances de escada. Finalmente, ela viu a placa para o lobby.

Em vez de passar pela porta com identificação, Helen a levou pela saída de emergência.

A luz do sol estava fraca, mas Claire ainda protegeu os olhos com a mão. Olhou ao redor. Elas estavam na esquina da Peachtree com a Alexander. O trânsito começava a encher as ruas.

— Que horas são? — perguntou à mãe.

— Cinco e meia da manhã.

Claire se recostou na parede. Estava dentro do prédio havia quase doze horas. O que Paul poderia fazer com Lydia em doze horas?

— Claire? — Ela esperou a mãe insistir, exigir uma explicação sobre por que ela teve que encontrar um advogado e salvar a filha do FBI. Mas Helen acariciou o rosto de Claire e perguntou: — O que posso fazer para ajudar?

Claire estava sem palavras, muito grata. Parecia que décadas tinham se passado desde que alguém tinha lhe oferecido algo tão simples e genuíno quanto uma ajuda.

— Querida — disse Helen —, não há nada tão ruim que não possa ser consertado. — Ela estava muito enganada, mas Claire se forçou a assentir. Helen afastou os cabelos dela do rosto. — Vou levar você para casa, está bem? Vou preparar uma sopa e vou colocá-la na cama para dormir e, então, poderemos conversar. Ou não. Depende de você, amor. Para o que precisar, estarei aqui.

Claire sentiu que começava a ruir. Afastou-se do toque da mãe, porque a única alternativa era se jogar em seus braços e contar tudo.

— Docinho? — Helen esfregou as costas dela. — Diga o que posso fazer.

Claire abriu a boca para dizer à mãe que não havia nada que pudesse ser feito, mas parou, porque viu alguém conhecido a poucos metros.

O detetive Harvey Falke. Ela o reconheceu da delegacia de Dunwoody. O capitão Mayhew o havia chamado para ajudar a conectar o enorme HD no computador para dizer a Claire que os filmes a que Paul tinha assistido eram falsos.

Harvey estava recostado num corrimão. Seu terno estava aberto, mostrando sua arma. Ele não estava fazendo questão de escondê-la. Olhava diretamente para Claire. Ele sorriu embaixo do bigode cheio.

— Claire? — Helen pareceu ainda mais preocupada. Ela também tinha visto o homem. — Quem é...

— O Tesla está estacionado lá embaixo, no terceiro andar.

Ela pegou a chave no bolso.

— Preciso que o leve ao Marriot Marquis para mim, está bem? Estacionamento de visitantes. Deixe o tíquete no assento e esconda a chave atrás da máquina de pagar o estacionamento, no lobby.

Por milagre, Helen não pediu explicação.

— Você precisa de mais alguma coisa?

— Não.

Ela apertou a mão de Claire antes de sair.

Claire esperou até a mãe entrar no prédio do FBI. Desceu a rua. Forçou-se a não olhar para trás ao chegar à esquina. Atravessou mesmo com o sinal fechado, desviando de um táxi amarelo. Pegou a West Peachtree em direção ao centro. Por fim, olhou para trás.

Harvey estava a trinta metros dali. Mantinha os braços flexionados ao tentar alcançá-la. Sua jaqueta esvoaçava. A arma estava escura e ameaçadora junto à camisa branca.

Claire aumentou o passo. Controlou a respiração. Tentou manter a frequência cardíaca sob controle. Olhou para trás.

Harvey estava a vinte metros.

O telefone de Lydia começou a tocar. Claire o pegou do bolso de trás quando começou a trotar. Olhou para a tela. NÚMERO RESTRITO.

Paul disse:

— Curtiu o tempo que passou no FBI?

— Lydia está bem?

— Não tenho certeza.

Claire atravessou a rua de novo. Um carro freou e parou a poucos centímetros de seu quadril. O motorista gritou pela janela aberta. Ela perguntou a Paul:

— Você quer aquele pen drive ou não?

— Lydia está bem. O que você disse ao FBI?

— Nada. Por isso eles me mantiveram lá por tanto tempo.

Claire olhou para trás. Harvey estava mais perto, talvez a quinze metros.

— Um policial está me seguindo. Um dos homens de Mayhew.

— Livre-se dele.

Claire encerrou a ligação. Atravessou a rua correndo. Conhecia aquela região porque tinha trabalhado no edifício Flatiron assim que se mudaram para Atlanta. Claire detestou o emprego. Fazia longas caminhadas durante o almoço, voltava tarde e jogava charme para o chefe para que ele permitisse que ela fosse embora mais cedo.

Começou a trotar de novo. Harvey estava diminuindo a distância entre eles. Era um homem grande com passadas compridas. Iria alcançá-la logo.

Claire dobrou a esquina na Spring Street. Começou a correr muito. Chegou à esquina seguinte quando Harvey deu a volta pelo prédio. Claire desceu até metade da rua lateral. Olhou para trás. Harvey ainda não tinha chegado à esquina. Procurou uma rota de fuga desesperadamente. A entrada lateral da Southern Company era a opção mais próxima. Havia seis portas de vidro e uma porta giratória grande no lado mais distante. Ela tentou abrir a primeira porta, mas estava trancada. Tentou a seguinte, depois a outra. Olhou para trás procurando Harvey. Ainda não estava ali, mas ele deveria estar correndo, aproximando-se depressa. Ela tentou abrir outra porta e se arrependeu por não ter tentado a giratória antes. Correu desesperada para a porta. Empurrou o vidro com tanta força que ouviu o motor ranger.

O lobby era tomado por paredes de vidro. O guarda sonolento atrás do balcão sorria. Ele provavelmente a vira tentar abrir todas as portas.

— Com licença. — Claire aumentou a voz para mostrar que se sentia perdida. — Sei que é péssimo pedir isso, mas posso usar o banheiro?

O guarda sorriu.

— Qualquer coisa para uma moça bonita. — Ele enfiou a mão embaixo da mesa e abriu uma das portas. — Vá direto pelo lobby central na West Peachtree. Os banheiros ficam à direita.

— Muito obrigada.

Claire caminhou depressa. Olhou para trás. Harvey estava passando pelas portas laterais. Ela teve dois segundos de alívio antes que ele voltasse.

Claire entrou no local onde ficavam os elevadores. Manteve o rosto virado para evitar vê-lo. Harvey começou a correr em direção ao prédio. Tentou abrir uma das portas trancadas. Estava ofegante, o que ficou claro quando sua respiração embaçou o vidro. Ele passou a manga da jaqueta pelo vidro. Pôs as mãos em cima dos olhos e espiou o lobby.

O guarda murmurou algo.

Claire se encostou nas portas do elevador.

Harvey se afastou do vidro. Claire ficou tensa. Contaria ao guarda que Harvey estava atrás dela. Então, ele mostraria a identificação de policial. Ela poderia correr em direção à entrada da frente e voltar para a rua. Ou poderia ficar ali.

Harvey não tinha passado pela porta giratória. Ainda estava do lado de fora, com a cabeça virada para a direita. Algo na West Peachtree havia chamado sua atenção.

Claire prendeu a respiração até correr em direção ao que o havia distraído.

Ela se afastou do hall dos elevadores. Voltou a sair pela porta giratória.

— Obrigada — disse ao guarda.

Ele tocou a borda do chapéu.

— Tenha um dia abençoado.

Claire abriu a porta. Sabia que não poderia se considerar em segurança. Correu de volta rumo à Spring Street. Entrou à esquerda na Williams. Seus passos batiam com força na calçada rachada. Havia uma garoa fina no ar. Claire analisou a área atrás de si quando voltou a correr. Tentou se orientar. Permanecer na rua não era uma opção. Tinha que haver onde se esconder, mas estava cedo demais para qualquer um dos cafés estar aberto.

O telefone de Lydia tocou. Claire não diminuiu o ritmo ao atender.

— O que foi?

— Entre à esquerda — mandou Paul. — Vá ao Hyatt Regency.

Claire continuou na linha. Pegou a esquerda. Viu o Hyatt ao longe. Seus joelhos doíam. As pernas ardiam. Estava acostumada a correr na esteira, não subindo e descendo calçadas de concreto rachado. O suor escorria do couro cabeludo até as costas. A cintura da calça jeans começava a umedecer. Ela segurou o telefone com força ao correr. Como Paul a estava seguindo? Será que Mayhew estava agindo com Harvey? Estariam tentando encurralá-la em algum lugar onde pudessem pegá-la?

O porteiro na frente do Hyatt abriu a porta ao ver Claire dobrar a rua. Se ele achou estranho ver uma mulher adulta usando jeans e camisa de botão sair para correr às seis da manhã, não disse nada.

No prédio, Claire diminuiu o passo. Seguiu os sinais até o banheiro das mulheres. Abriu a porta. Olhou dentro dos cubículos para ver se estavam vazios.

Claire trancou a porta. Sentou-se no vaso sanitário. Estava ofegante quando disse:

— Quero falar com Lydia.

— Posso deixar você ouvir o grito dela.

Claire levou a mão à boca. O que ele tinha feito? Doze horas. Ele poderia estar com Lydia em Key West, Nova Orleans ou Richmond naquele momento. Poderia estar torturando ou agredindo sua irmã... e Claire não podia se permitir pensar no "e".

— Ainda está aí? — perguntou Paul.

Ela lutou contra a forte agonia que sentiu por saber exatamente do que o marido era capaz.

— Você disse que não ia feri-la.

— Você disse que voltaria a me ligar.

— Vou estraçalhar aquele drive maldito com um caminhão.

Paul sabia que Claire seria capaz disso. Ela nunca foi contra jogar tudo para o alto.

— Onde está? — indagou ele.

Claire tentou pensar numa área que ela conhecesse, mas Paul, não.

— Está na Wells Fargo, na Central Avenue.

— O quê?

Ele pareceu preocupado.

— É uma região muito perigosa, Claire.

— Está mesmo preocupado com minha segurança?

— Você precisa tomar cuidado — disse ele. — Onde fica o banco, exatamente?

— Perto da agência central dos correios.

Claire tinha ido aos correios várias vezes para enviar mala-direta da Instituição de Caridade.

— Vou buscá-lo agora. Podemos nos encontrar em algum lugar e...

— São quase seis da manhã. O banco só abre às nove.

Claire esperou.

— Não pode sair agora. Vai ser guinchada se estacionar o Tesla na Central por tanto tempo.

Ela quase o ouviu pensar.

— Fique no hotel. Às oito e meia. Desça para a Hapeville. Você deve chegar lá quando o banco estiver sendo aberto.

— Certo.

— O trânsito vai estar pesado na volta. Espere até que eu entre em contato.

Claire não perguntou como saberia onde estava porque começava a pensar que Paul sabia tudo.

— Nolan me contou o que você fez.

— É mesmo?

Claire não deu detalhes, mas os dois sabiam que Nolan só tinha visto o que Paul queria que ele visse.

— Ele disse que você queria receber proteção de testemunha.

— Isso não ia acontecer.

— Disse que você queria que eu o visse morrer.

Paul ficou calado por um momento.

— Tinha que parecer real. Eu voltaria para você. Você sabe. — Claire não respondeu. — Vou cuidar disso — disse Paul. — Você sabe que sempre cuido.

Claire respirou com dificuldade. Não conseguia aguentar o tom calmo e reconfortante da voz dele. Sempre havia um lado dela que queria que o marido fizesse tudo melhorar.

Mas Fred Nolan tinha razão. O Paul que ele conhecera estava morto. Aquele desconhecido do outro lado da linha era um impostor. Ou talvez fosse o verdadeiro Paul Scott, e seu marido, seu amigo, seu amante, tivesse sido uma mentira. Só quando ele colocava aquela máscara de couro preta, o verdadeiro Paul mostrava sua face.

— Quero falar com minha irmã — disse ela.

— Daqui a pouco — prometeu ele. — A bateria de seu telefone deve estar acabando. Você trouxe o carregador de casa?

Claire olhou para a tela.

— Está a trinta por cento.

— Vá comprar um carregador — ordenou Paul. — E você precisa ligar o Tesla. Tem uma entrada para o carregador no Peachtree Center. Fiz o download do aplicativo para você só...

— Quero falar com Lydia.

— Tem certeza de que quer fazer isso?

— Coloque minha irmã na linha, porra.

Ouviu-se um som de movimento e então o eco do telefone.

— Acorde — falou Paul. — Sua irmã quer falar com você.

Claire trancou a mandíbula. Ele parecia estar falando com uma criança.

— Lydia? — disse ela. — Lydia? — Lydia não respondeu. — Por favor, diga algo, Liddie. Por favor.

— Claire.

A voz dela estava tão fraca, tão sem vida, que Claire teve a sensação de que uma mão entrava em seu peito e arrancava seu coração.

— Liddie — falou Claire —, por favor, aguente. Estou fazendo tudo o que posso.

— É tarde demais — murmurou Lydia.

— Não é tarde demais. Vou dar o drive ao Paul, e ele vai soltar você. — Claire estava mentindo. Todos sabiam que ela estava mentindo. Ela começou a chorar com tanta força que teve que se apoiar na parede. — Aguente um pouco mais. Não vou abandonar você. Prometo... nunca mais.

— Perdoo você, Claire.

— Não diga isso agora. — Claire se abaixou. As lágrimas caíram no chão. — Diga quando me vir, sim? Diga quando tudo tiver terminado.

— Perdoo você por tudo.

— Pimenta, por favor. Vou dar um jeito nisso. Vou resolver tudo.

— Não importa — disse Lydia. — Já estou morta.

CAPÍTULO 18

PAUL SORRIA QUANDO COLOCOU o telefone na mesa ao lado do capuz preto. Lydia não olhou para o telefone, que não alcançava, mas para o capuz preto ensopado ao lado dele, que ela sabia que acabaria sendo colocado em sua cabeça de novo. A garrafa com spray tinha sido esvaziada pela terceira vez. Paul estava bebendo água filtrada para enchê-la de novo.

Quando estivesse pronto, ele a faria observá-lo encher a garrafa, então colocaria o capuz na cabeça dela de novo e começaria a espirrar. Segundos antes de ela desmaiar, ele daria choques com o atiçador ou a chicotearia com o cinto de couro, ou daria socos ou chutes nela até fazê-la ofegar para recuperar o fôlego.

Em seguida, recomeçaria o processo.

Ele disse:

— Ela parece estar bem, não? Claire?

Lydia desviou o olhar do capuz. Havia um computador em um balcão como aquele que Paul mantinha na garagem de casa. Estantes de metal. Computadores antigos. Ela já tinha catalogado tudo em sua mente porque estava ali havia quase treze horas. Paul lhe dizia a hora a cada trinta minutos — e a única coisa que a impedia de enlouquecer era repassar mentalmente a lista de coisas, como um mantra, enquanto ele tentava afogá-la com urina.

Macintosh da Apple, impressora, disquetes, copiadora, gravador de CD.

— Aposto que você quer saber o que tem naquele pen drive, Lydia. Gosto de chamá-lo de minha carta de "saída livre da prisão".

Macintosh da Apple, impressora, disquetes, copiadora, gravador de CD.

— Fred Nolan quer pegá-lo. Mayhew. Johnny. Muitas outras pessoas querem também. Que surpresa. Paul Scott tem algo que todo mundo quer. — Ele fez uma pausa. — O que você quer de mim, Liddie?

Macintosh da Apple, impressora, disquetes, copiadora, gravador de CD.

— Quer um pouco de Percocet?

A pergunta a tirou do estupor. Ela quase sentiu o gosto da pílula amarga na boca.

Ele chacoalhou o frasco de remédio na frente de Lydia.

— Eu o encontrei em sua bolsa. Acho que você o roubou de Claire. — Ele se sentou na cadeira à frente dela. Apoiou o frasco no joelho. — Você sempre roubou coisas dela.

Lydia olhou o frasco. Pronto. Ela disse a Claire que já estava morta, mas ainda havia um pouco de vida dentro dela. Se cedesse ao desejo, se tomasse o Percocet, seria o fim, de fato.

— Que interessante. — Paul cruzou os braços. — Ouvi você implorar e gritar como uma porca desesperada, e é este o limite que está traçando? Não quer Percocet?

Lydia tentou pensar na euforia que os comprimidos trariam. Ela tinha lido em algum lugar que, se uma pessoa pensasse em um alimento por bastante tempo, deixaria de querer comê-lo. Chegaria ao ponto de se enganar, pensando que já tivesse comido. Aquilo nunca dava certo com cupcakes, hambúrgueres ou batata frita, nem... *Macintosh da Apple, impressora, disquetes, copiadora, gravador de CD.*

— Eu poderia forçar você a engolir os comprimidos, mas qual seria a graça? — Ele abriu bem as pernas dela. — Poderia colocá-los em outro lugar. Um lugar onde seu organismo pudesse absorvê-los com mais facilidade. — Ele respirou fundo e soltou o ar. — Fico tentando imaginar como seria. Valeria a pena foder você se eu pudesse usar meu pau para enfiar todos esses comprimidos nessa sua bunda gorda?

A mente de Lydia começou a ficar vazia. Era assim que funcionava. Paul a provocava, e ela se assustava demais ou se desesperava demais e por isso apagava.

Ele levou a mão à coxa dela. Apertou os ossos com os dedos.

— Não quer que a dor desapareça?

Lydia estava exausta demais para chorar. Queria que ele acabasse logo com aquilo — com o soco, com o empurrão, com o tapa, com o atiçador, com o ferro em brava, com o facão. Já tinha visto o que o pai de Paul fazia com as ferramentas de trabalho. Viu o que o pai dele fez com Julia. Experimentou em primeira mão o tipo de tortura que Paul era capaz de praticar e tinha certeza de que o papel dele no filme estava muito longe de ser passivo.

Ele gostava daquilo. Por mais depreciativas que fossem as coisas que ele disse, Paul estava excitado com a dor de Lydia. Ela sentiu a ereção quando ele se debruçou sobre ela para ver o terror que causava de perto.

Lydia só rezava para que estivesse morta no momento em que ele enfim a estuprasse.

— Nova estratégia. — Paul tirou o frasco de sua perna. Colocou-o na esteira rolante onde mantinha as ferramentas. — Acho que você vai gostar disso.

Macintosh da Apple, impressora, disquetes, copiadora, gravador de CD.

Ele ficou na frente das estantes de metal ao lado do computador. A ansiedade dela aumentou outra vez, não porque ele estivesse fazendo algo terrível e novo, mas porque mexeria na ordem dos itens nas estantes.

Macintosh da Apple, impressora, disquetes, copiadora, gravador de CD.

Eles tinham que ficar daquele jeito — naquela ordem, exatamente. Ninguém podia tocá-los.

Paul pegou um banquinho.

Lydia quase chorou de alívio. As coisas estavam em segurança. Ele tentava alcançar a prateleira de cima, além do equipamento, além dos disquetes. Pegou uma pilha de cadernos. Mostrou-os a Lydia. Seu alívio desapareceu. Eram os cadernos do pai dela.

— Seus pais sabem escrever cartas — disse Paul.

Ele se sentou na frente de Lydia de novo. Os cadernos estavam em seu colo. Um monte de cartas que ela nunca tinha visto estavam em cima. Ele pegou um envelope para Lydia ver.

A caligrafia de Helen — precisa, bem-feita e tão familiar.

— Coitadinha de Lydia, tão sozinha. Sua mãe escreveu um monte de cartas ao longo dos anos. Sabia? — Ele balançou a cabeça e acrescentou: — Claro que não. Eu disse a Helen que tentei entregá-las a você, mas você estava morando nas ruas, sem casa, ou na clínica de reabilitação, mas que tinha fugido antes que eu entrasse em contato. — Ele jogou as cartas no chão. — Eu me sentia muito mal quando Helen me perguntava se eu tinha notícias suas, porque é claro que eu tinha que dizer a ela que você continuava sendo uma drogada inútil e gorda pagando boquete em troca de droga.

As palavras dele tiveram o efeito oposto. Helen tinha escrito para ela. Havia dezenas de cartas no monte. A mãe ainda se importava. Não tinha desistido.

— Helen teria sido uma boa avó para Dee.

Dee. Lydia nem conseguiu pensar no rosto dela. Perdeu todas as imagens da filha na segunda vez que Paul a eletrocutou com o atiçador de gado.

— Fico me perguntando se ela vai pirar quando Dee sumir como você depois que Julia desapareceu. — Ele olhou para a frente. — Você não se lembra, mas Claire ficou totalmente só depois de Julia. — Lydia se lembrava. Estava presente. — Todas as noites, a coitadinha da Claire ficava sozinha naquela casa grande na Boulevard, ouvindo sua merda inútil de mãe chorar até dormir. Ninguém se importava se Claire chorava até dormir, sabe? Você estava ocupada preenchendo todos os espaços de seu corpo. É por isso que ela se apaixonou tão perdidamente por mim, Liddie. Claire se apaixonou por mim porque nenhum de vocês estava presente para impedir que ela desmoronasse.

Macintosh da Apple, impressora, disquetes, copiadora, gravador de CD.

— Estes — disse Paul, erguendo os cadernos do pai de Lydia. — Seu pai também não se importou com Claire. Todas as cartas dele eram para Julia. Claire leu a maioria delas, pelo menos a que ele escreveu antes de ela ir para a faculdade. Pense em como ela deve ter se sentido. A mãe era quase uma alcoólatra que não conseguia sair da cama. O pai passava horas escrevendo para a filha morta enquanto a filha viva estava bem na frente dele.

Lydia balançou a cabeça. Não foi assim... pelo menos não a esse ponto.

Helen acabou se recuperando da depressão. Sam tentou muito com Claire. Ele a levou para fazer compras, a levou ao cinema e para visitar museus.

— Não é à toa que ela não quis vê-lo depois que ele sofreu o derrame. — Paul folheou as páginas. — Eu a convenci a ir. Disse que ela se arrependeria se não fosse. E ela me ouviu, porque sempre me ouve. Mas o engraçado é que eu gostava muito do seu pai. Ele me lembrava meu pai. — Lydia trancou a mandíbula para não gritar com ele. — Nunca conhecemos nossos pais, não é? Eles podem ser otários egoístas. Por exemplo, pensei que meu pai e eu fôssemos próximos, mas ele pegou Julia sem mim.

Paul desviou o olhar dos cadernos. Estava claro que ele tinha gostado de ver a expressão surpresa de Lydia.

— Tenho que dizer que fiquei chateado. Cheguei em casa depois do recesso da primavera e sua irmã mais velha estava no celeiro. Ele não tinha deixado muito dela para eu aproveitar.

Lydia fechou os olhos. *Macintosh da Apple.* O que vinha depois? Não podia olhar para as estantes. Tinha que pensar sozinha. *Macintosh da Apple.*

— Sam foi esperto — disse ele. — Sabe, bem mais esperto do que pensamos. Ele nunca teria encontrado o corpo de Julia, sou a única pessoa viva que sabe onde ela está, mas seu pai estava de olho em mim. Ele sabia sobre meu pai. Sabia que eu estava envolvido, de alguma forma. Você sabia? — Lydia estava entorpecida em relação a surpresas. — Sam me chamou para ir ao apartamento dele. Pensou que me enganaria, mas fiz um reconhecimento antes de nos encontrarmos. — Ele ergueu os cadernos do pai dela como um troféu. — Meu conselho: se você estiver tentando enganar alguém, não deixe seu diário jogado por aí.

Lydia segurou os braços da poltrona.

— Cale a boca, porra.

Paul sorriu.

— Aí está minha guerreira.

— O que você fez com meu pai?

— Acho que você sabe o que eu fiz. — Paul mexeu na pilha de cadernos. Conferiu as primeiras páginas. Estava à procura de alguma coisa. — Cheguei ao apartamento dele no horário combinado. Preparei umas bebidas para conversarmos como homens. Seu pai gostava de fazer isso, não? Gostava de deixar claro quem eram os homens e quem eram os garotos. — Lydia ouvia a voz do pai nas palavras dele. — Sam bebeu vodca. Ele dizia beber socialmente, mas sabemos que bebia até dormir, não é? Assim como Helen fazia enquanto a coitada da Claire estava sozinha no quarto se perguntando por que ninguém da família percebia que ela ainda estava viva. — Lydia engoliu em seco. Sentiu o gosto amargo da urina dele. — Acho que a vodca mascarou o gosto dos comprimidos para dormir que eu coloquei na bebida.

Lydia queria fechar os olhos. Queria bloqueá-lo. Mas não conseguia.

— Vi a cabeça dele se abaixar. — Paul imitou o pai dela caindo num estupor. — Eu o amarrei com alguns lençóis que tinha levado comigo. Foram rasgados em tiras compridas. As mãos dele estavam tão moles quando o amarrei que temi que ele morresse antes que a diversão começasse.

Lydia notou que todos os seus sentidos estavam voltados para ele.

Paul se recostou na cadeira com as pernas escancaradas.

Lydia se forçou a não olhar para baixo porque sabia exatamente o que ele queria que ela visse.

— Se você usar faixas de lençóis para amarrar alguém, as marcas não aparecem quando o legista faz a autópsia. Bem, isso se você tomar cuidado, porque é claro que você tem que dobrar os lençóis direito, o que eu fiz porque tive tempo com seu pai. Quero que ouça, Liddie: tive muito, muito tempo com seu pai.

A mente de Lydia estava anestesiada. Era demais. Não conseguia assimilar o que ele estava dizendo.

— Quando Sam acordou, assistimos à fita juntos. Sabe de que fita estou falando? Da fita de Julia? — Paul esfregou as laterais do rosto. Sua barba estava crescendo. — Eu queria ter assistido a todas as fitas com ele, mas fiquei com receio de que os vizinhos ouvissem os berros dele. — Ele acrescentou: — Não que Sam já não berrasse bastante à noite, mas mesmo assim.

Lydia ouviu a entrada e a saída do ar em sua respiração estável. Reorganizou as palavras na cabeça até elas se tornarem frases digeríveis.

Paul drogou seu pai. Ele o fez assistir sua filha mais velha sendo brutalmente assassinada.

— No fim, tentei me decidir se deveria dizer a Sam onde meu pai e eu tínhamos jogado o corpo de Julia. Não haveria problema, certo? Nós dois sabíamos que ele ia morrer. — Paul deu de ombros. — Talvez eu devesse ter dito. É uma daquelas perguntas que ainda fazemos a nós mesmos anos depois. Sabe, Sam estava muito mal, não estava? Ele só queria saber onde ela estava, e eu sabia, mas não consegui dizer.

Lydia sabia que não deveria se revoltar contra ele. Deveria tentar matá-lo. Mas não conseguia se mexer. Os pulmões estavam molhados de urina. O estômago estava cheio. O corpo estava tomado pela dor. Havia marcas nos braços dela onde ele tinha aplicado os choques. O corte na testa tinha sido aberto. O lábio rachado estava cortado. As costelas doíam tanto que ela tinha a impressão de que os ossos tinham virado facas.

— Usei Nembutal — contou ele. — Sabe o que é, certo? Usam para tirar os animais do sofrimento. E ele estava sofrendo, principalmente depois de ver a fita. — Paul tinha encontrado o caderno que procurava. — Olhe só. — Levantou a página para que Lydia visse. A parte de baixo estava rasgada. — Parece familiar?

O bilhete de despedida do pai tinha sido escrito em uma folha rasgada do caderno. Lydia ainda se lembrava da caligrafia trêmula:

A todas as minhas meninas lindas... amo vocês do fundo do coração.
Papai

— Acho que escolhi uma boa frase. Não acha? — indagou Paul. Ele colocou o caderno no colo de novo. — Escolhi por Claire, na verdade, porque achei que a frase tinha a ver com ela. Todas as meninas lindas dele. Você nunca foi bonita de verdade, Lydia. E Julia... eu lhe disse que ainda a visito, às vezes. Ela não está mais bonita. É triste vê-la apodrecer ao longo dos anos. Da última vez que a vi, ela era só ossos podres com mechas compridas de cabelo loiro e aquelas pulseiras idiotas que ela usava. Você se lembra delas?

Pulseiras. Julia usava pulseiras velhas no braço esquerdo e um laço grande e preto nos cabelos. E tinha roubado os sapatos de Lydia para completar o look porque dizia que ficavam melhores nela.

De repente, Lydia sentiu que havia muita saliva em sua boca. Tentou engolir. Sua garganta ardeu. Ela tossiu.

— Não quer saber onde Julia está? — perguntou Paul. — Foi o que realmente acabou com vocês. Não o desaparecimento dela, não a provável morte, mas o não saber. Onde está Julia? "Onde está minha irmã?" "Onde está minha filha?" O não saber destruiu cada um de vocês. Até mesmo a vovó Ginny, apesar de a vaca velha gostar de agir como se o passado não influenciasse em mais nada.

Lydia se sentiu começar a voltar para aquele estado de semiconsciência. Não havia motivos para continuar ouvindo o que ele dizia. Ela já sabia tudo o que precisava saber. Dee e Rick a amavam. Helen não tinha desistido. Lydia havia perdoado Claire. Dois dias antes, teria entrado em pânico se alguém tivesse dito que ela tinha pouco tempo para cuidar de tudo, mas, no fim, sua família era a única coisa que importava.

— Visito Julia às vezes. — Paul observava o rosto dela antes de escolher as palavras. — Se você pudesse fazer um desejo antes de morrer, não pediria para saber onde Julia está?

Macintosh da Apple, impressora, disquetes, copiadora, gravador de CD.

— Vou ler uns trechos dos diários de seu pai, então vou espirrar de novo em... — Ele olhou o relógio. — Vinte e dois minutos. Tudo bem?

Macintosh da Apple, impressora, disquetes, copiadora, gravador de CD.

Paul apoiou o caderno no colo em cima dos outros. Começou a ler em voz alta:

— "Eu me lembro da primeira vez que sua mãe e eu andamos com você pela neve. Nós embrulhamos você como se fosse um presente valioso. O cachecol deu tantas voltas em sua cabeça que só conseguíamos ver a pontinha de seu nariz."

A voz dele. Paul conheceu o pai dela. Passou horas com ele — até as últimas — e sabia ler as palavras de Sam com a mesma cadência suave que o pai sempre usou.

— “Estávamos levando você para ver sua avó Ginny. Sua mãe, claro, não estava feliz com essa tarefa.”

— Sim — disse Lydia.

Paul desviou o olhar da página.

— Sim o quê?

— Quero o Percocet.

— Claro. — Paul soltou os cadernos no chão. Desenroscou a tampa da garrafa com o spray. — Mas, primeiro, você tem que merecer.

CAPÍTULO 19

CLAIRE SE SENTOU NO vaso sanitário apoiando os cotovelos nos joelhos e a cabeça nas mãos. Já tinha chorado tudo o que podia. Não tinha mais lágrimas dentro de si. Até seu coração tinha dificuldades para bater dentro do peito. As batidas lentas eram quase dolorosas. Sempre que sentia sua pulsação, seu cérebro dizia a palavra: Lydia.

Lydia.

Lydia.

Sua irmã tinha desistido. Claire tinha percebido na voz da irmã, que não tinha entonação, o tom de entrega total e completa. O que de tão terrível Paul teria feito para Lydia acreditar que já estava morta? Pensar na resposta só deixava Claire ainda mais desesperada.

Ela encostou a cabeça na parede fria. Seus olhos se fecharam. Estava passando mal de cansaço. Para ser sincera, Claire estava louca para desistir também. Sentia esse desejo em cada fibra de seu ser. Sua boca estava seca. A visão, borrada. Um tom alto soava em seus ouvidos. Ela tinha dormido na sala de interrogatório? Podia considerar como descanso o momento em que Paul a agrediu a ponto de deixá-la desacordada?

Claire só sabia que estava acordada havia quase 24 horas. A última vez que havia comido tinha sido quando Lydia preparou ovos mexidos para ela na manhã do dia anterior. Tinha duas horas e meia para ir ao banco em Hapeville — para quê? Adam estava com o pen drive. Era com ele que Claire deveria falar. Os escritórios da Quinn + Scott ficavam a dez quarteirões. Adam estaria lá em poucas horas para sua apresentação. Claire deveria estar esperando na frente da porta do escritório, não sentada no vaso sanitário do Hyatt. Se sua mentira sobre Hapeville tinha sido contada para ganhar mais tempo, ela havia conseguido cerca de quatro ou cinco horas inúteis.

Ainda não sabia o que fazer. Sua mente se recusava a girar em círculos familiares. Mayhew. Nolan. O deputado. A arma.

Que merda faria com a arma? Toda a certeza de antes desapareceu. Claire não conseguia recuperar a determinação que tinha sentido na primeira vez que segurou o revólver de Lydia. Conseguiria atirar em Paul? Uma pergunta ainda melhor seria: conseguiria atirar em Paul e atingi-lo? Não era atiradora profissional. Teria que estar bem perto para acertar, mas não tão perto a ponto de Paul poder tirar a arma de sua mão.

E teria que acertá-lo na cabeça, porque não tinha nenhuma porcaria de munição.

A porta do banheiro se abriu. Por instinto de proteção, Claire subiu no vaso e se agachou. Ouviu o som suave de passos com sapatos de solado leve no porcelanato. Harvey? Claire pensou que um homem tão grande teria passos mais fortes. A porta de um dos cubículos foi aberta, depois outra, até a porta trancada do banheiro de Claire tremer.

Claire reconheceu os sapatos. Mocassim marrom da marca Easy Spirit para caminhada. Calça bege-clara que não deixaria à vista a poeira de revistas e livros velhos.

— Mãe. — Claire destrancou a porta. — O que está fazendo aqui? Como me encontrou?

— Eu dei a volta pelo prédio depois que me livrei do cara que estava atrás de você.

— O quê?

— Vi aquele homem correndo atrás de você. Dei a volta pelo outro lado do prédio e bati palmas para chamar a atenção dele e... — Helen estava segurando a porta. Seu rosto estava corado. Ela não tinha fôlego. — Eles me deixaram passar pela recepção. O guarda na entrada lateral me disse que você tinha acabado de sair. Você estava correndo tanto que quase a perdi, mas então o porteiro do lado de fora disse que você estava aqui.

Claire olhou para a mãe sem acreditar. Helen usava uma blusa azul com um colar grande. Deveria estar em uma sessão de autógrafos, e não correndo pelas ruas do centro de Atlanta se esquivando de um perseguidor.

— Você ainda quer que eu tire seu carro? — perguntou Helen.

Claire balançou a cabeça, negando, mas só porque não sabia o que queria que Helen fizesse.

— Sei que Paul foi acusado de roubar dinheiro. — Helen fez uma pausa, como se esperasse que Claire fosse protestar. — Aquele agente Nolan estava na casa ontem à tarde, e aquele capitão da polícia, Jacob Mayhew, apareceu logo depois que ele saiu.

— Ele fez isso, sim — afirmou Claire, e era bom poder dizer à mãe uma verdade. — Paul roubou três milhões de dólares da empresa.

Helen pareceu assustada. Três milhões de dólares era dinheiro demais para sua mãe.

— Você vai devolver. Vai morar comigo. Pode dar aulas de arte na escola.

Claire riu, porque a mãe fazia tudo parecer muito simples.

Helen contraiu os lábios. Era óbvio que queria saber o que estava acontecendo, mas disse apenas:

— Quer ficar sozinha? Precisa da minha ajuda? Diga o que devo fazer.

— Não sei — admitiu Claire, mais uma verdade. — Preciso ir a Hapeville em duas horas.

Helen não perguntou o porquê. Só disse:

— Certo. O que mais?

— Preciso carregar o Tesla. Preciso de um carregador de iPhone.

— Tenho um na bolsa. — Helen abriu o zíper da bolsa, que era de couro marrom com flores bordadas na alça. — Você está péssima. Quando foi a última vez que comeu alguma coisa?

Lydia tinha perguntado a mesma coisa duas noites antes. Claire havia deixado a irmã cuidar dela, mas Lydia se tornou refém de Paul. A garantia dele. Sua vítima.

— Querida? — Helen segurava o carregador. — Vamos à recepção comer alguma coisa.

Claire deixou a mãe tirá-la do banheiro assim como a tinha guiado para fora da sala de interrogatório do FBI. Helen a levou para a recepção do hotel. Havia vários sofás grandes e cadeiras muito estofadas. Claire praticamente caiu na maior delas.

— Fique aqui — disse Helen. — Vou ao café pegar alguma coisa.

Claire jogou a cabeça para trás. Precisava se livrar de Helen. Lydia só estava com problemas porque Claire a tinha envolvido na loucura de Paul. Não levaria a mãe pelo mesmo caminho. Tinha que pensar em alguma coisa que as tirasse daquilo. Paul iria querer encontrá-la em algum lugar isolado. Claire deveria ter um lugar alternativo para sugerir. Algum lugar aberto e movimentado. Um shopping center. Claire conhecia todas as lojas chiques do Phipps Plaza. Ela se imaginou caminhando pela Saks com vestidos dobrados no braço. Teria que experimentá-los porque algumas das marcas estavam fabricando roupas menores do que o normal, ou talvez Claire estivesse ficando maior desde que parou de jogar tênis quatro horas por dia. Queria ver as novas bolsas Prada, mas a vitrine era próxima demais ao balcão dos perfumes e sua alergia estava atacando.

— Querida?

Claire olhou para a frente. A luz tinha mudado. Assim como o cenário. Helen estava sentada no sofá ao lado dela. Estava segurando um livro. Usava o polegar para marcar a página.

Ela disse a Claire:

— Deixei você dormir por uma hora e meia.

— O quê?

Claire se sentou, em pânico. Observou a recepção. Havia mais pessoas do que antes. A mesa da recepção estava cheia. Malas estavam sendo arrastadas pelo carpete. Ela observou os rostos. Nada de Jacob Mayhew. Nada de Harvey Falke.

— Você disse que tinha duas horas. — Helen colocou o livro na bolsa. — Carreguei seu iPhone. O Tesla está ligado em uma rua à frente, na Peachtree Center Avenue. Sua bolsa está bem do seu lado. Coloquei a chave no bolso com zíper. Tem uma calcinha limpa ali também. — Ela apontou a mesa de centro. — A comida ainda está quente. É melhor você comer. Vai se sentir melhor.

Claire olhou para a mesa. A mãe havia comprado um copo grande de café e uma esfirra de frango.

— Coma. Você tem tempo.

A mãe tinha razão. Ela precisava ingerir algo calórico. O café seria fácil. Mas não tinha certeza quanto à comida. Tirou a tampa de plástico do copo. Helen havia despejado leite suficiente para deixar o líquido branco, como Claire gostava.

Helen abriu um guardanapo e o colocou no colo da filha.

— Você sabe que aquele revólver precisa de balas .38, certo? — Claire bebericou o café. A mãe tinha entrado no Tesla. Devia ter visto a arma no bolso da porta. — Está na bolsa. Não parecia seguro deixar uma arma no carro enquanto está estacionado na rua. Não encontrei nenhum lugar no centro, caso contrário, teria trazido munição para você.

Claire pousou o copo. Abriu a esfirra para dar algo para as mãos fazerem. Pensou que o cheiro fosse embrulhar seu estômago, mas percebeu que estava com fome. Deu uma mordida grande.

— Huckleberry me ligou — contou Helen. — Sei que você sabe sobre a fita.

Claire engoliu. A garganta ainda doía por ter gritado no quintal da casa dos Fuller.

— Você mentiu a respeito de Julia.

— Protegi você. É diferente.

— Eu tinha o direito de saber.

— Você é minha filha. Sou sua mãe. — Helen parecia decidida. — Não vou me desculpar por fazer meu trabalho.

Claire se controlou para não dizer que era um alívio saber que Helen havia retomado seu trabalho.

— Lydia mostrou a fita a você? — perguntou Helen.

— Não. — Não deixaria a irmã levar a culpa de novo. — Eu a encontrei na internet. Mostrei para ela. — Lembrou-se do telefone de Lydia. Helen tinha visto o número desconhecido no identificador de chamadas. — Peguei o telefone dela. O meu foi roubado, e preciso de um, então peguei o dela.

Helen não insistiu por uma explicação melhor, provavelmente porque tinha investigado inúmeros roubos na infância das filhas. Só perguntou:

— Você está bem?

— Estou me sentindo melhor. Obrigada.

Ela olhou por cima do ombro da mãe porque não conseguia olhá-la nos olhos. Não podia contar sobre Lydia, mas podia contar sobre Dee. Sua mãe era avó. Tinha uma neta linda e bem-sucedida que ela esperava que estivesse escondida em algum lugar onde Paul nunca a encontraria. O que significava que naquele momento Claire não podia deixar que Helen a encontrasse.

Helen disse:

— Mais cedo, quando Wynn Wallace e eu estávamos procurando você, eu me lembrei de algo que seu pai me disse. — Ela segurou a bolsa no colo. — Ele disse que os filhos sempre tinham pais diferentes, mesmo na mesma família.

Família. Helen tinha mais do que sabia. Claire sentiu o peso da culpa no peito.

— Quando Julia era pequena e éramos só nós três, acho que eu era uma ótima mãe — continuou Helen, rindo, porque a lembrança obviamente a deixava feliz. — Depois, a Pimentinha nasceu e foi muito difícil, mas eu adorava cada minuto frustrante e desafiador porque ela tinha personalidade, sabia o que queria e brigava com Julia o tempo todo.

Claire assentiu. Lembrava-se das brigas entre as irmãs mais velhas. Elas eram parecidas demais para se darem bem mais do que algumas horas por vez.

— Então, você nasceu. — Helen abriu um sorriso doce. — Foi tão fácil em comparação às suas irmãs. Você era calma e meiga, e seu pai e eu costumávamos conversar à noite comentando como vocês eram diferentes. "Tem certeza de que não trocaram as bebês no hospital?", perguntava ele. "Talvez devêssemos ir à delegacia para ver se nossa filha verdadeira não foi presa por perturbar a ordem pública."

Claire sorriu, porque aquilo era exatamente o que seu pai era capaz de dizer.

— Você observava tudo. Notava tudo. — Helen balançou a cabeça. — Eu via você sentada no cadeirão, e seus olhos acompanhavam todos os meus movimentos. Você tinha muita curiosidade em relação ao mundo e se ligava tanto em todo mundo, prestava atenção à intensidade, às paixões e às personalidades diferentes, que eu temia que você se perdesse. É por isso que eu levava você quando saíamos. Lembra?

Claire tinha esquecido, mas então relembrou. Sua mãe a levava a museus de arte em Atlanta e a shows de marionetes, e ela até participou de uma aula de cerâmica, que não deu muito certo.

Só as duas. Pimentinha não estava para estragar a tigela de barro que Claire moldou com perfeição. Julia não estava por perto para estragar o show de marionetes comentando sobre a estrutura patriarcal do roteiro.

Helen continuou:

— Eu fui uma mãe muito boa para você por treze anos, depois, fui muito ruim por cerca de cinco, e sinto que passei todos os dias desde então tentando voltar a ser vista por você como uma boa mãe.

Claire estava procurando ou evitando essa conversa com Helen nos últimos vinte anos, mas sabia que, se conversassem naquele momento, ela ficaria arrasada.

Por isso, ela perguntou:

— O que você achava de Paul? — Helen girou a aliança no dedo. Paul estava errado. Claire girava a aliança no dedo porque tinha visto a mãe fazer isso muitas vezes. — Você não vai me magoar — disse ela. — Quero saber a verdade.

Helen não se conteve.

— Eu disse a seu pai que Paul era como um caranguejo ermitão. Eles são carniceiros. Não têm a capacidade de fazer as próprias conchas, por isso procuram até encontrar conchas abandonadas e lá se enfiam.

Claire sabia melhor do que ninguém que a mãe tinha razão. Paul havia se enfiado em sua concha, aquela que tinha sido abandonada por sua família enlutada.

— Preciso ir para Hapeville daqui a meia hora. A um banco subindo a Dwarf House. Preciso dar a impressão de que estou lá, mas tenho que estar em outro lugar.

— Qual banco?

— Wells Fargo. — Claire deu mais uma mordida na esfirra. Percebeu que a mãe estava desesperada por mais informações. — Eles estão me rastreando. Não posso ir para Hapeville e não posso mostrar aonde estou indo, de verdade.

— Então, me dê seu telefone e eu vou dirigir até Hapeville. Provavelmente é melhor que eu fique com o Tesla. Pode ser que eles também estejam rastreando o carro.

O telefone. Como Claire podia ter sido tão idiota? Paul sabia que ela estava no prédio do FBI. Sabia sua localização exata na rua. Ele disse para ela virar à esquerda no hotel. Estava usando o aplicativo "Buscar iPhone" porque sabia que Claire não iria a nenhum lugar sem sua única conexão com Lydia.

Ela disse à mãe:

— Preciso atender o telefone, se tocar. Tem que ser minha voz.

— Não pode usar o recurso de transferência de chamada? — Helen indicou a loja de presentes com o polegar. — Eles têm um mostruário para telefones pré-pagos. Podemos comprar um desses, ou você pode ficar com meu telefone.

Claire estava surpresa. Em menos de um minuto, Helen resolveu um de seus maiores problemas.

— Pegue isto. — Helen pegou as chaves do carro na bolsa, junto com um tíquete azul de estacionamento. — Segure. Vou ver o preço de um aparelho.

Ela pegou as chaves. Sempre organizada, a mãe tinha escrito o número do andar e da vaga do estacionamento na parte de trás do tíquete.

Claire observou Helen conversando com o atendente da loja. O homem estava lhe mostrando diversos modelos de telefone. Claire começou a perguntar a si mesma quem era aquela pessoa confiante e eficiente, mas sabia quem era. Era a Helen Carroll que ela conhecia antes de Julia desaparecer.

Ou talvez fosse a Helen Carroll que tinha voltado a Claire depois do luto pela perda de Julia, porque Helen tinha telefonado para Wynn Wallace assim que encerrou o telefonema com Claire. Tinha passado a noite à procura da filha. E a tinha salvado de Fred Nolan e distraído Harvey Falke para que Claire pudesse escapar. E estava sentada na recepção de um hotel fazendo tudo que era possível para oferecer ajuda. Claire queria poder usar o auxílio da mãe para resolver outros problemas, mas não conseguia inventar uma história crível que não revelasse a verdade, e sabia que havia um limite para a curiosidade contida de Helen. Não acreditou nos recursos oferecidos pela mãe. Helen chegara ao ponto de procurar munição para a arma. Paul ficaria chocado.

Claire se deu conta de seu pensamento tarde demais. Não contaria essa história a Paul quando ele chegasse do trabalho à noite. Nunca mais dividiriam um momento assim.

— Foi fácil. — Helen já tinha tirado o telefone da caixa. — A bateria está pela metade, mas comprei um carregador de veículo e o rapaz gentil que me atendeu tinha um cupom, então você ganhou mais trinta minutos grátis. Mesma coisa que pagar por algo para conseguir outra coisa de graça.

Helen se sentou ao lado de Claire. Obviamente estava nervosa porque falava sem parar como Claire fazia quando ficava tensa.

— Paguei com dinheiro. Devo estar sendo paranoica, mas se o FBI estiver rastreando você, pode ser que estejam me rastreando também. Ah... — Ela enfiou a mão na bolsa e pegou um maço de notas. — Peguei isto no caixa eletrônico enquanto você dormia. Quinhentos dólares.

— Vou devolver esse dinheiro. — Claire pegou as notas e as enfiou na bolsa. — Não acredito que você está fazendo isso.

— Bem, quero deixar claro que estou aterrorizada com as coisas nas quais você está envolvida. — Ela estava sorrindo, mas os olhos brilhavam por causa das lágrimas. — Da última vez que fiquei aterrorizada por causa de uma de minhas filhas, negligenciei minha família toda. Negligenciei seu pai, você e Lydia. Nunca mais vou fazer isso. Então, *mea culpa* até a prisão federal, se chegar a esse ponto.

Claire percebeu que Helen achava que tudo aquilo girava em torno do dinheiro desviado. O FBI e a polícia a interrogaram. Nolan havia levado Claire para um interrogatório de doze horas. Claire a estava mandando a um banco em Hapeville. Claramente, a mãe achava que tinha unido todas as peças, mas não tinha a menor ideia do que de fato estava acontecendo.

Ela pegou o telefone de Lydia.

— O rapaz gentil da loja me disse que você deve entrar em configurações.

Claire pegou o telefone.

— Precisa de senha.

Ela inclinou a tela para que a mãe não visse a última coisa que ela tinha visto: a foto de Lydia, enviada por Paul, no porta-malas. Descartou a imagem e fingiu teclar a senha antes de devolver o telefone a Helen, então observou, surpresa, a mãe usando o software.

Helen teclou o número do celular pré-pago e saiu do menu.

— Ah, veja. — Ela virou a tela na direção de Claire. — Está vendo essa coisinha na parte de cima, a imagem de um telefone e uma seta? Significa que as ligações estão sendo transferidas. — Parecia impressionada. — Que equipamento maravilhoso.

Claire não confiava no ícone na parte superior.

— Ligue para esse número e veja se está funcionando.

Helen pegou seu iPhone. Encontrou o número de Lydia na lista de chamadas recentes. As duas esperaram. Vários segundos se passaram, então o celular pré-pago começou a tocar.

Helen desligou a chamada.

— Minha mãe me repreendia por ligar para ela. Dizia: "É tão impessoal. Por que não me escreve uma carta?" E eu repreendo você por enviar e-mail em vez de ligar. E todas as minhas amigas repreendem os netos por escreverem tudo errado nas mensagens de texto. Que mistura estranha de necessidades.

— Amo você, mãe.

— Também amo você, docinho.

Ela limpou a sujeira que Claire tinha deixado na mesa. Helen tentava parecer casual, mas suas mãos tremiam. Ainda tinha lágrimas nos olhos. Era óbvio que estava confusa, mas ainda igualmente determinada a fazer o que pudesse para ajudar.

— Preciso ir. Até quando preciso ficar no banco?

Claire não fazia ideia de quanto demorava para acessar um cofre.

— Pelo menos meia hora.

— E depois?

— Volte pela 75. Ligo para você para avisar.

Ela se lembrou do que Paul tinha dito.

— Tome cuidado. Não é um lugar muito bom, principalmente estando no Tesla.

— Vai ter um segurança no estacionamento do banco. — Helen tocou o rosto de Claire. Sua mão ainda tremia de leve. — Vamos jantar quando tudo isto terminar. Com bebidas... muita bebida.

— Está bem.

Claire conferiu a hora para que não tivesse que observar Helen se afastando. Adam Quinn dissera que sua apresentação seria logo cedo. Os escritórios abriam às nove, o que significava que Claire tinha meia hora para percorrer dez quarteirões.

Enfiou o celular pré-pago no bolso de trás. E a bolsa, pendurou no ombro. Terminou o café enquanto voltava para o banheiro. A aparência de Claire não tinha melhorado desde que ela vira seu reflexo no espelho atrás de Fred Nolan. Os cabelos estavam grudados na cabeça, oleosos. As roupas estavam uma bagunça. Deveria estar fedendo a suor por ter corrido pela cidade.

O corte no rosto ainda estava sensível. O círculo escuro ao redor do olho se transformava num hematoma bem pronunciado. Claire tocou a pele. Paul tinha batido em Lydia também. Tinha feito a testa dela sangrar. Ele tinha feito o olho dela inchar até ficar fechado. E tinha feito outras coisas também, coisas que levaram Lydia a desistir, a acreditar que, independentemente do que Claire fizesse, ela já estava morta.

— Você não está morta, Lydia — disse Claire em voz alta, por ela e também pela irmã. — Não vou abandonar você.

Claire abriu a torneira. Não podia encontrar Adam Quinn com aquela aparência. Se Adam não soubesse no que Paul estava envolvido, haveria muito mais chances de ajudar Claire se ela não estivesse parecendo uma mendiga. Ela lavou o rosto e se limpou depressa. A calcinha que Helen tinha comprado ia além do umbigo, mas ela não estava em condições de reclamar.

Penteou os cabelos para trás com água e o modelou com a mão, formando uma onda, para que secassem. Havia maquiagem na bolsa. Base. Corretivo, sombra de olho. Blush. Pó. Rímel. Delineador. Fez uma careta ao bater o dedo ao redor do hematoma. A dor valeu a pena, porque ela sentiu que aos poucos voltava a si.

A hora e meia de sono provavelmente tinha ajudado mais do que o corretivo de noventa dólares. Sentiu que seus pensamentos voltavam a despertar. Lembrou-se da pergunta que tinha dito que Nolan precisava fazer: por que Paul se manteve por perto?

Ele queria o pen drive. Claire não era tão narcisista a ponto de achar que o marido tinha se mantido por perto à espera dela. Paul era um sobrevivente.

Estava arriscando sua segurança para pegar o drive e tinha dito a Claire as coisas que acreditava que ela queria ouvir porque mantê-la por dentro era a melhor coisa a se fazer.

Dizer que a amava era um incentivo. Lydia era um castigo.

Nolan pensou que Paul estivesse oferecendo evidências da identidade do homem mascarado, mas Claire sabia que Paul não forneceria ao FBI provas contra si mesmo. Então, o que restava? Qual informação poderia haver no pen drive que fosse tão valiosa a ponto de Paul arriscar sua liberdade?

— A lista de clientes — disse Claire a seu reflexo.

Foi a única coisa que fez sentido. Ao telefone, no dia anterior, Paul havia afirmado ter entrado nos negócios da família por precisar de dinheiro. Deixando de lado o fato de ele ter se formado anos antes, quanto as pessoas estavam dispostas a pagar para assistir aos filmes? E quantos nomes havia na lista de clientes?

A coleção de VHS de Gerald Scott tinha, pelo menos, 24 anos.

Havia pelo menos cem fitas na garagem. O equipamento arquivado nas estantes de metal indicava vários outros meios de reprodução. Disquetes para fotografias. DVDs para filmes. O potente Mac para colocar os vídeos editados na internet. Tinha que haver um componente internacional. Paul tinha levado Claire para a Alemanha e para a Holanda mais vezes do que ela se lembrava. Dizia que ia a conferências durante o dia, mas ela não tinha como saber o que exatamente ele fazia nesse tempo. Paul não podia ser o único homem naquele negócio, mas, se ela conhecia o marido, sabia que ele era o melhor. Ele franquiaria o conceito a outros homens em outras partes do mundo. Exigiria grana alta. Controlaria todos os aspectos do mercado.

Contanto que tivesse sua lista de clientes, Paul poderia operar os negócios de qualquer parte do mundo.

A porta do banheiro se abriu. Duas adolescentes entraram. Riam e estavam felizes, com copos de café gelado e cheios de açúcar da Starbucks na mão.

Claire deixou descer a água da pia. Conferiu a maquiagem. O hematoma ainda aparecia em um determinado ângulo, mas não seria difícil explicá-lo. Adam a tinha visto no velório. Sabia que o rosto dela estava arranhado.

A recepção estava cheia de viajantes atrás de café da manhã. Claire procurou Jacob Mayhew e Harvey Falke, mas não os viu em lugar nenhum. Ela sabia, pelos filmes, que agentes do FBI usavam fones com fios pretos, por isso ela observou os ouvidos de todos os homens por perto. Então, olhou para as mulheres, porque elas também podiam ser do FBI. Claire tinha certeza de que estava olhando para turistas e para executivos porque eram todos muito fora de forma, e ela acreditava que era preciso estar em forma para trabalhar para o FBI.

Sua mente revigorada logo passou à conclusão seguinte: ninguém a tinha visto no Hyatt, o que significava que Paul não tinha dado a eles a localização dela, o que significava que ele não estava trabalhando com Jacob Mayhew nem com o FBI, o que significava, também, que não estava trabalhando com Johnny Jackson.

Provavelmente.

Ao olhar para fora depressa, ela viu que a névoa leve havia se tornado uma chuva forte. Claire subiu um andar e pegou a ponte, que fazia parte de um projeto para ajudar os turistas a atravessarem o corredor da convenção sem enfrentar o calor escaldante do verão.

A Quinn + Scott tinha trabalhado em duas pontes. Paul havia levado Claire para ver os dezoito andares, e eles andaram de elevador e de escada rolante para chegar às pontes fechadas por vidro com vista para inúmeras ruas do centro da cidade. Ele indicou vários detalhes arquitetônicos e contou histórias a respeito dos prédios que tinham sido derrubados para dar espaço a novas construções. A última parte do passeio terminou na ponte do Hyatt, na época fechada para construção. O sol estava se pondo no horizonte. A piscina do Hyatt brilhava lá embaixo. Eles fizeram piquenique num cobertor com bolo de chocolate e champanhe.

Claire desviou o olhar da piscina ao atravessar a ponte em direção à Marquise do Marriott. O trânsito tomava as ruas conforme os pedestres enchiam o complexo do Peachtree Center, formado por quatorze prédios que abrigavam tudo, desde os escritórios das empresas a diversas áreas de compras. Ela sentiu a cabeça pesada ao procurar pontos nos ouvidos, Mayhew, Harvey ou Nolan, ou qualquer outro rosto que parecesse ameaçador ou familiar. Se nenhum deles estivesse alinhado com Paul, todos teriam um motivo para usar Claire como garantia. Ela não podia demorar mais doze horas enquanto Lydia esperava.

Não esperando, porque Lydia já tinha desistido.

Claire desceu outro lance de escada rolante ao seguir em direção à próxima ponte. Não podia se permitir pensar no que estava acontecendo com Lydia. Estava progredindo. Era o que importava naquele momento. Ela tinha que focar na tarefa daquele momento: pegar o pen drive que estava com Adam. Não parava de se lembrar de algo que Nolan tinha revelado durante o interrogatório: eles investigaram o computador da sala de Paul.

Foi Adam o primeiro a chamar o FBI. Ele saberia que procurariam na sala de Paul e no computador. Na verdade, se Adam fizesse parte de uma operação que produzisse e distribuísse *snuff porn*, independentemente de quanto Paul roubasse dele, ele não seria tolo a ponto de envolver agências de segurança, muito menos o FBI.

Ela sentiu parte do peso sair de seus ombros ao subir a ponte que ligava o último prédio do AmericasMart até a Museum Tower. A partir dali, seria só uma caminhada rápida até a Olympic Tower, na Centennial Park Drive.

Claire caminhou sob os toldos para evitar a chuva. Às vezes ia ao centro da cidade para almoçar com Paul. Ela tinha uma identificação da Quinn + Scott na bolsa, que usava na recepção para passar pelas catracas. O escritório ficava no último andar da torre, com vista para o Centennial Park, uma propriedade de 8,5 hectares remanescente das Olimpíadas. Como parte de um esforço beneficente, o comitê olímpico vendeu tijolos com impressões personalizadas, tijolos que formavam as passagens. Um dos últimos presentes que seu pai tinha lhe dado foi um tijolo do parque com o nome Claire impresso. Ele também tinha comprado um para Lydia e outro para Julia.

Claire mostrou os tijolos a Paul. Ela se perguntou se ele, às vezes, olhava para baixo e sorria, no alto da cobertura.

O elevador se abriu no andar da Quinn + Scott. Eram 9h05 da manhã. As secretárias e os subordinados provavelmente tinham chegado dez minutos antes. Eles caminhavam ao redor das mesas e se apressavam com o café na mão e o pão na boca.

Todos pararam quando viram Claire.

Trocaram olhares nervosos e de desconfiança, o que confundiu Claire até ela se lembrar de que a última vez que a tinham visto havia sido na frente do caixão do marido.

— Sra. Scott?

Uma das recepcionistas deu a volta pela mesa que separava a recepção dos escritórios. Tudo ficava num único salão e era muito bem planejado com madeira e detalhes cromados sem obstruções à vista normalmente espetacular do parque.

Claire ficou exatamente naquele ponto enquanto Paul e Adam comemoravam o espaço novo e maior com *picklebacks* e pizza, uma mistura nojenta dos anos de faculdade.

— Sra. Scott? — repetiu a recepcionista jovem, bonita e loira, exatamente o tipo de Paul.

Os dois Pauls, porque a garota podia ser uma jovem Claire.

— Preciso ver Adam — disse Claire.

— Vou ligar para ele. — Ela se esticou sobre o balcão para pegar o telefone. A saia estava justa ao redor do quadril. Ela levantou o pé esquerdo quando flexionou o joelho. — Tem uma apresentação no...

— Vou encontrá-lo.

Claire não podia mais esperar. Atravessou os escritórios. Todos os olhos a seguiram pela sala. Ela atravessou o corredor comprido que abrigava os sócios que tinham o luxo de ter uma sala. A sala de apresentações ficava do outro lado da sala de conferência, que dava vista ao parque. Quando passaram pelo andar de cima vazio, Paul explicou o raciocínio para Claire: impressionar os clientes com a vista de um milhão de dólares, depois levá-los para a sala de apresentações e impressioná-los com o trabalho.

Estúdio de apresentação. Era assim que Paul chamava o lugar. Claire tinha esquecido até ver a placa na porta vazia. Não se deu o trabalho de bater. Adam girou na cadeira. Estava assistindo a uma prévia da apresentação. Claire viu uma sequência de números ao lado de uma citação do prefeito gabando-se de que Atlanta superaria Vegas no número de visitantes de convenção.

— Claire? — Adam acendeu as luzes. Fechou as portas. Segurou as mãos dela. — Aconteceu alguma coisa?

Ela olhou para as mãos dele. Nunca sentiria o toque de outro homem sem se perguntar se podia ou não confiar nele. Ela disse a Adam:

— Sinto muito por perturbá-lo.

— Ainda bem que você está aqui. — Ele indicou as cadeiras, mas Claire não se sentou. — Fui ridículo com você com aquele recado. Sinto muito por tê-la ameaçado. Quero que saiba que nunca teria envolvido os advogados. Eu precisava dos arquivos, mas não precisava ter agido como um marginal.

Claire não soube o que dizer. Estava atenta de novo. Paul era um ótimo ator. Será que Adam também era? Nolan dizia que tinha acabado com Adam, mas Nolan era um mentiroso de primeira. Eles todos eram muito melhores naquilo do que Claire.

Ela disse a Adam:

— Eu sei sobre o dinheiro.

Ele se retraiu.

— Eu deveria ter deixado isso entre Paul e eu.

— Por que não fez isso?

Ele balançou a cabeça.

— Não importa. Só saiba que me arrependo.

— Por favor.

Claire tocou a mão dele. O toque se transformou em uma carícia, e o comportamento dele foi aliviado como se ela tivesse conseguido isso apertando um botão. Ela disse:

— Quero saber, Adam. Conte-me o que aconteceu.

— Há um tempo as coisas não andavam boas entre nós. Acho que, em parte, é culpa minha. Aquela coisa toda com você foi maluquice. — Ele acalmou Claire. — Não que não tenha sido bom, mas não foi certo. Eu amo a Sheila. Sei que você amava Paul.

— Amava — concordou ela. — Pensei que você também amasse. Você o conhece há 21 anos. — Adam ficou calado de novo. Ela tocou o rosto dele para que ele a olhasse. — Conte.

Ele balançou a cabeça de novo, mas disse:

— Você sabe que ele tinha seus momentos, suas crises de depressão.

Claire sempre pensou que Paul fosse o homem mais equilibrado que ela conhecia.

— Ele herdou isso do pai — disse.

Adam não discordou dela.

— Parecia que nos últimos tempos ele não conseguia se levantar. Acho que faz um ano, talvez dois, desde que senti que éramos amigos de verdade. Ele sempre me manteve meio longe, mas isso foi diferente. E doeu. — Adam parecia magoado mesmo. — Eu me precipitei. Não deveria ter chamado o FBI, e, pode acreditar, estou discutindo isso com meu terapeuta, mas algo me fez acordar.

Claire se lembrou de um dos motivos pelos quais nunca havia tentado nada de longa duração com Adam Quinn. Ele estava sempre falando sobre o que sentia.

— Eu não fiquei puto só por causa do dinheiro — contou ele. — Foi só mais uma coisa além das mudanças de humor e dos acessos de raiva e da necessidade que ele tinha de controlar tudo e... eu não queria que tivesse saído do controle. Quando aquele idiota do FBI o algemou e o tirou do escritório, eu sabia que tinha acabado. Pela cara de Paul. Nunca o vi tão bravo daquele jeito.

Claire tinha visto do que aquele cara era capaz. Adam teve sorte por Paul estar algemado.

— Você retirou as acusações. Fez isso porque Paul devolveu o dinheiro?

— Não. — Ele desviou o olhar. — Eu devolvi.

Claire tinha certeza de que tinha ouvido errado. Teve que repetir as palavras dele para ter certeza.

— Você devolveu o dinheiro.

— Ele sabia sobre nós. Sobre as três vezes.

As três vezes.

Claire tinha transado com Adam Quinn três vezes: na festa de Natal, durante o torneio de golfe e no banheiro do corredor enquanto Paul esperava por eles para almoçarem.

Fred Nolan tinha a resposta para a primeira coisa curiosa. Paul havia roubado um milhão de dólares por cada vez que Adam tinha transado com ela.

— Sinto muito — disse Adam.

Claire se sentiu tola, não só por não ter percebido sozinha. Paul e Adam sempre foram guiados pelo dinheiro.

— Ele pegou dinheiro suficiente para chamar nossa atenção, mas não o suficiente para fazer você chamar a polícia. Mas você chamou. Você chamou o FBI.

Adam assentiu em um gesto tímido.

— Sheila me forçou a fazer isso. Eu estava irritado... sabe? Por quê? Então, tudo acabou numa bola de neve que desencadeou na prisão de Paul, na revista em seu escritório e... — Ele parou de falar. — Eu acabei implorando para ele me perdoar. Então, sim, o que fiz foi errado, mas somos sócios, e tínhamos que encontrar uma maneira de trabalhar juntos de novo, então...

— Você pagou a ele três milhões de dólares. — Claire não se deu o luxo de processar seus sentimentos. — Acho que se vou ser uma prostituta pelo menos não cobrarei barato.

— Olhe...

— Preciso do pen drive de volta, aquele que deixei para você na caixa de correspondências.

— Claro.

Adam caminhou até o projetor. A mala estava aberta ao lado dele. Ela acreditou que aquela seria a última prova de que Paul tinha escondido seus negócios escusos do melhor amigo. Ou ex-melhor amigo, como parecia ser o caso.

Adam mostrou a chave.

— Já fiz o download dos arquivos de que precisava. Posso ajudar você com...

Claire pegou o pen drive da mão dele.

— Preciso usar o computador da sala de Paul.

— Claro. Posso...

— Sei onde fica.

Claire atravessou o corredor com o chaveiro na mão. Estava com a lista de clientes de Paul. Claire tinha certeza. Mas não tirava as palavras de Fred Nolan da cabeça: *Confio, mas vou verificar.*

As luzes estavam apagadas no escritório de Paul. A cadeira se encontrava encostada na mesa. O bloco de anotações permanecia em branco. Não havia papéis soltos. O grampeador estava alinhado ao porta-lápis, que estava alinhado com a luminária. Qualquer um pensaria que aquele escritório tinha sido limpo, mas Claire sabia que não. Sentou-se na cadeira de Paul. O computador ainda estava ligado. Enfiou a ponta do pen drive na parte de trás do iMac. Paul não tinha saído do sistema. Ela o imaginava sentado à mesa quando Fred Nolan chegou dizendo que estava na hora de forjar sua morte. Paul não teria conseguido fazer nada além de se levantar e sair.

Então, claro que ele se deu ao trabalho de encostar a cadeira na mesa num ângulo preciso em relação às pernas.

Claire clicou duas vezes no ícone do pen drive. Havia duas pastas, uma de arquivos de Trabalho em Andamento de Adam e a outra para o software que estava no drive. Ela clicou na pasta do software para abrir. Observou os arquivos, e todos tinham nomes que pareciam técnicos e extensões .exe. Ela conferiu as datas. Paul tinha salvado os arquivos no drive dois dias antes do assassinato forjado.

Claire desceu até o fim da lista. O último arquivo que Paul havia salvado tinha o nome FFN.exe. Na garagem, duas noites antes, Claire tinha checado o pen drive à procura de filmes, mas foi antes de descobrir o tamanho da depravação do marido. Ela sabia que não deveria acreditar só no que via. Também sabia que as pastas não exigiam extensões. FFN. Fred F. Nolan. Claire tinha visto as iniciais do homem no lenço dele. Ela clicou para abrir a pasta.

Apareceu uma página requisitando a senha.

Claire olhou para a tela até enxergar borrado. Ela adivinhou as outras senhas com a ideia de que conhecia o marido. Aquela senha tinha sido criada pelo Paul Scott que ela não conhecia — o que usava uma máscara para filmar a si mesmo estuprando e matando jovens. O que cobrava um milhão de dólares do melhor amigo por transar com a mulher dele. O que encontrou os montes de filmes do pai e decidiu retomar os negócios.

Paul deve ter assistido às fitas no mesmo videocassete que Lydia e Claire viram na casa dos Fuller. Claire imaginou o marido jovem e esquisito sentado à frente da televisão assistindo aos filmes do pai falecido pela primeira vez. Será que se surpreendeu com o que viu? Ficou com nojo? Ela queria pensar que ele ficou revoltado, com nojo, e que a necessidade o fez não só vender as fitas, mas também experimentar as maldades do pai.

Mas, menos de seis anos depois, Paul estava conhecendo Claire no laboratório de informática da faculdade. Com certeza, ele sabia exatamente quem ela era, exatamente quem era sua irmã. Com certeza, ele tinha assistido ao filme de Julia dezenas, talvez centenas de vezes.

As mãos de Claire estavam surpreendentemente firmes no teclado quando ela teclou a senha: 03041991.

Nenhuma associação. Nenhum acrônimo. Março 4, 1991, o dia em que sua irmã desapareceu. O dia em que tudo começou.

Apertou ENTER. A rodinha colorida começou a girar. A pasta se abriu. Ela viu uma lista de arquivos.

.XLS — planilha de Excel.

Havia dezesseis planilhas no total.

Ela abriu a primeira. Havia cinco colunas: nome, e-mail, endereço, dados bancários, membro desde.

Membro desde.

Claire rolou a lista. Cinquenta nomes no total. Alguns eram membros havia trinta anos. Eram de todos os lugares, desde a Alemanha, passando pela Suíça até a Nova Zelândia. Vários endereços eram em Dubai.

Ela tinha razão. Paul precisava da lista de clientes. Será que Mayhew também estava procurando a lista? Ele queria tomar os negócios de Paul? Ou será que Johnny Jackson tinha mandado a polícia limpar a sujeira do sobrinho?

Claire fechou o arquivo. Clicou para abrir todas as outras planilhas e analisou cada nome porque ela havia pagado o preço por olhar tudo só uma vez.

Cinquenta nomes em cada planilha, dezesseis planilhas no total. Havia oitocentos homens espalhados pelo mundo que pagavam pelo privilégio de assistir a Paul cometer assassinatos brutais a sangue-frio.

Se ao menos Claire tivesse clicado para abrir todos os arquivos do pen drive quando estava na garagem! Mas não haveria como ter adivinhado a mesma senha, porque na garagem ela acreditava que o marido só assistia aos filmes, que não era um participante ativo.

Claire manteve o ponteiro do mouse sobre o último arquivo, que não era um arquivo, de fato. Era outra pasta, dessa vez, com o nome JJ.

Se a pasta FNF continha coisas que Fred Nolan queria pegar, ela sabia que a pasta JJ teria informações valiosas para o deputado Johnny Jackson.

Claire abriu a pasta. Encontrou uma lista de arquivos sem extensões.

Rolou para a coluna no lado direito.

Tipo: imagem JPEG.

Claire clicou no primeiro arquivo para abrir. Quase vomitou com o que viu.

A foto estava em preto e branco. Johnny Jackson estava de pé no que só podia ser o celeiro em Amityville. Estava posando com um corpo pendurado de cabeça para baixo nas barras. A garota estava amarrada como se fosse um cervo. Os tornozelos se encontravam unidos com arame farpado que chegava ao osso. Estava pendurada em um gancho grande de metal que parecia retirado de um matadouro. Os braços encostavam no chão. Ela havia sido aberta de ponta a ponta. Johnny Jackson segurava um facão de caça numa das mãos e um cigarro na outra. Estava nu. O sangue escuro cobria a parte da frente de seu corpo e cobria seu pênis ereto.

Claire clicou para abrir o arquivo seguinte. Outro homem em preto e branco. Outra garota morta. Outra cena ensanguentada. Ela não reconheceu o rosto. Continuou clicando. E clicando. Então, encontrou o que deveria ter imaginado estar ali desde sempre.

O delegado Carl Huckabee.

A foto era meio clara. Huckleberry sorria um sorriso que só podia ser descrito como maléfico sob o bigode muito bem penteado.

Ele estava nu, usava apenas chapéu e botas de caubói. Havia uma mancha de sangue no peito nu. Os pelos púbicos fartos estavam cobertos por sangue seco. A garota pendurada ao lado dele estava deformada como todas as outras, mas não era qualquer garota. Claire imediatamente reconheceu as pulseiras prateadas e pretas penduradas no braço inerte.

Era Julia.

Os lindos cabelos loiros da irmã se arrastavam pelo chão sujo. Cortes longos expunham o branco dos ossos da face. Os seios tinham sido cortados. A barriga estava aberta. Os intestinos pendiam sobre o rosto e se enrolavam no pescoço como um cachecol.

O facão ainda estava dentro dela.

Paul, quinze anos, estava do outro lado de Huckabee. Vestia uma calça jeans desbotada e uma camisa polo vermelha. Os cabelos estavam compridos. Usava óculos de aro grosso.

Estava fazendo sinal de positivo com as duas mãos ao homem atrás da câmera.

Claire fechou a foto. Olhou pela janela. O céu tinha se aberto, chovia no parque. As nuvens tinham escurecido, estavam quase pretas. Ela ouviu as gotas insistentes de chuva no vidro.

Ela havia se enganado na esperança de que Paul não machucaria Lydia de modo irreparável porque ainda queria agradar a Claire. As justificativas seguiam um padrão simples: era óbvio que ele havia aterrorizado Lydia. Claramente a ferira. Mas não a machucaria de verdade, de jeito nenhum. Já tinha tido a chance dezoito anos antes. Havia pagado homens para segui-la por anos. Ele poderia tê-la pegado a qualquer momento, mas decidiu não fazer isso porque amava Claire.

Porque ela era bonita? Porque era esperta? Porque era inteligente?

Porque ela era tola.

Lydia tinha razão. Ela já estava morta.

CAPÍTULO 20

Paul andava de um lado a outro na sala enquanto falava ao telefone. Palavras saíam de sua boca, mas nenhuma fazia sentido. Na verdade, nada fazia sentido para Lydia.

Ela sabia que estava com dor, mas não se importava. Estava com medo, mas não importava. Imaginava o terror como uma ferida aberta embaixo da casca. Sabia que ainda estava ali, sabia que o menor toque a abriria, mas ainda assim não conseguia se preocupar.

Nada ocupava sua mente por mais tempo do que uma única verdade: esquecera-se de como era fantástico estar drogada. O fedor de urina tinha passado. Ela conseguia respirar de novo. As cores na sala eram lindas. *Macintosh da Apple, impressora, disquetes, copiadora, gravador de CD*. Brilhavam sempre que ela olhava para eles.

Paul disse:

— Não, ouça, Johnny. Eu estou no controle.

Johnny. Johnny Appleseed. Johnny Jack Corn e não ligo.

Não, este era Jimmy.

Jimmy Jack Corn e eu não ligo.

Não, era *Jimmy Crack Corn*.

Mas ela ligava?

Lydia se lembrou vagamente de Dee cantando uma música com os bonecos de *Vila Sésamo*. Mas não podia estar certo. Dee tinha medo do Garibaldo. Provavelmente Claire tinha cantado a música. Ela tinha uma boneca da Princesa Geraldine que dizia "o demônio me fez fazer isso" sempre que o cordão era puxado. Claire quebrou o cordão. Julia ficou furiosa, porque a boneca era dela. Ela foi ao Sambo com Tammy, sua amiga. Era isso mesmo? Ao Sambo?

Lydia também foi. O cardápio do restaurante tinha uma criança de rosto negro correndo ao redor de uma árvore. Os tigres que a perseguiam estavam virando manteiga.

Panquecas.

Ela quase sentia o cheiro das panquecas feitas pelo pai. Manhã de Natal: era o único momento em que Helen o deixava entrar na cozinha. O pai adorava surpreendê-las. Fazia com que comessem todo o café da manhã antes de abrirem os presentes.

— Lydia?

Lydia deixou os olhos rolarem para o lado. Via estrelas. A língua estava doce.

— Oi, Lydia?

A voz de Paul estava animada.

Ele tinha desligado o telefone. Estava na frente de Lydia com uma barra de ferro nas mãos. Claire a jogara na mesa da cozinha no dia anterior. Dois dias antes? Na semana anterior?

Ele testou o peso da barra nas mãos. Olhou para a cabeça do martelo, para a garra enorme do outro lado.

— Isto é algo que me seria muito útil, sabe? — Lydia disse *filho da puta*, mas só em sua mente. — Observe.

Ele segurou a barra como se fosse um bastão, sobre o ombro. Passou a ponta com a garra perto da cabeça dela.

Errou.

De propósito?

Ela sentiu o vento quando o metal cortou o ar. Sentiu um cheiro metálico de suor. Suor de Claire? De Paul? Ele não estava suando naquele momento. Ela só o vira suar quando ele estava de pé na frente dela com um sorriso doentio.

Lydia piscou.

Paul havia desaparecido. Não, estava sentado ao computador. O monitor era enorme. Lydia sabia que ele estava olhando um mapa. Não estava perto o bastante para ver os pontos da paisagem. Ele estava grudado na tela, acompanhando o progresso de Claire enquanto ela ia ao banco, porque Paul dissera a ela que Claire estava escondendo o pen drive no banco. Em um cofre. Lydia sentiu vontade de dizer outra coisa a ele, mas seus lábios pareciam grossos demais, como balões gigantes colados à pele. Sempre que tentava abrir a boca, os balões ficavam mais pesados.

Mas ela não podia contar. Sabia disso. Claire estava fazendo alguma coisa. Ela o estava enganando. Estava tentando ajudar Lydia. Disse ao telefone que cuidaria daquilo, certo? Que Lydia precisava se manter firme. Que não a abandonaria de novo. Mas o drive estava com Adam Quinn, então que diabos ela estava fazendo no banco?

Adam Quinn está com o pen drive, disse Lydia a Paul, mas as palavras ficaram apenas na cabeça, porque sua boca estava fechada com fita porque enfim ela tinha dito algumas coisas que Paul não queria ouvir.

Claire odeia você. Ela acredita em mim. Nunca, nunca vai aceitar você de volta.

We are never ever ever getting back together.

Taylor Swift. Quantas vezes Dee tinha tocado essa música depois de pegar Heath Carmichael saindo com outra?

This time, I'm telling you...

— Lydia?

Paul estava de pé ao lado dela. Ela olhou para a tela do computador. Quando ele tinha se mexido? Estava olhando para o computador. Estava dizendo algo sobre Claire ter saído do banco. Como podia estar do lado dela sendo que estava ao computador?

Ela virou a cabeça para perguntar a Paul. Sua visão avançava a cada quadro. Ela ouviu o som biônico parecido àquele que Steve Austin fazia em *O homem de seis milhões de dólares.*

Ch-ch-ch-ch...

Paul não estava ali.

Estava de pé na frente do carrinho. Trocava os itens antigos por novos. Seus movimentos eram lentos e precisos. Ch-ch-ch-ch... Era o som biônico quando ele se movimentava em câmera lenta como *Rodolfo, a rena do nariz vermelho.*

Claire. Ela detestava o especial de Natal com as criaturas estranhas e felizes cujos movimentos eram feitos a cada milésimo de segundo. Julia fazia as irmãs assistirem àquilo todos os anos, e Claire se encolhia para perto de Lydia como uma criança pequena e assustada, e Lydia ria com Julia porque Claire era um bebezão, mas não contava que as criaturas também a assustavam.

— Você vai querer se preparar para isto — disse Paul.

Aquilo parecia importante. Lydia sentiu a casca da ferida começar a coçar. Balançou a cabeça. Não coçaria. Precisava daquela casca para se manter. Mas ela tentou se concentrar nas mãos dele, no movimento dos dedos enquanto ele arrumava tudo uma, duas vezes, então, uma terceira e uma quarta vez.

Lydia ouviu um novo mantra em sua mente — *Arame farpado. Barra de ferro. Corrente. Gancho grande. Facão afiado.*

Um momento de clareza dissipou as nuvens em sua mente.

Estavam perto do fim.

CAPÍTULO 21

CLAIRE SE SENTOU DE costas para a parede na Office Shop, diante da Phipps Plaza. Havia se posicionado entre a porta da frente e a de trás para ver quando alguém entrasse. Era a única cliente no pequeno estabelecimento. A atendente trabalhava em silêncio em um dos computadores alugados. Claire segurava o celular pré-pago. Helen estava na I-75 havia dez minutos.

Paul ainda não tinha ligado.

Sua mente estava criando motivos malucos para explicar por que o telefone ainda não tinha tocado. Paul estava indo para lá. Já tinha matado Lydia. Pretendia matar Claire. Encontraria Helen e iria para a casa da vó Ginny e depois procuraria Dee.

Talvez esse tivesse sido seu plano desde sempre, acabar com a família toda. Claire não passava de um primeiro passo muito bem calculado. Namorá-la. Encantá-la. Casar-se com ela. Fingir que a fazia feliz. Fingir que *era* feliz. Mentiras em cima de mentiras e mais mentiras sem fim.

Eram como granadas. Paul as lançava por cima do muro e Claire esperava um tempo interminável até a verdade finalmente explodir em sua cara.

As fotografias eram mil granadas. Eram a explosão nuclear que a mandava de volta ao lugar mais escuro em que já esteve.

Paul, quinze anos, abrindo um sorriso louco ao posar para a câmera ao lado do corpo todo aberto de sua irmã. Ele fazia sinais de positivo, assim como fez sinal de positivo a Fred Nolan para lhe dar permissão.

Claire olhou para o celular pré-pago. Viu a tela sem nada. Forçou-se a pensar em motivos menos preocupantes que explicassem por que o telefone não tinha tocado. O serviço de transferência de chamada não estava funcionando direito. Mayhew havia falado com alguém na empresa de telefonia que o colocou no controle do celular pré-pago. Adam estava metido e alertou Paul para que seus homens seguissem Claire.

Nenhuma dessas coisas eram menos aterrorizantes, porque todas levavam de volta a Paul.

Claire tocou a bolsa por fora até sentir o contorno rígido do revólver de Lydia. Pelo menos, fez uma coisa certa. Comprar balas para a arma foi fácil. Havia uma loja de armas na rua que lhe vendeu uma caixa de munição sem fazer perguntas.

A Office Shop oferecia serviços de impressão e também aluguel de computador por hora. Ela estava envolvida demais no próprio medo para paquerar o atendente com cara de nerd, por isso o subornou com 250 dólares do dinheiro de Helen. Ela explicou seu problema de modo genérico — queria colocar algo no YouTube, mas eram fotos, não filmes, e havia muitas delas, além de algumas planilhas, e precisava que tudo funcionasse direito porque alguém tentaria tirá-las dali.

O garoto a interrompeu ali. Ela não precisava do YouTube, mas, sim, de algo como o Dropbox, então, Claire ajeitou a bolsa no ombro e ele viu a caixa de munição e a arma e disse que cobraria mais cem dólares e que ela precisava de algo chamado Tor.

Tor. Claire se lembrava vagamente de ter lido sobre o site de compartilhamento de arquivos ilegais na revista *Time*. Tinha algo a ver com a *Deep Web*, o que significava que não estava catalogado e era impossível de rastrear. Talvez Paul estivesse usando o Tor para distribuir os filmes. Em vez de enviar arquivos grandes por e-mail, ele podia mandar um link complexo que ninguém mais pudesse encontrar, a menos que inserisse a combinação exata de números e letras. Ela tinha o endereço de e-mail deles. Deveria enviar aos clientes de Paul suas planilhas e fotografias?

— Está pronto. — O nerd estava na frente de Claire com as mãos unidas na frente da calça xadrez. — Insira o pen drive e arraste tudo o que você quer para a página, e vai carregar.

Claire leu o nome no crachá dele.

— Obrigada, Keith.

Ele sorriu para ela antes de voltar para a mesa.

Claire se levantou. Sentou-se na cadeira diante do computador, olhando para a entrada e para a saída de vez em quando enquanto seguia as instruções do garoto. A sala estava fria, mas ela suava. Suas mãos não tremiam, mas ela sentia uma vibração no corpo, como se uma corrente elétrica passasse por seus ossos. Olhou para a porta de novo quando os arquivos de Paul começaram a ser carregados. Ela deixou os arquivos em formato JPEG no topo da lista para que o primeiro clique abrisse a imagem de Johnny Jackson. O difícil seria fazer alguém querer clicar.

Claire foi até o programa de e-mail que Keith havia lhe arranjado. Tinha um novo endereço de e-mail que vinha com a possibilidade de agendar a data e a hora exatas em que as mensagens seriam enviadas.

Ela começou a digitar.

Meu nome é Claire Carroll Scott. Julia Carroll e Lydia Delgado eram minhas irmãs.

Claire se sentiu enjoada com aquela traição. Lydia estava viva. Tinha que estar.

Teclou a barra de espaço até a última frase ser deletada.

Postei provas de que o deputado Johnny Jackson participou de filmes pornográficos.

Claire olhou para as palavras. Aquilo não era bem verdade, pois se tratava de algo além de conteúdo pornográfico. Era sequestro, estupro e assassinato, mas ela temia que relacionar todas essas coisas fizesse as pessoas não clicarem no link. Ela enviaria o material a todos os órgãos da imprensa e do governo que deixassem endereço de contato no site. Provavelmente, as contas eram monitoradas por estagiários jovens que não faziam a menor ideia de quem era Johnny Jackson ou que tinham crescido na era dos e-mails e, assim, sabiam que não deveriam clicar em links anônimos, muito menos naqueles relacionados ao Tor.

Claire abriu uma nova janela do navegador. Encontrou o e-mail de Penelope Ward na página da Westerly Academy. A oponente de Lydia parecia tão falsa quanto Claire imaginou. O Branch Ward do Comitê Exploratório do Congresso relacionava o endereço estagio@WeWantWard.com. O site indicava que o grupo era um Comitê de Ação Política, o que significava que eles procuravam qualquer sujeira no oponente.

O celular pré-pago tocou.

Claire foi até a sala de arquivo e abriu a porta dos fundos. A chuva ainda caía. Ventava mais, levando um jato frio de ar para o espaço pequeno. Ela torceu para que o barulho de fundo fosse suficiente para convencer Paul de que ela estava dirigindo o Tesla na I-75.

Ela abriu o telefone.

— Paul?

— Você está com o chaveiro?

— Sim, quero falar com Lydia.

Ele ficou em silêncio. Ela percebeu seu alívio.

— Você viu o que tem dentro dele?

— Claro, usei o computador do banco. — Claire canalizou toda a sua raiva na resposta sarcástica. — Quero falar com Lydia. Agora.

Ele repetiu os passos de sempre. Ela ouviu o viva-voz sendo ligado.

Claire disse:

— Lydia? — Esperou. — Lydia?

Ouviu um gemido alto e desesperado.

Paul falou:

— Acho que ela não está a fim de falar.

Claire encostou a cabeça na parede. Olhou para o teto enquanto tentava controlar as lágrimas. Ele tinha machucado Lydia de verdade. Claire havia se agarrado à parca esperança de que ele não tivesse feito nada, assim como havia se agarrado à parca esperança em relação a Julia tantos anos antes. Seu rosto ardia de vergonha.

— Claire?

— Quero encontrar você no shopping. Phipps Plaza. De quanto tempo você precisa?

— Acho que não — disse ele. — Por que não nos encontramos na casa de Lydia?

Claire parou de tentar controlar as lágrimas.

— Você pegou Dee?

— Ainda não, mas sei que você foi à casa de Lydia para alertar o namorado caipira dela. Ele levou Dee para um pesqueiro perto do Lake Burton. Você ainda não se deu conta de que sei de tudo? — Ele não sabia da arma. Não sabia da Office Shop. — Volte para Watkinsville — ordenou Paul. — Encontro você na casa dos meus pais. — Claire sentiu o estômago embrulhar. Ela viu o que Paul fazia com as prisioneiras na casa dos Fuller. — Ainda está aí?

Claire se forçou a falar.

— Tem muito trânsito. Provavelmente vou demorar umas duas horas.

— Não deve demorar mais do que noventa minutos.

— Sei que você está me rastreando com o telefone. Observe o ponto azul. Vou demorar o tempo que for necessário.

— Estou à mesma distância da casa que você, Claire. Pense em Lydia. Você quer mesmo que eu fique entediado esperando por você?

Claire fechou o telefone. Olhou para o braço. A chuva tinha entrado pela porta. A manga estava molhada.

Havia mais dois clientes na loja. Uma mulher e um homem. Os dois eram jovens. Os dois usavam calça jeans e blusa de capuz. Nenhum deles usava fones de ouvido. Claire observou o rosto dos dois. A mulher desviou o olhar. O homem sorriu para ela.

Claire tinha que sair dali. Sentou-se na frente do computador de novo.

Os arquivos tinham acabado de ser carregados. Ela checou o link para ter certeza de que funcionava. O monitor estava virado, os outros clientes não podiam ver as imagens, mas ela sentiu uma onda de calor ao conferir se a fotografia de Johnny Jackson estava no servidor.

Deveria deixar aberta no monitor? Deveria mostrar a Keith que ele tinha participado daquilo, mesmo sem saber?

Claire já tinha magoado muitas pessoas.

Fechou a foto.

Não tinha tempo para escrever um texto muito eloquente no e-mail. Escreveu mais algumas linhas, depois inseriu o link do Tor embaixo. Conferiu o horário programado em que os e-mails seriam enviados.

Em duas horas, todo mundo com acesso à internet saberia a verdadeira história de Paul Scott e seus comparsas. Todo mundo veria as fotos do tio e do pai dele passando adiante a sede por sangue da família. Veriam os quase mil endereços de e-mail que davam as reais identidades e localidades dos clientes dele. Teriam uma certeza profunda quando vissem fotos e mais fotos de jovens mulheres que foram tiradas de suas famílias ao longo de mais de quatro décadas. E entenderiam como Carl Huckabee e Johnny Jackson exploraram sua posição de autoridade para ter a garantia de que ninguém nunca os descobrisse.

Até aquele momento.

Claire tirou o pen drive do computador. Conferiu se não havia cópias na área de trabalho. Guardou o drive na bolsa. Acenou para Keith ao sair da loja. Chovia de novo, e a água molhava sua cabeça. Estava encharcada quando entrou no Ford de Helen.

Claire acionou os limpadores de para-brisa. Saiu da vaga.

Esperou até descer a Peachtree Street para ligar para a mãe.

A voz de Helen parecia esganiçada.

— Sim?

— Estou bem. — Ela estava ficando tão boa em mentir quanto Paul. — Preciso que você continue dirigindo para Athens. Estou a cerca de vinte minutos na sua frente agora, por isso preciso que você vá devagar. Não ultrapasse o limite.

— Vou para casa?

— Não, não vá para casa. Estacione no Taco Stand no centro e caminhe até a casa da sra. Flynn. Deixe o telefone no carro. Não diga a ninguém aonde está indo. — Claire pensou nos e-mails cujo envio estava programado. Sua mãe estava na lista de destinatários, o que era o equivalente emocional a uma estaca no coração da mulher. — Eu lhe enviei um e-mail. Deve chegar quando você estiver na casa da sra. Flynn. Pode ler, mas não clique no link. Se não tiver notícias minhas em três horas, quero que o leve à sua amiga que trabalha no *Atlanta Journal*, aquela que escreve livros.

— Ela se aposentou.

— Ainda assim, ela tem contatos. É muito importante, mãe. Precisa fazer com que ela clique no link, mas não olhe o que ela vir.

Claro que Helen estava assustada, mas não disse nada além de:

— Claire.

— Não acredite em Huckleberry. Ele mentiu para você sobre Julia.

— Eu vi o que tinha na fita. — Helen fez uma pausa e continuou. — Por isso eu não queria que vocês vissem, porque eu vi.

Claire acreditava que não sentiria dor maior do que aquela.

— Como?

— Eu encontrei seu pai. — Ela parou por um momento. A lembrança era difícil, claro. — Ele estava na poltrona. A televisão ligada. Ele segurava o controle remoto. Eu quis ver o que ele tinha visto e...

Ela parou de novo.

As duas sabiam quais eram as imagens que Sam Carroll tinha visto. Só que Claire acreditava que o marido tinha sido a pessoa que mostrou as imagens a ele.

Aquela foi a última gota que fez o pai tirar a própria vida? Ou será que Paul também o ajudou nisso?

Helen disse:

— Faz muito tempo, e o homem que fez isso está morto.

Claire abriu a boca para contradizer a mãe, mas ela saberia de tudo quando abrisse o e-mail.

— Ajuda saber que ele está morto?

Helen não respondeu. Ela sempre tinha sido contra a pena de morte, mas algo dizia a Claire que a mãe não teria problema se alguém que não fosse do governo matasse o homem que ela acreditava ter matado sua filha.

— Não procure Huckleberry, está bem? — pediu Claire. — Você vai entender mais tarde. Preciso que confie em mim. Ele não é um cara legal.

— Docinho, estou confiando em você o dia todo, não vou parar agora.

Mais uma vez, Claire pensou em Dee. Helen era avó. Ela merecia saber. Mas Claire sabia que não era só uma questão de contar à mãe. Helen pediria detalhes. Desejaria encontrar Dee, conversar com ela, tocá-la, abraçá-la. Desejaria saber por que Claire as mantinha separadas. Então, começaria a perguntar sobre Lydia.

— Querida? — perguntou Helen. — Tem mais alguma coisa?

— Amo você, mãe.

— Também amo você.

Claire fechou o telefone e o jogou no banco ao lado.

Segurou o volante com as duas mãos. Olhou o relógio no painel e deu a si mesma um minuto inteiro para gritar o pesar e o desespero que não pôde expressar no velório do pai.

— Certo — disse ela. — Certo.

A ira a ajudaria. Iria lhe dar a força de que precisava para fazer o que tinha que fazer. Mataria Paul por ter mostrado ao pai a fita de Julia. Mataria Paul por tudo o que ele tinha feito com todos eles.

A chuva batia no vidro, quase a cegava, mas Claire continuou dirigindo porque a única vantagem que tinha sobre Paul era o elemento surpresa. Não sabia exatamente como as coisas aconteceriam. Claire tinha a arma. Tinha as balas que podiam dividir um homem ao meio.

Lembrou-se do dia em que levou Paul para atirar.

A primeira coisa que o instrutor disse era que não se devia apontar uma arma a ninguém se não houvesse a intenção de puxar o gatilho. Só não sabia como encontraria a oportunidade para fazer isso. Havia uma chance de chegar à casa dos Fuller antes de Paul. Podia estacionar o carro da mãe atrás das árvores ao lado da casa e caminhar a pé até a porta de trás. Havia muitos lugares onde podia se deitar e esperar: em um dos quartos, no corredor, na garagem. A menos que ele já estivesse ali. A menos que estivesse mentindo de novo e estivesse ali desde sempre.

Ela pensou que ele tinha outra casa, mas talvez a casa dos Fuller fosse a única de que Paul precisava. O marido dela gostava que tudo continuasse igual. Era um escravo da rotina. Ele usava o mesmo prato no café da manhã, a mesma xícara. Vestiria um terno preto do mesmo estilo todos os dias, se Claire deixasse. Ele precisava de estrutura. Precisava de familiaridade.

Um zunido saía do painel. Claire não fazia ideia do que era aquele barulho. Diminuiu a velocidade. Não podia ter problemas com o carro. Procurou desesperadamente por sinais de alerta no painel, mas a única luz amarela era a de gasolina.

— Não, não, não.

O Tesla nunca precisava de gasolina. Paul completava o tanque da BMW de Claire todo sábado. Ela não se lembrava da última vez que tinha estado num posto de gasolina para qualquer coisa que não fosse comprar refrigerante.

Claire checou os sinais na rodovia. Estava a 45 minutos de Athens. Passou por várias saídas até ver uma placa da Hess.

O carro estava soltando fumaça quando ela entrou no posto. A chuva tinha dado trégua, mas o céu ainda estava escuro com nuvens pretas e o ar estava muito frio. Claire pegou o resto do dinheiro de Helen e levou até a loja. Não fazia ideia de quantos galões o Ford Focus da mãe precisava. Deu quarenta dólares ao cara que estava no balcão e torceu para que o melhor acontecesse.

Um casal jovem estava de pé ao lado de um sedan batido quando Claire voltou ao carro. Ela tentou ignorá-los ao passar. Estavam brigando por dinheiro. Claire e Paul nunca brigaram por causa disso porque ele sempre tinha dinheiro. As discussões no começo do casamento normalmente aconteciam porque Paul fazia muito por ela. Não havia nada de que ela precisasse que ele não providenciasse. Suas amigas, ao longo dos anos, sempre diziam a mesma coisa: Paul tomava conta de tudo. A alça da bomba fez um clique.

— Merda.

A gasolina tinha molhado a mão de Claire. O cheiro era forte.

Ela abriu o porta-malas, porque Paul havia colocado os mesmos equipamentos de emergência no porta-malas de Helen que colocara nos carros de todos eles. Ela pegou a mochila e tirou dali um pacote de lenços umedecidos. Havia tesoura, mas Claire usou os dentes para abrir a embalagem. Olhou para os itens espalhados no porta-malas enquanto secava a gasolina da mão.

No início do casamento, Paul tinha um pesadelo recorrente. Era a única vez que Claire se lembrava de ter visto o marido com medo.

Não, errado. Paul não sentia medo. Sentia pavor. O pesadelo não era frequente, talvez ocorresse duas ou três vezes por ano, mas Paul acordava gritando, mexendo braços e pernas, a boca aberta puxando o ar, porque ele tinha sonhado que estava ardendo em chamas assim como a mãe, que tinha morrido queimada no acidente de carro que tirou a vida dela e do pai de Paul.

Claire analisou o conteúdo do porta-malas.

Luzes de emergência. Palitos de fósforo à prova d'água. Cinco litros de gasolina. Um livro para ler enquanto esperava ajuda.

Paul cuidava de tudo, de fato.

Era a vez de Claire cuidar dele.

CAPÍTULO 22

A CHUVA AINDA NÃO TINHA chegado a Athens quando Claire atravessou o centro da cidade. Ventos fortes tomavam as ruas. Os alunos estavam protegidos por cachecóis e casacos enquanto almoçavam entre as aulas. A maioria corria para fugir da tempestade que viria. Todos eles viam a escuridão no horizonte: nuvens pesadas e escuras cobrindo Atlanta.

Claire tinha ligado para Helen para ver quanto tempo ela tinha. A mãe estava em algum ponto perto de Winder, a cerca de trinta minutos de distância. Houve um acidente na 78 que lhe custara cerca de dez minutos a mais. Felizmente, Helen lhe contou assim que viu o acidente, então, quando Paul ligasse, ela poderia dizer exatamente por que o iPhone de Lydia tinha parado de se movimentar.

Claire pegou a mesma estrada para Watkinsville que ela e Lydia tinham tomado no dia anterior. Ela quase perdeu a entrada na rua de Paul. Dirigiu devagar, porque não tinha que se preocupar só com Mayhew e Harvey Falke. Carl Huckabee ainda era delegado. Ele tinha homens, mas não dava para saber de qual lado da lei estavam. Ele também tinha plena consciência do que acontecia na casa dos Fuller.

Claire sabia que não deveria deixar o carro em um local exposto. Tirou o Ford da estrada e se embrenhou entre as árvores. Os pneus protestavam no terreno incerto. Os retrovisores das laterais estavam dobrados para dentro. Ela ouvia o som de arranhões dos galhos na tinta. Entrou o máximo que conseguiu na mata, então saiu pela janela porque tinha ficado presa dentro do carro. Voltou para pegar o revólver.

A arma parecia mais pesada. Mais mortal.

Deixou a caixa de munição aberta em cima do carro. Pegou uma bala por vez e as inseriu no tambor da arma com cuidado.

— Por Julia — disse ela com a primeira. — Pelo papai. Pela mamãe. Por Lydia.

Claire analisou a última bala na palma da mão. Era a mais pesada, de latão brilhante com uma ponta preta ameaçadora que explodiria a carne quando entrasse em contato com ela.

— Por Paul — sussurrou ela com a voz rouca e desesperada.

A última bala seria pelo marido, que tinha morrido muito tempo antes, para quando ele era um garoto e o pai o levou ao celeiro pela primeira vez. Para quando ele disse que tinha uma infância feliz. Para quando jurou, diante do juiz de paz, que a amaria e respeitaria pelo resto da vida. Para quando segurou a mão dela de modo tão convincente enquanto fingia morrer na viela.

Não haveria mais fingimento dessa vez.

Claire encaixou o tambor da arma. Testou a arma, segurando o cano na frente dela, curvando o dedo no gatilho.

Praticou puxar a ponta com o polegar.

O plano era espalhar gasolina ao redor da casa dos Fuller — só nos quartos, na varanda e embaixo do banheiro, porque ela apostava que Paul estava mantendo Lydia na garagem, e Claire queria se manter o mais distante que pudesse da irmã. Em seguida, acenderia o fogo. Paul sentiria o cheiro da fumaça ou ouviria o som das chamas. Ficaria aterrorizado, porque o fogo era a única coisa que o assustava de verdade. Assim que ele saísse correndo da casa, Claire estaria esperando com a arma na mão e atiraria cinco vezes, uma para cada um deles.

Então, correria para dentro da casa e salvaria Lydia.

O plano era arriscado e bem maluco. Claire sabia. Também sabia que estava brincando com fogo, mas não pensava em mais nada além de tirar Paul da casa, de surpresa, com tempo suficiente para ela agir.

E sabia que precisava acontecer depressa, porque não tinha certeza se seria capaz de puxar o gatilho se tivesse tempo demais para pensar. Claire não era o marido. Não conseguia matar uma pessoa casualmente, ainda que essa pessoa tivesse acabado com tantas outras.

Enfiou a arma no bolso da frente da calça jeans. O cano não era comprido, mas o cilindro encostou no osso de seu quadril. Ela o virou para o centro, perto do zíper, mas foi pior. Por fim, colocou a arma na parte inferior das costas. A calcinha grande que a mãe tinha comprado envolveu o cilindro. O cano se encaixou entre suas nádegas, o que causava um certo desconforto, mas os bolsos não eram fundos o bastante, e ela sabia que estaria perdida se Paul visse a arma.

Abriu o porta-malas. Abriu o zíper da mochila e procurou pelo cobertor de emergência. O pacote do cobertor era pequeno, mas quando ela desdobrou a peça, viu que era do tamanho de uma capa grande. Os palitos de fósforo à prova d'água estavam em cima das luzes de emergência, e tudo estava sobre um livro grosso.

Os poemas completos de Percy Bysshe Shelley.

Como Helen diria, os poetas não eram os únicos legisladores não reconhecidos do mundo.

Claire embrulhou as coisas com o cobertor. Abriu as quatro caixas de água.

Sua camisa ainda estava úmida por ter corrido na chuva. Ainda assim, ela se molhou. Sentiu frio de imediato, mas fez questão de molhar cabeça, as costas e todas as partes do corpo. Despejou o resto da água nas pernas cobertas com a calça jeans.

Pegou o cobertor e o galão de gasolina.

A gasolina fazia barulho no recipiente grande de plástico conforme ela avançava pela floresta. Uma névoa permanente de chuva parecia estar presa sob a copa das árvores. Claire ouviu o ronco distante de um trovão, o que pareceu adequado, devido à tarefa que ela havia realizado. Olhou para a frente. O céu escurecia depressa, mas ela viu um Cadillac azul estacionado atrás de uma fileira de árvores.

Claire colocou o galão de gasolina e o cobertor no chão. Pegou o revólver. Aproximou-se devagar do carro para o caso de Paul ou um de seus comparsas estar lá dentro.

Vazio.

Relaxou a mão que segurava o revólver e voltou a colocá-lo nas costas. Hábito. A sensação não foi tão ruim dessa vez.

Pressionou a mão no capô do carro. O motor estava frio.

Paul deveria estar na casa desde que Claire tinha partido.

Por que iria a outro lugar? Ele tinha o delegado para protegê-lo.

Ela pegou o cobertor e a gasolina e continuou caminhando em direção à casa. A mata era densa. Sentiu um momento de pânico, se perguntando se tinha saído do caminho, mas então viu o telhado verde da casa. Caminhou abaixada. As janelas ainda estavam cobertas pelas tábuas de madeira. Claire se manteve abaixada mesmo assim, porque sabia que havia uma fresta na janela do quarto que mostrava o caminho, então deveria haver outras também.

O quintal com a grama alta não tivera tempo de absorver a chuva lenta e fraca. Claire ouviu a grama seca estalar sob os pés. O balanço gemeu quando um vento forte soprou vindo de um campo aberto onde o celeiro de Amityville ficava. Claire se manteve longe. Usou os pés para amassar a grama alta e criar um espaço para o cobertor e os outros itens.

Observou o fundo da casa. A tábua de madeira que ela e Lydia tinham tirado da porta da cozinha estava encostada na lateral. Elas a deixaram no chão mesmo. Claire acreditava que Paul tinha encostado a madeira ao lado da porta, com cuidado. Ele deveria ter arrumado o interior da casa também. Ou deixado os talheres espalhados no chão como um tipo de alarme, para saber se alguém tentasse entrar na casa.

Claire estava mais preocupada em tirar Paul da casa do que em entrar nela.

Ela se abaixou em direção ao galão de gasolina e tirou a tampa. Começou pelo lado esquerdo da pequena varanda de trás, perto da cozinha, derramando gasolina ao lado da madeira que cobria o exterior da casa. Claire trabalhou com cuidado para que o combustível entrasse nas frestas entre as tábuas. Levantava o galão sempre que passava por uma janela, molhando a madeira o máximo que conseguia sem fazer muito barulho.

Seu coração batia muito forte quando ela caminhou até a frente da casa, a ponto de temer que o barulho entregasse sua presença. Ficou olhando para a garagem. Tentou não pensar em Paul ali com Lydia. A porta de metal ainda estava protegida por fora. A trava estava no lugar. A sala dos assassinatos. Lydia estava trancada ali dentro.

Claire se virou de novo. Em silêncio, voltou até metade do caminho, conferindo o que tinha feito perto das janelas. Quando terminou, tinha despejado bastante gasolina ao redor do lado esquerdo da casa, cobrindo a varanda da frente, os quartos e o banheiro. Só a cozinha e a garagem ficaram intactas.

Passo um: completo.

Claire voltou até o cobertor. Ajoelhou-se. Estava suando, mas as mãos estavam tão frias que ela mal sentia os dedos. Desculpou-se baixinho com a mãe, bibliotecária, quando rasgou os poemas de Shelley. Enrolou as páginas e fez uma vara comprida com elas. Tirou a tampa do galão de gasolina de novo. Enfiou a haste de papel ali dentro, deixando cerca de quinze centímetros de papel exposto.

Passo dois: pronto.

Havia dois sinalizadores luminosos compridos que ela retirara da mochila. Claire manteve os dois na mão ao caminhar até a parte da frente da casa. Parou na frente da sala de estar. A rua vazia estava atrás dela. No posto de gasolina, ela tinha lido as instruções para saber como acender os sinalizadores. Era como riscar um fósforo. Era preciso tirar a tampa de plástico e riscar o lado grosso em cima do artefato.

Claire puxou a tampa. Olhou para a casa. Aquela era a hora. Podia parar naquele momento. Podia voltar ao carro. Podia telefonar para o FBI em Washington, a central de segurança. O Serviço Secreto.

O Centro de Investigação da Geórgia.

Quantas horas demorariam para chegar à casa?

Quantas horas Paul teria sozinho com a irmã dela?

Claire riscou a ponta do sinalizador. Deu um pulo para trás, porque não esperava que a reação seria tão imediata. Faíscas caíram a seus pés. O sinalizador emitiu um som como o de uma torneira sendo aberta toda de uma vez. Claire sentiu um tremor de pânico. Pensou que teria mais tempo, mas o fogo devorava os segundos. A gasolina tinha pegado. Chamas alaranjadas e vermelhas tomavam a lateral da casa. Ela soltou o sinalizador. Sentia o coração na garganta. Tinha que agir depressa. Estava acontecendo. Não tinha como voltar.

Claire correu até a lateral da casa. Acendeu o outro sinalizador e o jogou perto do quarto de casal. Ouviu-se um som forte, um sopro de vento quente, e as chamas subiram pelo caminho de gasolina nas tábuas que cobriram a janela.

O calor era intenso, mas Claire tremia. Voltou correndo para onde estava e colocou o cobertor ao redor dos ombros. O material duro mal cobria a parte de cima do corpo. Olhou o céu. As nuvens se moviam depressa. A chuva deixara de ser uma garoa e caía em gotas pesadas. Claire não pensou na chuva. Olhou para a lateral da casa a fim de ter certeza de que o fogo estava pegando. A fumaça branca subia para o céu. Labaredas alaranjadas apareciam atrás da madeira.

Passo três: em andamento.

Claire pegou o galão de gasolina e caminhou em direção à varanda de trás. Parou a três metros, em alinhamento perfeito com os degraus. Colocou o galão no chão. Pegou o revólver. Segurou a arma na lateral do corpo, apontando o cano para o chão.

Esperou.

O vento mudou. A fumaça soprou em seu rosto. A cor tinha mudado de branco para preto. Claire não sabia o que isso significava. Lembrou-se de um programa de TV no qual a diferença de cor era um ponto importante do enredo, mas também se lembrou de uma matéria que dizia que a cor da fumaça variava dependendo do que estivesse queimando.

Tinha alguma coisa queimando? Claire não via mais as labaredas. Só viu um pouco de fumaça preta ao redor da casa enquanto esperava Paul sair correndo e gritando.

Um minuto se passou. Mais um. Ela apertou o revólver. Controlou-se para não tossir. O vento soprou em direção ao caminho. Outro minuto. Mais um. Ela ouviu o sangue correr nos ouvidos enquanto o coração ameaçava sair do peito.

Nada.

— Merda — sussurrou.

Onde estava o fogo? Não chovia o suficiente para molhar a grama, muito menos para apagar uma casa em chamas. Até mesmo o sinal luminoso estava falhando.

Claire manteve a atenção voltada para a porta de trás e se movimentou alguns metros a fim de olhar a lateral da casa. A fumaça saía por baixo da madeira sem parar. Será que o fogo estava dentro das paredes? A madeira era velha e seca. O revestimento tinha mais de sessenta anos. Claire tinha visto milhares de diagramas de paredes residenciais: a cobertura por fora, a madeira fina dando suporte, a camada grossa de isolamento entre as tábuas de madeira, o drywall. Havia pelo menos quinze centímetros de material entre os lados interno e externo da casa, e a maior parte era madeira, a maior parte banhada em gasolina. Por que o fogo não tinha tomado a casa?

O isolamento.

Paul tinha trocado todas as janelas. Deve ter tirado o revestimento antigo das paredes e revestido-as com isolamento que retarda os danos causados pelo fogo, porque, independentemente do que Claire pensasse, Paul estava sempre dez passos à frente.

— Merda — disse ela.

E agora?

O galão de gasolina. Ela o pegou. Ainda havia líquido ali. A vara de papel havia absorvido boa parte dele. Ela tinha só um plano B: acender a vara e jogar o galão no telhado. E depois? Ver o fogo não pegar? O objetivo de incendiar era fazer Paul sair correndo pela porta da frente. Se ele ouvisse algo no telhado, poderia sair pela frente e até pela garagem. Ou ignorar o barulho pensando ter sido um galho de árvore caído ou talvez nem ouvir, já que deveria estar ocupado fazendo o que estivesse fazendo com Lydia.

Claire soltou o galão de gasolina. Abriu o telefone. Teclou os números e conseguiu o número de telefone da casa dos Fuller. Pressionou a tecla para fazer a ligação.

Na casa, o telefone da cozinha começou a tocar. O som ainda parecia um picador de gelo em seu ouvido. Deixou o cano da arma roçar em sua perna enquanto ouvia os toques. Um, dois, três. Àquela hora, no dia anterior, Claire estava sentada na varanda de trás como uma criança boazinha esperando Paul telefonar a cada vinte minutos para dizer se a irmã estava viva ou não.

Paul atendeu o telefone no quinto toque.

— Alô?

— Sou eu.

Ela falou baixo. Viu-o pela porta quebrada da cozinha. Ele estava de costas para ela. Tinha tirado a blusa vermelha. Viu os ombros dele marcando o tecido fino da camiseta.

— Por que está ligando para esse número? — perguntou ele.

— Onde está Lydia?

— Estou me cansando de você perguntar sobre sua irmã.

O vento tinha mudado de direção. A fumaça fazia seus olhos arderem.

— Vi os vídeos não editados.

Paul não respondeu.

Olhou para cima. Será que sentia o cheiro da fumaça?

— Eu sei, Paul.

— O que você acha que sabe?

Ele tentou esticar o fio do telefone para olhar no corredor.

Um feixe de luz chamou a atenção de Claire. Uma única chama passou pela cobertura do telhado do banheiro. Ela olhou para Paul. O telefone o mantinha preso na cozinha.

— Sei que você é o homem mascarado.

De novo, ele não disse nada. Claire viu quando a chama fina engrossou. O teto escureceu. A madeira do revestimento ficou escura.

— Sei que você tem fotos de Johnny Jackson no pen drive. Sei que você quer a lista de clientes para dar continuidade aos negócios.

— Onde você está?

O coração de Claire bateu forte de emoção quando ela viu o fogo subir pela tábua que cobria a janela do banheiro.

— Claire? — Paul não estava falando ao telefone. Estava na varanda olhando para o telhado da casa. A fumaça saía sem parar. Ele não pareceu assustado. Parecia surpreso. — O que você fez?

Claire soltou o telefone. Ela ainda manteve o revólver ao lado do corpo. Paul olhou para a mão dela. Ele sabia que ela estava armada. Aquele era o momento de erguer a arma, apontar e atirar. Tinha que agir depressa. Deveria aproveitar. Tinha que estar pronta para puxar o gatilho antes que ele se movimentasse.

Paul desceu os três degraus. Claire se lembrou de quando ele descia a escada em casa, o modo como sorria de manhã e dizia que ela estava linda, do beijo que ele dava em seu rosto, do costume que tinha de deixar bilhetes para ela no armário de remédios e das mensagens de texto engraçadas que ele mandava durante o dia.

— Você incendiou a casa? — indagou Paul. Parecia estar incrédulo e secretamente satisfeito, bem como ficou quando Claire ligou da delegacia para dizer que precisava de dinheiro para a fiança. — Claire? — Ela não conseguia se mexer. Aquele era seu marido. Aquele era Paul. — Onde conseguiu isso? — Ele olhava para a arma. De novo, pareceu mais surpreso do que preocupado. — Claire?

O plano. Ela não podia esquecer o plano. O fogo estava se espalhando. Ela segurava o revólver. Precisava mirar. Apontar no rosto de Paul. Puxar o gatilho. Puxar o gatilho. Puxar o gatilho.

— Lydia está bem — disse ele.

Ele estava tão perto que ela sentia seu suor almiscarado. A barba estava cheia. Ele tinha tirado os óculos de aro grosso. Ela via o contorno do corpo dele por baixo da camiseta branca. Ela tinha beijado seu corpo. Tinha emaranhado os dedos nos pelos de seu peito.

Ele olhou para a casa.

— Parece que está se espalhando depressa.

— Você morre de medo de fogo.

— Sim, quando está perto o suficiente para me machucar.

Ele não disse o óbvio: que estava do lado de fora, que estava chovendo, que ele tinha muito espaço por onde correr para se manter seguro.

— Olhe, o fogo não vai ficar assim por muito tempo. Entregue o drive para mim, e vou embora, e você pode entrar e desamarrar Lydia. — Ele abriu seu sorriso meigo e estranho que dizia que tudo estava certo. — Vai ver que não a machuquei, Claire. Cumpri minha promessa. Sempre cumpro as promessas que faço a você.

Claire se observou tocar o rosto dele. A pele estava fria. A camiseta que ele usava era muito fina. Ele precisava de uma jaqueta.

Ela disse:

— Pensei...

Paul olhou nos olhos dela.

— O que você pensou?

— Pensei que tinha escolhido você.

— Claro que escolheu. — Ele tocou o rosto dela. — Nós dois nos escolhemos.

Claire o beijou, beijou de verdade. Paul gemeu. Prendeu a respiração quando suas línguas se tocaram. As mãos dele tremeram no rosto dela. Ela sentia o coração dele batendo. Estava como sempre tinha sido, e assim ela soube que sempre tinha sido uma mentira.

Claire apertou a arma. Apertou o gatilho.

A explosão foi ouvida.

O sangue espirrou no pescoço dela.

Paul caiu no chão. Estava gritando. O som era terrível, aterrorizante. Ele levou a mão ao joelho, ou ao que tinha sobrado do joelho. O tiro tinha desintegrado o osso do joelho e estourado o tornozelo. Osso branco e fios do tendão e da cartilagem pendiam como pedaços sangrentos, como fios desencapados.

Ela disse a Paul:

— Esta foi por mim.

Claire enfiou a arma na parte de trás da calça. Pegou o cobertor e saiu correndo em direção à casa.

Então, parou.

O fogo tinha se espalhado pelo lado esquerdo da casa. As labaredas subiam pela parede da cozinha. As faíscas espirravam no teto. O vidro se quebrou devido ao calor intenso. O telefone tinha derretido. O piso de madeira estava negro. A fumaça pendia como algodão no ar. Labaredas alaranjadas e vermelhas encheram a sala e seguiram em direção ao corredor. Em direção à garagem.

Era tarde demais. Ela não podia entrar. Tentar ajudar Lydia seria loucura.

Ela morreria. As duas morreriam.

Claire respirou fundo e entrou na casa.

CAPÍTULO 23

— ESTOU NA GARAGEM! — Lydia puxava as amarras, sem sucesso, conforme as labaredas vermelhas se aproximavam da entrada do corredor. — Socorro!

Ela ouviu o tiro. Ouviu o homem gritando.

Paul, pensou. *Por favor, Deus, permita que tenha sido Paul.*

— Estou aqui! — gritou Lydia. Ela se endireitou na cadeira. Tinha perdido a esperança até ouvir o telefone tocar, até ouvir o tiro. — Socorro! — berrou.

Será que eles sabiam que a casa estava em chamas? A polícia estava prendendo Paul quando deveria ter entrado correndo na casa? Ele havia deixado a porta do corredor escancarada. Ela tinha a visão privilegiada do fogo, que mudava a todo momento. A chama branda havia se transformado em labaredas enormes que tomavam as paredes. O carpete tinha se enrolado. Pedaços de gesso haviam derretido e caído do teto. A fumaça e o calor tomavam o corredor estreito. As mãos dela estavam quentes. Os joelhos estavam quentes. O rosto estava quente.

— Por favor! — gritou Lydia. O fogo se espalhava depressa. Será que eles não sabiam que ela estava ali? Não viam as chamas subindo para o teto? — Estou aqui dentro! — berrou ela. — Na garagem!

Lydia puxou as amarras sem conseguir se soltar. Não podia morrer assim. Não depois de tudo por que tinha passado. Precisava ver Rick mais uma vez. Precisava abraçar Dee. Tinha que dizer a Claire que a tinha perdoado de verdade. Tinha que dizer à mãe que a amava, que Paul tinha matado Sam, que o pai não tinha tirado a própria vida, que amava muito todas elas e...

— Por favor! — gritou tão alto que sua voz falhou. — Socorro! — Havia uma pessoa no fim do corredor. — Aqui! — berrou Lydia. — Estou aqui! — A pessoa se aproximou. Cada vez mais. — Socorro! — gritou Lydia. — Socorro!

Claire.

A pessoa era Claire.

— Não, não, não!

Lydia entrou em pânico. Era Claire? Onde estava a polícia? O que a irmã tinha feito?

— Lydia!

Claire estava correndo abaixada, tentando ficar mais baixa do que a fumaça. Um cobertor cobria sua cabeça. O fogo vinha atrás dela: chamas vermelhas e alaranjadas que tomavam as paredes e os pedaços grandes do teto.

Por que era Claire? Onde estavam os bombeiros? Onde estava a polícia?

Lydia observou a porta, desesperada, esperando que mais pessoas entrassem. Homens com jaquetas pesadas à prova de fogo. Homens com capacetes e oxigênio. Homens com machados.

Não havia mais ninguém. Só Claire. Louca, impetuosa, a maluca da Claire.

— O que você fez? — gritou Lydia. — Claire!

— Está tudo bem — respondeu Claire. — Vou salvar você.

— Meu Deus!

Lydia viu o fogo descascando a tinta das paredes.

A fumaça tomava a garagem.

— Cadê todo mundo?

Claire pegou a faca da mesa. Cortou as amarras de plástico.

— Vá! — Lydia a empurrou para longe. — Estou acorrentada à parede! Você precisa ir!

Lydia olhou atrás da cadeira. Torceu alguma coisa. A corrente mais parecia um cinto.

Por um momento, Lydia ficou assustada demais para se mexer. Estava livre. Após quase 24 horas, estava livre, finalmente.

Livre para morrer incendiada.

— Vamos!

Claire seguiu em direção à porta aberta, mas o fogo já tinha consumido sua única saída. As chamas derretiam as peças de plástico da parede. O carpete estava enrolado como uma língua.

— Não! — gritou Lydia. — Deus, não!

Não podia morrer assim. Não depois de passar pela tortura de Paul. Não após pensar que se livraria.

— Me ajude!

Claire correu até a porta retorcida. O metal emitia um som que ecoava nos ouvidos de Lydia. Claire tentou passar, mas Lydia agarrou seu braço.

— O que você fez? — perguntou, aos berros. — Vamos morrer!

Claire se livrou da mão dela. Correu em direção às estantes de madeira. Jogou as fitas no chão. Arrancou as prateleiras das estantes.

— Claire! — gritou Lydia. A irmã tinha enlouquecido de vez. — Claire! Pare!

Claire pegou a barra de ferro do chão. Girou-a como se fosse um taco, batendo-a na parede. A ponta com garra se prendeu no revestimento. Ela puxou a barra e atacou de novo.

Lydia observou Claire bater na parede mais uma vez. Assim como tudo na garagem, a parede de blocos de concreto era falsa.

As paredes da garagem eram, na realidade, feitas de compensado revestido. Por baixo, havia a camada de isolamento e depois a liberdade.

Lydia pegou a barra de ferro das mãos de Claire. Todos os músculos de seu corpo arderam quando ela levantou a barra de cinco quilos acima da cabeça. Jogou todo o peso do corpo, arrancando pedaços. Repetiu o movimento várias vezes até a parede desaparecer em pedaços grandes de espuma que caíam como neve. Lydia atacou de novo. A espuma estava derretendo. A barra de metal passou como faca na manteiga.

— Use as mãos! — gritou Claire.

As duas pegaram punhados de espuma quente. Os dedos de Lydia arderam. A fumaça estava voltando para a forma líquida, soltando químicos fedorentos no ar. Ela começou a tossir. As duas estavam tossindo.

A fumaça estava densa na garagem. Lydia mal via o que estavam fazendo. O fogo se aproximava. O calor fazia suas costas arderem. Ela puxou o isolamento sem parar. Não daria certo. Estava demorando demais.

— Saia!

Lydia se afastou o máximo que conseguiu e correu em direção à parede. Sentiu o ombro raspar na madeira da cobertura. Afastou-se e correu de novo, virando o corpo entre as tábuas para chegar à parte de fora da parede.

Lydia se afastou para tentar de novo.

— Não está dando certo! — berrou Claire.

Mas estava.

Lydia sentiu as tábuas racharem com seu peso. Ela se afastou de novo.

A luz do sol passava pela madeira rachada.

Lydia correu com tudo em direção à parede e se jogou. A parede cedeu. Ouviu-se um barulho em seu ombro. O braço parou de responder aos comandos, ficou mole. Ela usou o pé, chutando com toda a força que ainda tinha até a madeira se soltar dos pregos. A fumaça passou para o ar fresco. Lydia se virou para chamar Claire.

— Me ajude! — As mãos de Claire estavam cheias de fitas. O fogo estava tão próximo que ela parecia brilhar. — Precisamos levá-las para fora!

Lydia agarrou a irmã pela gola da blusa e a puxou em direção à abertura estreita. Claire não passou com as fitas. Lydia bateu nas fitas, derrubando-as. Empurrou Claire de novo. Seus pés escorregaram. Seus sapatos estavam derretendo no concreto. Lydia empurrou uma última vez. Claire saiu voando para fora. Lydia estava bem atrás. As duas caíram com tudo do lado de fora.

O ar fresco repentino tomou Lydia. Sua clavícula tinha trincado contra o concreto. Ela tinha a sensação de que uma faca entrava por sua garganta. Rolou de barriga para cima. Puxou o ar.

As fitas caíram ao redor dela. Lydia as afastou. Sentia muita dor. O corpo todo doía muito.

— Depressa!

Claire estava de joelhos. Enfiava os braços na garagem, tentando pegar as fitas. Uma manga de sua blusa pegou fogo. Ela apagou a chama e continuou. Lydia tentou ficar de pé, mas o braço esquerdo não respondia. A dor foi quase insuportável quando ela se apoiou com a mão direita. Pegou Claire pela blusa e tentou afastá-la.

— Não!

Claire não parava de puxar as fitas.

— Precisamos pegá-las. — Ela usou as duas mãos para pegar as fitas da mesma maneira como usava as mãos para construir castelos de areia. — Liddie, por favor!

Lydia se ajoelhou ao lado de Claire. Não enxergava além de dois palmos do nariz. A fumaça passava pela abertura. O calor era sufocante. Ela sentiu algo cair em sua cabeça. Lydia pensou que fosse uma faísca, mas era chuva.

— Só tem mais algumas! — Claire não parava de puxar as fitas. — Leve-as para longe da casa!

Lydia usou a mão boa para jogar as fitas no caminho. Havia muitas. Olhou para as datas nas etiquetas; sabia que as datas correspondiam às mulheres desaparecidas e que as mulheres tinham famílias que não tinham ideia do porquê suas irmãs e filhas desapareceram.

Claire caiu para trás quando as chamas saíram pela abertura. Seu rosto estava negro de fuligem. O fogo tinha enfim envolvido a garagem. Lydia agarrou a gola da blusa da irmã e a puxou para longe. Claire teve dificuldade para se levantar. Os sapatos derretidos caíram dos pés. Ela trombou com Lydia. O choque fez o ombro de Lydia doer na hora, mas não era nada parecido com a tosse que sacudiu seu corpo. Ela se debruçou e vomitou uma água preta com cheiro de urina e cinza de cigarro.

— Liddie.

Claire passou a mão nas costas da irmã.

Lydia abriu a boca e soltou mais um jato escuro que fez seu estômago espasmar. Felizmente, não demorou a parar. Ela limpou a boca. Ficou de pé. Fechou os olhos para resistir à tontura.

— Lydia, olhe para mim.

Lydia se forçou a abrir os olhos. Claire estava de costas para a garagem. O fogo e a fumaça cresciam atrás, mas ela olhava para Lydia, não para o fogo. Pressionava os lábios com os dedos. Parecia abalada. Lydia só imaginava o que a irmã estava vendo: os hematomas, os ferimentos e as queimaduras.

— O que ele fez com você? — perguntou Claire.

— Estou bem — disse ela, porque tinha que estar.

— O que ele fez? — Claire tremia. As lágrimas abriam caminhos claros em seu rosto. — Ele prometeu que não machucaria você. Ele prometeu.

Lydia balançou a cabeça. Não podia fazer isso naquele momento. Não importava. Nada daquilo importava.

— Vou matá-lo.

Claire bateu os pés descalços no chão ao dar a volta na casa.

Lydia foi atrás dela, segurando o braço esquerdo da melhor maneira que conseguiu. Cada passo fazia sua clavícula se movimentar contra a base da garganta. Suas articulações estavam tomadas pelo pó da fumaça. A chuva tinha transformado a fuligem de sua pele em uma cinza molhada e escura.

Claire estava à frente dela. O revólver estava enfiado na parte de trás da calça. Lydia reconheceu a arma, mas não o modo fluido com que Claire puxou a arma, engatilhou e mirou o homem que se rastejava no chão.

Paul tinha se arrastado cerca de seis metros da casa. Uma mancha de sangue escuro marcava o avanço dele pela grama molhada. O joelho direito era uma massa de sangue. O tornozelo estava destruído. A parte de baixo da perna esquerda estava pendurada num ângulo nada natural. Osso, tendão e músculo brilhavam à luz das chamas ainda fortes.

Claire apontou a arma para o rosto de Paul.

— Seu mentiroso de merda. — Paul não parou de se mexer, usando o cotovelo e a mão para se afastar do fogo. Claire o seguiu com a arma. — Você disse que não a tinha machucado. — Paul balançou a cabeça, mas continuou se arrastando. — Você me prometeu. — Por fim, ele olhou para a cima. — Você prometeu — repetiu ela, parecendo petulante, arrasada e furiosa.

Paul deu de ombros.

— Pelo menos, não comi sua irmã.

Claire puxou o gatilho.

Lydia gritou. O barulho da arma era ensurdecedor. A bala abriu a lateral do pescoço de Paul. Ele levou a mão ao ferimento. Caiu de costas. O sangue vazava pelos dedos.

— Meu Deus! — exclamou Lydia; foi só o que conseguiu dizer. — Meu Deus.

— Claire. — A voz de Paul estava rouca. — Chame uma ambulância.

Claire mirou a arma na cabeça dele. Olhou para ele sem demonstrar emoção.

— Seu mentiroso de merda.

— Não! — gritou Lydia, segurando a mão de Claire quando ela ia puxar o gatilho.

O tiro não acertou ninguém. Ela sentiu a mão e o braço de Claire vibrando.

Claire tentou mirar a arma de novo.

— Não. — Lydia forçou a mão da irmã para o lado. — Olhe para mim.

Claire não soltava a arma. Seus olhos estavam vidrados. Ela estava em outro lugar, algum lugar escuro e ameaçador onde a única maneira de escapar era matando o marido.

— Olhe para mim — repetiu Lydia. — Ele sabe onde Julia está. — Claire não desviava o olhar de Paul. — Claire — falou Lydia com o máximo de clareza que conseguiu. — Paul sabe onde Julia está. — Claire balançou a cabeça. — Ele me disse. Ele me disse na garagem. Ele sabe onde ela está. Ela está perto. Ele me disse que ainda a visita.

Claire fez que não com a cabeça novamente.

— Está mentindo.

Paul disse:

— Não estou mentindo. Sei onde ela está.

Claire tentou mirar a arma de novo para a cabeça dele, mas Lydia a impediu.

— Vou tentar, está bem? Vou tentar. Por favor. Por favor.

Aos poucos, Claire diminuiu a tensão em seu braço ao ceder.

Ainda assim, Lydia ficou atenta à irmã enquanto tentava se ajoelhar.

A dor quase tirou seu fôlego. Cada movimento causava uma pontada aguda no ombro. Ela secou o suor da testa. Olhou para Paul.

— Onde está Julia?

Paul não a olhava. Só estava interessado em Claire.

— Por favor — implorou ele. — Chame uma ambulância.

Claire balançou a cabeça.

— Diga onde a Julia está e vamos chamar uma ambulância — disse Lydia.

Paul estreitou os olhos para Claire. A chuva molhava seu rosto. Espalhava-se pelo rosto.

— Chame uma ambulância — repetiu Paul. — Por favor.

Por favor. Quantas vezes Lydia havia implorado para ele na garagem? Quantas vezes ele tinha rido dela?

— Claire... — disse Paul.

— Onde ela está? — perguntou Lydia mais uma vez. — Você disse que ela estava perto. Ela está em Watkinsville? Está em Athens?

— Claire, por favor — insistiu ele. — Você tem que me ajudar. É sério.

Claire segurou a arma sem força ao lado do corpo. Estava olhando para a casa, para o fogo. Os lábios estavam contraídos. Os olhos estavam arregalados. Ela não ia aguentar. Lydia não sabia o que aconteceria.

Lydia voltou a olhar para Paul.

— Diga. — Tentou não implorar. — Você disse que sabe onde ela está. Você disse que a visita.

... ossos podres com mechas compridas de cabelo loiro e aquelas pulseiras idiotas...

— Claire? — Paul estava perdendo muito sangue. A pele empalideceu. — Claire, por favor... Olhe para mim.

Lydia não tinha tempo para aquilo. Enfiou os dedos no joelho estraçalhado.

Os gritos de Paul ecoaram. Ela não cedeu. Continuou pressionando até as unhas tocarem os ossos.

— Diga onde Julia está — ordenou. Ele soprou o ar entre os dentes. — Diga onde ela está!

Paul revirou os olhos. Seu corpo começou a sofrer convulsões. Lydia desviou os olhos da mão dela.

Ele perdeu o fôlego. Bile e sangue cor-de-rosa escorriam de sua boca. Ele pressionou a nuca no chão. Esforçava-se para respirar. Emitiu um som de engasgo. Estava chorando.

Não, não estava chorando.

Estava rindo.

— Você não tem coragem. — Os dentes brancos ensanguentados de Paul apareciam entre os lábios molhados. — Sua puta gorda inútil.

Lydia enfiou os dedos no joelho dele de novo. Sentiu os nós dos dedos pressionados ao torcer os restos de ossos. Dessa vez, Paul gritou tão alto que sua voz ficou esganiçada. Abriu a boca. O ar passava pelas cordas vocais, mas não se ouvia som. O coração dele deveria estar tremendo. A bexiga deveria estar solta. Os intestinos, também. Sua alma estava morrendo.

Lydia sabia disso porque Paul a tinha feito gritar da mesma maneira na garagem.

Ele começou a sofrer convulsões de novo. Os braços estavam rígidos. Apertou o ferimento no pescoço. Ela viu o sangue vermelho-escuro pingando entre os dedos dele.

Claire avisou:

— Tenho um kit de primeiros socorros no carro. Poderíamos fazer um curativo no pescoço dele para fazer com que ele durasse mais. — Ela falava normalmente, quase como Paul falara na garagem. — Ou podemos queimá-lo vivo. Ainda tem um pouco de gasolina no galão.

Lydia sabia que a irmã estava falando muito sério. Claire já tinha atirado nele duas vezes. Ela o teria executado se Lydia não a tivesse impedido. Queria torturá-lo, queimá-lo vivo.

O que Lydia estava fazendo? Ela olhou a própria mão. Os dedos quase tinham desaparecido dentro do que restava do joelho de Paul. Ela sentia os tremores dele ressoando dentro de seu coração.

Dentro de sua alma.

Ela se forçou a tirar a mão. Tirar a dor dele era uma das coisas mais difíceis que ela já tinha feito. Mas, independentemente do inferno que Paul Scott havia causado a Lydia e a sua família, ela não se transformaria em Paul, e com certeza não deixaria a irmã mais nova fazer isso.

— Onde ela está, Paul? — Lydia tentou apelar para o pouco de humanidade que Paul ainda tinha. — Você vai morrer. Sabe disso. É só questão de tempo. Diga onde Julia está. Faça uma coisa decente antes de ir embora.

Um fio de sangue escorreu da boca de Paul. Ele disse a Claire:

— Amei você de verdade.

Lydia perguntou:

— Onde ela está?

Paul não desviou o olhar de Claire.

— Você foi a única coisa boa que fiz na vida. — Claire encostou o cano da arma na perna dele. — Olhe para mim — pediu ele. — Por favor, só mais uma vez. — Ela balançou a cabeça de um lado para outro. Olhou para o campo atrás da casa. — Você sabe que eu amo você. Você foi a única parte de mim que era normal.

Claire balançou a cabeça de novo. Estava chorando. Mesmo na chuva, Lydia via as lágrimas descerem pelo rosto da irmã.

— Eu nunca abandonaria você — continuou Paul, também chorando. — Eu amo você. Eu juro, Claire. Amo você até meu último suspiro.

Claire, por fim, olhou para o marido. Abriu a boca, mas só para respirar. Seus olhos iam de um lado a outro, como se ela não entendesse o que estava à sua frente.

Estava vendo o velho Paul naquele momento, o universitário inseguro que queria desesperadamente que ela o amasse? Ou o homem que gravou todos aqueles filmes? O homem que por 24 anos tinha guardado o segredo obscuro que assombrava a família dela?

Paul estendeu a mão para Claire.

— Por favor, estou morrendo. Fale comigo. Por favor. — Ela fez que não com a cabeça, mas Lydia notou que ela não estava muito firme em sua decisão. Paul também percebeu. Ele repetiu: — Por favor.

Lenta, relutantemente, Claire se ajoelhou ao lado dele. Ela deixou a arma cair no chão. Colocou a mão sobre a dele. Ajudou a estancar a ferida, ajudou a mantê-lo vivo.

Paul tossiu. O sangue surgiu entre os lábios. Ele apertou a mão no pescoço.

— Amo você. Não importa o que aconteça, sempre saiba que eu amo você.

Claire conteve um soluço. Ela acariciou o rosto dele. Afastou os cabelos dele dos olhos. Ela abriu um sorriso triste e disse:

— Seu idiota. Sei que você colocou Julia no poço.

Lydia não teria visto a expressão chocada de Paul se não estivesse olhando em seu rosto. Ele logo mudou a expressão, aparentando surpresa.

— Meu Deus, você sempre foi tão esperta!

— Sempre, não é mesmo?

Claire ainda estava debruçada sobre ele. Lydia pensou que ela o beijaria, mas em vez disso, Claire tirou a mão dele do pescoço ferido. Paul se esforçou para resistir, para conter o fluxo de sangue, mas Claire segurou sua mão com força. Ela o deitou de costas. Ele não tinha mais forças. Não conseguia parar o sangramento. Não conseguia deter Claire. Ela endireitou o quadril do marido. Segurou os dois braços dele. Ficou olhando em seus olhos, analisando cada mudança que aparecia em seu rosto — o susto, o medo, o desespero. O coração de Paul batia forte. Cada batida mandava mais um jato fresco de sangue arterial. Claire não desviou o olhar da boca aberta dele, nem quando a chuva bateu no fundo de sua garganta. Ela ficou olhando nos olhos dele enquanto o jato do pescoço se transformava num fluxo constante. Enquanto as mãos dele relaxavam. Enquanto seus músculos perdiam a tensão. Enquanto seu corpo se entregava. Mesmo quando o único indício de que Paul ainda estava vivo era o sussurro pesado de suas respirações e as bolhas cor-de-rosa entre os lábios, Claire não desviou o olhar.

— Vejo agora — disse ela. — Vejo exatamente quem você é.

Lydia estava surpresa. Não acreditava no que estava acontecendo. O que tinha permitido que a irmã fizesse. Elas não podiam voltar atrás. Não havia como Claire voltar a ser como era antes daquilo.

— Vamos — disse Claire a Lydia.

Levantou-se. Limpou as mãos ensanguentadas na calça como se tivesse acabado de sair do jardim.

Lydia ainda não conseguia se mexer. Olhou para Paul. As bolhas tinham parado. Ela via as chamas da casa refletidas nas íris pretas e vidradas dele.

Uma gota de chuva acertou o olho de Paul, e ele não piscou.

— Liddie.

Lydia se virou. Claire estava no quintal. A chuva caía forte. Claire parecia não notar. Estava chutando a grama, passando pela mata alta.

— Vamos — chamou Claire. — Me ajude.

De alguma maneira, Lydia se levantou. Ainda estava em choque. Era o único motivo pelo qual a dor não a impedia de seguir. Ela se forçou a colocar um pé na frente do outro. Obrigou-se a perguntar a Claire:

— O que vai fazer?

— Tem um poço ali! — Claire teve que falar mais alto para ser ouvida em meio à chuva. Estava chutando o mato com os pés descalços, fazendo círculos amplos no chão. — No imposto territorial da casa, estava escrito que a construção foi feita sobre um lençol freático. — Ela mal continha a animação. Falava com a mesma voz ofegante de quando contava a Lydia uma história sobre as garotas malvadas da escola. — Fiz um quadro para Paul. Anos atrás. Era de uma fotografia do quintal. Ele a mostrou para mim quando começamos a namorar e disse que adorava a vista porque o lembrava de sua casa, de seus pais, de sua criação na fazenda, e havia um celeiro na foto, Liddie. Um celeiro grande e assustador, e logo ao lado havia um poço com um telhado em cima. Passei horas tentando acertar a cor. Dias, semanas. Não acredito que me esqueci daquele maldito poço.

Lydia afastou um pouco do mato alto. Queria acreditar nela. Desejava acreditar. Poderia ser tão simples? Julia poderia mesmo estar ali?

— Sei que estou certa. — Claire chutou o chão embaixo do balanço. — Paul mantinha tudo igual na casa. Tudo. Então, por que destruiria o celeiro, se não fosse apenas para esconder as provas? E por que ele cobriria o poço se não houvesse algo nele? Você viu a expressão dele quando falei sobre o poço. Ela tem que estar ali, Pimentinha. Julia tem que estar no poço.

Todos chegaram perto demais, Lydia. Sabe o quanto?

Lydia começou a passar o pé pelo mato molhado. O vento tinha mudado de direção de novo. Ela não conseguia imaginar um momento em que não sentiria o cheiro de fumaça. Olhou para a casa. O fogo ainda estava forte, mas talvez a chuva o impedisse de se espalhar pelo mato.

— Liddie!

Claire estava de pé embaixo do balanço. Batia no chão com o calcanhar. Um som oco ecoou da terra. Claire caiu de joelhos. Começou a cavar com os dedos. Lydia se abaixou ao lado dela. Usou a mão que não estava machucada para sentir o que a irmã tinha encontrado. A tampa de madeira era pesada, com cerca de dois centímetros de espessura e menos de um metro de largura.

— Só pode ser aqui — falou Claire. — Tem que ser.

Lydia pegava punhados de terra. Sua mão estava sangrando. Havia bolhas causadas pelo fogo, pela espuma derretida. Ainda assim, continuou cavando.

Claire finalmente tirou terra suficiente para enfiar os dedos por baixo da tampa. Abaixou-se como um fisiculturista e puxou com tanta força que os músculos de seu pescoço incharam.

Nada.

— Droga.

Claire tentou de novo. Seus braços tremiam devido ao esforço. Lydia tentou ajudar, mas ela não conseguia fazer seu braço se movimentar naquela direção. A chuva não estava ajudando em nada. Tudo parecia mais pesado.

Os dedos de Claire escorregaram. Ela caiu para trás na grama.

— Merda! — gritou, voltando a se levantar.

— Tente empurrar.

Lydia apoiou os pés na tampa. Claire ajudou, usando as palmas das mãos, apoiando o corpo nelas.

Sentiu que escorregava. Apoiou a palma da mão que não estava machucada e empurrou com tanta força que teve a sensação de que as pernas se quebrariam no meio. Por fim, afastaram o pedaço pesado de madeira por alguns centímetros.

— Mais forte — disse Claire.

Lydia não sabia quanto mais tinha que empurrar. Elas tentaram de novo, dessa vez com Claire ao lado, usando os pés. A tampa se moveu mais dois centímetros. E mais alguns. As duas empurraram, gritando de dor e pelo esforço, até afastarem a tampa o suficiente para que suas pernas ficassem penduradas na abertura.

Terra e pedras caíram no poço. A chuva bateu na água do fundo. As duas olharam para baixo, na escuridão sem fim.

— Droga! — A voz de Claire ecoou. — Qual é a profundidade, na sua opinião?

— Precisamos de uma lanterna.

— Tem uma no carro.

Lydia observou a irmã correr descalça. Flexionava os cotovelos. Passou por cima de uma árvore caída. Estava tão determinada a continuar que não parou para olhar o que tinha deixado para trás.

Paul. Ela não tinha só assistido a sua morte. Tirara a vida dele como um beija-flor retira o néctar da flor.

Talvez não importasse. Talvez ver Paul morrer fosse a força de que Claire precisava. Talvez Lydia não devesse se preocupar com o que tinham feito com ele. Deveria estar mais preocupada com o que Paul tinha feito com elas.

Com o pai delas. Com a mãe. Com Claire. Com Julia.

Lydia olhou na escuridão do poço. Tentou ouvir a chuva batendo na água do fundo, mas havia gotas demais para seguir o caminho de uma só.

Encontrou uma pedra no chão. Jogou-a no poço. Contou os segundos. Com quatro segundos, a pedra bateu na água. Quanto uma pedra percorria em quatro segundos? Lydia enfiou o braço na escuridão. Passou a mão pelas pedras ásperas, tentando não pensar em aranhas. As pedras eram irregulares. Lascas caíam. Se ela tomasse cuidado, talvez achasse um apoio para descer. Inclinou-se mais para dentro. Mexeu a mão de um lado a outro. A pedra parecia seca. Seus dedos tocaram uma vinha.

Mas era delicada demais para ser uma vinha. Era fina. De metal. Uma pulseira? Um colar?

Com cuidado, Lydia tentou afastar a corrente da parede. A resistência mudou, e ela acreditou que estivesse presa em alguma coisa. Não conseguia enfiar a outra mão para puxar. Olhou para trás. Claire estava longe. A lanterna estava ligada. Ela corria. Os pés acabariam machucados por causa da mata. Ela provavelmente não sentia nada por enquanto por causa do frio intenso.

Lydia resmungou ao se inclinar ainda mais para dentro do poço. Deixou os dedos percorrerem a corrente. Sentiu uma peça sólida de metal, que parecia uma moeda, não redonda, mas talvez oval. Passou o polegar pelas beiradas lisas. Com cautela, Lydia pegou a moeda, movimentando-a com cuidado de um lado a outro, até soltá-la da fresta. Envolveu a corrente nos dedos e puxou o braço para fora do poço.

Olhou o colar que estava em sua mão. O pingente dourado tinha formato de coração e estava marcada nele a letra *L*, em forma cursiva. Era o tipo de coisa que um garoto dava a uma garota no nono ano por ela tê-lo deixado beijá-la, e ele acreditava que aquilo significava romance sério.

Lydia não conseguiu se lembrar do nome do garoto, mas sabia que Julia tinha roubado o pingente de sua caixa de bijuterias e que o usava no dia em que desapareceu.

Claire disse:

— É seu pingente.

Lydia rolou a corrente barata entre os dedos. Na época, pensou que fosse muito cara. O garoto deveria ter pagado cinco dólares por aquilo na Ben Franklin.

Claire se sentou. Apagou a lanterna. Respirava ofegante por causa da corrida. Lydia estava ofegante por causa do que estavam prestes a fazer. A fumaça grossa rolava e cobria a luz fraca do sol. O vento estava frio. A condensação da respiração delas se uniu sobre o pingente.

Aquele era o momento. Vinte e quatro anos de buscas, de esperança, de saber, de não saber, e elas só conseguiam ficar sentadas na chuva.

Claire falou:

— Julia costumava cantar Bon Jovi no chuveiro. Lembra?

Lydia sorriu.

— "Dead or Alive".

— Ela sempre comia toda a pipoca no cinema.

— Adorava alcaçuz.

— E *dachshunds*.

As duas fizeram uma cara de nojo.

— Ela gostava daquele cara nojento de mullets — contou Claire. — Qual era o nome dele? Brent Lockhart?

— Lockwood — corrigiu Lydia. — O papai o fez arranjar um emprego no McDonald's.

— Ele cheirava a bife frito.

Lydia riu, porque Julia, vegetariana, ficava irritada.

— Ela terminou com ele uma semana depois.

— Mas ela deixou que ele avançasse o sinal.

Lydia olhou para a frente.

— Ela contou isso a você?

— Eu espiei os dois na escada.

— Você sempre foi pentelha.

— Eu não contei.

— Milagre!

As duas olharam para o pingente. O dourado tinha saído na parte de trás.

— Fui sincera em relação ao que disse ao telefone. Eu perdoo você.

Claire secou a água dos olhos. Parecia que nunca se perdoaria.

— Enviei um e-mail...

— Conte depois.

Havia muitas coisas importantes para dizer. Lydia queria ver Dee conhecendo sua tia maluca. Queria ouvir Rick e Helen discutindo o mal inerente causado pelos e-books. Queria abraçar a filha. Queria reunir os cães e os gatos com a família e deixá-la completa de novo.

— O papai só queria encontrá-la — disse Claire.

— Está na hora.

Claire ligou a lanterna. A luz desceu até o fundo do poço. O corpo repousava em uma piscina rasa. A pele tinha caído. A luz do sol não tinha entrado para manchar os ossos.

O pingente. Os cabelos loiros compridos. As pulseiras prateadas.

Julia.

CAPÍTULO 24

Claire estava deitada na cama de Julia com a cabeça apoiada no sr. Biggles, o bicho de pelúcia preferido da irmã. O cachorro velho e despenteado quase não sobreviveu à infância delas. A espuma que o recheava tinha cheiro de perfume. As pernas foram pintadas de vermelho como vingança por um livro roubado. Parte do focinho foi queimada em vingança por causa de um chapéu tomado. Num momento de euforia, alguém tinha cortado os pelos da cabeça dele bem rentes ao forro.

Lydia não estava muito melhor. Os cabelos cortados tinham crescido de novo, mas, após seis semanas desde sua provação, os hematomas ainda estavam pretos e amarelados. Os cortes e as queimaduras tinham começado a cicatrizar. A região ao redor do olho machucado ainda estava vermelha e inchada. O braço esquerdo permaneceria numa tipoia por mais duas semanas, mas ela já tinha se acostumado a fazer quase tudo com a outra mão, inclusive dobrar as roupas de Julia.

Elas estavam na casa da Boulevard. Helen preparava o almoço na cozinha. Claire deveria estar ajudando Lydia a guardar as coisas de Julia, mas havia voltado ao padrão antigo de deixar a irmã mais velha fazer tudo.

— Olhe como ela era pequena. — Lydia alisou uma calça jeans. Estendeu as mãos na cintura. O polegar e o dedo mínimo estavam a poucos centímetros das laterais. — Eu pegava esta calça emprestada. — Ela parecia impressionada.

— Eu me achava tão gorda quando ela morreu.

Quando ela morreu.

Era o que elas estavam dizendo então. Não mais *quando Julia desapareceu* ou *quando Julia sumiu*, porque o exame de DNA tinha confirmado o que elas sempre souberam no fundo do coração: Julia Carroll estava morta.

Na semana anterior, elas a enterraram ao lado do pai. A cerimônia foi simples, só Claire, Helen, Lydia e a vó Ginny, que ficava enlouquecendo Lydia ao dizer que ela continuava tão linda quanto antes. Elas levaram Ginny para casa depois do enterro e encontraram Dee e Rick na casa da Boulevard. Sentaram-se à longa mesa da sala de jantar e comeram frango frito, e beberam chá gelado e contaram histórias havia muito esquecidas a respeito dos falecidos — o modo como Sam murmurava sempre que tomava sorvete e como Julia tinha se esquecido de todas as notas antes de seu primeiro recital de piano. Elas ouviram histórias sobre Dee, porque perderam dezessete anos de sua vida e ela era uma garota linda, interessante, animada e esperta. Estava claro que tinha opinião própria, mas era tão parecida com Julia que Claire ainda sentia o coração acelerar sempre que a via.

— Ei, preguiçosa. — Lydia virou uma gaveta cheia de meias na cama ao lado de Claire. — Faça alguma coisa útil.

Claire separou as meias com lentidão proposital para Lydia se irritar e querer fazer sozinha. Julia adorava estampas de menina com corações cor-de-rosa e lábios vermelhos, e também com várias raças de cachorro. Alguém as usaria. Elas estavam doando as roupas da irmã para o abrigo de sem-tetos, o mesmo abrigo no qual ela tinha sido voluntária no dia em que Gerald Scott decidiu tirá-la deles. E Paul, porque a fotografia feita no celeiro provava que ele tinha sido um participante ativo do assassinato de Julia.

Lydia contou todos os outros detalhes que Paul confessou na garagem. Elas ficaram sabendo do suicídio forjado do pai. Dos cadernos. Das cartas que Helen tinha escrito a Lydia, mas que nunca foram entregues. Os planos que Paul tinha para quando Dee completasse dezenove anos. Em determinado momento, Claire decidiu dar uma de Helen e parou de fazer perguntas porque não queria saber as respostas. Não havia diferença entre a pílula azul e a vermelha. Havia apenas níveis de sofrimento.

Paul era um psicopata. Era um torturador. Um assassino. Os arquivos separados por cor tinham sido investigados, e ele foi definido como estuprador em série. Os arquivos do porão levaram o FBI a contas extras com centenas de milhões de dólares depositados de clientes do mundo todo. O palpite de Claire sobre o sistema usado por Paul estava certo. Havia outros homens mascarados na Alemanha, na França, no Egito, na Austrália, na Irlanda, na Turquia...

Após determinado ponto, saber mais sobre o tamanho dos pecados do marido não piorava a carga que Claire sentia carregar.

— Acho que isto é seu.

Lydia levantou uma camiseta branca na qual se lia RELAX com letras pretas na frente. A gola tinha sido cortada ao estilo *Flashdance*.

— Eu usava essa com um par incrível de polainas com as cores do arco-íris — comentou Claire.

— Eram minhas polainas, sua pentelha.

Claire pegou a camiseta que Lydia tinha jogado em sua cabeça. Segurou-a na frente do corpo. Era uma boa camiseta. Provavelmente ainda podia usá-la.

— Já pensou no que vai fazer? — perguntou Lydia.

Claire deu de ombros. Aquela era uma pergunta comum. Todo mundo queria saber o que Claire faria. Ela estava morando com Helen no momento, principalmente porque, acima de tudo, a chance de os vizinhos de Helen conversarem com a imprensa era muito menor, que era o que todo mundo em Dunwoody que conhecia Claire, mesmo de longe, estava fazendo. As mulheres de sua equipe de tênis pareciam arrasadas para as câmeras, mas, ainda assim, todas elas arrumavam cabelo e maquiagem com profissionais antes de serem filmadas. Até mesmo Allison Hendrickson tinha entrado nessa, apesar de ninguém ter feito ainda a piada pronta sobre a propensão violenta de Claire a acabar com joelhos.

Ninguém exceto Claire.

Lydia disse:

— Aquela vaga de professora na escola parece boa. Você ama arte.

— Wynn acha que vou me dar bem.

Claire se deitou de costas. Olhou para o pôster de Billy Idol colado no teto acima da cama.

— Você ainda assim vai precisar de um emprego.

— Talvez.

Os bens de Paul estavam bloqueados. A casa em Dunwoody tinha sido tomada. Wynn Wallace explicou que separar os bens adquiridos por meios escusos daqueles adquiridos por meios corretos demoraria anos e provavelmente consumiria milhões em impostos.

Claro, Paul levou isso em conta ao estruturar a propriedade.

Claire disse a Lydia:

— As apólices de seguro foram adquiridas por um fundo irrevogável criado por meio da Quinn + Scott. Tem um caminho óbvio deixado pela papelada. Consigo pesquisar a qualquer momento.

Lydia olhou para ela.

— Não pode receber os seguros de vida de Paul?

— Parece ser o mais justo, já que eu o matei.

— Claire — disse Lydia, porque Claire não deveria brincar com essas coisas.

E, até onde sabia, Claire tinha saído impune. Não era para se gabar — porque Lydia não a deixaria fazer isso —, mas se Claire aprendeu algo com sua aventura pelo sistema criminal era que ninguém tinha que falar com a polícia se não fosse obrigado. Claire se sentou numa sala de interrogatório e permaneceu calada até Wynn Wallace chegar ao Centro de Investigação da Geórgia e ajudá-la a criar uma defesa boa para a acusação de incêndio criminoso e homicídio.

Que bom, já que, ao que parecia, homicídio costumava terminar em corredor da morte.

Claire terminou no banco do passageiro da Mercedes de Wynn Wallace.

Paul tinha começado o incêndio. Claire havia atirado nele em legítima defesa.

Lydia era a única testemunha, mas disse aos investigadores que apagou, por isso não fazia ideia do que tinha acontecido.

Entre a chuva e os bombeiros que apagaram o fogo na casa dos Fuller, não havia muitas provas para abrir furos na história. Não que alguém estivesse muito atento aos crimes de Claire. Seu e-mail com o link já estava rodando por aí. O *Red & Black* viu primeiro, depois o *Atlanta Journal*, então os blogs e a emissora nacional. Ela tinha se enganado ao recear que a maioria das pessoas fosse esperta demais para clicar num link enviado de modo anônimo.

Seu maior arrependimento foi ter incluído Huckleberry na lista de e-mails, porque, de acordo com testemunhas, o delegado Carl Huckabee estava sentado à frente do computador, lendo o e-mail de Claire quando levou a mão ao peito e morreu de ataque cardíaco fulminante. Tinha 81 anos. Vivia em uma casa quitada. Vira filhos e netos crescerem. Passava os verões pescando e os invernos na praia e aproveitou muito de seus outros passatempos obscuros sem remorso.

Na opinião de Claire, Huckleberry foi o único a sair ileso.

— Ei. — Lydia jogou uma meia em Claire para chamar sua atenção. — Você pensou melhor em procurar um terapeuta de verdade?

— Vou pensar nisso — respondeu para Lydia, porque sabia que um programa de Doze Passos era importante para a irmã.

Também era o único motivo pelo qual Lydia conseguia ficar ali, dobrando as roupas de Julia, e não encolhida num canto, chorando.

Mas, como Claire tinha contado ao terapeuta indicado pela justiça na última sessão, sua rapidez acabou levando-as a Julia. Talvez um dia, talvez com um terapeuta de verdade, Claire trabalhasse seus problemas com a raiva. Só Deus sabia que havia muito a se trabalhar, mas por enquanto ela não estava interessada em se livrar de todas as coisas que as tinham salvado.

Quem estaria?

— Você viu o noticiário? — quis saber Lydia.

— Que noticiário? — perguntou Claire, porque muita coisa estava acontecendo, e elas não conseguiam acompanhar.

— Mayhew e aquele outro detetive não puderam pagar fiança.

— Falke — disse Claire.

Ela não sabia por que ainda estavam mantendo Harvey Falke. Ele era um policial péssimo, mas não fazia ideia, assim como Adam Quinn, das coisas ilegais que Paul fazia. Pelo menos foi o que Fred Nolan contou para Claire depois que os caras vieram de Washington e interrogaram os dois homens por três semanas.

Será que ela podia acreditar em Fred Nolan? Acreditaria em algum outro homem enquanto vivesse? Rick era bacana. Lydia enfim pediu para que fossem morar juntos. Ele estava cuidando dela. Estava ajudando Lydia a se curar.

E mesmo assim.

Quantas vezes Claire tinha feito a mesma coisa por Paul? Não que considerasse Rick um cara ruim, mas também considerava Paul um homem bom.

Pelo menos, tinha certeza de que lado Jacob Mayhew estava. A casa dele foi investigada. O FBI vasculhou os computadores dele e encontrou links para quase todos os filmes já criados por Paul, e ainda muitos dos internacionais.

Claire tirou conclusões corretas a respeito do nível da operação. Entre o computador de Mayhew, o conteúdo do pen drive e as fitas VHS da garagem, o FBI e a Interpol estavam trabalhando para identificar centenas de vítimas que tinham centenas de famílias no mundo todo que poderiam, um dia, encontrar o caminho de volta para a paz.

Os Kilpatrick. Os O'Malley. Os Van Dyke. Os Deichmann. Os Abdullah. Os Kapadia. Claire sempre dizia em voz alta cada um dos nomes de cada matéria, porque sabia como era, tantos anos antes, quando as pessoas abriam o jornal e pulavam o nome de Julia Carroll.

O nome do deputado Johnny Jackson era um que não podia ser evitado. Seu envolvimento no círculo de *snuff porn* ainda era a chamada em todos os jornais, páginas da internet, noticiários e revistas. Nolan confidenciou que estava acontecendo uma apelação para impedir que o deputado fosse mandado para o corredor da morte. O Departamento de Justiça dos Estados Unidos e a Interpol precisavam de Johnny Jackson para corroborar os detalhes dos negócios de Paul em vários tribunais pelo mundo, e Johnny Jackson não queria ser amarrado a uma maca enquanto um médico enfiasse uma agulha em seu braço.

Claire estava muito decepcionada por saber que não poderia ficar na sala de testemunhas assistindo a cada gemido de dor e soluço de Johnny Jackson quando ele fosse morto pelo estado da Geórgia.

Ela sabia como era ver uma pessoa má morrer, sentir o pânico dela crescer, observar o fim nos olhos dela quando percebia que nada podia fazer. Saber que as últimas palavras que a pessoa ouviria seriam as que você dissesse na cara dela: que você via quem ela era, que sabia tudo sobre ela, que sentia nojo, que não a amava, que nunca, em tempo algum, se esqueceria. Que nunca, em tempo algum, perdoaria. Que você ficaria bem. E você seria feliz. E sobreviveria.

Talvez ela realmente devesse pensar em fazer terapia logo.

— Meu Deus. — Lydia pegou a meia e começou a dobrá-la. — Por que está tão distraída?

— Fred Nolan me chamou para sair.

— Está brincando comigo?

Claire jogou uma meia nela.

— É estranho pensar que o cara que parecia estar envolvido com *snuff porn* era, na verdade, o único cara que não estava envolvido em *snuff porn*.

— Você não pode sair com ele.

Claire deu de ombros. Nolan era um idiota, mas pelo menos ela já sabia disso.

— Meu Deus — disse Lydia.

— "Meu Deus" — imitou Claire.

Helen bateu na porta aberta.

— Vocês duas estão discutindo?

— Não, senhora — responderam as duas.

Helen abriu o sorriso tranquilo que Claire se lembrava de ver na infância. Mesmo com a imprensa atrás dela, Helen Carroll enfim tinha encontrado paz. Pegou uma das meias de Julia da pilha sobre a cama.

Havia dois *dachshunds* bordados se beijando na barra. Helen encontrou o par. Uniu as duas peças. Os Carroll não enrolavam meias. Uniam as duas na gaveta e acreditavam que assim elas dariam um jeito de ficar daquele jeito.

Lydia disse:

— Mãe, posso perguntar uma coisa?

— Claro.

Lydia hesitou. Elas tinham passado muito tempo separadas. Claire notou que a relação entre elas não era mais tão fácil quanto já tinha sido.

— Tudo bem, querida — falou Helen. — O que foi?

Lydia ainda parecia hesitante, mas perguntou:

— Por que guardou todas essas coisas sabendo que ela não voltaria?

— Boa pergunta.

Helen alisou a colcha de Julia antes de se sentar na cama. Olhou ao redor. Paredes lilases. Pôsteres de rock. Polaroides coladas no espelho da penteadeira. Nada tinha mudado desde a ida de Julia para a faculdade, nem mesmo a luminária de lava horrorosa que todo mundo sabia que a mãe detestava.

Helen falou:

— Seu pai ficava feliz sabendo que tudo estava igual, que o quarto dela estaria à espera se ela voltasse. — Helen apoiou a mão no tornozelo de Claire. — Quando descobri que ela estava morta, acho que gostava de vir aqui. Eu não tinha o corpo dela. Não tinha túmulo para visitar. — Ela disse as palavras da vó Ginny: — Acho que este era o único lugar ao qual podia vir para deixar meu pesar.

Claire sentiu um nó na garganta.

— Ela teria gostado disso.

— Acho que sim.

Lydia se sentou ao lado de Helen. Estava chorando. Claire também. Todas elas choravam. Era assim desde que olharam dentro daquele poço. A vida delas tinha sido abalada. Só o tempo ajudaria a curar.

— Nós a encontramos e a trouxemos para casa — disse Lydia.

Helen assentiu.

— Vocês fizeram isso.

— Era só o que o papai queria.

— Não. — Helen apertou a perna de Claire. Prendeu uma mecha de cabelos atrás da orelha de Lydia. Sua família. Estavam todos juntos de novo. Até mesmo Sam e Julia. — Isto — disse Helen. — Isto era tudo o que seu pai queria.

vii

Eu me lembro da primeira vez que você não me deixou segurar sua mão. Você tinha doze anos. Eu estava levando você à festa de aniversário de Janey Thompson. Sábado. Tempo quente, apesar de ser início de outono. A luz do sol incidia em nossas costas. Os saltos pequenos de seus sapatos novos batiam na calçada. Você usava um vestido amarelo de verão com alças finas. Adulto demais para você, pensei, mas talvez não porque, de repente, você estava mais velha. Muito mais velha. Não tinha mais braços compridos e pernas desengonçadas derrubando livros e batendo na mobília. Não tinha mais risadas animadas e gritos de raiva diante da injustiça de bolos negados. Os cabelos dourados se tornaram loiros e ondulados. Olhos azuis semicerrados com desconfiança. A boca que não mais sorria tão facilmente quando eu puxava seu rabo de cavalo ou fazia cócegas em seu joelho. Nada de rabo de cavalo hoje. Meias-calças cobriam suas pernas.

Paramos na esquina da rua e eu peguei sua mão por instinto.

— Pai.

Você revirou os olhos. Sua voz estava mais velha. Um toque da mulher que eu não conheceria.

Pai.

Não mais papai.

Pai.

Eu sabia que era a hora. Você não seguraria mais minha mão. Não se sentaria mais no meu colo. Não me abraçaria mais pela cintura quando eu entrasse em casa nem pisaria em meus sapatos enquanto dançássemos pela cozinha. Dali para a frente, eu seria o banco. A carona para a casa dos amigos. O crítico de sua lição de biologia. A assinatura no cheque enviado com o formulário para a faculdade.

E, quando assinasse aquele cheque na mesa da cozinha, eu me lembraria de que fingia beber chá de xícaras pequenininhas enquanto você e o sr. Biggles me contavam sobre seu dia, animados.

Sr. Biggles. Aquele pobre cachorro de pelúcia sobreviveu à catapora, a um frasco derramado de mercúrio e a uma ida à lata de lixo, sem cerimônia. Ele estava fino devido a seu peso, foi queimado por acidente, pois ficou perto demais de uma chapinha para alisar cabelos, e rasgado, por motivos desconhecidos, por sua irmã mais nova.

Eu entrei em seu quarto enquanto você arrumava suas coisas para ir para a faculdade.

— Querida, você jogou fora o sr. Biggles porque quis mesmo?

Você desviou o olhar da mala cheia de camisetas pequenas demais, maquiagem e uma caixa de absorventes internos que nós dois decidimos ignorar.

Pai.

O mesmo tom irritado que usou naquele dia, na esquina, quando se livrou de minha mão.

As vezes seguintes que você me tocou seriam casuais — ao pegar as chaves do carro, o dinheiro, ou ao me abraçar depressa por deixar você ir a um show, ao cinema ou sair com um garoto de quem eu nunca gostaria.

Se você tivesse vivido além dos dezenove anos — se tivesse sobrevivido —, você teria se casado com aquele garoto? Teria arrasado o coração dele? Teria me dado netos? Bisnetos? Manhãs de Natal em sua casa. Jantares aos domingos. Cartões de aniversário com corações desenhados. Férias compartilhadas. Reclamações sobre sua mãe. Amor por sua mãe. Companhia a seus sobrinhos e sobrinhas. Brigas com suas irmãs. Ordens. Ligações o tempo todo para elas. Ligações raras a elas. Discussões com elas. Reconciliações. Eu, no meio de tudo isso, recebendo telefonemas, tarde da noite, a respeito de catapora, com perguntas sobre o motivo de o bebê não parar de chorar e "o que você acha, papai?" e "por que ela faz isso, papai?" e "preciso de você, papai".

Papai.

Encontrei um de seus cadernos de rabiscos, dia desses. Você e suas irmãs passaram o décimo quinto ano de sua breve vida planejando o casamento dos sonhos. Os vestidos e o bolo, os noivos bonitos e as noivas sofisticadas. Luke e Laura. Charles e Diana. Você e Patrick Swayze, George Michael ou Paul McCartney (apesar de ele ser velho demais para você, suas irmãs concluíram).

Ontem, sonhei com seu casamento — o casamento que você nunca teve. Quem estaria à sua espera no altar? Infelizmente, não aquele jovem determinado que você conheceu na orientação, nem o aluno bem-sucedido com um plano para os próximos dez anos. É mais provável que você tivesse escolhido o rapaz largado, de cabelos despenteados, orgulhosamente rebelde.

Como esse casamento que nunca aconteceu é *meu* sonho, esse garoto está de barba feita em seu dia especial, cabelo bem penteado, um pouco nervoso ao lado do padre, olhando para você como eu sempre quis que um homem olhasse: com olhos gentis, apaixonados, levemente encantados.

Nós dois estaríamos pensando a mesma coisa, o sr. Largado e eu: *por que você o escolheu*?

A música toca. Nós começamos a marcha. As pessoas estão de pé. Todos comentam sobre sua beleza. Sua elegância. Você e eu estamos a poucos metros do altar quando, de repente, sinto vontade de pegar você e correr de volta à porta. Quero suborná-la para que espere um ano. Você poderia ir para Paris e estudar Voltaire. Visitar Nova York e ver todos os shows da Broadway. Voltar para seu quarto cheio de pôsteres na parede e o sr. Biggles na cama, e aquela luminária feia que você encontrou numa venda de garagem que sua mãe rezava para que você levasse para a faculdade quando se mudasse.

Mas, mesmo no sonho, sei que pressioná-la para que pegue um caminho vai fazê-la sair correndo na outra direção. Você provou isso tanto no fim de sua vida como no começo.

Então, ali estou eu de pé a seu lado, no dia de seu casamento-fantasma, segurando as lágrimas, oferecendo você ao futuro que nunca terá.

Sua mãe está na primeira fileira esperando que eu me posicione ao lado dela. Suas irmãs estão perto do padre, de frente para o rapaz, e sorriem, nervosas, orgulhosas e chorosas, devido ao romance e também ao medo das mudanças que sabem que virão. As duas são madrinhas. As duas estão usando vestidos pelos quais brigaram por muito tempo. As duas estão orgulhosas, lindas e prontas para tirar o vestido justo e os sapatos apertados.

Você segura meu braço. Segura minha mão — de leve, como fazia quando atravessávamos a rua, quando assistíamos a um filme de terror, quando só queria me mostrar que estava ali e que me amava.

Você me olha. Eu me surpreendo. De repente, como num milagre, você é uma linda mulher adulta. Você se parece muito com sua mãe, mas ainda assim é unicamente você. Tem ideias sobre as quais nunca saberei. Desejos que nunca entenderei. Amigos que nunca conhecerei. Paixões das quais nunca compartilharei. Você tem uma vida. Tem um mundo inteiro à frente.

Então, você sorri, aperta minha mão, e, mesmo no sonho, entendo a verdade: não importa o que aconteceu com você, não importa os horrores que sofreu quando foi levada, você sempre será minha menininha linda.

Agradecimentos

Os primeiros agradecimentos vão para minha incrível editora e Melhor Amiga do Cérebro, Kate Elton, que torna tudo o que faço mais fácil. Victoria Sanders, minha agente literária, e Angela Chegn Caplan, minha agente cinematográfica, completando minha fantástica equipe de apoio. Gostaria também de agradecer, de coração, a meus amigos na HarperCollins — Dan Mallory, Liate Stehlik e Virginia Stanley, entre muitos outros.

Patricia Friedman me ajudou com algumas das questões legais mais espinhosas na história. O pessoal gentil da escola de tiro Quickshot me mostrou várias armas. Lynne Nygaard me contou algumas histórias incríveis sobre seu pai, que eu me propus a roubar e/ou combinar com histórias a respeito de meu incrível pai. Barry Newton me ajudou com algumas das questões relacionadas à computação (qualquer erro encontrado é minha culpa). A dra. Elise Diffie respondeu algumas perguntas sobre veterinária. O senhor da Tesla Marietta me mostrou o carro mais sensacional do mundo. Por muitos anos, escrevi sobre a BMW na esperança de ser recompensada (sr. Musk, um P85D cinza metálico com detalhes escuros e interior cinza não seria nada mal...). Minha etiquetadora Dymo tem me dado muito prazer com a organização que proporciona (desculpe, Dymo, prefiro o Tesla). Pia Lorite ganhou um concurso de "veja seu nome aparecer no próximo livro de Karin Slaughter". Abby Ellis precisa ser citada por causa de suas lembranças exatas de todos os bares em Athens (apesar de eu me preocupar com suas lembranças nada exatas do *campus*). Quem estudou na UGA deve se lembrar que esta é uma história de ficção. Não traz fatos nem registros exatos (o primeiro indício disso: Georgia vence Auburn).

Como sempre, gostaria de agradecer a meu pai, que me traz sopa quando estou escrevendo e garante que eu faça coisas importantes, como pentear os cabelos e dormir. E, por fim, a D.A., que se usasse uma etiqueta estaria escrito MEU CORAÇÃO.

PUBLISHER
Omar de Souza

GERENTE EDITORIAL
Mariana Rolier

EDITORA
Clarissa Melo

COPIDESQUE
Mariana Moura

REVISÃO
Isis Batista
Der Texter
Iris Figueiredo
Anna Beatriz Seilhe

DIAGRAMAÇÃO
Abreu's System

CAPA
Maquinaria Studio

Este livro foi impresso em São Paulo, em 2017,
pela RR Donnelley Brasil, para a HarperCollins Brasil.
A fonte usada no miolo é Arno Pro, corpo 11,5/14,5.
O papel do miolo é Chambril Avena 70g/m², e o da capa é cartão 250g/m².